祖国

上

PATRIA

FERNANDO ARAMBURU

フェルナンド・アラムブル
木村裕美 訳

河出書房新社

祖国（上）

目次

下巻　目次

《主な登場人物》

チャト　バスク地方の個人企業経営者。ＥＴＡに暗殺される
ビジョリ　チャトの妻
シャビエル　チャト、ビジョリ夫妻の息子。病院勤めの医師
ネレア　シャビエルの妹

ホシアン　もと製錬所の労働者。定年後は菜園の農作業に従事
ミレン　ホシアンの妻
アランチャ　ホシアン、ミレン夫妻の長女。急発症で全身不随になる
ホシェマリ　アランチャの弟。ＥＴＡ戦闘員。刑務所で服役中
ゴルカ　ホシェマリの弟。ラジオ局でバスク語の番組をもつ

ドン・セラピオ　村の在俗司祭
ギジェルモ　アランチャの夫。サラマンカ出身
ジョキン　ホシェマリの幼なじみ。ＥＴＡ戦闘員
セレステ　アランチャの介護をするエクアドル人女性
ラムンチョ　ゴルカの庇護者、伴侶

1　寄木張りの床のハイヒール

かわいそうな娘(こ)、彼に体当たりするのね。岩に波があたって砕けるみたいに。ちょっと泡が立って、さようなら。相手はドアをあけてくれようともしないのに、わからない？　彼の言うなり、いえ、それどころじゃない。

だいいち四十五歳にもなって、あのハイヒールの靴と、あの真っ赤な口紅。なんのため？　自分のレベルってものがあるでしょ、あなた、それに社会的地位も学歴も。なのに、十代の女の子みたいにするのはなぜ？　パパ(アイタ)が生きかえってくれたら……。

車に乗る瞬間、ネレアは窓のほうに目をあげた。いつもみたいに薄いカーテンのむこうで母がこちらの様子を見ているのだろう。そう。通りからは見えないが、ビジョリは娘を見守っていた。胸を痛め、眉間にしわをよせ、独り言をブツブツ口にして。

あの娘(こ)、行くのね、かわいそうに、あんなうぬぼれ男のお飾りになって、人を幸せにしようと思ったこともない男なのに。結婚して十二年も経って、いまだに夫の気をひこうとするなんて、よほど、やけな女だって自分でわからない？　子どもがいなくて、まだしもよ。

〝行ってきます〟の合図がわりに、ネレアは軽く手をふってタクシーに乗りこんだ。

四階の母親はカーテンの陰に隠れて目をそらす。人家の屋根ごしに幅広い海が見わたせた。サンタクララ島の灯台、遠くに薄雲。天気予報の女性は晴天を告げていた。わたしはといえば、ああ、年をとるばかり。また通りに目をやると、タクシーはもう視界から消えていた。

　ビジョリは人家の屋根のむこうに目をはせた。島や蒼い水平線のむこう、遠い雲のむこう、そしてもっと先の、永久に失った過去、娘の結婚式のシーンを目で追った。ブエン・パストールの大聖堂にいる娘、純白のドレスを着て花束をもち、異常なほど幸せな娘が目に映る。あんなにスラッと細くって、あんなに笑顔で、あんなにきれいなネレアを出口で見ながら、ビジョリはなにか悪い予感がした。あの晩ひとりで帰宅して、チャトの写真の目のまえにすわると、さっそく心配をうちあけた。ただ頭痛がしたし、チャトはチャトで、家族のこと、しかも娘の話になると感傷的になるクセがある。涙もろい男性(ひと)だもの、写真では泣いてないけれど、わたしにはお見通しよ。

　ハイヒールは、夫のキケに食べたい気持ち——いわゆる食欲ではない——を起こさせるため。コン、コン、コン、さっきも寄木張りの床を踏んで歩く音がした。家(うち)の床を穴だらけにしやしないでしょうね。家族の平和を思って、小言はやめにする。どうせ長居をするわけじゃない。娘夫婦は別れのあいさつに来たのだから。彼のほうは朝の九時で、もうウイスキーだか、商売道具の例のリキュールのにおいをプンプンさせていた。

「ママ(アマ)、ほんとに、ひとりでだいじょうぶ?」

「空港まで、どうしてバスで行かないの? ここからタクシーでビルバオまで行ったら、ものすごく高くつくわよ」

「そんなこと、心配しないでいいですよ」と彼。

　スーツケース、気まずさ、支度の鈍(のろ)さ、ビジョリは促した。

「わかったわ。だけど、ちゃんと間に合うんでしょうね」

「ママ、もう言わないで。タクシーで行くってきめたんだから。そのほうが楽だもの」

キケが、いらつきだした。

「いちばん楽なんですよ」

相手はついでに言った。〝母娘で話をするあいだ、ぼくは表でタバコ吸ってきますんで〟。この男は香水プンプン。それでいて口は酒臭い、しかも朝の九時で。玄関の鏡で自分の顔を見ながら、あいさつしていった。ナルシスト。ワンマンで、愛想はいいけれど情がない？

「早く来いよ」と、ネレアにむかって彼。

五分ね、と彼女は約束した。でも、けっきょく十五分。ふたりになると母に〝このロンドンへの旅行はとっても大事なの〟。

「彼がお客さんと商談するあいだ、あなたがそばで役に立つとは思えないけれど。それとも、わたしには言わないで、彼の会社で働きはじめたの？」

「ロンドンで、本気で夫婦のよりをもどそうと思って」

「また？」

「これが最後」

「で、こんどは、どんな手をつかうの？　最初に目をつけた女のところに行かないように、彼にピッタリくっついているつもり？」

「ママ、頼むわ。これ以上困らせないで」

「あなた、すごくステキよ。美容院をかえたの？」

「ずっと、いつものところだけど」

ネレアが急に声をひそめた。娘がささやき声になると、母親は、誰かよその人間に偵察でもされているかと、玄関のほうに顔をむけた。なんてことはない、じつはね、赤ちゃんを養子にする考えはやめにしたの。あら、あんなに言ってたのに？　中国人、ロシア人、褐色の肌の子。女の子か、男の子か。ネレアは希望を捨てていなかった。でも、その案をキケが却下したという。彼は自分の子がほしいのよ、自分の血を分けた子が。

「いまさら、旧約聖書みたいなことを言いだすの？」とビジョリ。

「自分では進んでるって思ってるけど、あの夫（ひと）、わりと考えが古くてね。ミルク粥よりも」

養子縁組の申請について、ネレアは自分で調べ、もちろん条件はすべてそろっていた。お金のことなら問題ない。世界の果てにでも出かけていって、自分のお腹を痛めないでも、こんどこそ母親になるつもりでいた。なのに、いきなりキケが会話を断ち切った。だめだ、だめだ。

「彼、ちょっとデリカシーがないんじゃない？」

「自分の息子がほしいんだって。自分に似ていて、いつかサッカーチームの〝レアル・ソシエダード〟に入る子が。あの夫（ひと）、執着してるのよ、ママ（アマ）、きっと子どもをつくる気でいるわ。まったく！　なにかにこだわりだすと！　誰に産ませるのか知らないけど。協力してくれる女でしょ。わたしにきかないで、知るわけないわ。お金を払えるだけ払って、お腹をかりるつもりじゃない？　こっちは、健康で、彼の望みをかなえてくれる女をさがすお手伝いをするぐらいのもんよ」

「ネレアったら、どうかしてるわ」

「彼には、まだ言ってないけどね。ロンドンに行って何日かしたら、話すチャンスぐらいあると思う。よくよく考えてのことだから。彼に不幸になれなんて言う資格、わたしにはないし」

家の玄関で、母と娘は頬をあわせた。そうね、自然に解決するわよ、気をつけて行ってらっしゃい、とビジョリ。エレベーターを待つあいだ、ネレアは踊り場で〝不運がどうの〟と口にした。でも楽しいことを、あきらめちゃだめよね。

そのあと娘は母に言った。〝ドアマット、替えたら？〟

2　穏やかな十月

チャトのことがあるまえは、ビジョリも信じていた。だけど、もう信じていない。若いころは、あんなに信仰があったのに。修道誓願をする寸前まで行ったのに。同郷の村の女友だち、あの思いだしたくもない相手といっしょに。ふたりで女子修道院の門をくぐりかけて、最後の最後でやめにした。いまは、みんな絵空事に思える。死者の復活も、永遠の生も、創造主も、聖霊も。

わざとらしい司教の言葉に、彼女はひどくイラついた。やんごとなき人物の手を、さすがに拒む真似まではしなかったが、あの粘着質の手の感じ。かわりに相手の顔を見て、無言の目の光で表現した。〝わたしはもう信者ではありません〟。チャトが柩に納まったのを見た瞬間、神への信仰は泡のごとく砕け散った。身にしみるほど感じられた。

それでも教会のミサには時々行く。習慣の力に押されるのかもしれない。聖堂内の後方の席にすわり、参列者の背中やうなじを見て、自分の心と会話する。ひとりで家にいると淋しすぎるから。バルやカフェに行きつけるタイプではない。ショッピング？　必要以上でも以下でもない。チャトのことがあってから、お洒落心もどこかに行った。また別の泡？　ネレアに再三言われなければ、何日でも服を着替えずにいるところ。

あちこち店に入るより、教会の信者席で黙って無神論者を実践するほうがいい。ここに集まる信者への罵言や軽蔑は禁物。聖像に目をやって言葉にし、考える。信じません。たまには拒絶のしるしに頭を軽くふり、おなじことを言うか、心で思う。

ミサがあれば、もっと長く教会にいる。そういうときは、司祭が肯定する先から、合間合間で否定に徹する。祈りましょう。いやです。これはキリストの体です。ちがいます。そんな感じで最初から最後まで。たまに疲れがでると、それなりに控えめに居眠りをした。

アンディア通りのイエズス会の教会を出たら、空がもう暗くなっていた。木曜日。心地よい気温。午後半ばに薬局のネオンサインを見たときは二十度と表示されていた。車の往来、通行人、鳩たち。見覚えのある顔が目についた。迷わず反対側の歩道に移る。いきなり方角を変えたので、ギプスコア広場に入らざるをえない。池をめぐる道ぞいに広場をつっきった。気晴らしにアヒルをながめやる。ここを通るのは久しぶり。記憶に誤りがなければ、ネレアが少女のころ以来かしら。いまは見あたらないけれど、何羽も黒い白鳥がいたのを思いだす。

ディン、ドン、ディン。市庁舎のカリヨンが、彼女を思考から呼びもどした。

午後八時。心地のよい時刻、穏やかな十月。けさネレアに言われた言葉が、ふいに思いうかんだ。ドアマットを替えろですって？　楽しいことを、あきらめちゃだめって？　ばかばかしい。愚にもつかないことを言って、高齢者に元気をださせようってわけ。

すばらしく気分のいい午後、この自分でもそう思わされる。ただ心が躍るには、もっと別の刺激がないとだめ。たとえば？　さあ、そう言われても。たとえば死者をよみがえらせる機械が発明されて、うちの夫（ひと）を返してくれるとか。こんなに何年も経っていて、そろそろ忘れることを考えていくべきかしら。忘れる？　それ、どういうこと？

海藻や湿った潮のにおいがただよっていた。これっぽっちも寒くないし、風もないし、空は晴れわたっている。バスになんか乗らないで、歩いて家に帰るには上等だわ。ウルビエタ通りで自分の名前を呼ぶ声がした。はっきりきこえたが、ふりむく気になれない。むしろ歩調を早めたけれど、後の祭り。急いでくる足に追いつかれた。

「ビジョリ、ビジョリ」

声が近すぎて、これでは、きこえないふりも、できない。

「きいた？　やめるんですってよ。もうテロは起こさないって」

おなじ集合住宅に住むこの婦人が、こちらを避けていた日々のことしか思いだせない。玄関口でわたしと鉢合わせをしないように、買物袋を足のあいだにおいて、雨にぬれながら通りの角で待っていたこともあるくせに。

ビジョリは嘘を言った。

「ええ。すこしまえにきいたけど」

「すごくいいニュースじゃない、でしょ？　やっと安心できるんだもの。潮時だわね」

「さあ、どうかしら」

「おたくみたいに大変だった人たちを思うと、よけいうれしくて。ああいうのは、もういいかげん、やめにして、あなたたちを、そっとしておけってことよ」

「やめにするって、なにを？」

「人様を苦しめないで自分たちの信条を守りなさいってこと。なにも人なんか殺さなくても」

ビジョリが口をつぐみ、話をつづけたそうな顔を見せないので、近所の婦人は突然急がされたみたいに切りをつけた。

「もう行くわね。夕飯はヒメジ（サルモネーテ）だって息子に約束したもんで。あの魚が大好物なのよ。お帰りなら、ごいっしょするけど」

「いいえ、この近くで待ち合わせしているから」

というわけで、ビジョリはご近所さんが視界から消えるように歩道の反対側にわたり、しばらくあてもなく近くをぶらついた。当然だわ、あんな失礼な人。息子のためにヒメジをきれいにしながら——まあ頭が空っぽの、マヌケの息子にしか見えないけど——すぐ後にわたしが帰ってくる音をききつけたら、思うでしょうよ。〝なにさ！　いっしょにいたくなかったんじゃないの〟。

ビジョリ。なに？　恨みの罠（わな）に落ちかけてるわよ。何度も言ったじゃないの、そういうのは……。

わかった。もう放っておいてよ。

その後、帰宅の道すがら、一本の樹木のザラついた幹に手をあてて、心のなかでつぶやいた。人間味をありがとう。つづいて建物の壁にも手をそえて、おなじ言葉をくり返す。ゴミ箱に、外のベンチに、信号機に、道々出くわす市中の公共物たちに、こんどは立ちどまらずに手をふれていった。

建物の玄関ホールは暗い。エレベーターを使いたい気分になった。用心しなさい。音でバレるわよ。靴をぬいで四階まであがることにした。最後にささやく間（ま）はまだあった。階段の手すりさん、あなたの人間味にありがとう。できるかぎり音をたてずに鍵を錠にさしこんだ。このドアマットの、どこがいけないいってネレアは言うのかしら？　あの娘（こ）のことはわからない、たぶん、いままで理解できたためしがない。

さっそく電話が鳴った。炭子（イカツァ）ちゃんは黒い毛玉になってソファで眠っている。女主人が電話機にむかうのを、雌ネコは体勢をかえずに薄目で見た。ビジョリは鳴りやむのを待って、画面の番号を見てから、かけなおした。

シャビエルが興奮して言った。お母さん（アマ）、お母さん（アマ）、テレビをつけて。

「もうきいたわよ。誰って？　上階（うえ）の人」

「ああ、まだ知らないかと思ってさ」

息子がキスのあいさつを言葉で送ると、母も応え、あとは話もせずに〝じゃあね〟と電話を切った。

ビジョリは思った。テレビなんかつけるもんですか。だけど、すぐ好奇心に負けた。
画面に映っているのは覆面の三人組、ベレー帽をかぶり、テーブルをまえに腰かけて、クー・クラックス・クラン団ふうの装い。白いテーブルクロス、愛国主義的な旗、マイクが一台。彼女は考えた。このしゃべっている人間の母親は、自分の息子の声だってわかるのかしら？　映像に虫酸（むしず）が走り、腸（はらわた）が煮えくりかえる。見ているのもいやで、テレビを消した。

わたしの一日はこれでおしまい。何時？　もうすぐ十時。

ネコの飲み水をかえて、ふだんより早くベッドに行く。夕食をとらず、サイドテーブルの雑誌もひらいて見ない。

ネグリジェに着がえると、寝室の壁にかかったチャトの写真のまえで足をとめて言った。

「あした、あなたのところに行って報告するわ。あなたが喜ぶとも思えないけど、まあ、きょうのニュースだから、あなただって、知る権利はあるものね」

灯りを消して、なんとか涙をだそうとした。だめ。目が乾いている。

ネレアは電話をしてこない。ロンドンに着いたという知らせさえ、わざわざしてこない。そりゃそうよ、すごく忙しいんでしょ。夫婦のよりをもどそうとして。

3 ポジョエで、チャトと

ポジョエの墓地に最後に歩いてあがったのは何年もまえ。やろうと思えば、できなくはないが、疲れるのは疲れる。疲れたっていいけど、なんのために？　さあ、なんのため？　それに日によっては、お腹がシクシクする。だから九番のバスに乗って、墓地の入り口のそばで降り、お墓参りがおわると市街に歩いて帰る。下りの道は、また別だから。

どこかの婦人のあとにバスを降りた。乗客はふたりきり。金曜日、静かな日、晴天。

ビジョリは墓地の入り口のアーチを読んだ。

《我らに今言われしことを、汝らもやがて言われんなり。〝死んでしまった‼〟と》

こういう不吉な文句を見ても、なんとも思わない。星の塵（テレビでそう言っていた）、それがわたしたち、呼吸していても草場の陰にいてもおなじこと。いやらしい銘文を嫌ったところで、読まずに墓地に入るのは、できない相談というものだ。

わたしったら、コートは家においてきてもよかったのに。いらなかったわね。黒だからと思って着てきたけれど。最初の一年は喪の服で通した。そのあと子どもたちに、ふつうの生活をしてと再三言われた。ふつうの生活？　あの無邪気なふたりは自分たちの言っていることがわかっていない。放っておいてほしくて、言うとおりにするにはしたが、カラフルな服で死者のあいだを歩くのは敬意を失するように思えた。それで朝いちばんにクロゼットをあけて、いま着ているブルー系の服に重ねられる黒をさがすうちに、コートが目につき、暑くなるのがわかっていながらひっかけてきたのだ。

チャトは母方の祖父母と、伯母とおなじ墓にいる。なだらかな坂道のある斜面で、似たような墓と列になっていた。墓碑には故人の氏名と生年月日、殺された日が刻んである。〝チャト〟という通称は書いてない。

埋葬をひかえた日々に、アスペイティアの親類に忠告された。墓碑にはチャトがETAの犠牲者だとわかる碑文や表徴とか、しるしは入れないほうがいい、そのほうが問題はおこらないからと。

ビジョリは、くってかかった。

「ねえ、いちど殺されたのよ。まさか、また殺されやしないでしょ」

夫の死の理由を墓碑に刻もうと思ったわけではない。ただ、みんなから説得にかかられて、言い分を通そうとしたまでだ。

シャビエルは、親類の忠告にも一理あると言う。それで氏名と日付だけ刻んだ。ネレアはサラゴサから電話してきて、日を偽ることまで提案した。ビジョリは、あっけにとられた。どうやって？

「日付は、テロの前日か後の日にしたらどうかと思って」

シャビエルは肩をすくめた。ビジョリは言った。冗談じゃないわ。

何年か経ち、チャトの墓から百メートルほどの、やはりテロの犠牲者のグレゴリオ・オルドニェスの墓碑が塗りたくられたとき、ネレアったら、どこまで無遠慮な娘なんだろう、事実上誰もが忘れていた古い話を、またもちだした。娘は新聞の写真を見せて母親に言った。

「ほら、ちょっとはパパ（アイタ）が守られてて、よかったでしょ？　こんなこと、されないですんだもの」

あのときビジョリはテーブルに思いきりフォークを叩きつけて言った。もう行くわ。

「行くって、どこに？」

「急に食欲がなくなったのよ」

眉間にしわをよせ、怒りの大きな足音を立てて、ビジョリは娘のピソを出ていった。娘婿のキケが、タバコに火をつけながら目を剝いた。

墓碑は並列して道の斜面にのびている。墓石の縁が地面から四十センチほど高く、楽に腰をおろせるので都合がいい。もちろん雨が降ればダメ。いずれにしても石は冷たいことが多いので（それに年月が経てば、いやでも地衣類や汚れが付着する）、座布団がわりにスーパーのビニール袋を四角く切ったものと、ネッカチーフを、彼女はいつもハンドバッグに入れていた。そこに腰をおろして、話すべきことをチャトに話してきかせる。近くに人がいれば、頭のなかで話しかける。誰もいないと――だいたい、いつもそうだが――人と話をする声で語りかけた。

「娘はもうロンドンよ。まあ、そうだと思うけど。だって、電話もかけてよこさないんだもの。あなたには電話してきた？　わたしには、かけてこないけど。テレビで飛行機事故のニュースもないし、ふたりで、とっくにロンドンに着いて、夫婦のよりがもどるかどうか、またおなじことをくり返すんでしょう」

最初の年、ビジョリは墓石に花を四鉢据えて、定期的に手入れをした。なかなか素敵だった。その後、しばらく墓地に来なかったら枯れてしまった。つぎのは初霜がおりるまで植物がもった。彼女は大型の鉢を買った。シャビエルが手押し車で運びあげ、ふたりでツゲの苗木を植えた。ある朝、見ると、鉢がひっくり返って割れ、土の一部が墓石に散っていた。それ以来、チャトの墓を飾るのはやめにした。

「わたしが勝手に話してたって、誰も横やりを入れないし、あなたは、なおさらよね。冗談ですって？　もう、あなたが生きていたころの、わたしじゃない。意地悪になったの。まあ、意地悪でもないか。冷たくなったのね。薄情に。あなたが生きかえっても、わたしのこと、わからないかもよ。信じるなかれ、あなたの最愛の娘、あなたのお気に入りが、このわたしの変わりように、とっても関係あるの。あの娘のことでは神経が立つばかり。子どものころもそうだった。あなたが甘やかすんだもの、当然よ。だって、かばってばかりいたでしょ。わたしに口出しさせないもんだから、あの娘ったら、母親を敬ったこともない」

三つ四つ上の墓に、砂を敷いたスペースがある。舗装された道のそばだ。いまそこに下りたったスズメのつがいに、ビジョリは見とれた。羽をひろげて、二羽とも砂をあびている。

「もうひとつ言いたかったのは、テロ集団が殺すのをやめにしたってこと。この告知が本気か、時間かせぎをして再武装するための罠か、まだわからない。殺そうが殺すまいが、あなたには、あまり意味ないわね。わたしはなおさらよ。ただ、どうしても知りたいの。ずっとそうだったし、いまさらあきらめやしない。誰がなんと言おうとね。子どもに言われてもよ。あの子たちに知られればの話だけど。ふたりには言ってないから。知ってるのは、あなただけだもの。止めたりしないで。わたしが村に帰るのは、あなたしか知らない。ううん、刑務所には行けないわ。だいいち、あの悪党がどこに収容されているかもわからない。でもあの人たちは、まだ、まちがいなく村にいるでしょう。それに家がどんな状態か、やっぱり見ておきたいし。あなたは心配しないでいいのよ、チャト、チャトくん。ネレアは外国だし、シャビエルはあいかわらず仕事に生きている。あの子たちに知られるわけがない」

スズメのつがいは消えていた。

「大げさになんか言ってないわ。どうしても必要なのよ、それで、やっと自分と折り合いがつけられる、きちんと腰をおろして言えるでしょ〝よし、これで終わった〟って。なにが終わったかって？ あのね、チャト、それも自分で探りだしたいの。そして答えがあるとすれば、村しか考えられない。だから行ってくるわ、きょうの午後にでも」

彼女は立ちあがった。ネッカチーフと、四角いビニールを丁寧にたたみ、ハンドバッグにしまいこんだ。

「さて、これで報告はおしまい。あなた、ここに残るわよね」

4　あいつらの家

夜の九時。台所、魚のフライのにおいが外に出るように窓があいている。国営テレビの夜のニュースは、ミレンが昨夜ラジオで聴いた報道ではじまった。

武装闘争の完全停止。

あんな人たちの言うテロ行為なんかじゃない、うちの息子はテロリストじゃないわよ。

ミレンは娘のほうに向きなおる。

「聴いた？　またやめるってさ。こんどは、いつまでだか」

アランチャはわかっていなさそうでも、みんな把握している。だから意見を表現するふうに、半ば傾（かし）いだ顔――それとも曲がってるのは首？――を軽く動かしてみせた。娘のことだから知れたものではない。でも、ちゃんと理解していると、すくなくともミレンは確信した。

白身魚（メルルーサ）の衣揚げ二切れを、娘用にフォークで細かく切りわけていった。そんなに大きな切り身でなければ、アランチャは口で楽に食べられる。そのほうがいいですよと、理学療法士に言われた。とても感じのいい若い女性。バスク人じゃないけど、まあね。アランチャには努力がいる。でないと回復が望めない。フォークの先が皿の底にあたり、磁器が怒ったように強い音をたてた。揚げた衣がすぐ破れ、魚の白身からフワッと蒸気があがる。

「さて、こんどは、どんな口実くっつけて、ホシェマリを釈放しないつもりやら」

食卓で母は横の席に腰をおろし、娘から目を離さない。油断がならなかった。アランチャは何度も喉をつまらせている。最後は昨夏。あのときは救急車を呼ぶはめになり、村じゅう派手にサイレンが鳴り響いた。ほんとに生きた心地がしなかったわよ、ちょっと！　救急隊員が駆けつけるころには、自分でヒレ肉のすごい切れ端を喉からひっぱりだしていた。

アランチャは四十六歳。三人姉弟の最年長。つぎのホシェマリは、プエルト・デ・サンタマリアⅠの刑務所にいる。アンダルシアくんだりの、あんな端の端まで家族を行かせるんだからね、ちくしょうめ。そして末息子。あの子は勝手にやっている。あの子とは顔もあわせない。

アランチャは母に注いでもらった白ワインのコップをつかんだ。利くほうの手でもちあげて、ふるえながら口もとに寄せる。左の手は硬直した握りこぶし。痙攣(けいれん)性の収縮でウエストに近い脇腹にくっついたきり利かない。娘はワインを一飲みした。父親のホシアンに言わせれば、うれしいかぎり、最近までカテーテルで栄養を摂っていたことを思えばだ。

液体があごを伝ったけど、かまいやしない。ミレンは紙ナプキンで、さっと拭きとった。あんなに美人だった娘、あんなに健康で、あんなに未来があって、二児の母親で、それがいまは、このとおり。

「どう、おいしい？」

アランチャは首を横にふり、魚があまり口に合わないとでも言っているふうだ。

「ちょっと、安いもんじゃないんだから。わがまま言わないの」

テレビではコメントが続いている。ふん、政治家の言うことだわよ。平和への重要な一歩。われわれはテロ組織の解体を要求します。平和プロセスの開始。希望への道。悪夢の終焉。武器を引き渡しなさい。

「闘争をやめるって、なにと引き換えに？　バスクの国の解放を忘れたの？　服役者は刑務所で腐れってわけ。卑怯者。はじめたことは最後までやるもんでしょうに。声明文を読んだ男の声、あんた、きき覚えある？」

アランチャは白身魚の一切れをゆっくり噛んでいたが、頭を横にふって否定した。ほかにもなにか言いたいのか、利き腕をのばして〝ｉＰａｄをかして〟と頼んできた。ミレンは首をのばして画面の文字を読んだ。

《塩気が足りない》

ホシアンが帰宅したのは夜の十一時すぎ、長ネギを一束もってきた。夫は午後じゅう畑にいた。すでに年金生活に入った彼の楽しみだ。畑は川に隣接している。今年はじめ、最後に川が氾濫したとき、畑は一巻の終わりになった。もっとひどいこともあるからなあ、とホシアンは言った。遅かれ早かれ、水は退く。彼は道具類を乾かし、小屋を掃き、新しい子ウサギたちを買い、使いものにならない野菜を植えなおした。リンゴの木、イチジクの木、ハシバミの木は洪水に耐えた、それだけだ。それだけ？　川が産業廃棄物を押し流したおかげで、そのあと土が強烈なにおいを放った。彼は工場の臭気だと言う。ミレンはこう返した。

「毒のにおいだわよ。いつか、あたしらみんなして、おそろしい腹痛で死ぬでしょうよ」

ホシアンのもうひとつの日常の楽しみは午後のトランプ遊び。〝ムス〟のゲームに、仲間四人で注ぎ口つきのワイン差し一杯を賭ける。場所はこの先、村の広場のバル〝パゴエタ〟だ。でも四人でワインひとつのわけがない。

長ネギを抱える格好からして、夫がほろ酔い気分なのがミレンにはわかる。あんたも死んだお義父さんみたいに赤鼻になるわよ、と言ってやった。飲んできた確実なしるしがある。肝臓のあたりがむず痒いみたいに、しきりに右脇腹を掻いているとき。そうなるとまちがいない。とはいえ、千鳥足で歩いてくるほどじゃない。それはない。痒いわけでもない。彼のクセは脇腹を掻くこと、ほかの人間が胸で十字を切ったり、厄払いで木の小物をさわったりするようなものだ。

ホシアンは〝ノー〟とは言えない性分。問題はそこにある。彼がバルで大飲みするのは、ほかの連中も飲むからだ。誰かひとりが〝ほれ、川に飛びこもうぜ〟と言いだせば、ホシアンは子羊みたいに、おとなしく後についていくのだろう。

ともあれ、ひんまがったベレー帽をかぶり、ぎらついた目で、肝臓のあたりをシャツのうえから掻きながら家に着くと、彼は感傷的になった。

ダイニングでアランチャのひたいに、ゆっくり、愛おしげに、ほとんどブチュッと吸う感じのキスをした。危うく娘に倒れかかりそうになる。ミレンは、だが夫のキスを拒絶した。

「ちょっと、やめてよ、呑み屋くさいったら」

「おまえ、そんな、こわい顔しなくったって」

彼女はひらいた両手を夫のほうにのばして、近寄らせないようにした。

「台所に魚があるわよ。冷たくなってるかもしれないけど。そうなら、自分で温めて」

三十分後にミレンは夫を呼び、アランチャをベッドに寝かせるのに手をかしてと言った。彼が片方の腕、彼女がもういっぽうの腕をつかみ、車椅子からふたりで娘を立ちあがらせた。

「しっかり支えてる?」

「え?」

「ちゃんと娘を支えてるかって、きいてんのよ。しっかり支えたら、ふたりで上にひっぱるんだから、いいわね」

片方の足が丸まってアランチャは歩けない。たまに数歩行くこともある。ほんの二、三歩、おぼつかない足どり。杖に頼るか、ほかの人間の手をかりてだ。家のなかを歩き、ひとりで食事をし、しゃべる機能をとりもどすのが、まずは家族の中期的希望。長期的には、まあ様子を見ていきましょう。理学療法士は家族を励ましている。とても感じのいい女性。バスク語はちょっとだけ、いや、ほとんど話さないけれど、こういう場合はかまわない。

父と母でベッドの横に娘を立たせた。さんざんやってきたこと。もう慣れたものだ。それにアランチャは、あのころ何キロだったろう？　四十キロすこし。そんなものだ。若いころは、あんなに丈夫だったのに。

父が娘を支え、そのあいだにミレンは壁のほうに車椅子をよせた。

「転ばせちゃだめよ」

「自分の娘を転ばせるわけないだろうが！」

「あんたなら、やりかねないわよ」

「ばかな」

いがみあうように不機嫌に目をかわした。彼はグッと歯を食いしばり、醜い言葉を口のなかで押しとどめた。ミレンはベッドカバーをめくって、そのあとは、ほら、気をつけて、ゆっくりよ、ちゃんと支えてやってる?と、ふたりでいっしょにアランチャをベッドに寝かしつけた。

「もう行っていいわよ。服を脱がせるんだから」

ホシアンは体をかがめて、娘のひたいにキスをし、おやすみのあいさつをした。そして〝また明日な、かわいいおまえ〟と言いながら、指関節で娘の頬をなでてやり、脇腹を掻き掻きドアにむかった。

部屋を出かけたところで、くるっとふりむいた。

「パゴエタから来るとき、見たら、あいつらの家に灯りがついてたなあ」

ミレンがちょうど、娘の靴を脱がしているときだった。

「誰かが掃除でも、しに行ったんでしょうよ」

「夜の十一時に掃除しに行くのか？」

「あいつらのことなんか、こっちは、どうでもいいわよ」

「まあ、ともかく見たことは言ったからな。村に帰ることにしたのかもしれんし」

「そうかもねえ。武装闘争がなくなって、いい気になってるんじゃないの？」

5 闇の引っ越し

夫を亡くして数週間後、ビジョリはサンセバスティアンで何日かすごした。なにより夫の殺された歩道を見ないですむように、村の人間の険しい目を我慢しなくていいように。長年あんなにみんな愛想がよかったくせに、急に手のひらを返された。それに壁に書かれた文字のまえを毎日通らないでいいし、広場の野外音楽堂（キオスク）のあの落書きも見ずにすむ。最後の落書きはチャトの名前に射撃の的を重ねたもの。落書きがあらわれたと思ったら、数日後に、本人がさようならだ。

ほんとうは子どもたちが騙（だま）し騙し、母親をサンセバスティアンに連れていった。四階ですって、とんでもない！　わたしは二階での生活に慣れているんだから。

「まあね、お母さん（アマ）、だけどエレベーターがあるし」

ネレアとシャビエルは合意ずみ。母の故郷の村、本人が生まれ、洗礼をうけ、結婚した村から、なんとしても母親を連れだそう、その後もなるべく帰らせないように、やんわり止めようという話になっていた。

というわけで、海の見えるバルコニーつきのピソに、ビジョリは落ち着いた。このサンセバスティアンのピソを一家は売るつもりで、新聞に広告も出していた。買ってもいいとか、せめて値段を知りたいという人たちから電話の問い合わせが何件かあった。チャトがピソを買ったのは殺される数か月まえ、当初は村の外の避難所にしようという考えだった。

ピソには電灯と多少の家具がついていた。臨時にここにいればいいよと、子どもたちは母に言いきかせたが、話をしても母はわかっていない。心ここにあらず。無感動だ。もともと、あれほどおしゃべりな人なのに。これでは彫刻とおなじ。まばたきするのも忘れかけているみたい。

シャビエルは病院の同僚といっしょに、家具やら何やらを順にピソに運びこんだ。午後遅く、暗くなってから、人目をひかないようにライトバンで村に行った。往復は十回以上、いつも日没後。きょうはこれを載せ、つぎは、あれを載せてというぐあい。車にそうスペースがあるわけでもない。

ダブルベッドは村の家に残した。夫のいないベッドで眠るのはイヤだと、ビジョリが言うからだ。でも、まあ、かなりの所持品をもちだした。食器類、ダイニングのカーペット、洗濯機。そんな週中のある日、荷箱を載せている最中に侮蔑の言葉をあびせられた。例によって不埒（ふらち）な連中、シャビエルの昔なじみの顔、高校時代の仲間の一部。そのひとりは憎悪で言葉を噛みつぶし〝車のナンバーも、とっくに覚えたぜ〟と、声をあげた。

サンセバスティアンへの帰途、同僚が発作的な不安にかられているのに、シャビエルは気がついた。痙攣の兆しがすでに見え、この状態で運転をつづければ、いずれ事故を起こすと思った。なので、相手に言いきかせて、道路脇で車を停めさせた。

「こんどの日は、もうつきあってやれない。申しわけないが」と同僚。

「だいじょうぶだ」

「悪い。ほんとうだよ。謝る」

「もう村に行く必要はない。引っ越しはおしまいだ。いままで持ちこんだもので、母はじゅうぶんやっていけるから」

「わかってくれるか、シャビエル？」

「もちろんさ。心配するな」

一年経ち、二年経ち、さらに年月がすぎた。

そのあいだにビジョリは、こっそり村の家の合鍵を作っていた。彼女もそうは愚かじゃない。どうやって？ 最初にネレア、何日か後にシャビエルがきいてきた。お母さん、鍵はどうした？ あなた、ひとつ持ってるでしょうに。うん、だけど。兄妹は一致団結。母は母で、それぞれふたりに言った。さあ、どこに置いたのかしら、うっかりしちゃって！ そのうち見てみるわ。で、やっと何日後かに、さんざん探して見つかったような顔をした。当然ながら、その時はとっくに金物店に合鍵の注文ずみ。昔からあった鍵は娘に持たせ、ネレアがたまに（年に一度か二度？）家の様子を見にいっては、ほこりを掃っていたが、その後、母には鍵を返さず、当のビジョリも鍵を返してもらおうと思っていなかった。

あるときネレアは、村の家を売ることを考えたら？と、ほのめかした。その後にシャビエルもおなじ提案をした。自分に隠れて兄妹で話がついているのをビジョリは嗅ぎとった。そこで三人で顔をあわせるとさっそく、その話題をもちだした。

「わたしの目の黒いうちは、村の家は売りませんよ。わたしが死んでから、ふたりでいいようにしなさい」

子どもたちは逆らわずにいた。そう言う母は顔をこわばらせ、目にきびしい光をたたえている。兄妹はさっと視線をかわしあった。以来、その話は二度と口にしなかった。

そう、ビジョリは〝村〟に行くことにした。できるだけ目立たない方法で、なるべく市街に人がいなさそうな、だいたい雨や風の悪天候の日に、あと、子どもたちが忙しかったり、旅に出ているときに。その後七、八か月帰らずに月日がすぎた。

いつも村の外れでバスを降りた。誰ともしゃべらずにすむように。誰にも見られないですむように。人通りのない道を通って昔の家まで行った。家では写真を見ながら、きまった時刻に教会の鐘が打つのを待ちながら、一時間か二時間か、時にはそれ以上すごし、建物のポーチの近くに人がいないのを確認して、来た道をひきかえした。

村の墓地にはいちども行っていない。行ってなんになるの？　チャトが埋葬されたのはサンセバスティアンであって、村ではない。村には一家の霊廟に父方の祖父母が永眠しているのに。だけど、だめだった、村はやめたほうがいいと、さんざん言われたのだ。村に埋葬したら墓がやられてしまう、そういうことが起きるのは、はじめてではないからだ。

ポジョエの墓地で埋葬の儀式が行われるあいだ、母親が耳もとでささやいたことを、シャビエルは忘れようにも忘れられない。どんなことかって？

〝チャトを埋葬するっていうより、なんだか、チャトのことを隠しているみたい〟

6　チャト、きけよ（エンツン）

バスのなんて鈍（のろ）いこと。やたらに停留所があって。ほら、まただわ。どこにでもいそうな体形の婦人がふたり、並んで腰をかけている。午後のおわりに村に帰るところだろう。同時にしゃべって、相手の話などきいていない。おたがい勝手に話しているのに、それでもちゃんと通じている。通路側の彼女が、なにげなく窓側の彼女をひじで小突いた。相手が気づくと、女はバスの前方に首をくいっと動かして合図した。

「あの黒っぽいオーバーの人」と、ひそひそ声。

「誰？」

「知らないなんて言わないでよ」

「背中しか見えないもの」

「チャトの奥さん」

「あの殺された？　あんな老けちゃって！」

「いやでも年は経つわよ。当たりまえでしょ？」

ふたりで黙りこくった。バスは走りつづけた。乗客が乗っては降り、ふたりとも口をつぐんだまま、どこへともなく目をやった。そのうち、ひとりが声をひそめて言った。気の毒にねえ。

「どういうこと?」

「つらかったでしょうから」

「つらい思いなら、みんな、してるじゃない」

「それはそうだけど、彼女、大変な目に遭ったんだし」

「闘争よ、ピリ、闘争でしょ」

「もちろん、わかってる」

そのうち〝ピリ〟じゃないほうの女が言った。

「あの人が産業地区で降りるかどうか、あんた、いくら賭ける?」

ビジョリが立ったとたん、ふたりは視線をそらした。降りるのは彼女ひとりだ。

「だから言ったでしょ」

「どうしてわかったの?」

「あそこで降りるのは人に見られないように。で、あとはチョコチョコ、お家にこっそり行くってわけよ」

バスがまた動きだした。あなたたちを見てないとでも思ってるの?と、ビジョリ。工場や倉庫の地区のほうに彼女は歩きだした。顔つき、高慢じゃない、それはない、でも、きびしい表情。口を堅くむすび、まっすぐ顔をあげる。人に隠れる必要なんかないもの。

村、彼女の村。もうかなり暗い。灯りのついた家々の窓、周囲の野辺の草のにおい。通りにほとんど人影はない。コートの襟を立てて橋をわたり、岸辺に畑のある流れのゆるやかな川に目をやった。住宅地に入ると息苦しい感じになってきた。窒息感? ちょっとちがう。村に帰るたびに喉もとを締めつけてくる見えない手。歩調をゆるめるでも早めるでもなく歩道を行き、細部を目にとめていく。そこの建物のポーチで、はじめて男の子に好きだと言われたんだわ。あら、ここは変わった、こんな街灯は見覚えがないもの。

そのうち案の定、背後でひそひそ声がした。どこかの窓に近い空中から、どこかの玄関口の暗がりから、ブーンと音をたてる蠅みたいに。末尾が「チャト」のざわめきに似たもの。でもそれだけで文全体の想像がつく。もっと遅く来ればよかったのか、人が家にこもるころの時間に最終バスで。言わんこっちゃない。じゃあ帰りは？ それならここで眠るわよ、家があって、ベッドがあるんだから。

バル〝パゴエタ〟の店先で喫煙者のグループがたむろしている。ビジョリは彼らを避けたい気分になった。どうやって？ 来た道をもどって、教会ぞいに反対側から行くのよ。つと足をとめ、立ちどまったのが恥ずかしくなった。いやでも自然を装って、通りのまんなかを歩きつづけた。心臓の鼓動が激しすぎて、男たちに音がきこえやしないかと一瞬思ったりもした。

そばを通っても目をむけずにいた。四人か五人の男が片手にコップ、もう片手にタバコをもっている。近くに行ったら、彼女が誰かわかったらしく、いきなりピタッと静かになった。一秒、二秒、三秒。ビジョリが通りのむこうに着くなり、会話がまたはじまった。

ブラインドのしまった彼女の家。ファサードの下のほうにポスターが二枚、目に入る。一枚は最近のものらしい、サンセバスティアンでのコンサートの案内。もう一枚は色あせて、ビリビリになった世界大サーカスのポスター、まさにこの場所に、ある朝、数知れない落書きのひとつがあらわれた。

〝チャト、きけよ、バン、バン、バン〟（エンツン）

ビジョリは建物の玄関に入った。過去に入りこむようなものだ。昔からの電灯、きしみをあげる古い階段、ガタガタの郵便受けの列は、彼女の家の分だけ欠けている。しかるべき日にシャビエルが取り外したのだ。問題を避けるためだと言っていた。郵便受けを外したら、昔の壁の色が四角くのぞいた。ネレアが生まれるまえ、そしてミレンの息子、あの恥知らずも、まだ生まれていなかった。そのためだけでも地獄が存在してほしい、殺人者たちが永罰を受けつづけるために。

古い木材、冷たい閉めっきりの空気のにおいを吸いこんだ。見えない手がようやく喉もとの手をゆるめたのがわかる。

　鍵、錠、家に入った。またもシャビエルと鉢合わせ、いまよりずっと若いころの息子、廊下で泣いた目をして彼が言っている、お母さん、ぼくらの人生を苦しみで台無しにするのはやめようよ、ぼくらがつまらない人間になるようなことは……とか、そんなふうな言葉、もう正確には覚えていない。このおなじ場所で味わった苦渋もずいぶん昔のこと。

「ああ、そうね、だったら歌って踊りましょうか」

「頼むよ、お母さん、これ以上、傷口をひろげないで。ぼくらが努力しないと、こんなふうに起こったことが……」

　彼女がとめた。

「悪いけど、こんなふうにされたのよ」

「このせいで、ぼくらが下らない人間になっちゃいけないよ」

　言葉。どうやっても頭から追いやれない。ほんとうに一人にしてくれない。わずらわしい小虫よ、ねえ。窓をいっぱいに開けなくちゃだめだわ。言葉も、嘆きも、人の住まないピソの間仕切りに囚われた、悲しい昔の会話も表に出ていくように。

「チャト、チャトくん、夕食は、なにがいい？」

　チャトは壁に掛かる写真のなかで、いかにも暗殺されやすい男の顔をして、半ば笑みをうかべている。彼を見ただけで、いつかは殺される人だと気づかされる。それに、この耳ったら。

　ビジョリは自分の人差し指と中指をくっつけて指の腹に口づけし、その指先をモノクロ写真の彼の顔にそっと押しつけた。

「目玉焼きのハム添えでしょ。わかるわよ、あなたが生きているみたいに」

バスルームの水道の蛇口をあけた。ああ、ちゃんと水が出る、思ったほど生温くない。引き出しをあけ、家具や物にくっついたほこりを吹きはらい、これをやり、あれをやり、こっちに来たり、あっちに行ったり、夜の十時半に夫婦の寝室のブラインドを少しあげて、室内の灯りが外の通りにもれるぐらいにしておいた。となりの部屋のブラインドもおなじ、でもここは灯りをつけずにおく。キッチンから椅子を一脚もってきて腰をおろし、すきまから外をのぞいた。自分のシルエットがうかばないように、真っ暗ななかで。

若者が何人か通りすぎた。人がパラパラ。言い合いをしながら来る男の子と女の子、彼がキスしようとし、彼女は抵抗する。犬を連れた老人。家のまえに遅かれ早かれ、あの人たちの誰かが来るから見ていなさい。そんなこと、なんでわかるんだ？　説明なんかできないわ、チャト、女の勘だもの。で、予感は的中したのか？　そう、当たったわよ。といっても、かなり待たされたけど。教会の鐘塔が十一時の鐘を打った。相手がすぐわかった。ベレー帽を斜にかぶり、セーターを両肩にかけて袖口を胸のところで結び、脇のしたに長ネギを何本か挟んでいる。ということは、まだ畑をかまっているわけね。街灯の光がとどく場所で足をとめたので、自分の目を疑うような驚いた相手の顔つきが見えた。ほんの一瞬、それだけだ。そのあと、お尻に針でも突きささったみたいに、また歩きだした。「ほらね。ここで灯りがついているのを見たって、こんどは奥さんに話すでしょうよ。彼女、きっとこう言うわよ〝あんた、飲んできたのね〟。だけど好奇心にくすぐられて、ハッキリさせたくて来るから。チャト、賭ける？」

零時の鐘が鳴った。焦っちゃだめよ。そのうち来るでしょう。

やってきた、案の定やってきた。零時半になりかけたころ。街灯のところで、ほんの一瞬立ちどまり、こちらの窓を見あげている。意外さも驚きも顔にうかべず、むしろ怒りで眉をつりあげて、地面を堅く踏みしめながら、もと来たほうにすぐ踵をかえすと、暗がりに消えていった。

「たしかに、全然変わってないわね」

7　ナップザックの石つぶて

ホシアンは台所に自転車を入れた。軽い自転車、競技用だ。いつかもミレンに言われたばかり。これから洗う食器を彼女は目のまえで山にして。

「贅沢なガラクタ持っちゃって、よく、そんなお金があるわよね」

「そりゃあるさ、だからなんだ？　こっちだって、ロバみたいに一生働きづめだったんだからな、ちくしょうめ」とホシアンの返事。

壁をこすらずに、彼は地下室から自転車を楽々あげた。住まいが一階で助かる。若いころサイクロクロスに参加したときみたいに、肩のうえで自転車をもちあげた。朝七時、日曜日。音なんかひとつも立てていない。なのに、ミレンがネグリジェ姿でテーブルに腰かけて、とがめる顔で待っていた。

「家に自転車なんか持ちこんで、なにしてんの？　どうしたいのよ、床を汚したいわけ？」

「出かけるまえにブレーキを調整して、磨きをかけてやるんだよ」

「だったら、表でやればいいじゃない？」

「外じゃ、ほとんど見えないし、クソ寒いんだ、ちくしょう。そっちだって、こんな時間に、なんで起きてるんだ」

ミレンは二晩続きで眠れず、だけど口にするまでもない。目の隈が声を大にして伝えてくる。そのわけは？　ブラインドからもれる灯り、あいつらの家でよ。金曜日だけじゃない、きのうもそうだし、もっと言えば、この先ずっと毎日だろう。そのうち人が言いはじめるわ、気の毒な犠牲者ね、笑顔でいっしょにお散歩でもしましょう、とか。灯り、ブラインド、街角でビジョリを見かけたと言って、わざわざ告げにきてくれる人、そういうものが昔の記憶を運んでくる。悪い記憶、しかも最悪中の最悪。

「うちのあの息子のおかげで肩身がせまいわよ」

「そうだろうさ、でも、そんなこと村の人間に言って歩いたら、また面倒になる」

「あんたに言ってるんでしょ、じゃなかったら、誰としゃべれっていうの？」

「そっちが筋金入りの愛国主義者（アベルツァレ）になってくれたしな。いつもデモ行進の先頭にいて、金切り声を人一倍張りあげて、肝っ玉のすわった革命主義者ときたもんだ。で、刑務所の面会室でおれが涙をこぼせば、突っかかってくる。〝弱虫になりなさんな〟」と彼はミレンの声の真似をする。「〝息子のまえで泣くもんじゃないわよ、こっちまで落ちこむじゃないのさ〟」

かなり昔、どのくらい？　そう二十年以上まえに、家族は〝ひょっとしたら〟と疑いをもちはじめ、手がかりをつかみ、認識した。アランチャがある日、台所で。

「ほらほら、あの部屋じゅうの壁のポスター。それに机のうえにある木の彫刻、斧に蛇が巻きついているやつよ、あれ、なに？」

ある午後、ミレンはそわそわと、不機嫌な顔で帰宅した。ホシェマリがサンセバスティアンで街頭の騒乱にくわわっているのを見たからだ。誰と見たって？

「きまってるじゃない。ビジョリとよ。このあたしが、よその男とつきあってるとでも思ってるの？」

「まあ落ち着けよ。あいつは若いし、血が騒いでるんだから。そのうち、おさまるさ」

ミレンは、そそくさと淹(い)れたシナノキのハーブティーをすすり、聖イグナチオに庇護と助言をもとめた。そして鯛の身に埋めこむニンニクの皮をむきながら、包丁を離さずに胸で祈りの十字を切った。夕食の最中、黙りこくった家族一同のまえで独り言がとまらない。すごく良くないことが起こるかもしれないわ、ホシェマリの放蕩は悪い友だちに感化されたからよ、マノーリの息子やら、精肉店の息子やら、不良仲間のせいにきまってる。

「身なりなんか、かまったもんじゃない、だらしない格好して、あんな耳輪くっつけて、ぞっとするわよ。口までバンダナで隠しちゃってさ」

当時ビジョリと彼女は、友だち？　それ以上、姉妹のようなもの。ともかく仲がよかった。ふたりで女子修道院に入りかけたほど。でもホシアンがあらわれ、でもチャトがあらわれた。彼らはバルでのトランプ遊び〝ムス〟のパートナー、土曜日といえば集まる美食同好会の食事仲間で、日曜日のサイクルツーリングのメンバーだった。ビジョリもミレンも村の教会で結婚し、聖堂を出るときにバスクの民舞(アウレスク)で祝賀された。ひとりは六月、もうひとりは七月、一九六三年のこと。いずれの日曜日も、その日のためにとっておきのような青空だった。そして、おたがい招待しあった。ミレンとホシアンはリンゴ酒店(シドレリーア)で披露宴、村の郊外にあって、正直な話、そう悪くない。まあ、要は安上がりで、刈り草と、牛や馬の糞(ふん)の田舎っぽいにおいがした。ビジョリとチャトは正装の給仕人つきの高級レストラン、子どものころ、ほころびた麻底ズックで村を歩いていたチャトは、自分で興(おこ)した運送会社がうまくいっていた。

ミレンとホシアンの新婚旅行はマドリード（マヨール広場に近い安ペンションで四日間）、ビジョリとチャトはローマを皮切りに、無数の信者へのカトリック新教皇のあいさつに浴したあと、イタリアの各都市を訪れた。旅行の話を女友だちの口からききながら、「お金持ちと結婚したわけね」とミレン。

「でもあなた、そんなこと気がつかなかったもの。成り行きというか、あの〝耳〟で結婚したようなもんだから……」

騒乱のあった午後、彼女たちはサンセバスティアンの旧市街のチュロス店から出てきたところだった。並木通り(ブレバル)に面した道の端で足をとめた。市バスが道路をふさいで炎上している。黒煙が建物のファサードにこびりつき、窓をおおっていた。バスの運転手は、あきらかに殴られたらしい。年ごろ五十から五十五か、その場で地面にすわりこみ、血みどろの顔をして、息ができないみたいに口をあけている。横で通行人ふたりが介抱し、慰めていた。バスクの自治警察官(エルツアニヤ)が、彼女たちの様子を見て判断したのだろう、そこで立ちどまるなと指示してきた。

「騒ぎだわね」とビジョリ。

「オケンド通りから行ったほうがいいみたい、それで回り道して、バスの停留所まで行きましょうよ」とミレン。

角を曲がるまえに彼女たちはふりむいた。道の先に自治警察のワゴン車の列が遠目に見える。警察車は市庁舎の脇に停まっていた。覆面で顔を隠した赤いヘルメットの警官が配置についている。正面で群れをなす若者たちに警察隊はゴム弾を発砲し、向こうは向こうで声をあわせて、決まり文句で警官を罵った。〝バスク警察(シパージョス)の犬ども、殺人者、クソ野郎〟、時にバスク語、時にスペイン語で。

街路の闘争の中心でバスが超然と、好き放題に燃えつづけていた。大量の濃厚な黒い煙。焼けたタイヤのにおいが周囲の通りに蔓延し、鼻粘膜を痛めて、目がヒリヒリした。通行人の誰かが小声で言う文句が、ミレンとビジョリの耳に入ってきた。バスは、おれたちの懐(ふところ)から出ているんだぞ、これがバスクの権利を擁護するって言うんなら、なにをしたって意味がない。

妻が夫を黙らせた。

「シーッ、きこえるじゃないの」

ふいに、ふたりは彼の姿をみとめた。覆面がわりの防寒帽をすっぽりかぶり、バンダナで口もとを隠した若者のひとり。あらイヤだ、ホシェマリじゃない。こんなところで、なにしてるの？　ミレンは声をかけそうになった。ホシェマリは、ついさっき彼女たちが歩いた道を通って、旧市街から出てきたところ。魚介レストランの角で六、七人の若者がたたずみ、精肉店主の息子も、マノーリの息子もいた。

ホシェマリは腕にナップザックをかかえて走っていくひとりだった。歩道に彼がナップザックを置くと、ひとり、またひとりと若者が寄ってきて手をのばし、なんだかわからないが、ナップザックから物をとりだしていく。

視力のいいビジョリが言った。〝石だわ〟

そう、石つぶて。若者たちは警察隊にむかって、その石を思いきり投げていた。

8　遠いエピソード

車輪のリムのきらめきがミレンの注意を直撃する。ホシアンの自転車に凝縮した朝の光が当たっただけで、遠いエピソードが脳裡によみがえる。

場面？　まさにこの台所。まっさきに記憶が運んできたのは手の震え、夕食の支度をしている最中だった。思いだすだけで息苦しさに似たものがやってくる。当時はフライパンからあがる熱や蒸気のせいだと思っていた。窓をあけたぐらいでは、じゅうぶんな空気にあたれない。

　夜の九時半になり、十時になり、やっと帰宅した気配があった。建物の階段をあがってくるあんなやかましい足音は、あの子しかいない。よくもまあ、駆けあがってくること。思い知らせてやるから見てらっしゃい。

　息子が家に入ってきた。巨体、十九歳、肩にかかる長髪、あのいやらしいピアス。ホシェマリ、健康な子、たくましくて、大食らいで、成長するうちに背丈も横幅もある若者になった。家族のみんなより四十センチも高い。末っ子は別、あの子も背が高いけれど、なぜかタイプがちがう。ゴルカはひ弱で細身。ホシアンに言わせると、おつむは兄よりもいい。

　ミレンは怒った眉で、ホシェマリがキスのあいさつをしようとしても寄せつけない。

「どこ行ってたの?」と素知らぬふりで言う。

　午後サンセバスティアンの並木通りで見かけてもいないふうに。でも服が焦げて、ひたいに傷をつけた息子が病院にでも入ったんじゃないかと、あのときから、ずっと考えていた。

　本人は、はじめ答えをはぐらかした。すっかり居直っている。まったく! コルク抜きでも使って言葉を引っこ抜かなくちゃダメよ。案の定、息子が返事をしないので、彼女のほうから言ってやった。時間、場所、石の詰まったナップザック。

「あんた、まさか、バスに火をつけた仲間じゃないでしょうね。うちに面倒もちこまないでちょうだいよ」

　面倒もクソもあるもんか。相手がいきなり大声を放った。で、ミレンは? まっさきに窓をしめた。村じゅうにきこえるじゃないの。〝占領警察隊、バスク国（エウスカレリア）の解放〟。母親のほうはフライパンの柄をつかんで身を守ろうとした。仕置きが必要ならしてやるわ。だけど熱した油に注目したとたん、そりゃそう、これじゃ無理にきまってる。夫はまだ帰ってきていない。ホシアンはバルの〝パゴエタ〟にいて、あたしは逆上した息子とふたりきり、相手は〝解放〟だの〝闘争〟だの〝独立〟だのと大声を張りあげている。あまりに攻撃的で、ミレンは嫌でも考えた。この子はあたしを殴る気でいる。あたしの息子、あたしのホシェマリ、あたしが産んで、お乳をあげた子が、その母親によくもこんなふうに怒鳴れるもんよ。

　彼女はエプロンをとって丸めると、腹立ち、それとも恐怖心？　ともかく床めがけて投げつけた。大体その位置に、いまホシアンの自転車がある。こんなガラクタを家にあげようなんて、よく思いついたもんだわ。

　泣いているところを息子に見られる真似だけはしたくない。ミレンは台所から飛びだした。目を細め、くちびるを突きだし、泣きくずれそうなのを堪えたクシャクシャの顔で、それでもまだ持ちこたえて、子ども部屋に入るというか駆けこんで〝お父（アィタ）さんを呼びにいきなさい〟と、末の息子に言った。本とノートに顔を埋めていたゴルカが〝どうしたの？〟ときいてきた。母親はせきたて、十六歳の少年が大急ぎでパゴエタに走った。

　まもなく、トランプゲームを中断して、ホシアンが腹立たしく帰宅した。

「自分の母親に、おまえ、なにをした？」

　背丈がちがうので、父が息子を見あげて話すはめになった。車輪のリムのきらめきのなかで、ミレンには、その場面がすっかり見える。記憶を絞りだすまでもない。壁半分を埋めるタイル、ささやかな光をそそぐ蛍光灯、合成樹脂加工の労働者階級用の家具、換気していない台所の揚げ物のにおいが凝縮されてそこにある。

　いまにも殴りかかる寸前。誰が？　力のあり余った息子が、ずんぐりむっくりの父親をだ。ホシェマリは相手の肩をつかんで小突いた。こんなふうに父に挑んだことは過去にない。つまり貸し借りはないということ。ホシアンは、もとから子どもに仕置きをする父親じゃない。この人がお仕置き？どちらかといえば小声でぶつくさ言って、不和の空気を嗅ぎとったとたんに、バルに逃げていくほうだ。いつだって、あたしにみんな押しつけてさ、子どもたちの教育も、病気になったときも、家庭の平和もなにもかもよ。

最初の一撃で父のベレー帽がふっ飛び、ポトンと落ちた。床ではなく椅子のうえに、そこにすわっていなさいとでも言うようにだ。父親は後退りをした。悲しく、あ然として、怖れおののき、しょげかえり、ひとつかみの白髪が敗北でくしゃくしゃになり、一家の大黒柱の地位を永遠に失った。それほど仲の悪くない家族、そう、すくなくともこの瞬間まで、それはなかったのに。

アランチャは、いつか家に来たとき、母に言った。

「お母さん（アマ）、うちの家族の問題、なにかわかる？　いつもあんまり話をしないこと」

「まさか」

「おたがいのことが、よくわかってないんだと思う」

「あたしは、あんたたちのこと、よく知ってるわよ。知りすぎるぐらいに」

その会話も、自転車のリムのなかでつづく。車輪の二つのスポークのあいだのきらめき、昔のシーンとともに、ああ、この目の黒いうちは忘れるもんですか。あそこにホシアンが見える、かわいそうに、うなだれて台所から出ていった。それで、ふだんより早く寝床に入って、おやすみも言わないで、いびきのひとつもきこえなかった。この人ったら、ひと晩じゅう寝ていやしない。

夫は何日もしゃべらなかった。もともと口数が少なかった。いまは、もっとしゃべらない。ホシェマリもそう。黙りこくって、四日も五日も黙ったきり家にいた。口をあけるのは食事のときだけ。そして土曜日に自分の持ち物をまとめて出ていった。そのときは、これで行ったきりになるなんて家族の誰も思っていなかった。あの子本人も思ってなかったかもしれない。台所のテーブルに紙を一枚残していった。

《ごめん（バルカトウ）》

サインもない。あらあら〝ごめん〟と来たわ。弟のノートの紙を一枚ひきちぎって、それだけ。あいさつのキス（ムシュ）の言葉もなければ、どこに行くとか、〝さようなら〟もない。

十日してから、ホシェマリは、洗濯物の服を詰めた袋ひとつと、部屋に置きっ放しの所持品をひと山入れるザックを持ち帰り、母に海芋（カラー）の花束をプレゼントした。

「あたしに？」

「あと誰もいないだろ」

「こんな花、どこからもってきたの？」

「花屋にきまってるだろ。だったら、ほかに、どこからもってくるんだよ。魔法みたいに宙から飛びだすのか？」

ミレンは相手にじっと目をやった。あたしの息子。小さいころ体を洗ってやって、服を着せて、スプーンでお粥を食べさせてあげた子。この子がなにをしようが、と独りごちる。あたしのホシェマリなんだから、大事に思ってやらなくっちゃだめ。

洗濯槽が回転するあいだ、息子はすわって食事をした。ひとりでバゲット一本食べかけている。まったく獰猛（どうもう）だわよ。そのうち父親が畑から帰ってきた。

「やあ（カイショ）」

「やあ（カイショ）」

会話はそれきり。洗濯がおわると、ホシェマリは服を濡れたまま袋に詰めた。

ピソで乾すからいいよ。ピソって？

「仲間何人かで借りてシェアしててさ、ゴイスエタ方面に行く道路からちょっと入ったところ」

ホシェマリは別れのあいさつをした。はじめ母親にキスをして、そのあと父親に親しげに背中をポンとたたいた。ザックと袋を肩にかけると、仲間だか誰だか知らないが、その世界に息子は旅立った。おなじ村で近くなのに、両親は知らずにいた。

あのとき窓から顔をだして、息子が通りを立ち去るのを見ていた自分がミレンの脳裡にうかぶ。

でも、こんどは思い出が最後までつづかない。ホシアンが、いきなり自転車を動かして、リムのきらめきが消えてしまったから。

9
赤

炭子(イカツア)ちゃんがまた死んだ小鳥をもってきた。スズメ。ここ三日で二羽目。ネズミをもってくることもある。この雌ネコはどうやら家計に貢献しているか、飼い主の待遇に感謝を示しているらしい、マロニエの幹をスルスル登って、近くの枝から四階のどこかのピソのバルコニーにひとつ跳び、そこからビジョリのバルコニーにたどり着き、床か、植木鉢の土のうえにプレゼントの獲物を供える癖がついていた。ガラス戸があいていれば、サロンのカーペットに置くこともめずらしくない。

「そういう変なもの、もってこないでって、何度言ったらわかるの？」

ぞっとする？　ちょっとね。だけど、上品ぶっているわけじゃない。炭子(イカツア)のプレゼントが暴力的な死を連想させて、いやなのだ。はじめは外の通りに箒(ほうき)で掃きだしていたが、建物の玄関先に駐車してある車に落ちたりもする。もちろん、これは想定外。ご近所との諍いを避けるために、最近は死んだ小動物を建物の裏にもっていく。棒をつかって塵とりに入れてから、なにくわぬ顔でキイチゴの茂みに捨てておしまいだ。

この作業のためにゴム手袋をはめたら、玄関の呼び鈴が鳴った。シャビエルは母親を驚かせないように、いつも自分が来たことを知らせてからドアをあける。

「掃除中に、じゃましたかな？」と、彼はゴム手袋を見て言った。

「来ると思っていなかったもの」

長身の息子、背の低い母、ふたりは玄関で頬をあわせて、あいさつする。

「弁護士と会う用があってさ。ちょっとした件で何分もかからなかった。近くだから寄って、ついでに採血してやろうと思って。そうすれば、あした病院に行かなくてもすむだろ」

「まあね、だけど、このあいだみたいに痛くしないでよ」

シャビエルは口が重いほうなのに、やたらに話しかけて、母親の気をそらそうとした。炭子がアームチェアで脚をなめていると、ネコの眠たそうな目がきれいだとか、天気予報とか、今年は栗の値段が高いとか。

「いいお給料もらっているくせに、栗の値段なんて、どうでもいいじゃないの」

ビジョリは袖をまくり、サロンのテーブルにひじをついた。人に話しかけられるより自分のほうがしゃべりたい。話しだすと止まらない話題があった。ネレアのことだ。

ネレアがどうした、ネレアがこうした。愚痴、眉間のしわ、小言。

「あなたに言うのは、息子だし、信頼しているからよ。あの娘はだめ。どうにもならないわ。大変なのは初産で、二人目からは道がつくって言うでしょ。だけどあなたを産んだときより、ネレアのほうがつらかった。よっぽど難産だったわ。そのあとも、まるで手に負えない。思春期なんか話のほかよ。

ところが、いまはもっとひどい。お父さん（アイタ）のことがあってから、すこしはまともになってくれるかと思ったのに。お葬式のときだって、さんざん人に悲しい思いをさせて」

「そんなこと言わないで。ぼくらといっしょで、ネレアなりに苦しんだんだからさ」

「自分の娘だし、こんなふうに言うのはよくないわよ。だけど感じることを口にしちゃいけないの？　黙ったって感じるのは、おなじでしょ？　しかも、よくなるどころか頭にくることばかり。こっちも齢（とし）ですからね、あの子の態度が我慢できないこともあるの、わかる？　四日前にロンドンに行ったのよ、能天気の夫にくっついて」

「言っておくけど、義弟（かれ）には名前があるんだよ」

「あんな、ろくでなし」

「悪いけど、エンリケっていうんだ」

「〝ろくでなし〟で、たくさんだわ」

注射針は静脈にすんなり入った。細い管がたちまち赤くなる。

赤……。

シャビエル、シャビエル、実家に行ってくれないか。親父さんに、なにかあったんだよ。

悪いことがあったのだと、彼は察知した。〝なにかあった〟というその言葉が自分の内部で永遠と化した現在に響きつづけ、時の流れが突然中断した。詳しいことは言われなかったし、こちらもあえてきかず、ただ、伝えてきた同僚の顔つきと、廊下で行きかう人間の態度からして、父親に重大なことがあったのは察せられた。なにか真っ赤なこと、最悪のことが起こったと。事故の可能性は一瞬も考えなかった。病院の出口への道すがら、見ると、みんなが憐れむように眉をひそめたり、恐怖や同情でひたいにしわをよせたり、エレベーターで彼と鉢合わせをしないように、いきなり背をむける元同僚までいた。

そう、つまり、ETAか。駐車場をつっきるあいだ、三段階の重大度を想定した。父の体の自由が利かなくなるか、一生車椅子になるか、柩に入るか。

赤……。手が激しくふるえて、車のエンジンキーが鍵穴に入らない。床にキーを落としてしまい、車を降りて座席のしたを探すはめになった。タクシーで行くほうが利口だったかもしれない。ラジオをつけるか、つけないか。慌てて来たので白衣を脱ぐのも忘れていた。独り言を言い、赤信号を罵り、卑語が口をついて出る。ようやく村の家が見えはじめ、ラジオをつけることにした。音楽。神経質にチューニングのつまみを回す。音楽、コマーシャル、くだらない談話、ジョーク。

赤……。バスクの自治警察（エルチャンチャ）が迂回を指示してきた。教会裏の駐車禁止エリアに車を停めた。罰金を取るなら取ればいい。どしゃ降りの雨、ともかく大急ぎで道を進んだ。このときはもうラジオでニュースをきいていた。ただ、アナウンサーは犠牲者の状態について確証は得ていない。おまけに名字がちがっていた。

ガレージと両親の家のあいだで血痕が目に映った。雨水とまざって、歩道の縁にすこしずつ流されていく。あまりに早足で神経が立ち、危うく血痕を踏みかけた。自治警察の警官をまえに〝息子〟だと身分を明かした。誰の息子？　そんなことはきかれない。着ている白衣のおかげで道を通された。そうでなくても撃たれた人間の家族とはっきりわかる顔なので、警官の誰ひとり、彼に行き先をきこうとはしなかった。

「ネレアったら、まだ電話をしてこないのよ」

「電話しても、お母さんが出かけていたんじゃないのか。ぼくだって、きのうも、おとといも電話したんだけどね。でも出なかったろ。それもあって、きょう来たんだよ。ちゃんと元気にしているか見てやろうと思って」

「そんなに心配なら、なんで、もっと前に来なかったの？」

「お母さんがどこにいたかも、ここ何日、どこで寝泊まりしたかも知ってたからさ。村じゅうの人が知ってるよ」

「どうでもいい人たちが、わたしの、なにをご存じですって？」

「産業地区の停留所でバスをおりて、人と会わないように家のほうに行ったとか。お母さんを見たっていう人間に病院できいてね。だから心配はしなかった。ネレアだって何度も話そうとしたと思うけどな。お母さんがどうしたいのか、べつにきかないよ。あそこはお母さんの村だし、お母さんの家なんだから。でも昔の思い出をまた生きるつもりなら、一応連絡してくれるとうれしいね」

「それは、わたしの問題でしょ」

シャビエルは医療器具と母の採血のサンプルを、かばんに収めた。

「ぼくも、その思い出の一部だよ」

彼がそばに寄ると、ネコはおとなしく撫でられた。食事はしていかないよと言った。ほかにも二言三言。母にキスをしてからシャビエルは家を出た。

母親がきっと窓からのぞくだろうと思い、車に乗るまえに視線をあげた。そして薄いカーテンのむこうにいるはずの相手にむかって、片手をあげて別れのあいさつをした。

10　電話の呼びだし

電話が鳴った。きっとあの娘(こ)だわ。

ビジョリは電話に出ない。受話器にとどくには腕をのばせばすむ。さんざん、かけてくればいいわ。娘がいらだちを募らせて電話のむこうで言っているのが目にうかぶ。ママ(アマ)、出てよ、ママ(アマ)、出てよ。でも出ない。十分して、また電話が鳴った。ママ(アマ)、出てよ。あまりベルが鳴るもので、炭子(イカツア)がピリピリして、バルコニーの戸があいているのをいいことに外に出ていった。

ビジョリはダンスのステップを踏みながら、チャトの写真に近寄った。

「踊りませんか？　チャトくん？」

すこし経ってベルが止んだ。

「あの娘(こ)よ。あなたが目に入れても痛くない子。なんで知ってるかって？　ああ、チャト、あなたにトラックのことがわかるみたいに、わたしにだって、わかることがあるの」

ネレアは父親の葬儀にも埋葬にも出なかった。

「わたし、いつか認知症になって、あなたが殺されたこと忘れるわね。自分の名前も忘れる。だけどいい？　記憶に灯りが点るうちは、いちばんいてほしいときに、あの娘がいてくれなかったことは覚えてますからね」

チャトが殺される前の年に、娘はサラゴサに居をおいて、当地で法学部の課程をつづけていた。女子学生二人とシェアするロペス・アジュエ通りの学生用ピソには、電話がついていなかった。いちど娘を訪ねたとき、ビジョリは緊急時のためと思い、階下のバルの電話番号を控えておいた。携帯電話？　思いだすかぎり、当時使っていた人はまずいない。あの日まで、娘に緊急で電話する事態には遭遇しなかった。でも、こうなれば他に方法がない。

ビジョリはあのとき、鎮静剤とショックと苦悩でまともに言葉もつづかず、シャビエルに頼んでバルに電話してもらった。シャビエルは名乗ってから、悲痛な冷静さで言うべきことを言い、バルの主人に妹の住む階を伝えた。相手はとても親切だった。

「すぐ人をやりますよ」

どうか妹にいますぐ実家に電話するように言ってください。緊急な件、ものすごく緊急な件ですからと、シャビエルはくり返した。母に言われていたので電話の理由は伝えなかった。そのころはもうテレビから、ラジオから、無数の局がニュースを報道していた。シャビエルとビジョリは、ネレアがとっくに事件を把握しているものと思っていた。

だが彼女は電話してこなかった。どんどん時間がすぎていった。最初の公式発表。残虐なテロ行為、卑劣な暗殺、善良な市民、われわれはこの犯罪を許さない、テロ行為を断固拒否する等々。夜の帳がおりた。シャビエルは、あらためてバルの電話番号をまわした。バルの主人は、もういちど息子を呼びにやらせると約束した。それきりだ。

翌朝までネレアは電話してこなかった。母親が泣き、嘆き、心の箍をはずし、途切れ途切れの声でくわしい経緯を話しおえるまで、娘は長い沈黙を守っていた。それから悲痛な、でも、きっぱりした声色で言った。〝わたし、サラゴサを動かないから〟

え？　ビジョリのすすり泣きが、いきなりやんだ。

「いちばんのバスで、もう家に向かっていて、いいころなのよ。ほら。自分の父親が殺されたのに、あなたはそこで、そんなに平気でいるなんて」

「平気じゃないわよ、ママ。すごく悲しいんだから。でもパパが死んだのなんて見たくない。とても耐えられない。新聞になんか載りたくない。村の人たちに、じろじろ見られて、我慢なんかしたくない。どんなに憎まれているか、ママだって知ってるくせに。お願いだから、わたしのことも理解してよ」

母親に口をはさまれないように、胸の奥からあがってくる号泣に声が奪われないように、ネレアは一気にしゃべりまくった。

そして、涙のあふれた目で言葉をつづけた。

「サラゴサの人は誰も、わたしとパパを結びつけていないの。大学の先生でさえもよ。それだから、ここで静かに生活できるの。学部の誰にも、うわさしてほしくない。ほら、殺された人の娘だとか。いま村に行ってテレビにでも映ったら、わたしが誰だか大学のみんなに知られちゃう。だからここにいる。お願い、わたしの気持ちを悪くとらないで。ママとおなじくらい、メチャメチャなんだから。ママは思いどおりにしたいんでしょうけど、わたしにも自分なりの悲しみかたを選ばせてよね」

ビジョリは会話に横やりを入れようとしたが、娘は話を切りあげた。そして一週間後まで村に姿を見せなかった。

ネレアにはネレアなりの考えがあった。自分が直近の——そのうち二番目になり、三番目になる——ETAの犠牲者だと知るサラゴサ在住者（大学の学部や近所の人、友人）は、ルームメイトの二人だけ。この二人がうっかり口をすべらせないかぎりだ。彼女の名字はバスクでめずらしくなく、どこにいても耳にする。ETAに暗殺されたギプスコアの企業家の身内か、それとも知り合いかと、仮に誰かにきかれても否定する気でいた。

ピソのルームメイトより先にこの件を知ったのは、あの青年、ホセ・カルロスだ。近くのバルに行くのに、あの日彼女を迎えにきて、ほかの学生と合流した。日が暮れたら車何台かで、みんなで獣医学部のパーティーに行く予定だった。冗談を言ったり、笑ったりしているうちに、ニュースがネレアを直撃した。離れたところで、彼女はこっそりホセ・カルロスに頼んだ。わたしをひとりにしないで、誰にもなにも言わないで、いっしょにピソに来て。ふたりで部屋に閉じこもった。青年は慰めの言葉をさがしたが、見つからない。テロ集団にたいして、なにもしない現政権にたいして、ホセ・カルロスは長々と罵り、悲痛な思いの彼女に頼まれて添い寝した。

「ほんとうに、いいのか？」

「そうしてほしいの」

もし、ぼくのが立たなかったらごめん、と、彼は事前にあやまった。しゃべりっ放しだった。

「きみの親父さんが殺されたなんて、ちくしょう、殺されたなんて」

エロチックな戯れに集中できずに、彼が罵言を連発するあいだ、彼女はキスで口をふさごうとした。真夜中近く、彼女が彼のうえに乗って、あっけない交わりをおえた。ホセ・カルロスはそれでもまだ、主張、卑語、非難の文句をぶつぶつ言いつづけていたが、最後は疲れに負けてベッドの片側に転がり、もうなにも言わなかった。灯りを消したまま、ネレアは彼の横で一晩じゅう一睡もしなかった。ベッドのヘッドボードに背をもたせ、タバコを吸いながら、父の思い出をたどりつづけた。

電話がまた鳴った。こんどばかりは、ビジョリも電話をとった。

「ママ、やっとだわ。もう三日も電話しつづけてるのよ」

「ロンドンは、どうだったの？」

「すごくよかった。言葉につくせないくらい。ドアマット、取り替えた？」

11　洪水

三日続きの旧約聖書なみの大雨、ゲリラ豪雨でもなんでもいい。その夜、ベッドのなかで、ホシアンは不安にかられながら、屋根や道を打擲(ちょうちゃく)する小太鼓の打音に似た激しい雨音をきいていた。製錬所では、勤務時間じゅう外をのぞいては、首を横にふり、滝のように降る雨を見れば見るほど気落ちした。雨脚で近くの山がかすみ、この分だと、川の水かさがどんどん増して危なくなる。畑か、ちくしょうめ。どしゃ降りは止まず、もう三日も降ってるのに、まだ降るつもりか。

まあ野菜はいい。ふん、また植えればすむことだ。木？　あれは持つだろう。やられるとしたらハシバミの木ぐらいか。それより道具をなくしたり、川が氾濫して、塀やウサギを飼っている小屋が流されるほうが心配だ。そんな話を仕事仲間にした。

「セメントで塀を立ててりゃ、問題なかったろうに」

「塀なんかどうでもいいんだよ、ちくしょうめ。だけど塀がなきゃ、川に土をごっそりもっていかれちまうだろ。でっかい穴があいて。崖になってさ。ウサギはまちがいなく溺れ死ぬし、ブドウの木なんか言わずもがなだ」とホシアン。

「川べりに畑なんかつくるから、そういうことになるんだろうが」

「してやられたんだよ、川べりのほうが地味がいいからって」

勤務後、製錬所からまっすぐ畑に行った。まだ降っていたかって？ どしゃ降りもいいところ。傘をさし、ベレー帽を斜にかぶって坂をくだると、橋のところでバスクの自治警察が通行止めにしていた。濁った急流が、あと指二本分で橋に達しかけている。なんて光景だ！ 川の水が、こんな橋まで跳ねあがるぐらいだから、もっと低い場所にある畑がやられてないわけがない。人家の一ブロックを後ろ側からまわった。そりゃそうだ、ただ川が氾濫するのと、氾濫したうえに根こそぎもっていかれて、流されて全滅するんじゃ、わけがちがう。

一軒の呼び鈴を押して、インターホンに口をつけて用件を伝えると、玄関のドアがあいた。友人宅で、ホシアンは川に面したバルコニーから見わたした。

「なんてこった、おれの畑はどこ行った？」

木の幹は沈没寸前のカヌーのごとし、枝はミルクコーヒー色の水面にのぞいたり、沈んだり、錆びついたドラム缶がひとつ、起きあがりこぼしみたいに跳ねあがり、ビニールも勢いよく流されていく。苔やカビくさい強い臭気と、腐敗物を掻きまぜたみたいな悪臭が河川の怒りからあがってくる。友人はホシアンの愚痴をなだめようとしたのだろう、対岸を指さした。

「だけど、むこうを見ろよ、アリサバラガ兄弟の作業場。ありゃ破産だな」

「おれのウサギだよ、ちくしょうめ」

「あの被害じゃ、ひと財産いるだろう」

「あれだけ手間ヒマかけたのに。この手でウサギの檻まで作ったんだぞ。どれだけ時間がかかったか！」

何日か経って雨は降りやみ、川の水が退いた。ホシアンはゴム長靴のふくらはぎの半分まで、軟らかくなった畑の土に突っこんだ。木々は泥まみれだが、なんとか生きのびた。ハシバミの木、それに奇跡か、根っこが強かったのか、ブドウの木も助かった。だが、あとはもう泣くしかない。川べりの塀は消えていた。根こそぎもっていかれた。トマトの茎も、長ネギの一本も残っていやしない。下のほう、川岸に接した部分は、あったものが端から大量の土ごと流された。フランボワーズ、グーズベリー、オランダカイソウとバラを植えた一角も。小屋は側面の板と、屋根の繊維セメントの被いがなくなっていた。ウサギたちは檻にいるにはいたが、べったり泥まみれで膨れあがって死んでいた。道具なんか、どこにいったか知れたもんじゃない。

ホシアンは数日来、空いた時間にダイニングのソファにすわったきり、腿に両ひじをついて、両手で頭をかかえていた。嘆きの彫像。なにをきかれても応えない。

「新聞、ほしい？」

返事がない。ついにミレンの堪忍袋の緒が切れた。

「まったく、そんな畑のことがつらいんなら、自分で行って、手入れしてくりゃいいでしょ」

ホシアンはおとなしく立ちあがった。人に命令されるのを待っていたわけでもあるまいし。

翌日はわりと元気に見えた。その証拠に、パゴエタでいつもどおり友人とトランプゲームを再開した。彼はうれしそうに、バルからもどってきた。ほとんど有頂天だった。畑と川のあいだにセメントの壁を立てるアイディアを仲間にもらったのだ。

「で、いくら金がかかるかって？　ただ同然だよ」

ミレンに語ったのは夕食中のこと、アナゴのソース煮込みに、炭酸割りのワイン、右の脇腹を掻きながら、洪水にさらわれた畑の土を補充するのに、チャトがトラック一杯分の土をもってきてくれるという。

「肥えた土にきまってら、だろ？　ナバラの土だから。運送のついでなんで、一銭もとらずに運んでくれるって」

ただし、そのまえに塀を立てなくてはいけない。そして、なによりまず掃除。ひとりでは、とてもやりきれない作業量だ。だいいち、いつやるか？　仕事のあと？

「さあ、自分で考えれば」

手をかしてもらえるかどうか、息子たちにきけばいいじゃないの、とミレンが言った。そこでホシアンは、ゴルカが帰宅するまで寝ないで待っていた。ゴルカ、日曜日、畑、おまえと兄さんとで手をかしてくれないか云々。少年は応えない。この子はエンジンがかからない。父は元気づけに言った。

「おわったら、三人でリンゴ酒店に行って、一人ひと皿ずつ骨付きのステーキを食おう。どうだ？」

「いいよ」

少年はそれしか言わず、日曜が来た。

晴天、ほど良い気温、川は流れがもどった。ホシアンはサイクルツーリングをあきらめた。自転車も大事だが、畑はもっと大事〝畑は宗教だ〟。この言葉をいちどパゴエタで使ったことがある。仲間にからかわれた返答にだ。おれが死んだら天国だの、つまらんものはいいから、いまある畑みたいなのを神さまにもらいたい。あのときは、みんなに笑われた。

外に出て父が。

「ホシェマリには九時に来いって言ったのか？」

「言ってないよ」

「おまえなあ、なんでだ？」

きかれて、ようやく末息子が言った。言わざるをえない、こうなったら仕方ない。

「二週間まえから、兄さん、村に住んでないからさ」

ホシアンは驚いた顔で足をとめた。

「なにもきいてないぞ。すくなくとも、父さんはな。母さんはどうか知らんが。それとも、みんな知ってて、父親のおれだけが知らないのか？　どこに住んでるんだ？」

「そんなの知らないよ、お父さん。フランスに行ったんだと思うけどね。教えられたら教えるって、約束してもらったから」

「誰に約束されたって？」

「村の友だち」

そのあと畑まで、おたがい口をつぐんでいた。着くなり、ホシアンはきいた。

「あいつフランスなんかにいて、いったい、どうやって仕事に通うんだ？」

「仕事はやめたって」

「だって、まだ修業がすんでないじゃないか」

「さあね」

「じゃあ、ハンドボールは？」

「あれも、やめたって」

ふたりだけで作業をした。おのおの畑の片側で。十一時ごろ〝ぼく、もう行かなくっちゃ〟とゴルカは父に言った。いったい、どういう風の吹きまわしか、息子は別れぎわに抱擁のあいさつをした。抱擁なんてしたこともないのに、いまさら、なんでだ？

ホシアンはひとり畑に残り、ゴミをスコップですくいつづけた。そのうちに昼食の時間が来て、ホースであちこち洗い流し、泥から救いだした道具類を日なたで乾かした。

フランス？　あのバカ者めが、フランスくんだりに、なにしに行ったたって？

だいいち仕事もしないで、どうやって食うんだ？

12　塀

塀を立てた。誰々で？　ホシアン、ゴルカ――友だちをひとり連れてくると言ったのに、けっきょく来なかった――、それにギジェルモ（ギジェルモが！）、そのころはまだ愛想のいい、協力的な娘の恋人だった。

　何年かまえ、アランチャが台所で。

「お母(アマ)さん、わたし彼ができたの」

「まあ、そうなの？　村の誰か？」

「レンテリーアに住んでる男性(ひと)」

「なんて名前？」

「ギジェルモ」

「ギジェルモ！　まさか治安警察隊員じゃないでしょうね？」

　ともあれ、チャトの助けがなければできなかった。こんなこと、どうやってやれっていうんだ？　チャトはセメントの型枠を貸し、コンクリートミキサー用のトラックまで都合してくれた。ホシアンは、いくら金がかかったか知らないし、作業員が手当をもらったかどうかもわからない。チャトに言われた〝心配するな、建設会社はこっちに借りがあるんだから〟。ホシアンはセメント代を払えばいいだけだった。畑の掃除も小屋の修理もすまないうちに、真新しい塀が目にうれしい。チャトいわく、これなら洪水に耐えられる、すくなくとも先月なみの洪水にはな。

問題がひとつ。塀のすぐまえに、魚のいる池にでもなりそうな土地の陥没があった。これぐらいのやつだよ、と、マグロほどの大きな魚を想像し、空中で両手に抱えながらホシアンは言った。かたやチャト。なんだ、それぐらいなんとかなるさ。

パゴエタで約束したことを、チャトは果たしてくれた。たしかに時間はかかった。どのぐらい？二週間ぐらいか。ナバラ州アンドシージャへの運送の仕事が入り、帰りに耕作用の土を運んでくるよう、チャトは運転手に指示をした。ナバラでも誰かに貸しがあったらしい。チャトに借りのある人間はいくらでもいた。ホシアンは、もちろん感謝した。金を払う必要があれば当然払う。

もうひとつの問題。チャトが自分でハンドルを握り、トラックから土をおろしてくれた。ここの土壌より赤味をおびた土で、どうやらブドウの木にはよさそうだ。ところが運搬してきた土では、とても穴を埋めきれない。

「これじゃ、すくなくとも、トラック三台分いるな」とホシアン。

解決法。段々畑にすればいい。

「畑を二段にして、階段か、手押し車用の坂道で行き来できるようにすりゃいいさ。また洪水があっても、川の水は下の段に流れこむだろうから。運さえよければ、畑の半分だけ犠牲になって、このあいだみたいに全部やられることはない」

チャトは創意に富んで、すぐアイディアがうかぶ。この点は誰もが認めるところ。昔からの誉め言葉が当てはまる〝空腹より賢い〟。かたやホシアンは、頭の回転が鈍い。物事はそういうものだ。もっと機転がきけば、トラック業の共同経営者になれたかもしれないけど、あんたはグズグズ迷うし、ひらめきが足りないじゃないのと、ミレンに説得された。

進取の気性に富み、度胸があるといえばチャト。村の誰もがそう言っていたのに、そのチャトがまるで存在しないかのように、一晩にして、彼の名がピタッと人々の口にのぼらなくなった。

〝おい、チャト、きけよ、バン、バン、バン、バン〟

そう、アイディアに事欠かないが、問題もあった。どんな？　これだ。

「また手紙が来たんだよ」

《バスクの革命をめざす武装集団ETAは、独立と社会主義にむけたバスクの革命プロセスに必要な武装組織維持への寄付金の名目として、二千五百万ペセタの引き渡しを要求すべく、貴殿にお便り申しあげます。同集団情報部の収集したデータに基づいて云々……》

チャトは眠れなくなった。当たりまえだ、誰だって眠れなくなるさ、とホシアン。

「家族は？」

「知らない」

「そのほうがいい」

悪夢から解放されるように、それに最初は、なんてお人よし、まったく、お人よしにもほどがあるけれど、単なる取引かなにかみたいに、問題がすぐ解決するとチャトは考えた。払えばそれで安泰だ。手紙、斧に巻きついた蛇とETAのマークのある署名入りの手紙は、彼の会社のほうに送られてきた。はじめは百六十万ペセタの要求。誰にもなにも言わず、チャトは車に乗って、係のオシア神父とのフランスの面会場所におもむいた。それで安堵して、高速道路で音楽をききながら村に帰った。恥知らずめが。なにが望みだ？　数日後にテロがあり、死者が出た。引き裂かれた寡婦、父を亡くした子どもたち、テロ行為への非難と糾弾、チャトは罪の意識に胸を突かれた。なんてことだ、おれの金が爆弾やピストルの資金に使われたかもしれないじゃないか。
ホシアンは、そうだよ、気持ちはわかると言った。でも、いずれにしても、チャトは金を払ったんだし、しばらく、この先何年かは、そっとしておいてくれるだろうと思っていた。そうだよ、そうだよ。

ところが四か月もしないうちに、二通目が来た。

「こんどは二千五百万ペセタ要求している。大金だよ、とんでもない金だ」

ホシアンは団結心をしめした。

「こういうことは、バスク人のあいだで起こっちゃいけない」

「正直に言ってくれよ。この顔が搾取者の顔に見えるか？　これまでの人生で、ただただ働いて、人にも食べさせてきただろうに。いまだって十四人に給料をやっている。どうすればいいんだ？　会社をログローニョにでも移して、従業員を見捨てて、給料も保険もなにもかも、なくさせろっていうのか？」

「相手がまちがえたのかもしれないぞ。ほかの人間に送る手紙を送ってきたのかもしれないよ」

「金に窮しているわけじゃない、そうじゃない。ただ経費やら、やれ何とか税だ、こんどは何とか税だって、いちいち挙げても切りがないが、わかるだろ、修理費、燃料費、未決済のローンやら何やらがあれば、自由になる金なんて最後はいくらも残らない。どう泳げっていうんだ？　人がなにを考えているか知らないがね。こっちは、いまだに十年まえの車を運転してる身だぞ。トラックだって何台も古くなっているが、新車を買う金なんかどこから出る？　二台買うのに、つい最近、ローンを組んだばっかりだ。それに、なにがいちばん痛むかって、こっちが雇ってやってる人間の誰かが、テロリストの連中に耳打ちしてるってことだ。〝おい、やつには金があるぜ〟とか言ってな」

チャトは神経質に頭を横にふった。不眠で目に隈のできた顔をしている。

「おれの問題じゃない、いいか。あんな暗殺者のチンピラどもは、怖くもなんともないさ。撃ちたきゃ撃て、こっちも平和になれる。死ぬには死んでも平和だよ。だが、やつらはネレアのことを手紙に書いてきたんだ。娘がどこで勉強しているとか、ほかの細かいことまでな」

「嘘だろ」

「だから、こんなに参ってるんだ。おまえさんなら、どうする?」

ホシアンは、あごを掻いてから返答した。

「さあ、わからんなあ」

ふたりはイチジクの木陰にいた。天気がいい。石のうえで小トカゲが一匹、日なたぼっこをしていた。畑のまんなかにあるトラックのタイヤが半分、軟らかな土に埋もれている。アリサバラガ兄弟の作業場の機械音だろう、川の向こう岸から、絶え間なくチャカチャカ音がきこえてくる。

「あいつらも払ってると思うか?」

「誰だ?」

「アリサバラガだよ」

ホシアンは、ひょいと肩をすくめた。

「選択肢は三つ。金を払うか、村から出るか、それともリスクを負うか。どうしても理解できないのは、要求された金を払ったあとで、待ちもしないで、なんで、おれにばかり、つけこんでくるかだ」

「よくわからんが、まちがいだとしか思えないね」

「言ったろうに、ネレアのことを書いてきたんだぞ」

「来年の分を、知らずに送ってきたのかもしれないし」

チャカ、チャカ。チャトはタバコの吸い殻を地面に投げて、足で踏んづけた。

「頼み事をしてもいいか?」

「もちろん、なんでも言ってくれ」

「なあ、ずっと考えてきてな。やつらと話をするのが利口かと思うんだ、リーダー格の誰かか、財務の責任者か、それでこっちの事情をはっきり言う。まえに会った聖職者は、ただの仲介人だ。ひょっとして要求額をさげてくれるか、分割払いにさせてくれるか。わかるだろ?」

「いい考えだと思うな」

チャカ、チャカ。小鳥のさえずりや、近くの橋をわたる車やトラックのエンジン音もきこえてくる。

「ホシェマリと話がしたい。それを、おまえさんに頼みたい」

ホシアンは驚いた顔をした。

「うちの息子が、これとなんの関係があるんだよ」

「連絡をつけてくれる人間がほしいんだ」

「ホシェマリはETAじゃないからな、いいか。どうしろっていうんだ? それに、村にはいない。どこかって? わからんよ。ホシェマリは、ぼんくらで怠け者だ。仕事をやめて、ミレンに言わせりゃ、ずらかって、よその国を仲間と旅してるんだとさ。いまごろアメリカにでもいるんだろう」

チャカ、チャカ、チャカ。

13 傾斜床、バスルーム、介助者

ミレンは当初から、はっきりわかっていた。住まいが一階でなければ、引っ越しせざるをえなかった。なんで？ バカね、車椅子のアランチャを毎日ステップから上げたり下ろしたりなんて、できっこないでしょうに。考えてもみなさいよ、あんた。建物の玄関ホールから家（うち）の玄関まで三段ってば三段。たいした高さじゃないけど、それでも無理だわよ、先々を思えば無理。

「あんたが外にいるときに、あたしが力をなくしたり、表で具合悪くなることだって、なきにしもあらずでしょ。どうしろっていうの？ 人を呼びに行くの？ アランチャを建物の玄関先に置きっ放しにして？」

どうしたらいいか考えてよ、とミレンに言われ、ホシアンはさっそくベレー帽をかぶってパゴエタに行った。それで仲間に助言をもらうと、大工の作業場に足をはこんで傾斜床を注文した。大工は寸法を測って注文品をつくり、試してから設置した。

ある朝、この板張りが玄関ホールの段の幅の四分の三を占めていることに、集合住宅の住人たちは気がついた。しかも傾斜を緩めるのに、最下段から五十センチも余計に敷石床にのびている。ホシアンとミレンは車椅子を上げ下げしてみた。最初はアランチャなしで、そのあとアランチャを乗せて。だいじょうぶ、まちがいない、この三段に悩まされずに、これからは娘を散歩に連れだせるわ。

玄関ホールのステップは住人用に幅四十センチほど、あとは子どもたちがしているみたいに、傾斜床を上り下りすればいい話、〝おたくは近所に相談なしにやった〟と文句を言ってきた相手に、ミレンは、まさにそう勧めた。

「だったら、板のうえを歩けばいいでしょ、おなじことじゃない？」

二重の問題。ご近所さんにとっては、誰かが滑って頭を打つかもしれない。家族にとっては、人が傾斜床を上り下りするたびに家のなかまで足音がして、夜もろくに眠れない。ホシアンはバルで〝板にカーペットを張ったらどうか〟とアイディアをもらってきた。それはいいわ、とミレン。カーペット、なんでいままで気づかなかったのか？　しばらくは足音を消せるし、誰も滑らないですむ。そんなわけでカーペットを敷いた。知り合いに敷いてもらい、大工用の糊でくっつけてから、釘を打って補強した。

ホシアンは悲観した。

「近所の連中は、カーペットを足ふきマットがわりに使うだろうさ。雨の日にどんなことになるか、考えたくもない」

住人たちは、どうでもよかったり、あきらめたり、たぶんETAのメンバーがいる家族と諍いをおこしたくなかったのだろう、抗議せずに我慢した。例外はひとり、三階右のアロンド。じっさい文句を言いに行かせたのは妻のほうで、いますぐこのガラクタを取り外せと言ってきた。階段は住人みんなのものですよ、うちの母は八十八歳で、あそこを通れないんです云々。それよりまえに、この妻とミレンは教会のミサのあとで喧嘩しかけたが、未遂におわった。女同士、トラのように目をつりあげ、奥歯をぎゅっと嚙みしめ、上くちびるをワナワナとゆがめて、軽蔑心をむきだしにした。

ある土曜日、口は重いが、力だけはある夫のアロンドが階下におりてきて、最後通牒を突きつけた。

〝そこのガラクタを、あんたらが取り外すか、おれがやるかだ、ちくしょうめ〟

ドアをあけたのはミレン。ホシアンは台所で隠れていた。

「おたくに手出しはさせませんよ」

「させないって?」

アロンドは筋肉隆々、物事の見境がない。考えず、結果を見越さず、しかも妻に煽られて来ていた。そこで傾斜板をもちあげて、郵便受けのある隅に放り投げた。

あら、あら、あら、アロンドさん。わざわざ面倒なことに首をつっこんで。

ミレンは、エプロンもとらずに室内履きをひっかけたまま、バル〝アラノ・タベルナ〟に出かけていった。まだ早い時間で、客はわずか。かまいやしない。二人もいれば、じゅうぶんだ。二十分後、アロンドは早くも傾斜板をもとにもどしていた。以来、抗議の声はなくなり、ガラクタは見た目こそ悪いが、そのままの場所で役に立っていた。

もっと別の方法もあったんじゃないのか、とホシアン。別って、どんな? 別のさ、知らんが、友好的に話しあってとか。

「そんなにいろいろ言うんなら、あんた、なんで話しに出てこなかったのよ?」

アランチャの必要性に応じるために、住まいに取り入れたのは傾斜床だけでない。バスルームは全面改修した。そう、結果的に以前とは比べるべくもない。工事にあたっては、リハビリ科の提供する説明書に準じた。費用の一部はギジェルモが負担した。当然でしょ、とミレン。あの男は、すこしでも早くアランチャを遠くにやりたかったんだから。ほら、体の不自由な彼女は実家(おたく)にお返ししますよ、ぼくには、もうベッドを温めてくれる女が見つかったもんでね。それで子どもたちは自分のものにした。ミレンは教会で〝ロヨラの聖人〟にむかって言った。ねえ聖イグナチオ、あの男に仕置きをしてやってくださいな、あなたなら方法をごぞんじでしょ。それで孫たちを、あたしに返して、ホシェマリを刑務所から出してやって。このお願いをすっかりきいてくれたら、金輪際お願いはしませんから。

約束するわ。

　ともあれ、アランチャが実家に移ってくるころには、バスルームは五つ星の保養所なみになっていた。シャワーは縁も段もなく自由に出入りできる。あとは？　手すり、すべり止め加工のミニカーペット、レバー式の蛇口。と、まあ、病院のリハビリ科長の女性からのアドバイスと、説明書に記されたとおりだ。

　もっとも、きちんと体を洗ってやるには二人分の手がいる。ミレンひとりでは手が足りない。アランチャは当初あんなに細かったのに、太って、いまは人並みになった。服を脱がせて、シャワー用の専用椅子にすわらせて、石けんで洗い、体をふき、服を着せてやらなくてはいけない。

「よし、もういい、もういい、わかってることを、いちいち言うな」

　ホシアンは、この場をさっさと逃げて一刻も早くパゴエタでトランプゲームをしたいばかりに、介助の人間を雇うことに同意した。ミレンがぜったい許さないのは、裸のアランチャをホシアンが見たり、触ったり、つかんだりすること、いくら父親であってもだ。

　ある日ホシアンが家に入ると、なにが目に映ったかって？　南米のアンデス系の目をして、長く艶やかな黒髪の小柄な女性が、うやうやしく頭をさげてから、二列の白い歯を見せてニッコリ笑い、〝ご主人さま（セニョール）〟と声をかけてきた。ご主人さまだって！　そして、こう言った。

「おはようございます、ご主人さま。わたし、セレステと申します。よろしくお願いいたします」

　エクアドル人よ。とっても感じいいでしょ、ね？　それに、ものすごく遠慮ぶかいし。

　ホシアンは夜、寝床で。

「どこで見つけたんだ？」

「あちこちきいてまわってよ。清潔な人だし、行儀がいいの見てくれた？」

「どこで見つけたのかって、きいてるんだ」

「精肉店、話してるうちに。ファニがさ。〝ねえ、エクアドル人なら何人か知ってるけど。お金をちょっと出せば、奥さんが掃除してくれるわよ〟って。この先、橋につくまえに住んでるの、だんなはライトバンで配送の仕事。きのうアランチャを連れて散歩してるときにきいてみたのよ。で、きょう来てもらったわけ。よくできた女性（ひと）でねえ。〝息子がひとりアンダルシアに住んでるから、月一回、会いにいくんだけど〟って話したの。そうしたら、セレステが心配しないでいいって、アランチャの面倒は、ちゃんと見ますからって」

「で、いくら払うつもりだ？」

「一回来てもらうたびに、十ユーロ」

「すくなくないか？」

「貧乏だもの。それでも感謝されるわよ」

14　最後のティータイム

ビジョリはどちらかといえば、トーストにジャムと、カフェインなしのエスプレッソ派。ミレンは、チュロスにホットチョコレート派。だもの、太るわけだ！　でも、おかまいなし。仲が良かったかって？　それはもう。親友同士。ある土曜日、ふたりで自由大通り（ラ・アベニーダ）のカフェに行き、そのあと旧市街のチュロス店に行った。いつもサンセバスティアン。ふたりとも〝サンセバスティアン〟と言ったり、バスク語名で〝ドノスティア〟と言ったり。とくに厳密ではない。サンセバスティアン？　そう、サンセバスティアン。ドノスティア？　そう、ドノスティア。バスク語で話しはじめて、途中でスペイン語になり、またバスク語になって、そんなふうに午後いっぱい過ごした。

「もし修道女になってたら、いまごろ、どんなかしらね？」

　ふたりで笑う。ビジョリ尼、シスター・ミレン。そんな感じ。美容院で整髪し、村のうわさ話にまた花を咲かせ、ふたり同時にしゃべっている時間がほとんどで、相手に耳をかたむけなくても話がちゃんと通じている。あれは女好きよと、在俗司祭を批判し、近所の奥さんたちの悪口を言い、家のことでも、夫婦の褥（しとね）のことでも、みんな話す。ホシアンの背中が毛深くって、とか、チャトがエッチでね、とか。なにもかもだ。

　このことも。

「ホシェマリがフランスにいるのはわかってるけど、どこの村かわからなくてさ。あの不良息子、やっと手紙書いてきたわよ。ホシアンったら、かわいそうに、心痛で、おちおち眠れないの。うちが、なんでこんな目に遭わなくちゃいけないのかって」

　トーストと、雨と風の午後。カフェは満席。人にじゃまされないでも話のできる隅のテーブルに、ふたりは席をとっていた。

「手紙はもってこられなかったけど。ホシェマリが、だめだって言うから。破ってくれって書いてあって。だからビリビリって。そりゃ切なかったわよ、ほんと、でもバラバラにちぎっちゃった。ホシアンはヒステリー、これぐらいじゃ、もとどおりに手紙をつなぎあわせられるだろうって。あらま、だったら、あんた食べちゃえば。うちの夫（ひと）、マッチをもってきて、シンクのなかで手紙をみんな燃やしちゃった」

　昨夜手紙をもってきたのは息子の恋人だかなんだか、最近の子はわかったもんじゃない。ミレンの説。つがいになるんだわね、ウサギみたく。もちろん避妊の方法ぐらいあるでしょうし。それをミレンはくり返し、ビジョリも同意した。わたしたち、三十年早く生まれてきたわねと納得する。フランコ、カトリックの司祭たち、他人（ひと）の口。わたしたちなんか、まるで初心（うぶ）だった。そんなことを考え、おやつを楽しむふたりは、どこかの客がアンテナを張りめぐらせていやしないかと、近くのテーブルにチラッと目をやったり。

「手紙、郵便かって？　まさか、あんた。自分たちのつてがあるのよ、住所なんか書いてやしない。だから、どこに行って住んでるのか、わからずじまいよ。訪問もさせてもらえない。何年かまえなら国境を越えて会いに行けたし、服でもなんでも入り用なものをもっていけたらしいけど。いまは気をつけないとねえ、ファシストどもが追いまわしてるから」

「よくないことが起こるとか、そんな心配ない？」

「ホシアンはそう。あの夫（ひと）、バルに行かないことがあるのよ、テレビのニュースにホシェマリの写真が出てきやしないかって。でも、あたしは平気。息子のことがわかるから。あの子は賢いし強いし。自分の身ぐらい、自分で守れるでしょ」

　ミレンはトーストをひと口食べ、カフェ・コン・レチェをひと口飲んでは、息子の手紙のくだりを語った。うわさを信じるな、他人は物を知らないで言うから、新聞の嘘はもっと信じるな、戦闘員になることは、おれたちの国の解放のための犠牲だと理解している、誰かが父さんや母さんに、おれが犯罪集団に仲間入りしたなんて言っても信じるな、自分がやっているのは、ただ祖国バスクのために全身全霊を捧げているだけだ、文句ばかり言って、あとでなにもしない連中の権利のためにもだ。バスクの戦闘員（グダリ）は大勢いる、と彼は断言した。しかも、どんどん増えている。バスクの若者にとってこれ以上のことはないと。それで結びに、こうあった。

〈父さん、母さんを愛してるよ。姉さんと弟のことも忘れない。大きなキスを。父さんと母さんが、

おれを誇りに思ってくれるように〉
炭子（イカツァ）がそっと寄ってきた。ひとっ跳びでビジョリのひざに乗り、しんぼう強く、じっと撫でてもらうのを待っている。首輪がきつくないか指でたしかめてやり、耳をもてあそび、まぶたにそっと触れると、ネコは感触が心地いいらしく、ずっと目をとじていた。ネコの背中に手のひらを這わせて、相手がゴロゴロいうそばで、ビジョリは語りかけた。ほんとはね、かわいい炭子（イカツァ）ちゃん、気の毒だった。わかる？　いちばんの親友の息子さんを気の毒に思っちゃった、仕事を放りだして、ハンドボールのチームも、恋人だか、ガールフレンドだかも捨てて、人殺しの集団に殺し屋として入るなんて。で、ミレンは？　さあね、炭子（イカツァ）ちゃん、あなたがきくんなら、思ってることを言ってあげる。チャトにはごめんなさい、だけど、心の底では彼女のことがわかるの。彼女の変わりようがわかる、認めはしないけど。あの自由大通りのカフェと、つぎの旧市街のチュロス店でのティータイムのあいだに、彼女、変わっちゃったのよ。突然、別人になってしまった。ひと言で言えば、息子の側についたのね。母性本能が過激にさせたのはまちがいないと思う。彼女の立場なら、わたしもたぶん、おなじ態度をとったでしょうね。自分の息子に背をむけられるわけがない、いくら悪事を犯しているとわかっていてもよ。あのときまでミレンは政治になんか、これっぽっちも興味がなかった。わたしは当時もいまも興味がないし、チャトはなおさらよ。チャトが気遣っていたのは、家族と、日曜日の自転車と、週中はトラックのことだけですもの。

　あの人たちがバスクの愛国主義者ですって？　とんでもない。せいぜい〝選挙の日は地元の人間に票を入れましょう〟ぐらいのものよ。わたしはね、愛しい炭子（イカツァ）ちゃん、あの人たちが政治の話で意見するのをきいたことがない。もちろんアランチャは真っ当な〝アベルツァレ〟、いえ、そこまでいかないかもしれない。末の子なんか、ましてをや、あんなお人よしだもの。ほんとうに、あの夫婦が自分たちの子どもに憎悪を教えこんだとは思えない。友だち、遊び仲間、悪い仲間が、あの恥知らずの息子に教義の毒を吹きこんで、どれだけの数の家族か知らないけれど、その人たちの人生を破壊するように仕向けたのね。それでも自分では英雄だと思ってるんでしょう。強硬派のひとりらしいから。強硬なんだか、野蛮なんだか。本をどう開くかも知らないで。

ミレンが変わったと感じられたのは、つぎの土曜日だった。

チュロスとホットチョコレートのあと、彼女たちはいつものようにバス停にむかって歩いていた。で、なにを目にしたかって？　並木通りでやっている例のデモ行進のひとつ。毎度おなじでプラカードを掲げて、やれ独立だの、大赦だの、ＥＴＡ万歳(ゴラ・エタ)だの。かなりの人込み。村の知った顔が二、三人、雨、傘。

群衆を避けるかわりに、ミレンが言いだした。〝ほら、あたしたちも行こうよ〟。ビジョリは腕をつかまれてグイッとひっぱられ、ふたりはデモ行進の人波に入りこんだ。ずっと先頭でも、ずっと末尾でもない。ミレンが突然大声をあげて、デモの参加者が口にするスローガンを叫びだした。〝あんたらはファシスト、あんたらはテロリスト〟。彼女の横でビジョリは、いささか妙な気分、でも、まあいいわ、やりましょう。

わたしはなにも知らなかった。チャトからなにもきいていなかった。そうなのよ、炭子(イカツア)ちゃん、あの頑固な夫(ひと)ったら、脅迫状のことを隠してたの。家族を守るためだって、あとから言いだして。守るがきいてあきれるわ！　家族全員が爆弾でやられていたかもしれないのに。

ビジョリはあのとき、ミレンにきかされた。ミレンは夫のホシアンからきき、ホシアンは、チャト本人の口からきいて知っていた。ホシアンの畑でナバラ州からトラックで土を運んできた日の午後に。

まさかビジョリが知らないなんて、ミレンは思いもしなかった。

「ホシェマリに会いに行く方法がなくてねえ。もし会いに行けるんなら、あの子に言えるんだけど。

〝ねえ、あんたからリーダーたちに話してみてよ、なんとかチャトのことは、かまわないでおいてやってくれって〟さ」

ビジョリは急に不安になった。

「うちの夫（ひと）をかまわないでおくって？」

「手紙のことよ」

「手紙？　なんの手紙？」

「あら、おたくの夫婦、その話、してないの？」

15　出会い

白い糞（ふん）がふたつ、干乾びて墓石にくっつき、大きいほうは墓碑の名前のうえに流れている。ビジョリはぶつくさ言いながら、いまいましい鳩がこんな悪さをしていったのだと思った。一羽の鳥で、よくこれだけの量の糞を落とせるもんだわ。お墓が百も千も無数にあるのに、バッチイ鳥が、よりによってチャトのところに、このベトベトを落としていくなんて。

「やられたわね、あなた。これで運がつくかもよ」

あいかわらずの笑い話。ほかにどうしろっていうの？　毎日傷口をひらくわけ？

枯葉と、あちこちから引っこ抜いた雑草の束で、できるかぎり糞をぬぐった。最後に残った分は、つぎの雨にまかせましょう。都(まち)の地平線をながめながら、そうつぶやいた。遠くにポツンとひとつ雲がある。いつもどおり四角いビニールとネッカチーフをひろげた。

「毎日村に行ってるのよ。食事をもっていって、あちらで温めることもあるし。知ってる？　バルコニーにゼラニウムを飾ったの。そうそう。けっこう大きくて赤い花、わたしが帰ってきたことを知らせてやろうと思って」

いまはもう産業地区でバスを降りないの、と語りかけた。おとといはね、驚くなかれ、〝パゴエタ〟に入ったのよ。朝の十一時。ほとんど人がいなくって。さっと見た感じ、知った顔は目につかなかった。バルの主人の息子がカウンターのむこうで彼女に給仕をした。ビジョリは数日来、長年行っていなかったあの場所に入りたくてたまらなかった。なにが飲みたいわけでもない。喉の渇きでも空腹でもなく、ついでに言えば好奇心でもない。もっと強烈なもの、思考の奥深くで煮えたぎるもの。

「まあね、自分では承知のうえだもの」

笑い声まじりの、いかにもバルらしい声のざわめきが表通りまで流れてきた。入ろうか、入るまいか？　彼女は店に入った。そのときピタッと静かになった。客は十人ちょっと。数えたわけじゃない。みんな申し合わせたように押し黙り、視線をすっとそらせた。どこに？　彼女のいない方向に。ピンチョスの小皿のすきまに雑巾をかけている若者も、彼女を見ない。沈黙。攻撃心？　敵意？　そうじゃない、それより不審とか不思議さ。まちがいない。

「チャト、そういうのって、わかるのよ」

カウンターはL字形。ビジョリは入り口を背にして、短いほうに場所をとった。注目されてないのをいいことに店内を観察した。二色の敷石床、天井の扇風機、ボトルの並んだ棚。二、三の細かい点を別にして、バルは昔ながらの顔を保っていた。ビジョリが幼い子どもたちにアイスキャンディーを買ってやった時代と変わらない。パゴエタの懐かしいオレンジ味とレモン味のアイスキャンディー、ジュースをただ型のなかで凍らせたもので、手で持つ棒がついていた。

「ほとんど変わってなかったわ、ほんとに。あなたたち男性陣がトランプ遊びをやっていたテーブルも、みんなおなじ場所にあって、壁の平縁（ひらぶち）にくっついていた。食堂は奥。トイレは階段をおりたところ。サッカーゲームや、あの、すごくやかましかったピンボールはなかったけど、スロットマシーンはあったわね。目についた新しいものはそれぐらい。ああ、あとカウンターに〝服役囚〟への募金箱があった。昔の闘牛のポスターのかわりに、サッカーとボートレースのポスター、それだけ。いまは息子が商売をひきついだみたい」

そのとき、やっと相手はビジョリのほうに来た。

「ご注文は？」

自分の目と相手の目が合うようにしたけど無駄。男の子、三十歳ちょっとかしら、でも彼女には男の子、片方の耳にピアスの輪をつけて、うなじまで髪をのばし、雑巾でそのへんを拭きつづけているが、さっきみたいに二、三メートルむこうでなく、ビジョリの正面に立っていた。相手にしゃべらせようと思って、〝カフェイン抜きのエスプレッソはありますか？〟と、きいてみた。あった。ほかの客が会話を再開した。ビジョリの知らない顔ばかり。でもあの白髪の男、ひょっとして、あの人じゃ……？

「ぜったいまちがいない、みんなおなじことを考えていたのよ。〝チャトの女房だ〟って。店を出るとき、出口のところでふりむいて平然と言ってやりたかった。わたし、ビジョリですけど、それがどうかしました？　自分の村にいちゃ、いけないんですか？」

つらい顔を見せない。人前で涙を見せない。人もカメラも真正面から見る。彼女は葬儀場でそう誓ったのだ、柩に入ったチャトのまえで。

「おいくら？」

バルの若者は目をあげずに金額を口にした。小銭入れを探らないですむように、ビジョリは十ユーロ札で払った。お釣りを待つあいだ、カウンターのL字の角に近寄った。そこにあったの。なにが？募金箱。正面の部分にシールが貼ってあった。〝服役囚の分散反対（ディスペルシオリク・エス）〟

抗えない誘惑が募り、その誘惑が左腕からひじ、手、小指までおりていく。こっちを見ないで、こっちを見ないで。なにげなく指をのばして、爪の先で募金箱の下にふれた。それだけ、半秒もしないうちに指をひっこめた。炎にでもさわったように。

「説明なんかさせないで、自分でもわからないんだから。自然にそうしただけ」

通りにでた。青空、車。道の角に着くまえに〝彼女〟を見かけた。

「はじめ、わからなかったの」

誰かわかると、ああ、なんてこと（ヘスス・マリア・ホセ）！　その印象と苦痛に似た思いで体が麻痺した。そう、文字通りの麻痺、体が動かなかったのだ。彼女たちがやってくるのを見て、ビジョリはその場に立ちすくんだ。地面に目を落として。でも、もし……。

「説明させて」

ビジョリはあのとき、歩道の日なた側にあがった。向かいの歩道を何人か歩くなかにアンデスのインディオ系みたいな小柄な女の人がいた。ペルーか、その辺りの国の人かしら。見ると、車椅子を押していて、女性がそこに乗っていた。頭が肩のほうに軽くかしがり、片方の手が開けないみたいに握っている。もう片方は動かせるらしい。

「そのとき気がついたの、わたしに合図してたのよ。といっても、胸のあたりの手をゆらして、こちらにあいさつしてるみたいに。それでわたしを見ているの、正面からじゃないけど。さあ、どう説明したらいいか。顔をかしげて満面でほほ笑んで、強烈な笑顔、くちびるの端にちょっと唾液がたれて細い目をして。一見わからなかった、ほんとうよ。痙攣を起こしたみたいな。わかる？　それがアランチャだったの。全身麻痺。なにがあったかなんて、きかないで。通りをわたって彼女にきく勇気なんか、とてもなかったもの」

　アランチャがあいさつをしてきたのか、〝こちらに来て〟と合図したのか定かではない。介助の女性は気づかずに、せっせと車椅子を動かしていた。そのまま通りをくだってアランチャを連れていった。ビジョリは、ほんとうに心が痛んだまま、ふたりの姿が視界から消えるまで、ずっとその場にたたずんでいた。

「さてと、チャト、これであなたに話したわ。どう言えばいいのか。かわいそうでね。アランチャはわたしにとって、あの家族でずっといちばんの人だった。少女のころから人なつっこくて。あの人たちのなかで誰より賢明だし、常識的で、あなたにも何度か言ったけど、わたしゃ、うちの子たちに同情をよせてくれたのは、彼女だけだったもの」

　四角いビニールとネッカチーフをバッグにしまい、ビジョリは墓地の出口にむかった。こんどはこっち、こんどはそっちと、誰にも会わないように見定めながら、まわり道をしていった。

　道のほとんど終わるところで、見ると、ふたつの墓石のあいだの穴に、雌鳩と、羽をふくらませて口説く雄鳩がいた。

　それ！　地面を思いきり踏んで、彼女は鳩たちを脅かした。

16　日曜日のミサ

鐘はおなじ。でも日曜日、朝いちばんは、ほかの日と響きがちがう。日曜日の鐘の音（ね）はもっと穏やかに響きがつづく。いつもほど、やかましくもなく、耳ざわりでもなく、けだるいリズムで呼び声をあげている感じ。村のみなさん、カラーン、朝の八時です、コローン、まだお休みになっていても、カラーン、わたしはかまいませんよ、コローン。

ホシアンはそのころもう四十五分も自転車のペダルを漕いで、県道を走っていた。どこに行くって言ってた？　どうでもいい。ギプスコアの中心街のバル、そこで目玉焼きのハム添えが出る、まちがいない。サイクルツーリングのクラブのコースは、そろって目玉焼きのハム添えで終わり、そのあと家にひきかえす。

そう、八時ってこと。玄関の呼び鈴が、鐘の最後のほうの音と重なり、ミレンは髪もとかさずに、ネグリジェ姿でドアをあけた。セレステはご親切に（これがはじめてではない）焼きたてのバゲットを半分、朝食用にもってきてくれた。

「まあ、あなた、そんな気遣いまでしてもらっちゃ」

ふたりなら、アランチャをもっと楽にベッドからひっぱりだせる。ミレンは胴体と頭専門。最初に、そう、ブラインドをあげながら、情愛をこめた朝のあいさつを娘にバスク語で伝える。エグノン・ポリータ――おはよう、かわいい娘――。すると、セレステもアンデス調の抑揚で〝エグノン〟をくり返し、両脚をひきうけた。

　娘を動かす段になるかならないうちに、ミレンの芋蔓式の命令がはじまった。つかんで、ひっぱって、もちあげて、起こして、おろして、でも権力を行使しているわけでも、権威を誇示しているのでもない。では、なぜ？　アランチャが転びやしないかと心配で仕方ないのだ。そういうことは一度もないが、過信は禁物。ミレンが目を大きくあけて不安顔になるので、セレステが事あるごとに、なだめなくてはいけない。

「気を楽にしてください、ミレン。もうちょっぴりで起こしてあげられますから」

　いつものように車椅子にアランチャを乗せる。セレステが先に行って母娘にドアをあけてやった。ふたりの女性に支えられて、アランチャが立ちあがる。両脚の力がないわけではない。では問題はなにか？　片方の足が丸まっているのだ。女医のウラシア先生の予測では、中期的に、アランチャは杖か誰かの支えで何歩か歩けるようになるだろうし、いつか家のなかを歩く姿を見られる希望もけっして捨てられない。

　娘をトイレの便器にすわらせる。つづいてシャワーの下の専用椅子に腰かけさせた。セレステが体に石けんをつけて洗い流す役、彼女のほうが上手だし、しんぼう強いから、そして、どう言えばいいか、もっとやさしいのだ。ミレンはあまり意識していなかったが、ある日アランチャがｉＰａｄで伝えてきた。

《セレステに、ずっとシャワーを浴びさせてもらいたい》

「どうして？」

　またキーボードをたたいた。

《お母さん、すごい乱暴》

声はない。顔の筋肉がなんとしても放とうとする無音の言葉が、たまに口もとにうかがえる。口で懸命にほのめかし、言わんとすることを押しだしている。だが、そこから人に理解される音を発するまで、彼女には救いがたい距離があった。それでも誉めることでアランチャを鼓舞しなくてはいけないい。理学療法士にそう勧められ、神経科医、リハビリ科長、言語療法士にも助言された。

「誉めてください、ミレン、いつ何時でも誉めてください。しゃべったり、移動したりしようとアランチャが試みることは、みんな誉めてあげてください」

ミレンとセレステで、アランチャの体をふいて服を着せ（しっかりつかんで、そこにおいて、気をつけて）、セレステが髪をとかすあいだに、ミレンは朝食の支度をうけもつ。ショートヘアなので髪をとくのは簡単。髪は病院で本人の承諾なしにカットされた。体じゅうで動かせるのがまぶたしかなかった日々に、どう彼女に抵抗しろというのか？

セレステが帰っていった。十時になり、十一時になった。

「さて、教会のミサに行くわよ」

アランチャは、そそくさとiＰａｄのカバーをとった。

「やめなさい、言いたいことぐらい、わかってるから」と母。

そのとおり、書き言葉で言った。

《わたし無神論主義者》

「またはじまった。お祈りしたくなかったら、しなきゃいいでしょ。でも、ひとりで家に残るとか、あんたのわがままで、日曜のミサをふいにするなんて考えないこと」

ミレンは娘の手からiＰａｄをとりあげた。遅くなるじゃない。

母は不機嫌、娘も不機嫌、通りを急ぎ足で連れていく。ミレンなりの理由があった。教会に早めに着かないと、柱に近い端っこの信者席が埋まってしまうのだ。あそこなら自分のちょうど横、柱のまえにアランチャをいさせられる。車椅子が人のじゃまにならずに娘を風から守れるし、ミレンはミンで、首が疲れないでも好きなだけ聖イグナチオ・デ・ロヨラの像と話ができた。像はどこ？　壁のまんなか、装飾用持ち送り（コンソール）のうえ。正直なところ、司祭の説教なんかどうでもいいし、ミサの式次第も空で覚えている。だけど聖イグナチオと話して、この聖人に約束をし、取引をもちかけ、頼み事だの非難をぶつける（日によっては、こきおろしもする）ことは、ミレンにとっての重大事。この聖人には夫ホシアンの二倍も信頼をおいている。

　ともあれ、アランチャを連れて信者席の前方に腰かけることだけはしたくない。なにがなんでも！　いつかの日曜日を思うと、いまも赤面する。あの恥ずかしかったことといったら。

　はじめての日、車椅子をどこにおいていいか見当がつかなかった。中央の通路？　やめたほうがいい。それで最前列に行った。人の通らない場所だから、車椅子がじゃまにならないだろうと思ったのだ。ああ、言わんこっちゃない！　アランチャの退院直後で、ミレンは奇跡を夢見ていた。〝しかしイエス・キリストはヤイロの娘の手をとって言ったのです。少女よ、起きなさい〟。そんな感じ、ただし死者のかわりに、肢体麻痺の娘にだ。しかもミサのはじまるまえに、司祭のドン・セラピオがマイクで、アランチャに歓迎の言葉をかけてきた。そのあと説教中も、われらが主なる神のかぎりない情け深さの例として彼女を挙げた。そういうひと言ひと言が、ミレンには悪い気がしなかった。聖堂内はほとんど満席、誰もが知った顔で、すこしは慰めや励ましがあって主役になるのも悪くないわよ、ね？　ついでに、さて、無信心の娘が信仰をとりもどしてくれるかどうか。

　そうこうするうちに、聖体の秘跡の段になった。ドン・セラピオはどうしたか？　この司祭の、まあ、お節介なこと、彼は意を決して、祭壇と信者席を隔てる三段のステップをおごそかに下りてきた。そしてアランチャに近寄ると、真剣な顔で、万感の情愛をこめて、しかも感極まって彼女に聖体拝領をしたのだ。あらやだ、どうしましょう（ヘスス・マリア・ホセ）！　だってアランチャは懺悔もしていないのに。だって神さまを信じてもいないのに。強情な娘のこと、ご聖体（ホスチア）を、まさか吐き出しやしないでしょうね。だいいち喉をつまらせたら？　で、ミサがおわって家への帰り道、アランチャが口をあけると、あった、あった、舌にくっついて、ふやけた聖餅（ホスチア）が。せめてもの幸い。では、キリストのご聖体をどうするか？　かまいやしないわ。ミレンは湿った聖餅をそっと指でつまんで、自分の口のなかにもっていった。歩道のまんなかで目をとじて、短い祈りのひとつもブツブツ唱えた。あの日、二度目の聖体拝領。ほかに、どうしろっていうの？

いつもの席が空いていた。聖イグナチオさま、斯々（かくかく）。聖イグナチオさま、云々（しかじか）。ホシェマリったら、かわいそうに、あんな遠くにやられて、あの子がやったことは、なにもかもバスク国（エウスカレリア）のための戦いでしょ、あなたは知ってるくせに。娘はごらんのとおり、この姿。末の息子は実家になんか来やしないし、電話もしてこない。横ではアランチャが居眠りしているか、抗議のしるしに眠ったふりをしているか。このあたしにだわ！　自分じゃ、声をあげられないもんだから……。これを人に見られたら。かまうもんですか。全能の神のご加護、父と子と聖霊がみなさんにお下りくださいますように。

あっというまにミサが終わった。ミレンは参列者が出ていくのを待った。なんてモタモタした人たちよ、ちくしょう！　聖堂内から人がいなくなると、彼女は香部屋に足をはこんだ。アランチャは？　まあ、五分ぐらいひとりにしても悲劇が起きるわけじゃなし。

ミレンは単刀直入に言った。

「神経がどうかなりそうなのよ、神父さま。夜も、おちおち眠れやしない。あの女、問題をおこしに来たんですよ、どうせ掻きまわしに来たんだわ。こちらは国家の犠牲者かと思えば、こんどは犠牲者の犠牲者でしょ。あっちからも、こっちからもやられて」

最後に頼みを言った。あの女に話をしに行ってもらいたいの、どんな下心があって毎日村に来るのか、お願いですから、探りだして、サンセバスティアンから動くなって説得してくださいな。

すぐ人にさわるクセのある司祭は、彼女の肩に手をおいて、臭い息をフーッと吐きだした。

「心配しないでいい、ミレン。わたしに任せなさい」

17 散歩

ねえ、すてきでしょ、たいせつな務めがいろいろあるのに、平日の朝、母親のために時間をつくってくれる息子がいるなんて。ああ、来るわ、なかなかのハンサム、あの靴は服と合わないけれど。センス、そう、服のセンスってものはないわね。

テロリストの子をもつ親がいて、わたしには医者の息子が授けられた。ほんとのことだもの、言ってもバチは当たらない。四十八歳、社会的に高い地位にいて、持ち家があって、ただし妻も血を分けた子もまだいない。ひとり、いつもひとり。妹みたいに旅行をすることもないし。幸せなのかしら、人生を楽しんでいるのかしら?

待ち合わせ場所、ラ・コンチャの時計のそばで、母と息子はあいさつのキスをした。〝ホテル・デ・ロンドレスのカフェで腰を落ち着けないか?〟と、息子は誘ってきたけれど、母はきっぱり断った。こんないいお天気なのに、どこかの店に閉じこもるって言うの?

シャビエルは周囲に目をやり、母に理があるのを納得した。たしかにそうだ、空の感じ、やわらかなそよ風、秋の心地よい気温が散歩に誘ってくる。

「どうしたい？」

「あっちのほうに行きましょう」

くいっと下あごを突きだして、ビジョリは、ミラコンチャ通りのほうを示した。息子の同意を待たずに、自分の言ったほうにスタスタ歩きだす。シャビエルは、すぐ母に寄りそった。

「まだ彼女が見つからないなんて、どうなってるの？　考えられないけれど。あなたはハンサムだし、立派な職業をもっていて。あとは？　お金だってあるんだもの。後ろについてくる女性がごっそりいるでしょうに！」

「わざわざ後ろを見ないもんでね」

「ねえ、言われても驚いたりしないけど、あなた、まさか同性とつきあってるわけじゃないでしょ？」

「ぼくがつきあってるのは仕事だよ。患者さんを助けてやって、病気の人を治療してあげて、そういうこと」

「言い逃れしないでちょうだい」

「結婚には向いてないんだよ、お母さん（アマ）。それだけだ。彫刻だのラグビーだのにも向いてないのとおなじだろ。だけど、そういう活動との関係は、きかないじゃないか」

ビジョリは息子の腕をつかんだ。自慢の息子といっしょにミラコンチャ通りを歩く母。

左側は交通渋滞、両方向に行くサイクリング走者たち、歩く人、スポーツウエアでジョギングにいそしむ人。右側はコンチャ湾、海、恒例の水上フェスティバル、目を楽しませてくれる青や緑の色調、白い小波（さざなみ）、波、ボート、はるか彼方の水平線。

まえの晩に電話で話をしたので、ビジョリはシャビエルが調べをつけて、結果はともあれ、答えをもってきたものと思っていた。さあ、教えてよ、好奇心がうずいて、もう待ちきれない。

「はじめに言っとくけど、こんなことをするのは最初で最後だよ。患者さんの個人情報を口外するのは医者の首にかかわるからね。今回は信用のおける同僚の女性がいて、データを流してくれたんだ。それでも、こういう件は、よほど慎重にあつかわないと」

母親いわく、前置きはいいから調べてほしいと言ったことを、さっさと話してちょうだい。それで散歩をつづけながら（海、白い欄干、背景にイゲルド山）彼が語りだし、こう言った。

「二年まえ、アランチャは急発症を起こしたんだ。どんな状況下かは、きかないでほしい。ぼくも、はっきりさせられなかったから。報告書によると、当初はパルマ・デ・マジョルカの病院の集中治療室に入っていた、マジョルカ島にはたぶん休暇で行って、その先で発作がおこったみたいだね。で、言っとくけど、問題はすごく深刻だった。アランチャは拘禁症候群という病をわずらった。原因は、頭蓋骨の底部動脈の閉塞」

「あなた、やっぱりお医者さんね」

「まあ落ち着いて。いま説明するから。血液が中枢神経系に流れていくのは、この動脈にかかっている。いわば、脊髄のほうに下りる血管の集まる場所でね。その場所に異常がおこると全身の可動性が阻止される。アランチャにおこったのは、そういうことなんだよ、わかるかな？　彼女の脳は麻痺した体の虜になった。耳はきこえるし理解もできるのに、反応することができない。まぶたと目が動かせるだけなんだ」

あの家族のなかで、彼女にだけは悪いことがあってほしくないと、ビジョリは思っていたのに。ある日アランチャが通りを歩いていた。レンテリーアの若者と結婚していたか？　そう、でも子どもは当時まだいなかった。そのころチャトは、もうサイクルツーリングに参加せず、パゴエタでの仲間とのトランプゲームもしに行っていなかった。かわいそうに、それが彼にはつらかったのに、たいしたことじゃないさと、あとで言っていた。なんだよ、もっとひどいことだってあるだろうに。

村のあちこちの壁に落書きがあらわれたのが、そもそもの始まりだ。

そのひとつ。

〝チャトの密告屋（チャト・チバート）〟

韻を踏んでいるつもりだろうが、中傷と脅しにはちがいない。誰かがこれをちょっとやり、誰かがそれをちょっとやり、それぞれ触発しあって不幸が起きても、誰ひとり責任を感じない。だって落書きしただけだろ、だって住んでる場所を教えただけじゃないか、ひと言ふた言、ひどいことを言ったかもしれないが、なあ、ただの言葉だろうに、空中の瞬間的雑音だよ。一夜にして、村の多くの住人があいさつをしてこなくなった。あいさつ？ それでも上等。チャトは視線まで拒否された。昔からの友人、近所の人、子どもたちさえも。罪のない子に、なにがわかるの？ 当然でしょ、家で親の会話をきいているんだから。

あの日、ビジョリは通りでアランチャと鉢合わせをした。小声なんかじゃない。むしろ声を大にしてアランチャは言った。近くにいる者みんなにきこえるように。

「人が、あなたたちにしてるのは卑劣な行為よ、わたしは賛成できないからね」

それだけ。こちらの返答を待つでもない。昔みたいにキスのあいさつはしてこなかった。それでも、励ますようにビジョリの肩をポンとひとつたたいて、そのまま通りを歩いていった。アランチャが言ったのは、そんなふうなこと。すこしぐらい言葉はちがったかもしれない。たまに記憶が危うくなるから。でも、いずれにせよ、あの気さくな彼女の態度をビジョリは忘れない。わたしが忘れる？ そのまえに死んでるわ。

「パルマの病院に、アランチャは重篤な状態で入ってね、気管切開や、呼吸器やほかにも手当が必要だったんだが、そんなことまで知らなくていいだろうから、いちいち言わないよ。ただ、その時点では呼吸も、しゃべることも、もちろん食事をとることもできなかった。要は、彼女の命が完璧に外部に依存してたってことだ」

チャトは、ある雨の午後に殺された。家の建物の門から数メートルの場所でだ。あの在俗司祭ったら、ほんとうにえげつない、ご葬儀はサンセバスティアンでやりましょうと、何度もビジョリに言ってきた。どうしてです？　いやね、あちらのほうが大勢参列するでしょうから。冗談じゃないわ、と彼女。わたしたちはこの村の人間ですよ、この村で洗礼をうけて、この村で結婚して、この村でうちの夫（ひと）が殺されたんです。

司祭は譲った。葬儀の鐘が鳴った。教会に村人の姿はほとんどない。護憲派らしき政治家が数人、わざわざ来た親類が何人か、それだけだ。チャトの従業員？　ひとりもいない。司祭の説教にはテロのひと言もない。〝悲劇的な出来事で、誰もがショックをうけています〟。アランチャの姿は見えなかったけれど、シャビエルが言うには、夫といっしょに信者席の最後列にいたらしい。お悔やみこそ言いに来ないが、それでも場にいてくれた。ほかの人とはちがう。そのこともビジョリは忘れない。

母と息子はやがて昔のトンネルまで来た。どうする？　もとの道をもどることにした。

シャビエルは解説ふう。簡略屋で要約屋なのは話をわかりやすくするためだ。ビジョリは考えこんだ面持ちで目をすえる、都（まち）のむこう、山のむこう、遠くに点在する雲、これまで見たことのないイメージ、いまはじめて目にするイメージたち。管につながれたアランチャ、まぶただけに頼ってイエス、ノーを表現しているアランチャ。あの家族には当然の報い。いや、ちがう、アランチャはちがう、彼女は断じてちがう。

「お母さん（アマ）、ぼくの話、きいてないみたいだね」

「お昼ごはん、家に食べにくる？」

「いや、行けないな」

「デート？　そのラッキーな彼女、なんて名前？」

「医学っていう名前」

シャビエルいわく、うまくいけばアランチャはいつか、杖か、ほかの人の手をかりて、家のなかを歩きまわれるようになる。自分で物も食べられる、ただし、飲み物や食べ物を摂取するあいだは、誰かが見守っているほうがいい。そして先々、音声を発することも不可能ではない。

「なにができるですって？」

「声が出せるってこと」

こういう目標以外、患者本人がどんなにリハビリを熱心にやったとしても（事実、がんばっているらしい）、いわゆるふつうの生活にもどるのは無理だろうと、シャビエルは思っていた。

ラ・コンチャの時計のそばで、別れぎわに母。

「血液検査の結果、教えてくれないの？」

「ああ、思い出させてくれてよかった。忘れそうになってたよ。納得できない数値もいくつかあってね、アルアバレーナに検査してもらうように頼んでおいた。急ぐ必要はないから、いい？　定期検査だよ。安心するための、わかるだろ。それ以外は健康そのものだ」

キスのあいさつをして別れた。自転車とベビーカーと、街のスズメたちが通りすぎた。

「そのアルアバレーナとかいう人、何者？」

「友だちで、うちの病院の最高の専門医のひとり」

立ち去る息子が目に映った。彼女はわかっていたし、直感もした。きっと何歩かで、ふりむくわ。好奇心？　習慣で？　母親を確認しに？　たしかにそうなった。

ビジョリはその場にたたずんだまま、冷静な声で言った。

「腫瘍科のお医者さまでしょ？」

シャビエルはうなずいた。悲観する話じゃないよと、手でふりはらうしぐさをした。

ギョリュウの並木のあいだを、息子の姿が遠のいた。いくらか背をまるめているのは、たぶん背が高いので、人と話すときに下のほうを見る癖がついているせいかもしれない。

あんな優秀な男性が独身でいるなんて嘘みたい。服にあまりセンスがないから?

18　島のバカンス

そうじゃない、こういうことは起こるべくして起こるのよ、それとも母の言うように、神さまか、神の代理人、聖イグナチオがそう望んだから。なんて運の悪い、どうしてわたしが?云々。不運に名指しされた者（ハハハ、シニカルになりなさんなよ、あんた（チャバラ））の不平不満を、頭のなかでイヤというほどくり返す。いちど、ｉＰａｄでゴルカに書いたことがあった。憂い顔の弟、それとも単にビクついているだけ?　彼はもう物書きになっていたので、わたしのことを書く気はないかときいてみた。ゴルカは目に警戒の色をうかべて、そりゃ無理だよと即答した。ぼくは子ども向けの本を書いているだけだから。アランチャはｉＰａｄの画面をもういちど見せた。
《だったら、いつかわたしが自分で書いてやる。洗いざらい語ってやるわ》
この意図を、脅迫調に?告知したのは、あれが最初でもない。
そういうことがあるたびに、ミレンがいらだった。

「あんた、ひとりで歯も磨けやしないのに、なにを書くって？　なんのためによ？　うちが遭った災難を、村じゅうに話してきかせようってわけ？」

車椅子から、アランチャは家族全員に目をすえた（台所、日曜日、鳥の丸焼き）。この人たちみんなを合わせたより、わたしのほうが、よっぽど頭脳明晰（鼻にかけちゃだめよ、あんた）。なんてヤボな家族！　父は老けこみ、悲嘆でしわだらけ、シャツの前立てに油のしみがひとつ、くっついていて、周囲で起こっていることが二十年まえから、なにもわかっていない。弟のゴルカはビルバオで、隠れるように？生活していて、長いこと音信不通。もうひとり、不在の弟は、そこにいなくてもいるみたいに、年がら年じゅう会話に登場する。一家の力持ち、刑務所で腐りかけていて、もう何年まえから？　いまさら思いだせない。お母さん（アマ）はというと、感受性も共感性も、ほぼバイクの排気管なみ、それでも料理の腕はいいわ、正直言って。

父を見て、母を見ると、ふたりとも咀嚼（そしゃく）に徹して黙ったきり、それぞれ自分たちの皿のほうに顔をよせている。苦い思い——それとも恨み？——が胸から喉もとにあがってきて（自制しなさい、あんた）、目をとじて、あの松林ぞいの道路の一区間、パルマに着くまえの数キロを、またレンタカーで走った。

バカンスで、カラ・ミジョールに行った。誰々が？　母と娘。八月の二週間、エコノミーなホテルで、海には面していないが、海岸からそう遠くもない。当時十七歳のエンディカは、いっしょに来たがらなかった。いいよ、ぼくはいかないよ。おチビちゃんの妹は、べつに気も進まなかったが、母親のわたしが、やっと言いきかせた。楽しみがたくさんあるよと約束し、いくらか感傷的な脅しも入れた。学校の成績は悪いけどカメラを買ってあげるからと。アランチャにとって肝心なのはギジェルモから離れること。ひとりで、どこでも行くところだが、子どもたちを父親にあずけていくのは、さすがに気がひけた。夫婦？　冗談じゃない、あんなの夫婦なんて言えるもんですか。口論に次ぐ口論。

何日も何日もしゃべらず、どうしても目を合わせざるをえないときは、軽蔑と憎しみと嫌悪感のまなざしを交わしあう。だけど子どもがいる。だけど経済的なしがらみがある。だけど二人の名義で買った家がある。それに身内になんて言われるか？　相手の言うなりにはなるまいと、わが身に誓っていた。たとえ心の底で、ひどい寄る辺のなさを感じていても。

　あばずれ女とつきあっていながら、夫はそれを隠そうともしない。

「おまえがやらせてくれなきゃ、どこかしらに入れるしかないだろうが」

そんな調子だ。子どもたちのまえで。そうじゃないときでも、子どもたちの近く、完璧にきこえる場所で。ひどい責任転嫁、ひどい非難、ひどい怒鳴りあい。

　アイノア、十五歳。

「だって、ママ(アマ)、お友だちと、ここにいるほうがいいもん」

「お願い、頼むから」

　で、母と娘だけで旅にでた。ギジェルモが空港までふたりを車に乗せていった。アイノアが〝音楽かけて〟と言うと、彼はボリュームをめいっぱいにした。しゃべらずにすむからだろう、たぶん。最後に地面にスーツケースをおろし、娘にさっとキスをして〝気をつけて〟とは言うものの、母娘にか、それとも雲に言ったのか、聖札の聖人みたいに高みを仰いでいるのでよくわからない。それでチェックインのカウンターまで荷物を運んでくれるでもなく、さっさと車に乗って帰っていった。

　わたしはといえば、マジョルカの松林のあいだに待ちぶせるいまわしい運命に向かっていた。涙も、行き場のない怒りも、諍いもない安らかな数日を楽しもうという、その矢先にだ。娘がいて、太陽と、海の水と、おなじホテルに泊まる外国人の男との性愛の戯れがあった。ただ昔のうずきをまた感じて、ギジェルモに味わわされた屈辱をはらすだけのこと、夫は種馬と色男(カサノバ)を気どっても、じっさいはベッドで震動するブタ野郎でしかない。

マナコールをすぎて、いくつかの村をあとにした。徴候？　まるでなかった。

母親に細かくしてもらった鳥の胸肉を仕方なく噛みながら、アランチャの思い出のなかで、レンタカーが〝幸せのシャボン玉〟のイメージを描いている。

わたしが運転席、アイノアは助手席でサングラスをかけて、携帯のメッセージをやりとりしていた。お相手は海岸で知りあって、すっかり恋してしまったドイツ人の男の子、（わたしの言うことをきいて勉強していればよかったのに）ひどい英語を使っている。この年ごろの恋って、なんてすてきなんだろう。背景は松林、朝の青空のした〝シャボン玉〟の破裂する準備はすでに整っていた。

脚の感覚がない。それでもどうやったのか、道路のまんなかで車を止められた。その辺りがいくらか坂道で、惰性で自然に車が止まったのかもしれないが、アランチャは、どうにかハンドブレーキをあげた。手は動かせたし、思考することも、しゃべることも、見ることも呼吸することもできた。じっさい痛みはなにもなかった。

「ママ（アマ）、なにしてるの、どうして止まるの？」

「降りて、誰か呼んで。なんだか変なのよ」

金曜日。なんて運が悪い、子どもたちはどうしよう、なんでわたしが、こんなことにならなくちゃいけないの？　救急車のなかで、そう口にしつづけた。救急隊員のひとりが、いろんなことをきいてくる。意識をつなぎとめておくためか？　彼女は応えるには応えるが、気もそぞろ。頭のなかを占めるのは、ほとんどが子どもたちと、店員の仕事と、自分の将来のことばかり。なにより子ども、まだ大人になりきってもいないのに、わたしがいなかったらどうなるの？

土曜日、日曜日。アランチャはだんだん落ち着きをとりもどし、自分に言いきかせた。こんなの一時的なことよ。アイノアはヒステリックになって、自棄（やけ）をおこした。なんで？　まず、パルマのホテルに移るのも、ひとりでカラ・ミジョールにもどるのも嫌がった。つぎに、マジョルカ島が牢獄みたいに思えたらしく、最初の飛行機で家に帰りたがった。病院で娘は母親のそばの椅子で眠らせてもらえた。ギジェルモには連絡がつかない。エンディカは、さて、どこにいるのか。家にはもちろんいない。なにも事をおこしていないのを願うばかり。

ようやく月曜日、医師に翌日の退院を告げられた。相手は深刻な声でアドバイスし、地元で精密検査を受けることを勧めてきた。アランチャは母親に電話をし、そのあとギジェルモにもかけて、マジョルカに迎えにこなくてもいいわよ、予定どおりアイノアと帰るからと伝えた。休暇の残りの、あと五日をカラ・ミジョールで過ごすことまできめていた。

「ここにいると、つまんない」とアイノア。

「ドイツ人の男の子は？　お別れを言わないの？」

ドイツ人の男の子のことが、いきなり娘の気にさわったらしい。

「そんなふうに言わないでよ、人にきこえちゃうじゃない」

一時間半後の同日夜、アランチャは管につながれ、集中治療室で横たわっていた。二度目の急発症に襲われたばかり、痛みがこんどは強く、こんな痛みは耐ｰえｰらｰれｰなｰい。きこえるのは、みんなきこえた。医師の声、看護師たちの声。でも返事ができずに、もどかしくてしかたない。ああ、なんてこと、こんなのって、自分が死んだものと思われて、柩に入れられて、生き埋めにされるのを思ってぞっとした。

「ねえ、あんた、どうして食べないの？」

アランチャは目をあけた。びっくりした、というか、あ然とした顔になった。

見ると、目のまえに母がいて、左横にいる父は父で、口のまわりを油だらけにして、鳥の腿肉にしゃぶりついていた。

19　意見のくいちがい

だけど、この土地はなんて暑いの。

ミレンは海が島を涼しくするものと思っていた。

「ちがうよ、おばあちゃん」

「この暑さじゃ、ホシェマリおじさんに会いにいくときと、おんなじだわよ」

旅行？　最悪もいいところ。マジョルカ島のパルマには、飛行機が五時間半遅れて着陸した。それまでビルバオの空港で、ミレンはさんざん待たされて、ひどいなんてもんじゃない云々。喉が渇いても我慢した。耐えに耐えて、ギリギリ我慢をつづけたが、最後はどうにもならず、予定外の出費をした。飲んだのはミネラルウォーターのミニボトル一本、そう贅沢のできる予算ではなく、だからといって、トイレの水を飲む気はしなかった。下痢をおこすにきまってるわ。機内サービスの飲み物で渇きを癒やせると期待していたのに、時間は経つばかり（一時間、二時間……）、ひとつかみの砂が喉に詰まったみたいな感じがした。そこで、しかたない、バルに行って、怒っているみたいに、つっけんどんに、ささやかな飲み物の注文をした。

なにがあったのか？　ほかの飛行機がみんな発っているのに、ミレンの便だけが飛ばなかった。マイクの放送は、別の出発便の案内ばかり（ミュンヘン行き、パリ行き、マラガ行きのお客さまは、何々番ゲートからご搭乗ください……）、三度のうち二度は〝お手回り品やお荷物を、いつも手から離さないようにお願い申しあげます〟という、あのしつっこい放送だ。それで自分みたいに搭乗ゲートの近くで待っている乗客の誰彼にきいてみた。ちょっと、すいませんがね。外国人もいれば、彼女みたいに状況を把握できない人もいて、なんでこうなのか、調べようがない。だって機内につづく通路ができて、スーツケースも載っているのに、なんで乗せてくれないのよ。

しかも娘が遠くの病院にいるときにかぎって。ここまでくると、ピリピリして時計も見ない。それより、あきらめと鈍い怒りがはじまり、喉の渇きをなんとかしたくて（この暑さ、この汗）、上階にあがることにした。ミレンは思いをはたすと、コップの中からレモン一切れをとりだして味わい、最後に皮の内側の白い部分を齧った。お腹だって、いいかげん空いてるわ。

バルから出しなに、見ると治安警察隊の隊員がふたり、むこうから歩いてくる。制服にだけ注目して顔には目をやらない。ミレンは突然の気後れと、耐えがたい嫌悪感にかられて、手すりのそばで足をとめた。近くに来たら男女の若い隊員。会話に夢中なので、平然とふたりを見てやった。どうしよう？　警官ども（チャクラス）なら、まず知ってるはず。そばでドギマギした。女性隊員の自然さ、ほほ笑み、帽子の後ろに垂らした金髪のポニーテール。ミレンは周囲に目をやった。まさか村の人間がいて、見つかりやしないでしょうね。

度胸をきめた。ちょっと、すいませんがね。女性隊員にきいた。拷問者の顔はしていない。すると相手は親切な口調で――これまた、ミレンをたじろがせたが――パルマ・デ・マジョルカの空港は閉鎖されているという。

「閉鎖って、どういうことです？」

男の隊員のほうが答えた。

「ええ、セニョーラ。同僚二人がテロに遭いましてね。でも心配しないでください。おそらく一時的な措置で、ちゃんと飛べますから」

「ああ、そう、そうですか」

パルマに着いた。光り輝く点々になった眼下の都(まち)、なんて黒々した海、遠くには黄昏の紫の残光。病院にアランチャを見舞うには、いかんせん時間が遅すぎる。約束どおり、孫のアイノアが空港で待っていた。

「で、どうなの?」

「ママがすごく大変なの。体じゅうに管がついてるの」

「あたしのかわりに、あんたのパパ(アイタ)が、もう来てもよかったんだよ。こんなにお金がかかって、こっちは冗談じゃないわ」

「パパ、月曜日に来るって、それで、つぎの日には、わたしのこと連れて帰ってくれるって」

「まあ、ここに残るつもりじゃないの? なんて勝手なんだろうね。人がこんな大変な思いして、こんなにお金使ってるのに」

「おばあちゃん(アモナ)、わたしのパパのこと、悪く言わないでよ」

ミレンが来るまでの当初の数日、看護師のカルマ、とても感じのいい女性が、アイノアの面倒を見てくれた。カルマは慰めるように、やさしく、心配しないでいいわよ、わたしがついているからと言いきかせ、カラ・ミジョールのホテルまで荷物をとりに車で少女を連れていった。その道々、母親の状態を説明し、励ましの言葉をかけた。

「お母さんのこと、とっても大事にしてあげてね」

カルマはパルマノバにある自宅に少女をひきとった。家には小さな男の子がふたりと、こんなに太った夫、あれじゃ最低百五十キロはある。でも、とアイノア。わたしの目から見れば、太るまえは、きっとすごくカッコよかったと思うわ、目が青くって。ドイツから来た人で、ちょっと赤ら顔(まあ、けっこう赤いか）で、わたしとおしゃべりするとき、アクセントでわかる。子どもたちは父親とドイツ語で話し、母親とはマジョルカで話されているバスク語でしゃべっていた。

ミレンのパルマ到着の日がきまると、カルマは祖母と孫娘のためにペンションにツインルームを予約した。いわゆる観光地区から遠いし、病院からも遠いがしかたない。ミレンに電話で言われた指示に従った。

「ちょっと、うちはそんなお金持ちじゃないんでね、あんまり高いとダメですよ」

「なんとかしますので」

言ったとおりになったか？　これなら上等。朝食なしの素泊まり、海が見えず、やかましい道路脇で、中心街からも遠いけれど、値段だけは安い。滞在が長引く場合にそなえて、ミレンが望んだことだった。この先どれだけお金がかかるか、それを思うと落ち着かない。だいいち、海がまんなかにあって、どうアランチャを連れて帰れって言うの？　聖イグナチオ、こんな状況から救ってちょうだいよ、どうかお願いだから。で、ギジェルモは？　夫のくせに、なんで自分で面倒見ないのさ？　いや、じつは仕事があって。いや上司が。いや何日かしないと、ぼくは……言い訳だ。

アイノアが言うには、爆弾テロはカルマのピソのすぐそばで起こり、家じゅうが揺れたらしい。居間では壁の絵がはずれて落ちて、ガラスが割れ、真下にあった電灯もこわれた。カルマの太った夫は母国語でさんざん文句を吐きちらし、子どもたちは轟音に怖気づいて泣いていた。父親の怒鳴り声にも驚いたのだろうと、アイノアは思った。少女はカルマとふたりで病院からもどったところだった。いっしょに食事の用意をしようと約束していたのに、そのとき、すぐ近くの通りで炸裂音がした。どこ？　ラジオで治安警察隊の営舎まえだとわかった。さっそく騒々しいサイレン音がはじまり、空中に奇妙なにおいが感じられた。

「知ってる、ねえ、おばあちゃん？　きのう、おなじ時間に、わたしカルマの車で、いっしょにその道を通ったのよ。わたしたちのいるときに爆発したかもしれないじゃない」

「そんな大きな声で言うんじゃないの、人がいるんだから」

アイノアは大きな目をして、勢いこんで話した。

「近所の女の人が言ってたけど、バラバラになった体を消防士さんが木から下ろさなくちゃいけなかったんだって」

「ちょっと、ちょっと、食事の最中でしょうに」

ふたりはペンションからそう遠くないバルに、ボカディージョを食べにきていた。

「あのねえ、あんたのママがこんなになっちゃって、お金がすごくかかるの。だから、お財布の口をしっかり締めてないとね。あしたはどこかのスーパーで食べられるものを買って、お部屋でバクバク食べるわよ。冷たくたってしょうがない。お腹がすいて死ぬことはないから、いい?」

アイノアは自分の話。

「人殺しは嫌い。ここはバスクからずっと遠いじゃない。あっちで起こってることなのに、ここに住んでる人が、なんで悪いの?」

「ちょっと、夕ご飯を食べにきたんでしょ、ちがうの?」

「カルマとわたしが爆発に遭ったかもしれないのよ」

「そんなこと起こらないわよ、いつ爆発するか、ちゃんと見てるんだから。まさか誰にでも爆弾を仕掛けてるなんて思わないでしょ。学校とか、人がいっぱいのサッカー場とかで爆発があったのを見たことなんかある？　爆弾は、わたしたちバスクの国の権利を守るためで、敵にむけて仕掛けてるの。ホシェマリおじさんを拷問にかけた連中、いまも刑務所で拷問に遭わせてるのと同類の連中よ。そんなのもわからないんじゃ、あんたに、なにがわかるのか、おばあちゃんはもう知らないよ」

ミレンは孫娘にしっかり目をすえて見た。孫娘は右をよく見、左をよく見たが、祖母の目は見ない。

ふたりは隅のテーブル席にすわり、十五歳の少女は気のなさそうにボカディージョを噛んでいた。

「うちのパパ（アイタ）も人殺しは好きじゃない」

「あんたのパパが、そういう思想をふきこんだんでしょ」

「思想のことなんか知らないわよ、おばあちゃん（アモナ）。わたしが言ってるのは、人殺しが嫌いだってことだけ」

「殺して殺される。戦争はそういうもんよ。おばあちゃんだって戦争は好きじゃない、だけど、どうしろっていうの。何世紀も何世紀も、バスクの国がずっと痛めつけられてろっていうの？」

「いい人たちは、人殺しなんかしないわ」

「だろうね、それもギジェルモが言ったの？」

「わたしが言ってるの」

「あんたが大きくなったらわかるわよ。ほら、ボカディージョをさっさと食べて、もう行くよ。そうじゃなくても大変な一日だったんだから、こんなくだらない話はもうたくさん」

　するとアイノアは〝もうお腹いっぱい〟と、いまにも泣きだしそうな途切れ途切れの声で、自分に話しかけるように言うか、つぶやくかして、皿にまだ半分以上あるボカディージョを残した。ミレンはミレンで顔をこわばらせ、やはり自分の分を食べきらなかった。

20　早めの葬儀

土曜日の朝、アイノアはとても落ちこんだ。とてもどころじゃない、ものすごく。祖母が来てから、これが最初でもないけれど、どうにも気があわない。ギジェルモいわく。

「情のかけらもない女と、うまくいくほうが不思議だよ」

土曜日の落ちこみは、アイノアにとって平手打ち以上に痛かった。病院を出るまえに、携帯のカードを買ってくれないかと、おばあちゃん（アモナ）にきいてみた。〝買って〟という言葉をきいたとたん、ミレンはありありと不機嫌な表情を顔にうかべた。そのあと、もう遅くなるわよ、それどこで買うの、いくらするの。最高に甘えた声で少女が値段を言うと、ミレンは〝だめったら、だめ〟と言い、道々続けざまに、あれにもお金がかかって、これにもお金がかかってと、出費を端から数えあげた。

「お友だちと、ちょっとおしゃべりするぐらいなら、待てるでしょうに。火曜日には、もう帰るんでしょ。けっこうなことだわ。こっちは残って、あんたの母親の面倒を見なくちゃいけないってのに」

「ママ（アマ）なら買ってくれるもん」

「だけど、おばあちゃんは、あんたのママじゃないからね」

ミレンはペラペラしゃべりつづけて、愚痴を言う先から、また愚痴がでる。アイノアはといえば、しょげかえり、バスの乗客、家並み、道行く人と、そこかしこに目をやりながら祖母の顔だけは見ないで、相手に話しかけるのを、これ見よがしに拒絶した。

　病院からひとりで父親に電話をした。パパ（アイタ）、これこれがあったの、もう電話できないから云々。

「アイノア、月曜日まで、しんぼうするんだぞ」と父親。

　ギジェルモはホテルの部屋を予約して、父と娘は当日きめた時間にロビーで会う約束にした。そのずっとまえに、アイノアはすっかり用意を整えて父を待っていた。自分の持ち物をみんなスーツケースに詰めこんで、なにがあろうと、ペンションに帰る気はない。

　で、ミレンはどう言ったか？　言わずもがな。あの父娘（おやこ）は、よくもやってくれたもんよ。夜八時ごろ部屋に着いて、見ると、洋服だんすに孫娘の服がなく、なにがあったか理解した。そう、なら、かえっていいじゃないの。あたしの場所が広くなるし、お金もかからない。

　ギジェルモはホテルのまえでタクシーをおりた。娘はうれしくて、走りでて父に抱きついた。言葉短にきいては答え、もういちど抱きあった。安心しなさい、パパがいるんだから、もうだいじょうぶだよ、と父。ほんとにひどかったの、パパが来てくれてよかった、と娘。アランチャのことは、ほとんど話にでなかった。ギジェルモは毎日彼女の状態について電話で問い合わせをしていて、ミレンの思いこみとは違っていた。あれは薄情な男だわ、自分の妻のことなんか知ろうともしやしない。

　なにか新しいことはあったかと、ギジェルモは娘にそれだけきいた。アイノアは〝ないわ〟と言った。ママ（アマ）は、いっぱいチューブがついたまま。だけど。

「二度と動けないと思う」

　部屋にあがり、ギジェルモがシャワーを浴びてから、父と娘は外にでて、パルマの中心街をぶらぶら散歩した。デパートに入ってアイノアは携帯電話のカードを買ってもらい、ホテルにもどるまえに、港の見えるレストランのテラスで夕食をとった。

「もうバナナとボカディージョはうんざり」

日暮れの陽光で、停泊する船のマストがシルエットになっていた。そよ風がすこし吹き、そこにいるとすごく気分がいい。人々のほほ笑み、陽に焼けた顔、エレガントな婦人たち、地面で食べ物の恵みを待つスズメたちが目に入る。アイノアはウエイターに二杯目、すぐに三杯目のコカ・コーラを頼んだ。いままで毎日、おばあちゃんにダメって言われてたから、その分とりかえすのと、少女は言う。

「パパ、あした病院に、できれば行きたくない。おばあちゃんに会いたくないから。パパが行って、わたしホテルで待ってる。それで、午後ゆっくり飛行機に乗ろうよ。だって、ママはどうせわからないし」

飛行機はないよ。え？　プランの変更だ。娘はよく呑みこめない。ギジェルモはマジョルカに来るのがはじめてだから、もちろん、このチャンスを利用したい。木曜日まで上司が休みをくれたという。

「パパったら、すてき」

まあ落ち着きなさいと、父が合図する。

「あした、パパがひとりで病院に行くから。ママがこの先どうなるのか、お医者さんの誰かが、はっきり説明してくれると思う。おばあちゃんがいてもいなくても、パパには関係ない。だけど、もし会って、ダメもとでも良識的に話ができれば、これから先のパパのことを、むこうに説明してみるよ。アイノアとエンディカは、もうわかってることだろうけど。見舞いがすんだら、アイノアを迎えにくるから、そのあと二日は好きなことをして過ごそうな。島をまわれるし、船に乗ってもいい。ともかくアイノアの好きなようにだ。楽しめるだけ楽しもう、約束するよ。ああ、ただ、おばあちゃんには内緒だぞ、じゃまなんか、してほしくないからね」

管、呼吸器、カテーテル、コード、医療機器、そしてベッドには不動の肢体、目はあいている。白衣を着て、ビニールの靴カバーをはいたギジェルモは、首をのばして、アランチャの視界に自分の顔が入るようにした。反応？　ゼロ。頬にキスをしてもおなじ。かすかなまばたきだけ。小声で（そう指示があったので）〝アイノアを連れにきたんだよ〟と言うには言ったが、彫像に話しかけるようなものだ。〝こんなことがあって、かわいそうだったな〟とも言った。誰がきいているともかぎらないし、当然ながらアランチャ本人は目を覚ましている。

「きこえるか？」

反応なし。試しに、ゆっくり顔を離すと、そう、わずかに、たいしたことはないが目で追ってきた。ギジェルモは、アランチャがきこえていることも勘定にいれて、いっしょに過ごした歳月について感謝を告げた。ふたりで持った子どもたち、楽しかった時のこと。嫌な思いをさせて悪かったと言い、心やさしく労わるように、思いのままにささやきかけていると、不機嫌に眉をよせた義母が病室に入ってきた。面会者は限られた時間内にひとりずつ病室に入る規則になっているが、看護師たちは、どうやら彼女を目にとめなかったらしい。

ミレンの非難がさっそくはじまった。まずは黒いシャツのこと。それじゃ早ばやと喪に服してるみたいじゃないの。グレーのズボンに、黒のモカシン靴、黒っぽい格好をしようとギジェルモが思ったのは、〝神父さまがママに終油の秘跡を授けていったのよ〟とアイノアから電話で事前にきかされていたからだ。率直な話、彼はアランチャがいつ死んでもおかしくないと思っていた。だから悪気でもなんでもなく、スーツケースに黒っぽい服を詰めこんだ。それに、着るものはずっとアランチャに任せっきり、服を買ってもらい、毎日なにを着たらいいか言われてきた自分に、いまさら、なにがわかるのか。

ギジェルモにとっては、どうでもいい話、だから義母の言葉の攻撃に、わざわざ言い訳しようとは思わなかった。おっと、なんてすごい顔。彼は相手を見ようともしない。ところが、義母はいちど言いだしたら、とことん諦めず、小声を義務づける院内規則も、どこ吹く風。そのうち非難の激しさも極度に達し、経済的、感情的な領域に入ると、ギジェルモは、さすがに黙っていられずに、真正面から向きあうことにした。これを言い、あれを言い、冷静に、声を荒らげず、卑語もつかわないで。そして、しめくくりに。

「アランチャと、きっぱり別れるのは、今回のことと全然関係ないですよ。ふたりですっかり話し合ったことですから。子どもたちも知ってて、承知しています。だから、ぼくが逃げるとか、そちらにお荷物を押しつけるとか言ってもらっちゃ困りますね。それに、すこしは気遣ったらどうですか。ぼくにじゃなく、せめて自分の娘さんにですよ。ぼくはお荷物なんて、まちがっても言わない。でも、お義母さんはそう言うでしょ」

ギジェルモは五十ユーロ札を二枚、相手に放り投げた。

「とっておいてください、うちの娘がそちらに使わせた分です」

それで立ち去った。

21　あの家族でいちばんいい人

シャビエルは母との約束を思いだした。新しいことがわかったら、かならず伝えることになっている。まさにそれがおこったので、仕事の合間に自室にこもり、母に電話をかけた。

机にパソコンが一台、書類だの、あれやこれや、そして銀のフレームに入った写真。ぼくの父。亡き父のまなざしは、まっすぐで、澄んで、温厚で、眉の位置が軽い警告をうながしている。〝偏明確で、アイディアは少ないが、てきぱきして、仕事熱心な男の顔。〝明確で、ビジネスの絶対確実な勘をもつ男。った判断はするんじゃないぞ〟。仕事熱心な男の顔、てきぱきして、アイディアは少ないが、明確で、
ビジネスの絶対確実な勘をもつ男。

母親は電話に出ない。村にいるのか？　長くベルを鳴らしっ放しにした。十四回、十五回の呼び出し音。必要なら一日じゅうでも。そのうち母もわかるだろう、間違い電話じゃないし、電話会社の契約者へのアンケート調査で、当番の利口者がお得な（誰のための？）契約の形で天国を売りつけようとしているのでもないと。

十六回目の呼び出し音。数えるごとに、ボールペンの先をブロックメモに、トントンたたいていたら、母が電話に出た。

ささやくような、疑りぶかい声。

「もしもし？」

「ぼくだよ」

「どうしたの？」

ラモンって覚えてる？と、きいてみた。

「どのラモン？」

「ラモン・ラサ」

「あの、救急車を運転してた彼？」

「いまも運転してるよ」

そのラモン・ラサって落ち着いた男でね、バスクの民族主義者（ナシオナリスタ）だけど、不穏なことには首をつっこまない。いまは村に住んでなくて、でも家族に会いによく行くし、美食同好会の会員もつづけているんだ。その彼と、じつは病院のカフェテリアで出くわしてね、ラモンなら、まずなにか知っている。知らなけりゃ知らないで、かまいやしない、試すのはただだと思って、そばに行って、なにげなくきい

てみたんだ。カウンターにいる相手を見て、コーヒーをスプーンでかきまぜるうちに、ふと好奇心がわいたみたいに。

〈アランチャのこと、覚えてるか？〉

〈そりゃ覚えてるさ、かわいそうにな。午後、理学療法士のところに来てるよ。ぼくも、ここに何度か連れてきてるし〉

シャビエルは母に言った。

「こちらが調べてるなんて疑われないように、アランチャが急発症を起こした話をいまごろきかされたと言って、細かいことも挟んでね。マジョルカとか、二〇〇九年の夏とか、わかるだろ。彼の知らないことは入れないで。〝気の毒だよなあ、まったく〟って。それはほんとうだよ、正直に気の毒だと思う。彼女、あの家族でいちばんいい人だから」

「いちばんいい？　アランチャだけでしょ、いい人は」

「ラモンから情報をうまく絞りだそうと思ったんだ、さりげなく」

「わかったから、端的に言って。なにをききだしたの？」

まあ、ささいなことを二つ三つ、村では秘密でもなんでもないこと。まずなにより、彼女があんな状態になると、夫がさっそく逃げていったってこと。ラモン・ラサの口で表現された世間の裁断によれば〝救いようのない恥知らず〟

「〝救いようのない〟っていうのは、彼が言ったわけじゃないけどね。ただ〝恥知らず〟って断言した口ぶりでわかったと思ってくれればいいよ。しかも、夫に子どもたちの養育権があるらしい。というか、娘のほうのね、上の子はもう二十歳をすぎたから」

「お嬢さん、父親と住んでいるの？」

「それは、きかなかった」

「きけばよかったのに」

アルベルト（ほんとうはギジェルモだけど、ラモンには言わなかった。こちらが見せかけ以上に知ってるのを明かさないように）は別の女性と住んでいる。籍を入れたのか入れていないのか、ラモンもそこまでは定かじゃない、アランチャと離婚したかどうかも、はっきりしないからって。いずれにせよ、村にはまったく姿を見せない。子どもたちは来るらしいよ、母親に会いに。

ラモンは、こうも言った。

〈離婚したかどうか、そんな興味あるのか？　うちの母なら、きっと知ってると思うけど。よければ電話してやるよ。いまごろの時間ならもう起きてるし〉

〈いや、いいよ、いいよ。アランチャが気の毒な目に遭ったって、いまさっき知らされたばっかりで、ショックだったから〉

ほかにもあった。そのアルベルトとかいうやつ（まだ言ってるよ、こいつめ）はレンテリーアのピソを売って、アランチャの持ち分を本人にやった。それと、村で募金もしたらしい。バルや店に貯金箱をおいたり、チャリティーの富くじとか、サッカーくじとか、ラモンは、あと知りもしないが、ともかく大勢の人間が寄付して、アランチャがマジョルカの病院から移動するのと、そのあとカタルーニャの専門医療機関に入院するのを助けたそうだ。

シャビエルは父の目をまっすぐ見た。〝公正であれ、誠実でいろ、よくできた人間になれ、なにがあっても、人になにを言われても〟

母が黙っている。

「きいてるの？」

「それから」

「ラモンは医療機関の名前は教えてくれなかったし、ぼくもきかなかった。探偵の手口がバレないようにさ。その必要もなかったけど。アランチャが八か月間、グットマン医療センターにいたのは、すぐ調べがついた。手短に説明するよ。カタルーニャのバダロナにある医療施設で、骨髄の損傷や脳の障害をもつ患者の治療や、リハビリを専門にしている。想像しうるかぎり最高のところだ。ただ、当然それには費用がかかって、あの家族の経済的レベルじゃ、とても追いつかない」

「あの人たち、うちがつきあいだしたころから、お金に苦労してたもの。あなたのお父さんが、こっそり助けてあげたことだって何度かあるのよ。なんの見返りも期待しないで。なのに見てよ、恩を仇(あだ)でかえしてきて」

「じっさいアランチャはグットマンで治療を受けて、最後は村に帰れて、いまはうちの病院で神経系のリハビリをしているんだ」

「ほかには？」

「それだけだよ。ところで、お母さん、きのうはアルアバレーナの診察を受けに行ったの？　なんて言われた？」

「いやだ、忘れてたわ。わたしったら、うっかりして」

「大事なことだから、診(み)てもらって」

「大事、それとも緊急なこと？」

「大事なことだよ」

　ふたりは電話口で別れを告げた。

　傷んだ魂たち、冷たいやさしさ、やさしい冷たさ。シャビエルは白衣姿で、ブロックメモの表面に散る点々に、じっと目をやった。それから父親に目をむけた。不公正な人間になるな。お母さん(アマ)をかわりに大切にしてやってくれ。

　この机のむこう、あの白いドアが、ある午後、そう、もうずいぶん経つけど、何年まえ？　十二年か十三年まえか、突然あいて彼女がそこにいた。悲痛な顔つきでドア枠のところに立っていた。

「わたしは殺人者の姉だって、あなたに言いにきたの」

　彼が言うまえに、あのときアランチャは自分から部屋に入ってきたが、腰かけるように言っても、相手は遠慮した。

「あなたたち家族がすごくつらい思いをしていると思う。ほんとうにごめんなさい、シャビエル、許して(バルカク)」

　下くちびるに嗚咽の兆しがうかんだ。たぶん、だから早口でしゃべったのだろう、泣いて声がかすれないように。

　アランチャは見るからに神経質に、励ましとお悔やみと、屈辱の気持ちを伝えながら、いきなり机のうえに、なにか物を置いた。緑と金色の小物、でもシャビエルは一瞬、その正体がわからなかった。当惑しきって萎縮し、不審の目をした。相手の行為が暴力をともないそうに思え、やや体をのけぞりまでした。

　ただのイミテーションのブレスレット、子どものアクセサリーだった。

「子どものころ、あなたのお父さんに買ってもらったの、村祭りのときに。あなたは覚えてないと思うけど、みんなで通りを歩いていて、チャトがネレアに似たようなのを買ってあげてね。わたし、焼きもち焼いたのよ。自分もほしくって。うちの母はダメだって。そしたらチャトが誰にもなにも言わないで、黒人種の人が安物を売っているところにわたしを連れて行って、このブレスレットを買ってくれたの。それを返しにきたのよ。家にあったんだけど、これをもっている資格がわたしにはないと思って。ビジョリに渡してあげたくても、とても面となんか向かえなくって」

　シャビエル、人と距離をおく内向的な彼は〝わかった〟という身ぶりをした。それだけだ。ひと言も口にしない。身ぶりだけで〝いいよ〟と言っているような。それとも〝わかった、心配しないでいい、ぼくはきみをなにも悪く思っていないから〟と。

その数日まえ、高等裁判所で、ホシェマリに百二十六年の服役刑の判決が下った。シャビエルはネレアにきき、妹はラジオできいていた。母親に伝えるべきかどうか、兄妹は迷った。シャビエルは隠すのがあまりフェアでない気がして、電話をしたら、ビジョリはもう知っていた。

あれから年月がすぎていった。シャビエルはその年月を勘定するのも億劫で、こうしてここにいる。すこしまえに母と話をし、あの白いドアを見て、机の横の引き出しのひとつをあけたら、なぜだろう、アランチャのプラスチックのブレスレットが、あけたコニャックのボトルの横にしまってあった。

22　蜘蛛の巣のなかの思い出

このことは、ぼくしか知らない。彼女は？　まあ、脳の損傷で記憶をなくしていなければ、たぶんキスのことは覚えている。もっとも、当時の彼女が男という男にいくらでもキスしていたか、あの晩、自分のすることも、相手が誰かもわからないほど酒を飲みすぎていなければの話だ。

なにせ、あの女の子たち——いま四十代の女性——は誰かにのぼせるとブレーキがきかず、かたや男はといえば、性だの恋愛だのには初心そのもの、すくなくとも、ぼくはそうだった。ただ、アランチャがまちがいなく知らないのは、彼女がぼくにとって、ファーストキスの相手だったということ。

勤務時間がおわると、シャビエルは、いつものように自分の診察室にこもった。机には父の写真とコニャックのボトル。メランコリックな沈着さで、家具や天井や、壁の細部を目で追い、思い出をさがした。

いまごろもう病院を出ていい時間だけど、平日に家にいるのは耐えられない。家じゅうの電灯をつけても薄闇らしきものがつきまとう。しつこい汚れの層のように物に頑固に付着し、悲しい重みになって、まぶたについてきた。まばたきひとつするたびに、ドン、と弔いの鐘、そのうち誘眠剤が効いてくる。ソーシャルネットワークをのぞいて孤独と闘うことがよくあった。複数の偽名で参加して、性的なきわどいジョークを交わしあう。誰と？　知るか。パウラ、たとえば。あるいはパロミータ、このペンネームのむこうにはソリア県のスケベ親父が隠れているかもしれないし、夜中まで起きている十代のマドリードの女の子かもしれない。フォーラムに参加して討論を戦わせるのだが、わざとスペルミスをやたらにして、自分では嫌悪する政治的立場を擁護する。辛辣な評を送って、方々の新聞のデジタル版の記事にコメントしたりもする。偽りの身分を隠れみのに攻撃して、悪ふざけをしたいばかりに。癒えない臆病さに打ち勝って、四十八歳の孤独な男とは別の自分自身を感じるために。

だから仕事のあと一、二時間、診察室に残り、廊下を通りがかった医療関係者か事務員の誰かがドアのすきまの灯りを見つけて、話のひとつもしに部屋に入ってこないかと期待した。家でよく訪れる記憶より、ここにいるほうが、思い出が心地よいという思いこみもある。ついでに専門誌を読み、報告書に目を通し、過去の古い、できれば心地よいアバンチュールに思いをめぐらし、そのうちコニャックの効き目で思考がまとまらなくなってくる。この時点に達して酩酊の兆しが見えると、翌日まで病院をあとにした。

でも、まだその時点には達していない。ゆっくり飲んで、舌で味わい、冷静なまなざしで壁に目をこらし、なにかしら自分の過去のシークエンスをさがす。壁と天井のなす角に。清掃のスタッフは、小さな蜘蛛の巣に気づいていない。よほど注意深い目で見ないと感知できないのだ。それを張った間借り人不在の、灰色のガーゼの残片ほどのもの。自分はといえば、アランチャのキスの思い出に囚われている。ぼくは何歳だったろう？　二十歳（はたち）か二十一。それで彼女は？　二つ下。

村の祭りでよくある刹那のこと。踊って飲んで汗をかき、誰もが顔見知りで、自分が若くて、手のとどく場所に乳房があれば手でつかみ、目のまえにくちびるがあればキスをする。なんてことはない、忘却が食いつくす残り屑、消えないものは、蜘蛛の巣を見て突然自分の思い出が救いだす。

あれは徴兵に行くまえ、パンプローナで医学の勉強をしていたころだ。面白味がなく、堅苦しくて内向的と評判だった自分、つまり、まじめくさった男という、はっきり言えばそれだけ。友だち？　昔からの遊び仲間、みんなが次々結婚してバラバラになるまえのだ。酒飲みではないし、タバコも吸わず、大食漢でも、スポーツマンでも、登山家でもない。それでも一目置かれたのは、自分も土地の人間的風景の一部をなし、みんなといっしょに高校に行き、村役場のバルコニーや、広場のシナノキ同様〝村のシャビエル〟だったからだ。未来が大手をひろげて待っていると言われた。長身でハンサム、なのに女性をモノにしない。慎重すぎるのか、小心すぎるのか？　知り合いに言わせると、それも一理あるらしい。

蜘蛛の巣から目を離さずに、コニャックをひと口飲む。なんで笑うんだ？　いや、あのエピソードを思いうかべると、おかしくてさ。

広場の片側で聖ヨハネの夜のかがり火が燃えていた。通りは人だかり。子どもたちが駆けまわり、幸せな顔という顔が輝きをおびている。舌がアイスクリームをなめ、土地の者同士、歩道のむこうと、こちらで大声を掛けあった。暑さ。ぼくはパンプローナに住んでいないのか？　そう、だけど家族のもとで数日過ごし（それで母親に服を洗濯してもらい）、心地いい雰囲気を楽しみ、仲間と一杯やりに村に帰っていた。

日没まえの最後の陽光のなかで、通りを歩いてきて、アランチャや、彼女の女友だちと合流した。

笑い、バルのはしご、彼女が話しかけてくる。なにを？　どんちゃん騒ぎで、ほとんど言っていることが理解できない。アランチャが話しかけている、それには気がついた。相手の顔がすれすれの位置にある。アイライン、ルージュをひいたくちびる、でも、ぼくの目には、両親のいちばんの友人夫婦の長女、少女のころ妹のネレアとさんざん遊んだ、ほとんど血縁の従妹みたいなものだった。

　だから、パブの赤い薄闇のなかで、彼女が股間にいきなり手をおいてきたとき、悪ふざけの意味がつかめなかった。冗談か、悪戯か、説明がつかなかったのだ。夢でも見るように、いま蜘蛛の巣の小さな残りを見つめながら、自分が親戚みたいに思う相手にくちびるを思いきり押しつけられているのが目に映る。アランチャのもどかしげな舌が、身じろぎもしないぼくの舌をさぐっている。こちらはショックで体が硬直した。そのうち怖れも募ってきた。このくちびるの溶け合いが思いのほか長くつづき、ただごとではなさそうに思えてきた。誰か身内、誰か知り合い、自分の友人、店の奥にいるネレアが、いつ何時こちらに目をむけるかもしれない。

　アランチャは汗と香水をただよわせ、ぼくの脇腹に自分の体を押しつけた。そして耳もとで言った。ワオー、わたし濡れてびしょびしょ。誰にも見られない場所にいっしょに行かない？と、きいてくる。こちらにしてみれば、いまだに近親相姦の誘いでしかない。

　いま、診察室で笑いがこみあげる。あんなチャンスを、みすみす逃すなんて。自分から誘ってきた女の子、もどかしげで、身をよじり、その気になっていた女の子。いや、パンプローナが云々、仕事が云々。ぼくはどぎまぎして、とても度胸がなくて、学生の勉強部屋にこもって自慰の法則に従った。射精をするにはしても、女の子とのつきあいのわずらわしさはない。

　それで蜘蛛の巣を見て笑いがでる。それで父の穏やかな眉を見て笑いがでる。で、コニャックのボトルからもう一飲みして笑いがでる。なぜか知らずに笑いがでる。じっさい自分が穢れ、泥にまみれ、悲しみの黴(かび)だらけになった気がするのに。正しくあれ、よくできた人間であれ。そうだよ、お父(アイタ)さん。

飲むのはここまで、この先一滴でもよけいに酒が入れば、駐車場に車を残してタクシーを拾うしかない。そこでボトルを引き出しにしまい、緑と金のブレスレットに目をやって、あした返すぞ、と口にした。

くそっ、あのとき、なんで彼女とやらなかったんだ？

答え。おまえは、いまも昔も、ばーかーもーのーだからだ。写真のむこうから父がうなずき、シャビエルは居丈高になる。お父さんは黙ってろよ。

これは、完璧にタクシーを拾うほうがよさそうだ。

23 見えない縄

ほんの五分のことだと、シャビエルは思った。階下（した）に行って、もどってくる。アランチャの着く時間は事前にきかされていた。理学療法室にむかう廊下に入ったところで、後ろからイツィアル・ウラシアに呼びとめられた。この女性医師が緊張した顔でやってきて、彼にストップをかけようと両腕をふっている。おたがいよく知った仲だから敬語は使わない。

「言っとくけど、きょうの付き添いは介助の女性じゃなくて、お母さまなのよ。あなたにまかせるけれど」

シャビエルは礼を言い、来た道をひきかえした。

翌日、おなじぐらいの時間に、ウラシア医師に携帯で呼びだされた。アランチャに会いたければ、安心して下りてきて、きょうはセレステと来ているから。

「誰と？」

「エクアドル人の女性、彼女を介助している人」

前日ほどの決心がつかない。行こうか、行くまいか？

母は毎日村に行っている。中心街でバスをおりて店に入っている。ひと言で言えば、堂々と姿を見せていた。こんどは息子の自分が意を決し、理学療法のセッションを利用してアランチャに会おうとしている。家に帰ったら彼女は話をするだろう。iPadで問題なく意思の疎通ができるのだから。むこうの両親はどう思うだろう？ うちが先方に嫌がらせをし、恨みでも晴らそうとたくらんでいる、あるいは、そう疑うかもしれない。

同情、首に括りつけられた見えない縄にぐいっと引っ張られる。否定するなよ。アランチャをかわいそうに感じるのは、彼女がおまえの過去の心の一部だからだろ。間接的に自分を憐れんでいるんじゃないのか？ 知らずに独り言を言っていたら、人に注目された。行きちがった白衣の二人組に不思議そうに呼びとめられた。どうかしましたか？ いや、なんでもないです。やりかけの仕事があるにはあったが、自分の診察室で、束の間の独りの時間をつくった。

暑い。シャツのいちばん上のボタンをはずし、どんどんきつくなる縄をゆるめようとしたが、むだだった。縄は自分を引っ張るばかり、あるときは強く、あるときはやさしく、それで、ついにあきらめて引かれるままにした。

嘘のようだ。傷んだ体、瀕死の体とも当たり前のように終日つきあっている。回復の見込みのない体、ほとんど先のない体、子どもが二人も三人もいながら次のクリスマスまで命のもたない母親たち、人生の花盛りに死に名指しされた若者たち（大半がバイク乗り）。どの体も名前と名字がありながら、まもなく新聞の死亡欄に載る。そこにいる自分は同情にも動かされず、落ち着きはらい、簡素に、プロ意識をもって、嘆き悲しむ身内を慰めながら、できるかぎり熱心に職業を行使する（正しくあれ、誠実でいよ、よくできた人間であれ）。それなのに、いまはちがう感覚を体験している。アランチャについては、自分に医師としての責任がなにもないのに。それとも、だからこそか。彼女とはふつうの患者みたいな繋がりがないので、いまこんな深い思いがこみあげるのか？　問いは宙で浮遊したきり、蛍光灯の不鮮明な光のなかにある。答えを見つける時間のないままエレベーターを出て、早足をせきたてられるように縄にぐいぐい引かれながら、リハビリの階を進んだ。

廊下のつきあたりに、壁を背にベンチにすわるエクアドル人女性が遠目に見えた。背が低く、アンデス系の顔立ちで、車椅子を守っている。医師が横に来たのを見て、むこうはさっと立ち上がり、軽い会釈であいさつした。シャビエルは相手の顔には目をやらず、無表情に、ていねいに返した。なかに入った。ふたりの若い理学療法士が、十歳か十二歳ぐらいの少年と冗談を言いあっている。担架にベルトで体をしばられて、少年は垂直に立てられていた。シャビエルは医者の目で当たりをつけた。巨細胞ウイルス。こちらがあいさつすると、少年も返し、拡大レンズごしの大きな目で彼を見た。

そのすこし先に、見るとアランチャがいる。本人が気づくより先にシャビエルは相手をみとめた。彼女は担架に横になっていた。そばについている若い女性が、彼の訪問を事前に知っていたような合図を送ってきた。患者の片方のひざをゆっくり伸ばしたり曲げたりする運動をしている。近づいてみて確認できた。緊張過度、肥満症。ショートヘアの横顔に注目し、ぱっと見て彼女に思えなかった。でも担架の横に立って、近くで顔が観察できたら、そう、たしかに本人だ。

驚かせないようにと思ったのだろう、理学療法士は気遣って、リラックスした感じの声で、アランチャに彼の訪問を告げた。

「お偉いさんが会いにいらしたわよ」

シャビエルはアランチャの反応を待って、彼女に手をさしのべた。最初の一瞬はギクッとした顔、怖れかもしれない。つづいて笑みをむけてきた。顔が急にひきつった結果だ。体の右半分はなんとか動きがとれる状態。そちらの側で彼の手をにぎってきた。そのあと顔に表情をうかべたが、シャビエルは、どう解釈していいかわからなかった。

「調子はどう？」

アランチャは横たわったまま、頭をふりながら、くちびるで言葉を描き、理学療法士が声にした。

「最悪」

彼は不器用に、おずおずと口ごもって言った。こんなことになって大変だったね、ウラシア先生にきいたんだよ。アランチャは、うれしそうに耳をかたむけ、すっかり夢中になったしぐさをした。目のまえの礼儀正しい白衣の男性がシャビエルだとは信じられないふうだった。

「よくしてもらってる？」

彼女はうなずいた。

患者に実施しているリハビリについて、シャビエルはその場しのぎの質問を理学療法士にした。相手が適切な説明をするそばで、アランチャがなにか言おうとしてか、動くほうの手をふった。はじめ、ふたりとも彼女を理解できなかった。だが、ほんの何メートルか離れたところで少年につきそう別の女性理学療法士が、アランチャはｉＰａｄをほしがっているのだと理解した。それで廊下に出てエクアドル人女性に伝えると、介助の彼女がもってきた。

アランチャは担架を起こしてもらってから、ｉＰａｄのカバーをとり、素早く指で書いた。

《あなたのこと、ずっと好きだったのよ、バカ》

そして顔の筋肉の力を思いきり使って、ほほ笑んだ。くちびるの片方の端に唾液のかたまりができていた。とても幸せそう、めいっぱい笑みをうかべている。

こうなれば、いましかない。シャビエルは白衣のポケットから、イミテーションのブレスレットをとりだした。脈でも測るようにアランチャの右手をぎゅっとつかみ、ブレスレットをつけてやった。

「長年これを、あずかっていたんだよ。頼むから、もう返さないでくれよな」

真剣な顔で、ちょっと彼を見つめてから、彼女は書いた。

《ぐずぐずしてないで、キスしてよ》

彼は相手の頬にキスをした。それから〝もう行かなくちゃいけないから〟と言った。お大事に、そして社交辞令の言葉をいくつか言った。

アランチャは〝ちょっと待って〟と合図した。指先でトントン、キーをたたいて書くと、画面を彼に示してみせた。

《あなたも急発症になったら、結婚しようね》

24 オモチャのブレスレット

たったのゼラニウムで不快な気分にさせられたと思ったら、こんどは、これだわよ。ゼラニウムどころの話じゃない、自分たちを何様だと思ってるの？　こっちが降参するとでも思ってるわけ？　じっさいは、おなじ作戦の一部。あたしが自分で植木鉢を見つけていたら、もっとせいせいしていたのに。植木鉢の一つや二つ、なにさ。ところが、そうは問屋が卸さない。あっちからもこっちからも、うわさ話がやってくる。

まずはファニ。

「見た？　バルコニーにゼラニウムなんか置いちゃって」

ミレンは黙まりをきめて、見にいかなかった。かと思うと、道端でまたひとり。

「ねえ、見た？」

このときも行く気はしなかった。あいつらの家と、わが家が目と鼻の先にあってもだ。

夜、この一件で、さすがに堪忍袋の緒が切れた。パゴエタから帰ってきたホシアンが、おなじ話をしはじめて〝あんたの女房が見たら、どう思うだろうな〟と誰かに言われたと言う。そんなわけで、翌日、件の植木鉢を見にいくと、あったわよ。どこにでもあるゼラニウム、赤い花がふたつ咲き、いかにもこう言っている。〝わたし、もどってきたの、ここに旗を立ててるから、みなさん我慢することね〟

ホシアンに言った。

「ろくでもないゼラニウムなんか、寒くなって家に入れなけりゃ、すぐダメになるわよ」

「自分の家だろ。好きなものを飾ればいい」

それで、この一件にはもうこだわらず、ふつうにしていればいいと納得した。そうでなくても頭の痛いことばかりだし、ともあれ、村じゅうがこちらの味方なんだから、あの女になにができるの？

そのとき玄関の呼び鈴が鳴り、ドアをあけた。セレステが車椅子を押してドア敷居をまたぐまえに、ミレンは娘のブレスレットに気がついた。おまけに、このざまよ。まずはゼラニウム、こんどはこれときた。あいさつのキスをしがてら、この安物をじっくりそばで観察した。見紛うはずもない。

ミレンの頭に、ある遠い夏のイメージが訪れた。暑い午後、村祭りの日。フランコ総統はその前年に世を去っていた。それも覚えている。二組の夫婦は、子どもたちを全員連れて、通りをぶらついていた。バスク語の即興詩人（ベルチョラリ）の即興歌に一同が笑っている。みんなほどミレンが楽しまなかったのは、ホシェマリが午後困らせてばかりいたからだ。落ち着きのない子、手に負えない子、ほんとにしょうもない。何度もステージの脇板にぶらさがっては、即興詩人に叱られる。動きだしたメリーゴーラウンドからおりようとする、どこかでシャツに油のしみをくっつける、それでもヤギと変わらない息子をもつことを、ホシアンが自慢げにしているのが見てとれた。

「ヤギじゃないだろうが、おまえ。健康な証拠だろ」

　そのうちズボンの脇の縫い目がほつれ、道のまんなかで、ホシェマリを平手打ちしてやりたい気分になった。洗濯も、繕いものも、みんなあたしがやるんじゃないの。奥歯で噛みつぶすように。

「家に帰ったら、覚えてらっしゃい」

　ホシアンは子どもたち一人一人にクリームパンを買ってやった。大食らいのホシェマリは、ふた口で平らげた。ネレアの分にまで彼が噛みつくと、少女はもう食べたがらなかった。ホシアンはネレアにもうひとつ買ってやった。うちは金持ちでもないのにさ。ホシェマリは、ゴルカの分も取りあげようとした。ゴルカは五歳だったか、せいぜいそんなもの、かわいそうに、奪われまいとしたのか、なにをしたか知らないけれど、兄が怒って、クリームパンを弟の顔でペシャッとつぶしたもんだから、こっちはバルの紙ナプキンで拭いてやらなくちゃいけなかった。ナイキのTシャツまで汚してくれて、あたしの仕事がまた増えた。

　あれは、チャトとビジョリが休暇でランサローテに発つ直前。あちらは子どもたちとカナリア諸島に旅行して、後日ラクダの置き物を土産にもってきた。あんなラクダ、みっともないったら、ありゃしない、でもけっきょく、あの人たちのためにテレビのうえに置いてやった。いつか家（うち）に遊びにきて〝どこに飾ったの？〟なんてきかれないように。あの女ったら、ランサローテがどうの、ホテルがどうのと自慢話をしてケラケラ笑ってたわよ、ランサローテがどこにあるか、ホシアンもあたしも知らないと思ってさ。ともあれ、すこし遅くなったので、二家族はそろそろ引きあげて、子どもたちに夕食を食べさせて、先に寝かせようという話になった。そうすれば、そのあと夫婦同士で夜が楽しめる。でもミレンは正直なところ、ただベッドにもぐって休みたいだけだった。

それぞれの家への帰り道、露店が並ぶまえを通った。いろんなものがあった。手工芸の陶器、麻底のズック、ハンドバッグ、つまり、なんでもかんでもだ。チャトは西部劇のガンマンみたいに財布をとりだすと、安物アクセサリーを売る黒人種のまえで足をとめて、ネレアにブレスレットを買ってやった。おかげでこっちは大迷惑、そりゃそうよ、アランチャだって自分の分をほしがったけれど、うちは子どもが三人、むこうみたいに二人じゃないし、ホシアンが製錬所で惨めな給料を稼ぐあいだ、あちらさんはランサローテに行ったり、いろいろ贅沢のできるお金があるんだもの。ダメと言ったらダメ。でもアランチャは頑として言うことをきかずに泣きだす寸前。あんまり困らせるもんだから、チャトがあの娘（こ）の手をつかんで、ホシアンやあたしに尋ねもせずに、黒人種の露店にまた連れていった。

そのときのブレスレットが、三十年以上も経って、いまごろ家（うち）にあらわれたってこと。緑の球がついた金紛いのブレスレットだもの、まちがいない。チャトがいくらで買ったか？　二十五ペセタ？　ミレンは腹が立ったけれど、いらだちを呑みこんだ。子どもたちはどうやって喜ばせるものか、チャトはうちの夫婦に教えてくれたわけよ。

それとも、あたしの勘違い？　ミレンはブレスレットから目を離さない。アランチャがテレビに気をとられるあいだ、セレステはいつものやさしく礼儀正しい物腰で暇（いとま）を告げた。正直な話、この家（うち）じゃ、そんなご丁寧な格好はしないけど、まあ上出来よ。アランチャは自分なりの笑い顔で応えて、利き手で〝バイバイ〟とあいさつを告げ、ミレンはミレンで多少つっけんどんに玄関のドアまでつきそったが、相手のまえでドアをしめずに、自分も踊り場に出た。

「ねえ、うちの娘がつけてる、あのブレスレット、どこからもってきたかわかる？」

「きょうの午後、お医者さんにプレゼントしてもらったんです。すてきでしょ？」

「そう、とってもすてき。男の看護師さんにもらったってこと？」

「いえいえ。お医者さんが来たんです。名前は知らないですけど。いちども見たことがないし。ひょっとしたら、おたくのご親戚かなにかかと思って。だってアランチャにだけ会いにきて、何分かしてから頰っぺたにやさしくキスをして、娘さん、そのあいだじゅう、うれしくて幸せそうでしたもの。ふたりでお話ししてましたよ。というか、お医者さんがお話しして、アランチャがｉＰａｄで答えて、最後にオモチャのブレスレットをいただいたんです」

「まさか、その医者の名前なんてきいてないわよね？」

「ごめんなさい、申しわけないけど、きいてないです、ミレン奥さま。理学療法士さんたちが〝先生〟って何度か言ってただけで。でも、よければ明日にでも、きいてこられますよ。背の高いお医者さんで、髪の生えぎわが白髪で、メガネをかけてらして。いちども見たことがない人ですけど。なにか問題でしょうか？」

「いいえ、ちょっと知りたかっただけ」

　ホシアンがいつもの時間に帰宅した。ほろ酔いかげんの目をあいかわらずギラつかせ、肝臓のあたりをシャツのうえから、あいかわらず搔いていた。フライパンの油のなかでカタクチイワシの衣揚げがジュウジュウ音を立て、通りに煙がでるように窓は全開、アランチャは催眠術にでもかかったように、スープ皿から立ちのぼる蒸気を見つめている。

　ホシアンは娘のひたいにキスをした。それからテーブルに腰をかけ、疲れきって大きな息をした。

「全然腹がすいてない」

ミレンは、きびしい顔。

「ちょっと、手を洗わないの？」

水道の蛇口の下で洗うみたいに、夫は両手をこすりあわせた。

「きれいだよ」

「あんたったら、きたならしい……」

彼はバスルームに行って、ぶつくさ言いながらも、おとなしく手を洗った。台所にもどってくると、アランチャの後ろでミレンが激しく合図を送ってくるが、ホシアンには、なんだかわからない。

「なんだ？」

ミレンは口をぎゅっと結んで、ふつうの顔してなさいよと、怒りのまなざしを夫にむけた。それから首を横にふり、こんなふうに言うように。〝まったく、この夫(ひと)のことで、どれだけ我慢したらいいの〟

やっとホシアンがブレスレットに気がついた。そのふりのしかたが最悪で、ミレンはフライパンで頭を一発、たたいてやろうかと思った。

「すてきじゃないか！」と父は娘に言った。「それ、買ってもらったのか？」

アランチャは激しく否定して、自分の胸を人差し指の先で何度もたたきながら、くちびるで四文字描いた。

《わたしの》

ホシアンは妻の不機嫌なまなざしに説明をもとめた。むだだ。その先は夕食がすむまで、よけいなことにならないように口をつぐんでいることにした。

その後、暗がりの寝床で、ぼそぼそ夫婦は話をした。

「まさか、嘘だろ」

「嘘なら、いますぐ死んだっていいわよ。あのブレスレット、村祭りの日にチャトがあの娘に買ってあげたやつ、ずっと昔、子どもたちが小さくて、まだつきあいがあったころの」

「ふん、それがどうした。アランチャが引き出しから見つけて、つけたのかもしれないし」

「あんたって、ほんとにバカね。あの娘が見つけたんじゃないわよ。医者がプレゼントしたの」

「おまえといると、頭がおかしくなるよ。チャトが買ってやって……」

「シーッ、もっと声を小さくして」

　ささやき声で。

「アランチャが子どものころ、チャトにブレスレットを買ってもらった。そこまではわかるよ。それで年月が経って、医者がうちの娘に、うちの娘のブレスレットをプレゼントした。まるで訳がわからん」

「ひとつハッキリしてるのは、そんなことができる医者はひとりしかいない、しかもアランチャの頬っぺたにキスしたんだって」

「誰だ？」

「長男よ。なにがあったか知らないけど、ブレスレットをもってたってこと」

「おまえ、テレビの昼メロの見すぎじゃないのか」

「なにか企んでるにきまってるわよ。わかんないの？　あたしたちの生活に入りこんでさ、もう家のなかにいて、あたしたちの寝室にいて、このベッドにまでいるんだから、こっちは年がら年じゅうあいつらの話ばっかりしてるじゃないの。あの女がなんで帰ってきたと思ってるのよ？　自分の姿をちらつかせて、バルコニーにゼラニウムの鉢なんか置いて、村の店に入ってさ。あたしたちを、つけまわしてるんじゃない。なんとかしなくっちゃ、ホシアン」

「そうだ、寝ることだ」

「まじめに言ってんのよ」

「おれもだよ」

さっそく、いびきを掻きだした。

ミレンは横向きになって目がさめたまま、闇のなかが顔や、光や、音でいっぱいになった。ゼラニウムが出現したとたんに、こんどはブレスレット。アランチャが十一歳、ネレアみたいなブレスレットがほしいと言ってごねている。ゴルカの顔にクリームパンを押しつぶすホシェマリが見えた。それにチャト、映画のカウボーイがピストルを抜くみたいに、ポケットから財布をとりだす格好をしている。あの女も見えた。名前なんか口にしない。それだけで口がヒリヒリするわ。あの女、下心があって村にもどってきて、このあたしがへこむと思ったら大まちがいよ。

ミレンは眠れない。今夜も寝ずの夜。頭は考えでいっぱい、闇は亡霊だらけ。台所に行った。もう零時すぎだ。一枚の紙に書いた。

〈ここから出ていけ（アルデメンディク）〉

このメモをドアのしたに入れてやったら、さて、誰が誰よりも、よけいに怯えるかしら？　出かけようとした。でも文字がバレたら？　もう一枚紙をだす。筆記体をかえて、ぜんぶ大文字にして、おなじ文章を書いた。

靴を手にもって踊り場にでた。眠っている家族に自分のことが気づかれないように。そしてドアマットのうえで靴を履き、建物の玄関口におりてドアをあけた。

外に出たのか？　一歩だけ。なぜ？　だって雨が降っていた。風まじりの雨が降っていた。激しく雨が降っていた。横なぐりの雨粒が落ちてきた。とんでもない夜だわ。

自分の内心にむかって言った。

「ふん」

それから紙をビリッと破り、ポケットに紙片をつっこむと、そのままベッドにもどっていった。

25 来ないでもらいたい

玄関の呼び鈴が鳴った。ビジョリは短く乾いた音にドキッとした。サロンのアームチェアで、LPレコードの古いコレクションのジャケットをじっくり見ている最中だった。村の家に帰るようになってから、あのけたたましいベル音をきいたのは、これがはじめて。昔はあんなに耳慣れていたのに。でも跳びあがるほどのことはない。訪問があると思っていたのか？　そうでもあり、そうでもなし。遅かれ早かれ、誰かしら、まあどこかのご婦人が探りを入れにくると思っていた。あれこれきいて、こちらがどんなつもりか知りたくて。

その証拠に数日まえ、道端で顔見知りの奥さんとばったり遇った。わざとらしいったらありゃしない、偶然じゃないのが見え見えだ。

「あーら、ビジョリ、何年ぶりかしら。うれしいわ！　あいかわらず、おきれいねえ」

いやみな言葉が口の先までこみあげた。ええ、だって、ごぞんじ？　夫が殺されて、寡婦のひとり暮らしになると、すごく優遇されるって。でも言葉を呑みこんだ。それよりまえに、ビジョリは道の角に立つこの婦人が遠目に見えていた。わたしを待ってるのね、どうせ人に言われた質問をしてくるんでしょ。案の定、むこうは急に思いついたみたいに、あれこれきいてきた。葬儀に来なかった相手、悔やみの言葉をかけてこなかった相手、落書きがはじまったとたんに、あいさつしなくなった女のひとり。憎んじゃだめよ、ビジョリ、憎んじゃだめ。相手をかわすのに、あいまいな返事をして作り笑いをしたら、死んだクラゲみたいな冷たく粘っこい感覚が口のなかに残った。

ドアをあけた。ドン・セラピオだ。なんて熱のこもった目、弓形の眉の、なんてやさしそうなこと。離れたり合わさったりする青白く繊細なこの両手、聖職者用のカラー、アフターシェイブローション。彼女のほうは無表情な顔で、まばたきひとつしなかった。意外？　全然。ドアをあけて踊り場に誰もいないのがわかるのと変わりない。

　司祭はあいさつの抱擁をしようと進みでて、彼女と頬をあわせる気でいた。この男性、あいかわらずスキンシップの趣味がある、ビジョリは、さっと身をひいて、距離を保ちながら表情を硬くした。〝会いに来たんですよ〟と、相手はバスク語で言った。彼女は客を探る目にありありと警戒の色をうかべ、必要なら相手の鼻先でバタンとしめてやろうと、ドアの縁に片手をかけた。敬語なんか使わずに、スペイン語で〝入って〟と返し、指示した。

　神の家では彼が命じればいい、だけど、この家で命じるのはわたしよ。ドン・セラピオは早七十代、家に足をふみいれて、床や壁、家具や置き物に目をこらし、視線をカメラがわりにしている感がある。午後二時近く、ビジョリが台所で温めた血詰ソーセージ（モルシージャ）入りのインゲン豆の煮込みのにおいが、彼の嗅覚にとどいたらしい。

「ここで生活しているのかな？」

「もちろん。わたしの家ですもの」

　ビジョリは、レコードのコレクションを見るのにすわっていたアームチェアを司祭にすすめた。この椅子をゆずったのは、相手が視線をあげるたびに、壁にかかるチャトの写真に目の行く位置だからだ。彼女自身はキッチンから椅子をもってきた。司祭はとってつけたような会話をはじめた。お世辞、穏やかな愛想のいい物腰、遠慮がちな調子の口先だけの言葉をさんざん披露して、話の舵をとろうとしている。ビジョリは、たまにしか口をはさまないが、それでも断固挑戦的にスペイン語で進め、かたやドン・セラピオは、現状からとげとげしさを除こうという明確な意思表示として、バスク語を断念した。

言葉の蛙がピョンピョン跳んで、天気がどうの、健康や家族がどうのと、ちょこちょこ寄り道しながら、どうでもいい話題が次から次へと続くうちに、食事がまだで、我慢にも限界のあるビジョリが、ついに切りをつけた。

「お話しにきたことを、話してくださったらどう?」

無愛想な話し相手の頭ごしに、自然とドン・セラピオは額入りのチャトの写真に目が行った。

「よろしい、ビジョリ。自分で気づいているかどうか知らないが、あなたが村にいることが、いくらか懸念を呼んでいましてね。懸念というのは正確な言葉ではないが」

「警戒かしら?」

「言い方が悪かった。申しわけない。つまり、あなたが毎日来るのを見て、村の人が不思議に思って、いろいろ疑問が出るんだよ」

「疑問が出るって、どうして神父さまがごぞんじなの? みなさんが教会に話しに行くんですか?」

「村ではニュースがすぐ伝わるもんでね。あなたが来て以来、うわさが飛んでいるのは事実だよ。自分の村に来る、それは誰も口出ししない。それに、わたしにしてみれば大歓迎ですから。ただ、物事は見た目以上に複雑で、あなたが自分の家にもどるという正当な権利をもっているからといって、ほかの人のもつ権利を否定するわけにもいかんのだ」

「たとえば?」

「たとえば、日々の生活を立て直させてあげるとか、平和のチャンスをあたえてあげるとかね。武装闘争によって、たしかに村は手痛い打撃をあたえられた。同時に忘れてならないのは、国家の警察組織による何某かの行為ですよ。残念ながら、わたしたちの村には死者が出た。あなたの亡きご主人、それに産業地区のテロに遭った治安警察隊員二名。こんなふうに、われわれに甚大な痛みをあたえた無惨な悲劇を過小評価するわけではないが、ほかの人たちの苦しみから目をそらすわけにもいかない。ここでは抑圧があり、なんら正当な説明もなく家宅捜索があったり、無実の人間が逮捕されたり、虐待、もっと正確に言えば、治安警察隊の営舎で拷問をうけている。いま現在、この村の息子が九人、刑務所での長い年月の実刑に服しています。その罰を彼らが受けるに値するとかしないとか、そういった話には、わたしは立ち入らない。わたしは法律家でも政治家でもない、いっかいの司祭で、村の人たちが平和に暮らすのに貢献したいだけだから」

「殺された人間の妻が何時間か自分の家ですごしているから、まさか平和が危険にさらされるとでも、おっしゃりたいの?」

「いや、そんなことはない。わたしは、ただ村の人たちの代理で、あなたにお願いしにきただけですよ。きいてもらえたら、とても感謝するし、そうでなくても、あなたの決意を甘んじて受けいれましょう。あなたが苦しんだのはわかっているよ、ビジョリ。あなたの気持ちに疑問をもったり、非難しようなどとは考えてもいない。あなたもお子さんも、いつも、わたしの祈りのなかにいますからね。そして、わかってほしいんだが、ご主人がいま神の御前にいないとしても、わたしが百回、千回と主に祈りを捧げなかったからでは決してない。ただ、故人の魂が神の御手にあるように、わたしには教区教会の生きた人たちの魂をひきうける役があるんだよ。わたし自身が正しく行っているか、やり方がまずくはないか? きっと誤りを犯していると思う。適切な言葉をつかわずに、言うべきではないことを口にしたり、そのつもりではないことを言ったことだって、一度や二度ではないだろう。あるいは黙るべき時に話したり、話すべき時に黙っていたりもしただろう。わたしも人並みに不完全だからね。それでも、自分に授けられた使命を人生最後の日まで果たしていかなくてはいけない。くじけず、弱気にもならずにだ。このわたしが、おなじように引き裂かれた家族のところに行って〝いや、すまないが、おたくの息子さんはＥＴＡの戦闘員だから勝手にしなさい〟と言えるわけがないでしょう？　わたしの立場なら、あなたはそうするだろうか？」

「神父さまの立場なら、はっきり物を言いますよ。わたしに、どうしてほしいんです？」

司祭は、こんどはチャトの写真のほうに視線をあげず、ビジョリの足もとと、自分の足もとのあいだの床に一瞬目をとめた。

「もう来ないでもらいたい」

「自分の家に来るなですって？」

「しばらくのあいだだよ。物事が元の鞘におさまって、平和になるまでだ。神は慈悲ぶかい。あなたがここで苦しんだことは、来世できっと償われる。恨みで魂が束縛されるようなことは、しないでほしい」

翌日、まだいきり立った気持ちで、ビジョリはポジョエの墓地に行くと、チャトに話してきかせた。立ったままで話をした。雨が激しくて、ぬれた墓石の縁にすわりたくなかったのだ。

「あの神父、そう言ったのよ、平和プロセスを滞らせないために、わたしに村に行くなって。ごらんなさいよ、わたしたち犠牲者がじゃまするときたわ。箒でカーペットのしたに押しやりたいのよ。人目につかないように、こちらが公的生活から消えれば、みなさんはＥＴＡの服役囚を刑務所から出してやれる、それが平和なんですって。そうすれば誰もが満足して、ここでは何事もなかったってわけよ。おたがい許しあう時期に来てるって言うの。わたしが誰に謝らなくちゃいけないのか？ってきいたら、誰にも謝らなくていいって。ただ残念ながら、このわたしも社会全体を巻きこむ〝紛争〟の一部であって、ただの市民の一グループではないらしい、わたしに謝罪するべき相手は相手で、逆に、自分たちが謝罪されるのを待っていることも除外視できないんですって。でも、それはとても難しいことだから、あの神父が言うには、テロ行為がなくなった以上、状況が落ち着いて、摩擦が消えて、時間の助けをかりて苦しみとか屈辱感が鎮まっていくのが、いちばんいいんですって。どう思う、チャト？　わたしはプッツンと切れやしなかったけど、黙ってもいなかった。だから言ってやったの」

あのときビジョリは、まっすぐ司祭の目を見つめた。

「いいかしら、セラピオ。村でわたしを見たくない人は、チャトにやったみたいに銃で四発撃てばいい、わたしは、これからも好きなだけここに来ますから。いずれにしても、自分の命以外に失えるものはないし、その命だって、もうずっとまえに壊されたんですもの。誰もわたしに謝罪なんかしないでしょうよ、まあ正直な話、謝罪というのは、言われてみれば、かなり人間的な行為のような気がしますけどね。これでもうやめますよ、食事の時間がとっくに過ぎているのでね。神父さまを送ってよこした人に言ってあげてくださいな、うちの夫が殺された経緯について、すっかり知らされないうちは、あきらめませんからって」

「ビジョリ、お願いです、なんのために、その傷口をかきまわすんだ？」

「だから答えてやったの。〝まだ傷のなかに残っている膿（うみ）をみんな掻きだすためですよ、でなければ、いつまでたっても傷口はふさがらないでしょ〟って。そこで話はおしまい。あの神父、けっこうしゅんとして帰っていったわ。侮辱されて立ち去るみたいな顔をして。勝手にしなさいだわね。むこうが外に出たのをブラインドのすきまから見とどけて、さっそく台所に行って、インゲン豆の煮込みをたっぷり食べてやった。だって、死にそうにお腹がすいてたんだもの。あなたどう思う、チャト？　わたし、よくやった？　見てよ、気だけは、いつまでも強いから」

26　あいつらの味方、それとも、うちの味方

雨が墓に砕けると、秋の音がする。さわやかで、霧にけむり、ビジョリには心地よい。そう、これで、みんないくらかきれいになるし、亡くなった人たちにも、すこしは命がとどきそうな気がするもの。でしょ？　わたしにはわかる。

そんなことを考えながら、水たまりをよけて、敷石を這うカタツムリを見やり、（これがはじめてでもないけれど）もち帰って深鍋で料理したい誘惑にかられた。傘をさして自前のヘアスタイルをくずさないようにした。

雨は降りやまず、墓地を出たら、ちょうど市街バスが来たので乗りこんだ。どうしよう？　状況と条件をおさらいした。きのうのインゲン豆が残っていて、炭子(イカツア)ちゃんのエサのお碗はいっぱいにしてきたし、誰が家で待つわけでもない。しばらく姿を見せるなという要望をこちらが呑んだなんて、ドン・セラピオに思われるのがすごく癪(しゃく)だった。そこで、並木通りでバスを降りて、近くのベーカリーで菓子パンをふたつ買ってから、なにさ！とばかりに、最初に来たバスで村に行った。

きのうの残りを温めて食事をした。これをやって、あれをやって、電気コードを集めてきてプラグにさしこみ、以前ならチャトのやっていた作業をしながら午後が過ぎていく。レコードプレーヤーを作動させるのに、やっと成功した。古い曲と曲の無音のあいだに、教会の鐘の音がきこえてきた。土

曜日、傘を手に出かけた。どこへ？　きまっている。七時のミサだ。

教会に入るなり、最前列にすわりたい衝動にかられた。あの葬儀ミサの遠い午後のように。だけど、それではあまりに挑発的。そこで、通路をはさんだ右側最後列の信者席をえらんだ。その位置からだと、聖堂内のスペース全体が自由に見わたせる、まわりの人に見られないでも観察できるのだ。

ミサのはじまる時間がきて、教会はまずまずの人の入り、それでも昔ほどではない。誰もビジョリのそばには腰かけなかった。わたしの存在が気づかれていないわけでもないのね、まあ、どうでもいい、この〝神の殿堂〟では隣人愛を説くらしいけれど、ここで拍手をうけようなどとは期待もしていない。

まわりが空き空きで、ま、る、見、えなので、緑色の上祭服を着た司祭が祭壇に面した香部屋のドアから出てきたとき、ビジョリは、左側の信者席のひとつに極力目立たないように移動した。顔見知りでない人たちの後ろに目隠しになる席がある。なにげなく視線を片側にむけて、見たら、柱のまえにある車椅子が目についた。

相手を見なくても、ミレンはビジョリが教会にいるのを突きとめていた。娘をつれて教会に入ったのは七時すこしまえ。誰かがドアをあけて堂内に入れるように押さえてくれた。誰？　知ったこっちゃない、誰かしらよ。ミレンはいつもの場所に落ち着き、アランチャはその横、聖イグナチオ・デ・ロヨラの彫像はすこし先で、側壁の薄闇のなかだ。誰かの口が耳もとでささやいた。ミレンは控えめに頭をふって〝わかったわ〟と相手に伝え、そのときもミサの最中も、顔を右には向けなかった。

どんどんエスカレートしていくじゃないの。柱とアランチャの首筋のすきまから、ミレンは聖イグナチオに怒りの非難の視線を放った。あなたはいったい、あいつらの味方？　それとも、うちの味方なの？　ミサがはじまったばかりなのに、帰りたい気分になった。教会に来るなんて、ほんとにずうずうしい女！　デモ活動や新聞紙上であんなに平和をもとめてきて、やっと平和になると思ったら、二日と経たないうちに、こちらをわずらわせにきてくれた。ミレンは席を立ちかけて思いとどまった。あたしが出ていくわけ？　あの女が出ていきゃいいのよ。それに聖イグナチオさん、よろしければ、ごいっしょにどうぞ。

司祭の説教。ひとりはいちばん端の席、もうひとりは三、四人の信者をへだてた同じ列、ドン・セラピオは、説教台がわりの書見台のある壇上から女性ふたりに目をつけた。名指しはしない、さすがにそれはないが、話題にしかけていた味もそっけもないテーマをすぐやめて、はじめは正直なところ、やや言葉に詰まりながら、なんと即興で、平和や和解、許しや共存について語りだした。彼女たちに限った話ではないけれど、ほとんどふたりに向けられた。

物語だか、エピソードだか、たとえ話だか知りやしないが、固い友情でむすばれ、それゆえに幸福だったふたり、その後仲違(なかたが)いをして不幸になったが、神さまが和解をのぞまれて、容易ならずとも時を経てふたりは和解し、それで昔の幸福をとりもどしたと。なぜならイエス・キリストがおっしゃったように、愛しなさい、そうすれば云々。司祭はすっかり熱が入り、やれ平和がどうのと、長々はじまった。ふだん、どちらかといえば簡素で沈着な彼にはめずらしく、二十分にもわたる熱い説教を披露した。

そのあいだミレンは、もう聖イグナチオ・デ・ロヨラとは話さなかった。あたしのお願いを、あなたはきいてくれたためしがない。そこから先は不機嫌になり、言葉をかけるのをやめにした。ムッとしたり、考えこんだりで、すぐには気づかなかったけれど、見るとアランチャが、あの女に手をふってあいさつしている。なんてこと！　娘はそのうち、笑顔の重みで頭をゆらした。目が笑い、くちびるが笑い、ひたいが、耳が笑っている。言語道断な笑み。この娘(こ)ったら、発作でもおこしたの？　でも、よくよく考えれば、あいさつではなく、例のブレスレットをあの女に見せているのかもしれない。

家ではどうやっても外させなかった。ちょっと、ただのオモチャでしょうが。

ミレンは、さりげなく車椅子のブレーキを外した。足でこの邪魔くさい機具を回転させてアランチャを祭壇のほうにむかせたはいいが、どこまでオメデタイ娘、こちらがいくら我慢を重ねても足りやしない、それでもまだあの女に顔をむけようとする。母親はじりじりと壁の方向に車椅子を押し回し、最後は顔を合わせられないようにしてやった。


アランチャが合図を送ってくるのにビジョリは気がつき、三回のうち二回、左のほうに目をやった。首をのばすと、あいだの三、四人の信者のむこうに、母親の体の一部と、娘の全身が見分けられた。そのうち、ある時点で、あら変ね、見ると、車椅子がもとの位置になく、アランチャに笑みをむけることができなくなった。

ミレンは両手を組んで、聖体拝領に立っていった。あたしを見ているあの女の目が、針みたく突き刺してくるのを感じるわ。

そのとおり、ビジョリは相手を見すえていた、なんて信心深いこと、天国にまっすぐ行くとでも思ってるのね。うちの夫(ひと)の血で汚れたチュニックを着て天国についたあかつきには、さあ、なんて言われるのかしら。

司祭のまえに小さな列ができていた。ふいに彼女も列の後ろについて聖体拝領をうけたくなった。神を信じていないし、教会にも来ていないけれど、だからなんだというの？　もうひとりはといえば、舌先にご聖体(ホスチア)をのせて、中央の通路から自分の場所にもどっていく。ふたりの視線が一瞬合ったところで誰にもわかりやしない。ビジョリは、そのシーンを想像した。閃光に似た幸福感におそわれた。立とうという格好までしかけた。だが下腹部の強烈な痛みに押しとどめられた。ここ数日で三度目か四度目。苦痛の五分間、ひどい目まいがして、その場で倒れるかと危ぶんだ。目をとじて、ゆっくり呼吸をし、回復したと思ったら、ミサはすでにおわり、人が出口にむかって列をなしている。やっと立ちあがって目をやると、車椅子はもう消えていた。

ビジョリは教会をあとにした、ほとんど最後のひとりだった。広場の暗闇に出たら雨模様、人はさっさと散っていた。五歩も行かないうちに、ぼんやりした二人の姿が近寄ってきた。

「わたしたちのこと、覚えてます?」

声に聞き覚えはなく、顔もよく見えず、しばし相手を判別できなかった。でも近くで見ると誰々さん、年配のご夫婦、村の人だ。ささやくような口調で相手が言った。

「教会でお見かけしてね、うれしかったわ。で、この夫(ひと)に言ったのよ。彼女を待ちましょうよって。わたしたち、あなたのことを、とてもすばらしい方だと思ってるの。まえからずっとよ」

こんどは夫のほうに話しかけられたが、なにしろ声が小さすぎ、ポトポト傘を打つ雨粒の音のせいで耳をそばだてないときこえない。

「わたしら、民族主義者(ナシオナリスタ)だったことなんか、ありませんからねえ。だけど、そりゃそうですよ、誰にも知られないほうがいい」

ビジョリは夫妻に礼を言った。それから〝悪いけど、急いでいますので〟と断った。

「もちろん。お引きとめしませんよ」

急いでいる? 全然。暗がりにすいこまれ、ポーチに身をよせて、しばし壁によりかかって、痛みがひくのを待った。

27　家族の昼食

日曜日、パエリャ。

ネレアがいちばんに着いた。ハイヒールは履かず、口紅をつけず、夫も同伴でない。母と娘は玄関で頬をよせあった。

「ロンドン、どうだった?」

ネレアは土産にドアマットをもってきた。どことかで買ってきたのよ。おおげさな口の動きで英語名を発音した。この言語を実地で使った二週間の習慣かもしれない。

「カッコイイでしょ?」

赤い二階建てバスの絵柄のついたドアマット。ビジョリは、いかにもうれしそうに、うなずいてみせた。ほんとすてき、だけどネレアったら、こんなお金使わなくていいのに。娘は踊り場に出てドアマットを取り替えた。古いほうは、あとで通りのゴミ用コンテナに捨てられるように壁に立てかけた。

「で、キケは? 彼、パエリャ好きじゃないの?」

「キケとは終わったの。あとで話すわ」

炭子(イカツア)はソファでうとうと。目をろくにあけずに撫でられている。

外は灰色の日。呼び鈴が鳴った。

シャビエルは母にあいさつのキスと抱擁をし、ネレアにもキスと抱擁をした。雌ネコのことは無視しているし、いま靴底をせっせと擦った新品のドアマットにも注目しない。彼はワインを一本と花束をもってきた。そんなお金を使わないでもいいのに。

三人で食事することはめったにない。クリスマス、ビジョリの誕生日、では、きょうは？　とくに理由はない、単にネレアがロンドンからもどったから、それとも、三人で食卓をかこむのが久しぶりだからか。シャビエルは病院の気の毒な患者の話をし、つづけて笑い話をした。だけど、最初の話のあとでは笑えっこない。みんなでオードブルに手をつけた。ネレアは旅行の冒険談を披露し（ここに入って、あそこに行って、どこで過ごして）、兄はワインのコルクを抜きながら、肝心の話が出ないのに気づき、きいてみた。

「キケはどうしたの？」

「まだロンドン、だと思う」

好奇心と当惑でコルクを抜く手がとまった。ビジョリは、すかさず口をはさんだ。

「また別れたんでしょ」

「別れてはいないわ」

「ずっと別居してたんじゃないの」

「それとこれとは、ちがうもの」

「いずれにしても、あなたがた、ずっと別々のピソで住んでるんでしょうに。ちがう？」

「ちがわない」

遅かれ早かれ、わかることなので、ネレアは語り、事実を伝え、細かい話をした。

「そんなわけ。協議離婚だったの。これが最後か、そうじゃないかは、時間がきめることだわね。キケは〝月々きまったお金を送る〟って言ってる。もちろん断ったけど」

母は眉をつりあげた。

「なんで断ったりするの？」

「だって、彼に感謝なんかしたくないもの」

シャビエルは母にワインをすすめたが、母は遠慮した。ネレアもいらないと言う。グラスに自分の分を注ごうとして、彼もけっきょくやめにし、手をつけずにテーブルの脇においた。ビジョリはパエリャを取りにキッチンに立った。手伝おうか？とネレア。ビジョリが言った。だいじょうぶよ。

母が席を外すと、兄妹はひそひそ話をした。

「あの話はやめないか」とシャビエル。

キッチンからもどったビジョリは、言葉じりをききとった。

「なんの話？」

黒い焦げ跡がついた籐編みの鍋敷き、村の家で一家が使っていたもの、子どもたちが小さいころ、父親がまだ生きていたころの鍋敷きだ。縁のエナメル加工が一部剝げたこのパエリャ鍋もそう。こういう旧石器時代前期のガラクタは捨てて、新しいのを買ったら？と、ネレアは何年も母に言いつづけた。古着屋行きか、博物館にでも陳列されそうな食卓用ナプキンは、二十年以上まえにチャトが指の油をふきとっていた代物だ。

最後の糸状の湯気がパエリャから立ちのぼる。ビジョリはシャビエルの皿に盛りつけた。お気に入りの息子？　実用的なことがダメだからお気に入り？　ネレアはまた別。穴杓子をしっかりにぎり、自分の皿に盛りつけながら、ロンドンの、並みか、質の怪しげな朝食、昼食、夕食を思いうかべては列挙していった。みんながパエリャを皿から口に運びはじめたところで、ネレアはさっそく自分の短期、中期的プランを披露した。つまり。

「けっきょく行くことにきめたわ。可能になり次第に、刑務所の更生面会に行こうと思って」

沈黙。話とはそのこと。反対の声があがらないので、彼女はつづけた。

「仲介者と電話で話したの。とっても感じのいい女性。信頼できる雰囲気だから。はじめはそうでもなかったけど、だんだん相手のこともわかってきたしね。ロンドンから帰ってきて、こちらは準備の面談をいつでも再開できるって言っておいた。ほかに？　ああ、こういうこと話すのは、こそこそ隠れてやりたくないから。ママとお兄さんは反対だろうけど」

母と兄がじっと見た。深刻というか、無表情な顔でネレアに注目し、そのあと目をそらした。まじめに受けとめてくれたのかしら？　あごを忙しく動かす音がする。ふたりの視線が皿に落ちたまま、パエリャがだんだん減っていく。ビジョリがゆっくり水を飲み、すりきれたナプキンで口をぬぐって、抑揚のない機械的な声できいてきた。

「なにを期待しているの？」

「全然わからない。誰と会うかも、まだわかっていないし。はっきりしてるのは、ひとつだけ。ETAが、うちの家族になにをしたか、わたしたちがどんな思いをしたか、あの連中の誰かにわからせてやりたいの」

「あなたがどんな思いをしたか、でしょ？」

「そう」

シャビエルは黙って食べている。

「そのあとは？」

「むこうが言うべきことをきくの」

「謝罪を期待してるの？」

「正直言って、それは考えてなかったな。仲介者にきいたら、いままで面会に参加したテロの犠牲者は、みんないい印象をもったって。後悔した人がいるっていう話はなくて、むしろ最後に自分の良さを見直した人たちもいるらしいの。気が楽になるだけでも、わたしには意味がある。その先はプラスになることなら、なんでも歓迎よ。たとえば傷の膿が止まること。傷痕はずっと残る。でも傷痕はもう治癒の形でしょ。ママとお兄さんは知らないけど、わたしは鏡で自分を見たときに、ただの犠牲者でしかない人間の顔だけを見ないでもすむ日が来てほしいから。最大限のプライバシーは約束してもらってる。新聞社にも内緒だし」

シャビエルはひたいに縦じわをつくり、口をつぐんでいた。母にはこの件をふせておくように、数日来、妹に何度言ったか知れなかった。なんで？　心配させないようにだよ。

でもビジョリは冷静に反応した。

「いい、ネレア、あなたが自分で正しいと思うことをすればいいのよ。わたしは反対しないから。犠牲者窓口課の代表として、しばらくまえに担当の人がその面会について教えてくれて、どう機能しているかは、だいたい見当がつくわよ。わたしは、そのへんの殺人者と話をしにいくっていう考えは納得しないけど。時間のムダだと思うから。ここまでひどい目に遭わせられて、傷なんか癒えるわけがない。この体じゅう傷だらけなのよ。あなたに説明するまでもないと思うけれど。最後に残った傷痕がひとつでも、全身火傷を負った人の瘢痕（はんこん）と変わらない。まあ、パパ（アイタ）を殺した人間の目なら見にいってもいいわね。そいつになら真実を言ってやるかもしれない」。そしてシャビエルにむかって「あなたはどう思うの？　黙ってるつもり？」

シャビエルは目をふせた。

「ごく個人的なことだからね。ぼくは関与しない」

「あなたも、その連中と会いに行くか、ってきいたら？」

「行かないな」

きっぱり響いた。攻撃的に響いた。ネレアは、まだパエリャの残っている皿をテーブルのまんなかに押しやって〝ごちそうさま〟の合図がわりにしてから言った。

「わたし、面会がすんだら、どこか別の都市に行って住もうと思ってるの。どこか、まだきめてないけど。外国に行くかもしれないし」

母と兄は善し悪しの判断をしたり、なにか尋ねたりもしないで了解した。そのあとは手短に、笑いもせずに、日常の話をした。サッカーの試合がある日曜日だからと、デザートもコーヒーもとらずに先に席を立ったのはシャビエル。サッカー場に足を運ぶことはそれほどないが、子どものころから〝レアル・ソシエダード〟チームの会員だ。

ネレアは食器の片づけを手伝った。女同士になると、わたしの将来のプランをどう思う？と、母にきいてみた。

「あなたはもう大人なんだから、自分のやることぐらい自分でわかるでしょう」

「それとも、わたしにも、お兄さんみたいになってほしいわけ？」

「お兄さんが、なんだって言うの？」

「あんな悲しい人、ほかに知らないもの」

「悲しみだの、なんだのって、あなたに、なにがわかるの？」

「わたしにだってメチャメチャ悲しくなることは、いくらでもあるのよ。だけどさ、ロンドンで、しばらく別れて暮らそうってキケと話し合ってきめた夜、ひとりで川岸をすこし散歩したの。どうすればいいんだろうって思って。川に身投げして、ごきげんよう、さようならか、それとも、長いあいだ、ほんとにあまりにも長いあいだ自分が入ったきりの迷宮の出口を探すのか？　濁った川の流れを見て、水面に映るロンドンの都（まち）を見て、そのあと人を見て、どこか近くできこえる音楽をきいて、顔にそよ風があたって、それで結論をだしたのよ。ネレアったらバカみたい、顔をあげなさいよ、あきらめないで、生きて、そう、生きるのよ、あなた、散々な目に遭っても、へこたれてなんかいないで、しっかり闘って探しなさいって……。ママ、そういえば毎日村に行ってるんですってね、とってもいいことだと思う。ママだって、なにか探して歩いてるんでしょ」

「探す？　わたしが？　なにも探してなんかいないわよ。自分の家に行くんだもの。自分の家に行っちゃいけないの？　それとも、あなたに迷惑でもかけている？」

母の目と、固く結んだくちびるに怒りがあった。

それ以上、ふたりは話をしなかった。

すこしあとで家を出たら、古いドアマットが踊り場にないのにネレアは気がついた。

28　兄妹のあいだで

十一月の灰色。ネレアが玄関口をでたら、雨がパラパラ降っていた。

坂のつきあたり、通らなくてはいけない場所に、黒い傘をさして顔の隠れた男がひとり立っている。ネレアは心臓がドキンとした。もうテロがないはずなのに、いまごろなに？　不審をおぼえた。男がそこにひとりでいて、これこれの姿勢で、これこれの外見で。

用心のために向かいの歩道に移った。そのうち男が顔をむけた。なんと、シャビエルだ。

「サッカー観に行くのに、急いでたんじゃなかったの？」

「考えを変えたんだよ」

理由？　ネレアと話すほうが大事だと思ったから。驚かすようなこと言わないで、と彼女。安心していいよ、と兄。そうしょっちゅう会うわけじゃないし、ふたりで話をするチャンスがほしかっただけだから。

サンマルティン通りを行くことにした。道々、ネレアは兄に言った。傘、たたんだら？　もう雨降ってないもの。シャビエルは傘をしまった。その後、ホテル・エウロパのカフェテリアに、ふたりは席をとった。

「お兄さん、コニャックが好きだなんて知らなかった」

「まあ、なにか飲まなくちゃいけないから。注文しないですわってるわけにもいかないよ、だろ？」

彼女はカモミールのハーブティーをたのんだ。パエリャの油っこい後味が残って、胃もたれがして、それに云々。

シャビエルは、妹の愚痴には耳をかたむけない。前置きせずに本筋に入った。

「お母さん（アマ）の家に行くまえに、ふたりで会ってたほうがよかったな。正直に言わせてもらうけど、家でいい気はしなかったから。お母さんがまた苦しんだりしないように、いろいろ事前に口裏を合わせておけばよかったと思って。ネレアはちょっと、マズすぎたね。ぼくにも責任の一端はあるけど、割って入る機会を逃したから」

「わたしを黙らせるのに？」

「将来のプランに関係あることは、小出しにしてくれればよかったんだよ。単に分別というか、きいたことがあるか知らないが、デリカシーというか、そういう問題だけどね」

「お兄さんが、いま教えてくれてるみたいに、でしょ？」

「別居のくり返しの話で十分だったろう。ほかは後日回しでよかったと思うよ。お母さん（アマ）が冷静に反応したみたいに見えたかもしれないけど。はっきり言って、あの冷静さは見かけ倒しだからな。お父さんを亡くして以来の仮面。強いふりだよ。ネレアがペラペラしゃべって、たまに得意の絶頂になってるのが、ぼくはいい気がしなかった。よく注意して見てくれてたら、お母さんのひたいとか、目とかに見えたはずなんだ、ネレアのひと言ひと言を、石つぶてみたいに受けとめてたって」

「まあ、ほんと？　お兄さんが気がついたっていうのが不思議だけど。わたしのしゃべってるあいだ、お皿から一瞬でも目をあげたのなんか見てないし」

「見ないでもわかることがあるんだよ。いいかネレア、キケとの別居が、見せかけ以上にショックなんだろう、そういうのは本人にしかわからないからね。ただ食事のあいだ、突然いろいろやりたい女性みたいな印象があった。なにがなんでもって感じで、自分の行為が身近な人間にあたえる影響なんか、おかまいなしにだ。ネレアがすごく落ち着いているっていうふうには、正直、ぼくには見えなかった」

「だったら、なに？　お兄さんみたいになれって言うわけ？」

「ロンドンに行くまえ、更生面会に参加する考えはやめたって、はっきり言ってたろうに。でもこんどは、その予定を継続するって言いだした。そういうのは、なんのためだ？　どこかに行くまえに心理的満足を得たいからか？　天は自ら助くるものを助くってわけだろ？　ぼくはだめだね。お母さんがあのとおりなのに、ネレアはほんとうに自分の幸福が感じられるのか？　瞬間的には感じられるかもしれないよ、悔い改めた殺人者をまえにしてさ。だけど、そのあとサンセバスティアンにもどったら自覚すると思う、自分の気が楽になっても、身内にはなんの得にもならない、まったく逆なのがわかって、前にもどるか、それ以下の気分になるだろうね」

「わたしのエゴだって、責めてるの？」

「無邪気だってことにしておくよ」

「シャビエル、わたし八歳の妹じゃないのよ。子どものころから、もうずいぶん経ってるでしょ。保護者なんかいらない。自分のことぐらい自分でできるわ」

「それはそうだろう。だから、こうして話してるんじゃないか、自分で物事をきめられる人間だろうと思うから。ただ、それでも過ちを犯さないとはかぎらないし、その過ちが自分以外の人間を傷つけるかもしれない、こんどみたいに」

「大げさだわ」

「お父さんに起こったことに、ネレアは自分流の解釈をつけているよ。自分の都合かプランか、呼びかたはどうでもいいけど、それにうまく合う出口をもとめている。けっきょくは自分が神さまになって、桃源郷で新しい生活をはじめるわけだ。海岸縁にヤシの木があって、そういう行動のしかたが、ここに残る人間をよけいに苦しめることになるなんて、たぶん思いもしないんだろうね」

「お兄さんは感情的に遮断されてるのよ。お母さんとふたりで、悲嘆と恨みと憂鬱の穴に入ったきり出られないのか、出ようとしないのかよね。わたしは底をついちゃったから。もうたくさん。自分の奥にあるものを、なにか変えなくちゃ。だから相談して考えたんじゃない、ＥＴＡの殺人者のところに行って、言ってやろうって。あんたたちは、わたしにこんなことをしてくれたのよ、これがその結果だから、お好きにどうぞ。くれてやるわよって。それで相手の謝罪があろうとなかろうと、遠くに行くの。誰もわたしを知らないし、背後からささやいたりもされない場所。なにか他人（ひと）のためになれる場所、虐待された女性とか、親のいない子のためとか、わからないけど。だから自分のエゴなんかどこにもない。それどころか、この都（まち）に残るほうが、よっぽど自分勝手に思えるわ。人生最後の日まで傷をなめつづけるなんて……。コニャックのグラスばっかり見てるの、いいかげんにやめたら。こっちを見てよ。わたし離婚した女で、子どももいなくって、更年期に片足つっこんでるの。お兄さんはわたしを傷つけてるのよ、このカモミールティーを、その顔にぶっかけてやりたいぐらい」

シャビエルは身じろぎもしない。ネレアを見ない。グラスから目を離さない、妹にこう言ったときでさえ。

「ひとつ、ネレアの知らないことがあってね。先に言えなくて悪かった。ぼくらが会っておかなくちゃいけなかったもうひとつの理由だよ。お母さん、病気だと思う。疾患の性質はわからない。直近の検査結果では、いい徴候がなにもない。ネレアがロンドンに行ってるあいだ、このあたりで最高の腫瘍学科医のひとりに診察の予約を入れたんだが、その日が来ても、お母さんはクリニックに行かなかった。度忘れしたって言うんだけど、怪しいね。脅かさないようにと思って、定期検査だと言ってはおいたけど。だから、お母さん、もちろんバカじゃないし、症状もあって、ある程度自分なりに解釈してるんだと思う。だから、頼むから更生面会の予定を延期してほしいんだ。ぼくの判断だと、やめてもらうほうがいい。せめてお母さんが元気でいるあいだだけでも。お母さんの病気を悪くするような行動は起こさないでいてくれたら、ありがたいよ」

「悪性なの？」

「ほぼ、まちがいない」

シャビエルは、コニャック二杯と妹の分をまとめて、カウンターで支払いをした。ついでにサッカーの試合結果をウエイターにきいた。前半中盤で、ゼロ対ゼロ。妹のところにもどったが、席にはつかなかった。

「考えておいて。答えがでたら、知らせてほしい」

「考えることないわ。あした仲介者に電話して、やめるって伝えておく。ミスター・ドクター、こんども、そちらの勝ちね。でも言っておくわ。いつかわからないけど、このいまわしいバスクの土地から、わたし、きっと出てってやるから」

シャビエルは身をかがめて、妹の頬にキスをした。

「きびしい時代」

「おっしゃるとおり」

　感極まったり笑みをかわすこともなく、穏やかに、さっと別れた。

　彼は外に出た。雨は降っていない。

　彼女は隅の席に残った。催眠術にでもかかったように、ガラス越しに通りの灰色をながめながら。

29　色のついた葉

　カフェテリアに長居するためだけに、ミネラルウォーターを追加した。午後の外は暗くなってきた。ヘッドライトをつけた車が往来する。店の客？　ほとんどいない。ネレアはテーブルを移った。こんどは、もっとガラスドアに近い場所にすわる。そこからだと、車の通行がよくながめられた。世間から隔離した心地よさにつつまれる。

　独り、夢うつつ、どこに行くあてもない。

　車はひっきりなしでなく、サンマルティン通りの角にある信号の間隔で、いちどに通りすぎていく。この状況が、やわらかな悦びを運んできて、悲しみにも耐えられた。油っぽいパエリャの後味のある自分の悲しみに。

　ふいに、ゴロゴロ響くバスが通りすぎた。でも市街バスではなく、ネレア自身が車内にいる。ほら、わたしの青春が行くわ、サラゴサに向かって、法学部の四学年目を勉強しに、それがパパ（アイタ）の望みであり、お願いであり、要求だった。なんとしても娘を守りたかったパパ、もうずいぶん昔の話になる。

パンプローナまで、ラ・ロンカレサからのバスで、朝早く、なんて泣き虫。女友だちのみんな、木曜日の夕食、バイクでの周遊、ディスコ。あの遠い十月に、なにもかも失い、すべてを置き去りにした。サラゴサはなにも言ってくれなかった。ビーチもないし、湾もないし、山もない都市、ひどい！こんなに海から遠くて、どう生きろっていうの？　だけどパパに何度も言われた。しかたがないんだ、わかってくれ。バスクから出るのが早ければ早いほどいい。バルセロナ、マドリード、ネレアの好きなところを選びなさい。お金のことなら心配するな。無事で、落ち着いて課程をおえてもらえさえすれば。

サラゴサ大学が受け入れてくれた、だからサラゴサに行った。パンプローナまで泣きっぱなし、そこで乗りかえをして、旅の後半はずっと機嫌がよくなった。なぜって？　パンプローナでバスターミナルのカフェテリアに入り、カフェ・コン・レチェと、トルティージャのピンチョスを取った。すてき、お腹が満足したら、なんだか人生がもっと、にこやかな横顔を見せはじめた。ログローニョに行く男の子、それとも別の場所だっけ？　もう覚えていないけど、口説きの姿勢と、女心をくすぐる言葉で、期待をこめて寄ってきた。で、彼女は気晴らしに、壁の時計からは目を離さずに、彼に希望をあたえ、嘘の電話番号を教え、くちびるにキスをした。というわけで、トルティージャと男の子のあいだで朝が楽しくなり、トゥデラまで眠って、サラゴサに着いたら、お腹がぺこぺこ、それでも気分はよかった。

サラゴサに来たのはいちどだけ。二日間、地獄の暑さ、まじめな話よ。ペンションでの二晩は夜のオープン。この機会に入学手続きをして、学生用の宿を探した。聖フランシスコ広場の売店（キオスク）で〝エル・エラルド・デ・アラゴン〟紙を一部買った。貸ピソの広告ページ以外、紙屑入れにすぐ捨てた。デリシアス地区のピソ、ラス・フエンテス地区のピソ、こっちのピソ、あっちのピソ、地区名が耳慣れない。それにこの暑さ。午後二時なんて街に誰もいやしない。小鳥一羽、蠅一匹もいなかった。公衆電話ボックスに入った。受話器が焼けるほどアチチで、ティッシュでつかまないと手で持てない。多くの電話番号のひとつをダイヤルした。賃借料があまりに安くて不審に思い、サラゴサ市内にあるのか、きくところまでいった。え？　市街のです、サラゴサ県の村じゃなくて。電話のむこうで当惑の反応が感じられた。市街ですよ、もちろん。そのとき思った。ひゃー、わたし、どこに来たんだろう？

なんのことはない、タクシーを拾い、ピソをちょっと見てやろうと思った。すこしでも早く家に帰りたい、そのためには滞在場所の問題を解決しておかなくてはいけない。タクシーの運転手がすぐわかったのは、いい兆しに思えた。みんなが知っている通り、文明化した都市の通りに欠かせないものがあるはずだ。なに？　街灯、歩道、店。遠いのかどうか、タクシーの運転手にききたい誘惑に一瞬かられたが、言葉をぐっと呑みこんだ。ひとつは決まり悪さ、当然よ、ちょっとでも利口な人間なら、まっさきに都市マップを手に入れてるはずだもの。もうひとつは、土地に不案内なのに気づかれたら、儲けを増やそうという下心で、さんざん回り道されるだろうから。

トレロ地区まであがった。用水のむこう、ほとんど墓地の見える場所でタクシーの運転手が言った。ここですよ。彼女は料金を支払って、車をおりた。ピソ？　いいんじゃない？　清潔で暗さがまるでなく、簡素な家具がついていた。窓の景色はひどい。だけど、ほら、休暇で来たわけじゃないのよ。正直なところ、階段をあがりながら、ネレアはドアをあけてもらうまえに、もうここで納得していた。母からのアドバイスを思いだしたのだ。大事なのはね、ネレア、大学がはじまるときに、頭のうえに天井があること、それから落ち着いて、もっと快適な方法を見つければいいの。あと、集合住宅の玄関に入ったら、郵便受けをよく見なさい、とも言われた。そりゃそうよ、だって生活が惨めだと、なおざりにしやすいし、逆に余裕のある人はきれいにして、よく気をつかっているもの。その集合住宅にどういう人が住んでいるか、母の場合は、郵便受けを見るだけでわかるという。ここの郵便受けは、ネレアにとてもいい印象をあたえたし、階段も壁もきれいにしてある。ドアがあいて、この先ピソをシェアする女性と握手をしたとき、サラゴサで住まいが見つかったのを完全に納得しきっていた。

そこに住んだ数か月、この同居人のウエスカの女の子はほとんど見かけなかった。事実、なにをしている人か、はっきりわからない。学生じゃないことだけは確かだった。ピソの最悪なこと。なにしろ大学から遠すぎた。バルや繁華街からもだ。その後、北風、霧、冬が来て、その寒いことったら、冗談じゃない。電気ストーブを買った。ほとんど役に立たない。熱源から一、二メートル離れるぐらいで、体を突きぬけるあのキリキリ凍るような感覚がもどってくる。それで翌年はじめに、ロペス・アジュエ通りのピソに引っ越した。暖房装置も場所もいい、ただ家賃が高いといえば高かった。テルエル出身の女の子ふたりとシェアした。ひとりはネレアより若くて、やはり法学部の学生。もうひとりは外国語学部。初対面から意気投合した。

サラゴサ。兄がもし知っていたら、母がもし知っていたら。トレロ地区のピソで寒さにふるえ、郷愁の被膜に包まれたみたいに独りぼっちの、あの最初のころを別にすれば幸せに近かった。当時は気づかなかった。青春の楽しさの可能性を絞りだすことだけに徹していた。友だちがすぐできた。開放的な人たち、精神があんな健全で、性格があんな穏やかな人たちには、ほかの場所で会ったことがない。彼女はといえば、勉強は疎かにせずに（試験でひとつも落第点はとらなかった）夜な夜な出歩き、性愛とアルコールにふけり、コカインとマリファナは、ほどほどに。海やバイクがないことに慣れていき、心配事や悲劇的なこと、たぶん忘れてはいけなかったことが頭から消えた。いや忘れたわけじゃない。届いても距離がクッションになったのか。もし届かなかったとすれば、それは家族、とくに父（アイタ）、彼女をあれほど守りつづけた父がなんとしても娘のところに届かせたくなかったから。

ホテル・エウロパのカフェテリアでの、この灰色の日曜日、車が通るのをながめ、コップとミネラルウォーターをまえにして、サラゴサの人の顔や場所、エピソードやパーティー、学生生活特有の無数のハプニングを思いだすうちに、別の多くの機会に味わった鋭い痛みの感覚がよみがえり、すてきな思い出がなにもかも、突然木々の葉のイメージであらわれた。どんな木？　どうでもいい。表と裏の色のちがう葉っぱみたいなもの、表は見た目に心地のよい光り輝く緑色、裏は色のさめた、罪悪感と呵責の緑色。ネレアは両手を見つめ、自分が若かったことを後悔した。もっと悪いのは幸せだったこと。

母はいつも電話で、実家に帰ってこない彼女に文句を言った。村の人がみんな言葉もかけてこなくなってから、見捨てられたように感じていたのだろう。でも一分と経たないうちに、こんどは父が電話口に出て、声をひそめてこう言った。

〝帰ってくるんじゃないぞ、ネレア、まちがっても、そんなことは思っちゃだめだ。パパたちが、そちらに行くからな。必要なものがあれば言いなさい〟

ちくしょう、あんなにわたしを思ってくれていたなんて。わたしのパパ（アイタ）、わたしの父。彼女はサラゴサで、父が嫌がらせの外に娘をおくために、自分をよその土地に送ったものと考えていた。脅しや落書きのことは、もちろん知っていたし、もっと平穏な地方に会社を移す準備や手続きをはじめていたことも知っていた。だけど、その先までは知らなかった。

母にきかされたのはパパ（アイタ）の埋葬がすんでから。ＥＴＡの脅迫状の一通に、ネレアについての細かい情報が列記されていたという。しかも、ぜんぶ正確だった。当時勉強していた場所、サンセバスティアンの旧市街での仲良しグループの木曜毎の夕食。知られるといえば、彼女のバイクが何色で、いつもどこに駐輪するかまで、完全にＥＴＡは通じていた。

30　記憶を空にする

水はもう飲みきっていた。午後七時十五分、会計をすませて行こうと思った。でも、なに？　内なる声が言う。ネレア、バカなことしないの、思い出だらけの頭で家の孤独に閉じこもっちゃだめよ。ここで、いま記憶をぶちまけなさい。それで空っぽにすれば、思い出にあとから苦しまずにすむ。だって考えてみて。夜は長いし、十一月は湿っぽくて暗い、すごく意地悪な月。

そこまでくると、悲しい悲しい重たさを感じ、椅子から立てなくなった。ミネラルウォーターのボトルをウエイターにしめして、もう一本ちょうだいと合図をした。喉なんか渇いていないけど、注文しないで居すわるのは気がひけた。

彼女、母、兄、三人は殺されたひとりの男性の衛星と化していた。好むと好まざるとにかかわらず、それぞれの人生は、長年あの犯罪の周囲をまわりつづけている。あの絶え間のない焦点、なんの焦点？　ちくしょう、悲しみのでしょ、魂の痛みのよ。いいかげん切りをつけなくちゃいけないのに、どうやったらいいのかわからない。わたしに考えがうかぶたびに、誰かが来ては、なぎ倒していく。

ウエイターがミネラルウォーター一本と、氷とレモンの輪切りの入ったコップをもってきた。彼女は車の往来をながめるのに疲れ、気だるさと郷愁に身をよせて、ありがとうと言うのも忘れていた。自分の世界、刑務所の一室で、悔悛したＥＴＡの戦闘員のまえにいる感じがする。

わたしがどこで知ったかも、いつ知ったかも、家族は知らずにいる。バルの店主の息子が知らせにいって、そのニュースをきいたピソのルームメイトから娘に伝わったと、家族はずっと信じている。だけど、どうでもいい。母には、女友だちといっしょにいて、ピソにもどるのが遅かったのと言った。すっかり夜の更けた時間で、なにがあったか知らずにいたのだと。

嘘。

あの日、午後五時ごろ、図書館を出たときにネレアの耳に入った。

〝テロがあったんだって〟

誰か、背後にいる人がきいている。どこどこで。だけどネレアは急いでいた。ピソに帰って、荷物をおいて、獣医学部の学生のパーティーに行く支度をしなくてはいけない。だから、その会話に気をとめなかった。けっきょく、またテロの話。単に好奇心がわかなかった。あしたの朝、新聞で読んでもいいんだし。

ピソは電灯が消え、誰もいなかった。髪をぬらさずにシャワーを浴びた。外は冷えるし雨が降っている。そうこうするうちに、ルームメイトたちが帰ってきた。ただいま、ただいま。でもテロについてはひと言もない。たぶんシャビエルがまだバルの店主に電話で連絡していなかったか、でなければ店主が呼び鈴を押したとき、このピソを借りている三人とも家にいなかったかだ。

六時まえ、ネレアは支度がすんでいた。おめかしに、そんなに時間をかけるほうでもない。当時は、いまほど化粧に凝っていなかった。香水をちょっとふって、それでおしまい。同級生の、なんて名前だっけ？　そう、ホセ・カルロスが迎えにきて、ふたりで外に出た。

十人か十二人の学生、男の子と女の子のグループで、ネレアの知らない子たちもいた。べつに。それでマエストロ・トマス・ブレトン通りのバルに三々五々集まって、気合を入れながら、適当な時間——ネレアは正確には知らない——に車何台かに分乗して行こうという話、きけば、案の定、獣医学部はとんでもない遠くにある。彼女には見当もつかない。歩いていったら遠すぎるの？と、きいたら、笑われた。ネレアは顔をこわばらせた。というか、張りつめた顔になった。彼女を怒らせたのかと思い、男の子のひとりが謝った。女の子のひとりが〝どうしたの？〟ときいてきた。この相手には返事をしたが、あいまいな言いかた。うん、べつに、ちょっと。ほかの女の子が〝気分が悪いの？〟ときくと、彼女はまた〝ううん〟と否定した。なにを言えっていうの？

　ほんの偶然、壁の高みに目をやったら、父親の顔写真が、棚板にのったテレビの画面にでていた。それで知ったのだ。まさかと思った？　いや、最初の瞬間から完璧にわかった。すぐ画面下方の字幕(テロップ)で確信が裏づけられた。

《ギプスコア県で企業経営者暗殺》

　笑いと、軽薄な楽しい会話にかこまれて、ネレアは場をとりつくろった。心臓が激しく打ちすぎて、胸のなかで強烈な痛みになった。仲間が話しかけなくなってから、テレビにまた目をやった。画面に人が数人映っているが、バルの喧噪できこえない。マイクのまえでしゃべっている。白衣の男性と、深刻な顔つきのバスク自治州政府首相(レンダカリ)アルダンサ。そして最後に通りと建物のファサードが映り、どこか、すぐわかった。

　思わず失禁した。それでも黒いジーンズで助かった。自然を装いつづけた。ホテル・エウロパのカフェテリアで、想像上のテロリストにささやきかける。この即興で架空の更生面会で自分のまえにいるテロリストに……。あのとき彼女はテーブルの席に、あと五分ほどもいた。男の子の誰かのジョークに応えるのに、笑顔まで演じてみせ、平静をとりつくろってビールをあけた。こういう些細なことが、いままでの年月を経て、体のなかに埋(うず)み火のような効果をなしている。そんなことを伝えられる相手は誰もいなかった。家族？　それは無理。おなじ不幸に見舞われても、理解はしてくれない。キケ？　彼はいつも自分のビジネスに忙しすぎて、知り合うまえのネレアの人生に興味のひとつもしめさない。

あの男の子、ホセ・カルロスにこっそり合図した。ボーイフレンドではない。それでもバルに集まる男の子のなかでは、まあ信頼できた。彼はネレアがふたりきりで話したがっているのだと察知した。というか察したといっても、なにを察したのか知れやしないが、ともあれ、彼女にくっついて外に出て、店のもっと先、角のあたりまで行った。

すでに暗くなっていた。ネレアは失禁で内腿が湿ったまま、バルから距離をおいて待ち、同級生のほうにふりむいた。そして相手に抱きついて、いきなり嗚咽した。その激しい泣きかたといったら。彼は呆然とした。どうしたの、なにがあったんだ？　さっきのやつらが嫌な思いをさせたのか？

彼女。〝うちのパパ（アイタ）が……〟。口にできたのは、そのひと言だけ。〝うちのパパ（アイタ）が……〟。あ然とした男の子。なに言ってるの、どうしたの？　ネレアがそのうち、やっと息をとりもどし、言葉を口にした。お願いだからピソにいっしょに来てと、同級生の彼に言った。ひとりにしないで、ひと晩わたしにつきあって。いいよ、きみの好きでいいよ、好きでいいから。

ふたりでピソにあがった。ネレアは、まっさきにバスルームに行って、体をきれいにした。ルームメイトのひとりが、さっそく言いにきた。階下のバルから知らせがあったの、すぐ家に電話しなさいって、急な用だからって。うん、父がETAに殺されたの、とネレア。相手の女の子はそのときまでニュースを知らず、両手を頭にやって、いきなり泣きだした。もうひとりの子も驚いて、どうしたの、どうしたのと廊下に出てきた。お父さま、治安警察隊員なの？と無邪気なことを言い、この女の子も泣きだした。ネレアはホセ・カルロスに、お願いだから部屋に来てと、頼み命じた。だけど家に電話しないのか？　いいから、いっしょに来てよ、と彼女。わたしから離れないで。

ふたりでベッドに入ったが、彼は彼女を抱けなかった。きみの親父さんが殺されたなんて、くそ、親父さんが殺されたなんて。言いたい放題、罵りまくり、眠ってしまった。ネレアは暗がりのベッドで一本、また一本と、自分の分も、彼の分も、箱が空っぽになるまで、あるだけタバコを吸いつづけた。世界じゅうのタバコを吸いきったかもしれない。

やっと夜があけた。ブラインドのすきまが新しい一日の光明に照らされた。ネレアに心地いい感覚がおとずれた。きのうとはちがう日に身をよせる場所を見つけたみたいな、でもその日を忘れることは、もうできないのがわかっていた。地震、火事、破壊的な現象が通りすぎたあと、廃墟のまんなかで自分が生きのびたことを実感するみたいな。しょせんは、わたしの話。何時だろう？　朝の七時、八時？　部屋は煙が充満し、横でスヤスヤ眠るホセ・カルロスをたたき起こした。もう帰っていいわ、と言った。男の子、やせた毛深い脚、あわてて服を着て、走って出ていった。彼女の言うとおりにすることが先決で、気のきいた言葉を言うのも、別れのキスをするのも忘れていった。

そのあと、ひとりになると、とても不思議なことがおこった。なにもかもふつうどおり。いつもの朝のように周囲が車の騒音に満ち、いつも降るみたいに雨が降り、道行く人たちが傘を手に歩道を行く。あとは？　人々は自分の仕事にむかっている、きのうテロなどなかったかのように。

ネレアは窓から顔をだす。裸のままで。自分にたいする陰謀が世の中であったのだと納得した。朝も、雨も、むかいの家も、子犬をつれて通りすぎる婦人も嫌悪した。なにもかもが自分に言っているようだ。そう、あんたのお父さんは殺されたんだよ。だからなに？　カブトムシや雌鶏だって死ぬじゃない。その考えに、よけい気分が悪くなった。ふいに感じたのだ、悪夢からさめて、もっとひどい夢におちたみたいに。バッグから手鏡をだして、はじめて自分の目を、鼻を、ひたいを見つめた。テロの犠牲者である自分の。窓から流れこむ朝の涼やかさが体に浸透しはじめ、きのうの午後の出来事はほんとうなんだと、突然理解した。それが最悪なわけでない、最悪なことはまだ来ていないし、そう長くは止めておけないのだと。激しい身震いにそのとき襲われ、母に電話をしなければと思った。

誰も知らないし、この先も知ることはない。朝食をとらず、顔も洗わずに、ゴヤ通りの公衆電話ボックスに行った。いま朝の八時半ごろかしら。そう。十時すぎまで電話しなかった。通りを行ったり来たり、フェルナンド・エル・カトリコ通りとグランビア通りをあてもなく歩いては、またもどり、電話ボックスに近づくたびに素通りした。雨にぬれつづけ、身震いがとまらない。母に言うのが怖いのだ。試験も急な宿題もないけれど、村には帰りたくないの。どういうこと？　だって遺体も、柩も、お墓も見たくない、そんなの、わたしには耐えられない、それに暗殺テロと、わたしを結びつけてほしくない、インタビューに来たり、写真を撮られたり、サラゴサじゅうに、わたしが誰か知られちゃう。母との電話の会話を想定して何度も練習をくり返す。これを言って、あれを言って。グランビア通りの売店（キオスク）で新聞の第一面に載る父の顔を見て、もうちょっとで買いそうになったが、だめだった。なぜ？　すごく恥ずかしかったから。

　七日経って村に帰った。父はすでに埋葬され、最後のテロ犠牲者ではなくなっていた。ママ（アマ）は許してくれなかった。わかってる。そんなこと言われなくても。数えきれない表情に、言葉じりの調子に、どうでもいいことでつけられる文句に、これまでの年月をつうじて、ネレアはずっと気づかされてきた。そういうことをなにもかも、悔悛したテロリストに刑務所で語り、古びて、いまもなお消えない埋み火を吐きだす者みたいに、内にあるものを引っ張りだせるものなら出したかった。なのに、できない、ミスター・ドクターがダメだと言うし、家族と諍いをおこしたくないから。

　そっとしておきましょう。

「お会計、お願いできますか？」

31　暗がりの会話

台所で、午後も遅い時間、ビジョリは夫に食ってかかった。靴を脱ぐ間もあたえない。ETAに脅迫状を何度も送られてるのに、わたしに言ってくれないなんて、どういうこと？

「夫婦っていうのは、なんでも話すもんだと思ってたけど。せめて大事なことぐらいは」

彼女のほうに視線はあげず、チャトは椅子にすわって平然と靴のひもを解いた。ビジョリは夫のまえに立ちはだかって、怒りで顔を赤くしたきり黙らない。ああでもない、こうでもない。彼はといえば、長時間の仕事をおえてきたばかり、床にむかってため息をひとつつき、顔がこんなふうに言っている。

このどしゃ降りが、いつになったら止んでくれるんだ、くそ。

「どうしてわかった？」

「ミレンと話しててよ」

「自分で解決したかったんだよ、みんなに心配かけないように」

ビジョリは叱咤を再開した。すこしして彼が口をはさんだ。夕飯はなんだ？

「ヒキガエルのソース煮込みよ。なんできくの？」

「まったく腹がすいてないから」

夕食中、夫婦はほとんどしゃべらず、思い思いの考えにふけっていた。チャトは三つだけ言うにとどめた。彼女がいくら文句や愚痴を言っても助けにならないこと。こういうのは秘密裡に解決するもんだということ。ホシアンのバカ野郎は舌をチョン切ってやらなくちゃいけない、女房とか、あとは誰が相手か知らないが、ペラペラしゃべりやがって。

台所からベッドに直行した。封筒に行くぞ、と彼式に言った。ビジョリは残って夕食の食器を洗っていた。ネレアが事あるごとに言っても甲斐がない。食器洗浄機ぐらい、家ならいくらでも買えるでしょうに。だがビジョリは首を縦にはふらなかった。手がふたつあるのに、そんな大げさなもの余計なお金がかかるだけよ、水や電気をさんざん使って、あなたが結婚したら自分の家で好きなようになさい、でもこの家では、わたしに口出ししないでちょうだい。

チャトはふだん、家のなかの諍いには口をはさまない。食器洗浄機があろうとなかろうと、関係ない。早寝早起き。平日は朝六時、ときにはもっと早い時間にオフィスで仕事にとりかかっている。週末はサイクルツーリングの日曜コースに参加するので、日の出まえにもう起きて活動していた。たまに〝ムス〟のゲームが白熱して時計を見忘れることもあるにはあるが、そういう例外をのぞけば、ふつう夜十時には彼の一日がおわる。

バスクテレビでペロタの試合の再放送があるときは、その時間でも起きていたくなる。ただし試合を見るのは退散の時間まで。テレビはビジョリの管理下にあり、彼女は彼女で自分の好きな番組をひとりで見たがるからだ。

そんなわけで、夕食がおわるとチャトは寝床に行く。いつもビジョリの横、結婚当初から彼がベッドを温めた。夏でもそう。ふたりできめたことではないが、夫婦げんかをした日でさえも彼はその習慣を守りつづけた。夜の十一時か、十二時か、あとからビジョリが来て、彼を起こさずに横に身をすべらせる。

ビジョリはベッドに入ってから女性週刊誌を見ることもよくあったが、その日はサイドテーブルのナイトランプをすぐ消した。暗がりで腕をくみ、ヘッドボードを背にすわったままでいた。彼はいびき搔きなのに、静かに息をし、眠ってないんだわと、ビジョリは思った。

「いつになったら、ぜんぶ話してくれるの?」

チャトは応えない。でも夫の目が覚めているのが彼女は勘でわかり、問いをくり返さずにいた。数秒たって、いらついたしるしに彼は舌を鳴らし、まったく気が進まなさそうに自分の受けた脅迫の主な詳細を妻に伝えた。要求金額を抜かさず、フランスにこっそり旅したことも隠さない。だが、最後の脅迫状でネレアにふれていたことは、ひと言も言わなかった。

「どうするつもり?」

「待つよ」

「待つって、なにを?」

ビジョリは暗がりで彼がこちらをむくのを感じた。

「今年の分はもう払ったし、これ以上搾りとろうったって無理だ。あの野郎ども、とんでもない大金を要求してきたろうが。クレジットの購入があって、しかも支払いを滞納している得意先がいくつもあるときにだ。連中に手違いがあったとしても知れたもんじゃない。誰かマヌケの経理担当が、こっちの支払いを記帳しなかったか、まるで別の場所に記帳したか。金の入った封筒を手渡した相手が、自分の楽しみのためにチョロまかしても不思議じゃない。ひょっとして、ホシアンの言うことが正しいかもしれないしな。二度目の要求が、基本的に別の人間宛てじゃないのかって。だから当面なにもしないで、時間が解決してくれるのを待つさ。こっちがまちがっていれば、そのうち要求してくるだろう」

「正直言って、ちょっと怖いわ」

「怖がっても、なんにもならない」

「相手は悪者だし、村にも仲間がたくさんいるのよ」

「村の人間はおれを知ってるよ。ここで生まれて、バスク語をしゃべって、政治に首はつっこまないし、仕事もあたえてやっている。村の祭りでも、サッカーのチームだろうが、なんだろうが、募金があるごとに〝チャト〟は、かなり貢献しているんだ。こっちを困らせようとするやつがいれば、ストップをかけてくれるさ。おい、こいつは自分たちの側だぜって。それにおれは話のわかる男だろ、な？」

「ずいぶん自信があるみたいに見えるけど」

「そうお人よしだとは思うなよ。これでも用心はしてきたんだ。会社にいるうちは安全だよ。護身の方法もある」

「まあ、そうなの？　どうやって？　引き出しにピストルでもしまってあるの？」

「引き出しにしまってあるものは、こっちの問題だ、でもあそこなら安全だってことは言っておく。事が複雑になったら？　まあ、別の場所にトラックをもっていくんだな。リオハ県とか、そのへんに。いまより小規模で若いころ事業をはじめて、ここまでやってきたろうに、ちがうか？」

「あなたがいくら村の人間でも、従業員の誰かが、あなたの情報をＥＴＡにまわしていても不思議じゃないでしょ」

「それもありうる」

「バスクで、ほかに会社をやっている人たちとは話をしたの？」

「なんのために？　まちがいなく、みんな払ってるさ。アリサバラガの兄貴のほうに、それとなくきいてみたがね。言葉を濁すのがわかったよ。言ったろ、こういう問題はみんな自分たちで解決してるんだから」

彼女は上掛けシーツと毛布のしたに身をすべらせて横になった。近所の騒音、表の通りであがる声、ゴミの清掃用トラックの音がみんな、弱音器にかけたように伝わってくる。

夫婦は背中と背中、腰と腰をあわせていた。その時、自分側の壁に顔をむけていたチャトが、ふいに口にした。言わなくてはいけなかったこと、どうしても言わずにいられなかったこと。

「ネレアには、ほかの土地で勉強させたい。どこでもいいからバスクの外で、夏以降に」

「ちょっと、こんどは、なにを言いだすの？」

「娘にほかの土地で勉強させたいって言ってるんだ」

「あの娘(こ)と話したの？」

「いや。ネレアの顔見たら、本人に心構えさせるようにしてもらえるか」

ふたりは口をつぐんだ。バルコニーの下を夜遊びのグループが通りすぎた。静寂がおとずれ、教会の鐘が時を打つあいだだけ破られた。

チャトはふだんと違って、ひと晩じゅう、いびきを掻かなかった。

32 書類と所持品

涙の乾いた目、この先、玉ねぎでこすられたって、わたしは泣くもんですか。墓石が被せられるそばでビジョリは思った。この穴につぎに光が入るのは、わたしが埋められるときだわ。この夫(ひと)は、かご一杯分もの秘密を、お墓にもっていったのよ、そんな強い思いが頭から離れなかった。

あなたはならず者だわ、と、しょっちゅう彼をたしなめた。最初に墓場を訪れたころは特にだ。

「わたしを地獄の辺土（リンボ）に置き去りにしたわね。あなたにあったこと、あなたがされたことの半分も、わたしに話してくれなかったんでしょ。チャトくん、あなたの横に行かせてもらった日には、あなたに、いーっぱい話してもらわなくちゃ」

でも家に帰るまえには彼を許してあげた。いつもそう。許さないわけないでしょ？　かわいそうなチャト、あんなに優しくて、あんなに家族を守ってくれて。それにあんなに頑固だし、と、声の調子をかえて言いそえる。わたしだけがそう考えてるわけじゃないもの。

「あなたを殺したのは、ＥＴＡと、あなたの石頭よ」

企業経営者が抹殺されて会社はおしまい。十四人の解雇者。ビジョリとネレアは、シャビエルの口から何度きかされたか知れない。テロリストたちはそうやって労働者階級の利益を守ってると思ってるわけだ。しかたない、事業は清算。そのまえに、もちろんシャビエルは母にきいてみた。事業を引き継ぎたい？　わたしが？　おなじ問いをネレアにもした。妹がやっと村に来てくれたときに。わたしが？　まあ彼自身もやらない。だから財政コンサルタントの力をかりて、売れるものは売りつくし、あとはスクラップ。

シャビエルはフェンスに張り紙をした。

《忌中につき閉鎖》

母は一瞬悲嘆を脱し、こうしてちょうだい、とささやきかけた。

〝殺人につき閉鎖〟。でも、それはしなかった。従業員は？　ひとりも葬儀に参列しない。サンセバスティアンの埋葬には二人来た。

後日、ひとりの従業員が全員の代表としてやってきて、経営者の息子にむかい、いつ仕事にもどれるのかときいてきた。この従業員は、そのときも悔やみの言葉を言おうとは思いつかない。シャビエルは憐憫と嫌悪のまじった目で相手を見た。こいつらは経営者が殺されて、それでもなにも変わらないと思っているのか？　職業柄の沈着さと、きびしい言葉づかいで〝片づくまでの間だから〟と、言い訳だけしておいた。すると従業員は説明が耳に入っていないのか、いつ仕事を再開しなくてはいけないか教えてほしいと、また言ってきた。シャビエルは、ほとんど我慢の限界にきて、自分はただの医者で、運送会社をまわす能力がないんですよと、言ってやった。

オフィスにある書類の見直し、銀行関係の処理、注文（一部は外国から）のキャンセル、資産の売却、会社の清算、役所関係の無数の煩雑な手続きが、ともかくややこしく、最終的に病院の同僚の勧めで、専門家に任せた。

この同僚が質問というか提案をし、彼は彼で母親に伝えた。雇用を維持するために可能な解決法。なに？　つまり従業員に経済的に有利な条件で事業を売りわたすこと。

「とんでもないわ」

ビジョリは突如、喪に服しているのを忘れた。そんなバカなこと、よく考えられるわね。あの人たち、さんざんストライキをおこしたのよ、窓ガラスを割ったり、ピケ隊が入り口で妨害したり、お父さん(アイタ)を脅したり、そういう人間だっていたんだから。なかにリーダー格がいた。すごく攻撃的な従業員、アンドニとかいう男で、作業着に労働組合LABのマークをつけて、先頭に立って、あのひとりのおかげでチャトがどれだけ眠れない夜をすごしたか知れない。チャトはこの従業員を解雇した。でも本人がその後、組合の刺客ふたりを連れてあらわれて、再雇用をせまってきた。ほかの従業員はどうか？　何人かは、たしかにいい人たちだけど、チャトが殺されたあと、連帯感や同情の態度を見せただろうか？　悔やみ状の一通ぐらい送ってきてもバチはあたらないでしょうに。それさえない。従業員で二人だけ、ポジョエの墓地に姿を見せた人たちがいたけれど、ひと言もなかった。

だから。

「みんなゴミ箱行きにして」

シャビエルは車にいくつも箱を積みこんだ。中身は索引カード、請求書、送り状、あらゆる類いの書類、リングつきのバインダーにきちんと整理してあるものもあれば、バラバラのものもある。まあ疑えばきりがないけど。なに？　つまり事業主も活動も不在のところに誰かが入りこんで盗んだり、破棄したりしていなければ。未払い金の証拠を隠滅したがる負債者とか。殺人ぐらいじゃ憎悪の治まらない大義の信奉者とか。

「わたしたち、神経衰弱になりそう」とネレア。

「まあな」

この書類の山にビジョリはなんの関心もない。サインしなくちゃいけない場所だけ教えて、それでおしまい。会社のことはなにも知りたくない。会社はチャトの一部だもの、彼の団扇耳や、自転車の趣味とおなじでしょ。シャビエルは母に注目した。冗談かと思ったら、そうではないらしい。彼女はひそかに悪い予感もした。息子や娘が会社を継げば、いずれ父親とおなじ運命をたどりかねないと。

ただ、故人がオフィスにおいていた所持品だけはとっておきたがり、ある午後、シャビエルがサンセバスティアンのピソに、段ボール何箱かに詰めて運びこんだ。彼女とシャビエルは後々ネレアにそれを譲り、娘はいまも自分の家においている。

ビジョリは息子に〝もう行って〟と言った。チャトの私物を見直すときは、ひとりでいたいから。

「中身のことで、ちょっと言わせてくれないか？」

「やめて」

「お母さん、知ってるかな、お父さんが……」

「やめて、って言ったでしょ」

やめてと言ったら、やめて。息子を玄関に送っていった。あいさつのキスとバイバイ（アグール）。

家でひとりになると、ビジョリは〝シッ！〟と、炭子（イカツア）をソファから追いはらい、腰をおろして箱をあけていった。オフィスにピストルをおいてあるとは、チャトはついぞ明かしたことがない。驚いたか？　全然。そんなことだろうって、ずっと思っていたもの。あそこなら安心だって、あなた言ってなかった？　黒い武器を彼女は両手で持ってみた。弾は入っているのかしら？　あらまあ、こんな重たいなんて。冷たい金属、もしかのために、引き金から指を離した。でも誘惑が大きすぎて、つい天井の電灯のほうに向けた。犠牲者が倒れるとき、なにを感じるんだろう？　体に銃弾のつくった穴から血がドクドクと流れだしたときに、なにを？

小箱を六個とりだした。9×19ミリの薬莢が二十個ずつ。一箱だけ封があいていた。チャトくん、わたしのギャング、わたしの殺し屋（ガンマン）さん、あんなお人よしだったあなたが、誰を撃つっていうの？　ねえ、だったら、どうして武器をもっていなかったの、あの日あなたが……？　さあね、自分の身を守れたかもしれないでしょうに。

その凶器を床において、フレーム入りの写真をとりだした。夫がオフィスの棚に飾っていた写真。一枚は彼女とで、ふたりがまだ若いころ、ピサの斜塔のまえで、ほほ笑んでいる。子どもたちの写真が一枚ずつ。シャビエルは十二歳か十三歳ぐらい、ネレアは初聖体のドレス姿で、ものすごくかわいい。あとは四人そろった写真、アスペイティアの教会の門のまえで正装している、親戚の結婚式のときだ。そしてチャトの二枚、それぞれ息子や娘といっしょに写っている。

ほかの物も出してみたが、たいして興味がない。ボールペン、羽根つきのペン、サイクルツーリングクラブや〝ムス〟の様々な試合で獲得したトロフィー、サボテン形のろうそくはネレアがなにかの機会に贈ったもの、彼のお姫さま（プリンセス）、お気に入りの娘（こ）、埋葬に来なかった娘。要は感傷的な小物、飾り物、思い出の品々だ。

それで脅迫状は？　ないわ。たぶんチャトが破棄したんでしょう。シャビエルが、ほかの書類といっしょに入れたのかもしれないし。

33　落書き

オフィスは中二階。鋼柱が支える簡素なフロアで、ガラスの間仕切りがしてあり、事業主が倉庫の内部を見わたせるようになっていた。敷地に面した窓がひとつ。チャトに言わせると、中庭に目が行きとどくようにこの仕組みにした。チャトは徹底した監督者。できれば会社の仕事はみんな自分でやりたいところ。事務管理、契約の締結、積み降ろしのチェック、エンジンに油をさし、タイヤの空気圧を測り、トラックを洗車し、自分で運転する。トラックの出入りを監視し、どこかの客が来ないか、不意の訪問がありやしないかと、おなじように気配りした。だからエンジン音がすると、さっそく窓から顔をだす。

敷地は高さ二メートルほどのセメントの塀で囲われて、さらに高い金網が塀上に張りめぐらしてある。夜間はスライド式のフェンスで出入口を閉鎖する。平日の就業時間中は開放した。ネレアは少女のころ村の男の子たちに〝きみのお父さん、刑務所を造ったの？〟ときかれた。彼女はジョークに乗るのに〝そうよ、従業員が囚人なの〟と応えていた。

ある日の朝いちばん、チャトは、トラックと牽引車が連結する様子を窓から見守っていた。彼は信用しない。けっして信用しなかった。いちばん古株で腕のいい運転手であってもだ。操作がおわり、トラックが動きだした。そのとき、それまで隠れていた塀の一部が目に入った。チャトのいるオフィスから、大きな文字が読めた。スプレーのペンキで描いた歪んだ文字。

《チャト、抑圧者》

落書きの第一号だった。彼がまず確信したこと、不良どものいたずらだ。そして侮辱的な言いがかり（これには腹が立った）よりも、汚く醜い蛮行（これには、もっと腹が立った）よりも、自分のニックネームをスペイン語表記した〝鼻ぺちゃ〟という語（なおさら腹が立った）よりもチャトを怒らせ不安にさせたのは、落書きが塀の内部にあったこと、つまり誰かが敷地内に侵入したということだ。夜間に？　ビジョリはエプロンで手をふきながら言っていた、従業員ってこともありうるわね。

チャトは、オフィスから金属製の狭く急な階段をおりて——いつか足を踏みはずして死ぬわよ、とビジョリ——、自分の足もとに注意する以上に、怒りを見せないように気をくばった。修理用の作業場にしているエリアに行った。ペンキ用のスプレーガンをもってこさせた。従業員の誰かに言いつけて、悪いが、そこのいたずら書きをペンキで消してくれないかと、頼むこともできた。だがチャトは思い立つと待てない、〝それ、行くぞ〟タイプの男、決断が素早く、手仕事だろうが事務仕事だろうが、こなせる仕事はすべて引きうける。だから、なんなく塀に行き、シャッ、シャッと侮辱の文字を抹消した。

家で昼食時、ビジョリにその話をした。ふたりで従業員（彼女は〝労働者〟と言う）の名前を順に挙げ、落書きの主らしき者を考えてみた。恨みをもつ者、事業主に不当に処遇されたと思いこんでいる者。だが行きつく先はおなじ。目撃者も証拠もなければ打つ手はない。落書きと脅迫状を結びつけることなど、ふたりとも思いうかばなかった。何週間か経つうちに、その出来事を忘れて、日常の習慣をつづけていた。

そう、三月半ばのある土曜日まで。そのときから、チャトと彼の家族の生活は二度ともとにはもどらなかった。

何時ごろだったろう？ 夜の十一時、大体そのぐらい。チャトとホシアンは通りを歩きながら、あることないこと口論していた。おたがい頑として譲らないのも、それはそれで仲のいい証拠。〝ムス〟でペアを組み、なかなかのコンビだが、時にはもちろん対抗者の有利な勝負になる。だから、帰宅の道すがら、敗北を相棒のせいにしあうことがよくあった。

ふたりは、各自の妻に家で用意してもらった夕食を美食同好会ですませてきたところ。翌日の朝が早いので、トランプゲームはいつもとちがって夕食まえ。翌日のサイクルツーリングはかなり長距離で、終点はスマイヤのバルの予定だった。

そんなわけで、素面(しらふ)ではないが飲みすぎでもなく、例の諍いに没頭して、おたがい卑語の連発、相手に言いたい放題言いながら、それでも友情に傷がつくわけではない。会話が白熱し、街灯は薄暗く、真新しい落書きがいくつもあるのに、ふたりは気づかなかった。ファサードの一階部分にある古い落書きや、やたらに張られたポスターだの広告に上書きされている。

チャトの住む建物の玄関脇にもひとつ、まだ乾ききっていない落書きが、はじめ目にとまらなかった。ふたりは立ちどまって口論に切りをつけ、別れのあいさつをした。あした降らなきゃいいがな、とひとりが口にした。よし、のろまくん、七時半に広場だからな、と、もうひとり。

壁に書かれた相棒の名前が、そのときホシアンの注意を直撃した。

「なんてこった」

「なんだ？」

《チャト、密告屋(チバート)》

こりゃひどい。寝るまえに消しておけよ、とホシアン。こういうのは、遊びじゃすまないから。

ふたりは別れ、チャトはぶつくさ言いながら、ちくしょうめ、家にはあがらず、使いかけのペンキ缶がおいてあるガレージに直行した。おれが密告屋？　しかも、ご丁寧に韻まで踏んでいやがる。生まれてこのかた、警察となんか話したこともないのに。もうひとつ問題。刷毛がない。いや、あるかもしれないが、神経が立っているのと、腹立たしいのとで見つからない。いいさ、筆と新聞紙があれば。ペンキは？　固まっているが、完全に乾いてはいない。まずまず二語が読めないところまでは行った。ズボンを汚したが、どうでもいい。ビジョリが文句を言うだろう。言いたきゃ言えばいい。密告屋。こういう村で、これ以上の侮辱はない。何週間かまえ、会社の塀に書いてあったやつもそうだ。

あしたツーリングから帰ったら、ペンキの新しいのを買ってやろうと思った。ビジョリに寝床で話をした。

「つまり、もっと落書きされると、あなたは思ってるわけ？」と彼女。

「こうなれば、ただのいたずらじゃないだろう。覚悟しておくほうがいい」

「だったら、消してなんになるの？　なにをやってもムダでしょうに。通りに、ほかにも落書きがあるかどうか見たの？」

「ホシアンと帰ってきたけど、ほかのは見てないな」

「ぜったい？」

「完璧にぜったい、とは言えないさ。だけど、もう遅いし、寝るばっかりなんだから」

〝密告屋〟〝抑圧者〟〝裏切者〟――チャトにたいして、これでもかと言わんばかり。バスク語で、スペイン語で、住まいのある通りに、近くの通りに、広場に。型どおりの迫害キャンペーン。旧市街だけでも落書きは二十を下らない。いちどにこれだけの数は、ひとりの悪党のしわざではない。市街の近辺の家々はどうか、推して知るべしだ。計算ずく、しかも多くの手が関与している。早朝、サイクリングのスポーツウエアで自転車に乗って家を出たとき、彼は自分の目が信じられなかった。チャトはこうだ、チャトはああだ。村は許さない（エリアク・エス・ドウ・バルカトウコ）。そんな調子。それで広場について、ツーリングのグループと合流して気がついた。なに？　なにかを感じた、よそよそしいあいさつ。目があわないように人からそらす視線。ふだんの、ふざけた態度もない。彼自身が急に敏感になり、自分の想像や勘ぐりの犠牲になったと言えなくもない。

　競技がはじまった。十四人か十五人、いつもの顔ぶれだ。クラブのほかのメンバーはすでに出発したのか、あとで出るつもりか。チャトのそばでペダルを踏むのはホシアンだけ、その相棒も、いつになく寡黙だ。村の最後の家をあとにするまえに、どこかの窓から若者の侮辱する声があがった。

「チャト、くーそー野ー郎！」

　仲間の誰ひとり、彼を擁護する様子がない。侮辱にたいする非難も応答も意見のひとつも示さない。グループがバラバラになった。そういうことはある。人より早く行く連中もいた。チャトと残ったのはホシアンひとり、そのホシアンでさえ、なにも言わずに二、三メートル後ろで距離を保っている。オリオの峠をあがりながら、さらに後ろに行った。チャトよりも上り坂が得意な男なのに。

　ようやくスマイヤが遠くに見えてきた。バルは何年もまえから彼のなじみの店。ここでカードにスタンプをもらうことになっていた。カードの各マス目にシーズンごとに走ったコースが記録される。その後に努力のごほうびが来る。目玉焼きのハム添えだ。

　店内から声や笑いが、通りにきこえてくる。チャトは店に入った。バルが突然静かになった。さすがの彼も限界だ。これ以上は耐えられない。カードにスタンプも押してもらわなかった。

　誰にもあいさつせず、ホシアンにも別れを告げずに自転車に乗り、チャトはひとりで村への帰途についた。

34　頭のなかのページ

逮捕されたとき、ホシェマリの髪は肩にとどいていた。あのカールヘアはどうしたのか？　ひたいにかかる髪のくすぐったさ、ここ、背中の上のあたりもそうだ。考えないほうがいい。鏡を見て言う。これはおれじゃない。

一年すぎ、二年すぎ、四年、六年と、年ごとに自分のいない村祭りやクリスマスが祝われる。事実、おれがいなくたって事は起こってる。川の水の流れを見ることも、教会の鐘の音(ね)をきくこともない。父の畑のイチジクが食べられれば、いまは何百万（そんな金、あるわけないが）払ったっていい。不愉快な気分にならないために、この先まだ服役させられる実刑年数なんか、できれば数えたくない。ただ心の奥底では漠然とした期待があって、可能性を棄てたわけでもない。ひょっとして武装集団が、ひょっとして国家の政府が、ひょっとして国際的な圧力が云々。暗がりで、微発泡白ワイン(チャコリー)の味を口のなかで再現しようとする夜もある。それかリンゴ酒(シードル)、どっちでもいい。そしてたまに、ちくしょうめ、味を感じる寸前までいく。

六年目、ひたいの両側が後退しはじめた。いや、それどころじゃない。あるとき頭のてっぺんをベッドの柵にもたせかけたら、ヒエーッ、感じたこともない冷たさを頭皮に感じた。いまは禿げ頭。完全なハゲだ。いつか出所したら、村では誰もおれとはわからないだろう。ほぼ完璧に頭を剃りあげた。

人に気づかれないように、髪がないのは自分が好きでやってると思われるようにだ。

　母はスキンヘッドが気にいらない。もっとも昔の長髪が好きだったわけでもない。あんたは物乞いみたいよ。ピアスもETA入りも気にいらなかったが、後者は一夜にしてかわった。おれのため？　きまっている。母さん（アマ）は強い。ちくしょう、なんて肝っ玉だ。親父はまた別、ゴルカもそう。ふたりとも穏やかで軟弱だ。おれは母さん似、それがおれ、だからここにいて、この先もここにいる。どこに？　独房に。胸クソ悪い刑務所の、胸クソ悪い独房に、つぎに移送されるまでか、釈放されるまでか。

　きょうは自主蟄居（チャペオ）、それでも全然苦じゃない、だろ？　闘争のためでも抗議のためでもない。独りでいるため、毎日中庭や廊下で見る顔に会わないためだ。そしていつもながら、ベッドで横になって思い出をたどる、写真のアルバムをじっくり見ていく者みたいに。頭のなかで昔の思い出話のページをめくりながら、ときには二時間も三時間もここにいる。郷愁に蝕まれても、反面、知らずに時間をやりすごせる。よお、上等だろうに。死ぬほど長い実刑の年月が、それでも何時間かは減るんだから。そういうときは意外さがたまらない。心は平静そのもの、思考に埋没し、天井を見るうちに、あの話だの、この話だの、すごく昔の思い出が突然おとずれる。自由の身で、まだ髪があり、ハンドボールをやって、好きなだけチャコリーを飲んでいたころ。それともシードルかビールか、なんでもいい。

　あのころ、さあ、十歳とか十二歳ごろか？　そのへんだ。いつもジョキンと行動をともにした。四六時中いっしょにいて、それぞれ自分のパチンコをもち、小鳥を狩りに近くの山々に出かけていた。パチンコは、ハシバミのY形の枝と、タイヤのチューブを細く切った伸縮自在のゴムと革の切れ端でつくった。ある日曜日を思いだす。休日でチャトの会社に誰もいないのをいいことに、おれたちは入り口のフェンスを飛びこえて、ぼろタイヤの置き場に行き、ナイフでチューブを細く切り裂いた。あのときのやつが最高のパチンコだった。そう、まじめな話。川の手前から対岸、いや、もっとその先までパチンコの弾を飛ばした。鋼球か、石ころで小鳥を打ち落とそうとしたが、覚えているかぎり、このやりかたでは、ぜったい獲物をしとめられない。かわりにボトルを砕くとか、交通標識を的にするには抜群、産業地区の外れにあった標識が、投石の力でついにペンキが剝げて、最後はなんのマークか、まるでわからなくなった。ジョキンがある午後、窓にパチンコを打ってやろうと思いついた。ガシャン、ガラスの割れる音がした。ガシャン。ふたりとも一目散、なんてガキども。誰かが窓から顔をだして叫んでいる。このろくでなしめ！　おれたちを捕まえたきゃ走れよ。ふたりで大笑い。十一歳か十二歳。洟たれ小僧の年ごろだ。武装闘争はそのあたりから、ちょっとはじまった。もともと遺伝子に組みこまれていた。天井を見て笑みがもれる。ちくしょう、おれは、ここでなにしてるんだ、考えごとしながら笑ったりして。まじめな顔になる。頭のなかのページをまたひらく。

もうすこし成長してからは、おとりを使った。ジョキンと、おれ、コルドがいっしょだったこともある。独房の天井を見ながらホシェマリは言う。おとりは野蛮な人間より賢い人間向きだな。コルドはどっちでもないが、それでも鳴きまくるヒワを一羽もっていた。あんな鳥は、後にも先にも、お目にかかったことがない。コルドは鳥かごを茂みのあいだに置いた。ヒワのやつめ、ピヨピヨと、まあよく鳴いてくれる。三人組は二十メートルほど離れたところで、黙ってタバコを吸いながら待っていた。ひと言もしゃべらず、音ひとつ立てずに。ふいに兆しがあって、三人で隠れ場所から飛びだした。鳥どもは慌てて逃げようとして、とりもちを塗った棒にくっついた。脅さなくてもおなじだから、こっちは知ったこっちゃない。逃げたくても逃げられないで、羽をバタつかせればするほど、よけい棒にくっつくわけだ。大げさでもなんでもなく、七羽か八羽しとめた午後もあった。治安警察隊の犬どもが捕まえにきやしないか、目だけはいつも配っていたけど。夜になると、おれたちの母ちゃんたちが夕食でフライにしてくれる。なんて楽しい人生、大人になるのは、なんてつまらない。

コルドは後から、けっきょくヒワになった。鳥が鳴くみたいにペラペラしゃべりやがった。でも責めたところでどうなる？　治安警察隊のインチャウロンドの営舎でコルドは拷問に遭った。水のなかに頭をぶっこまれた。呪わしい水風呂。もちろん、やつは名前をあげた。ジョキンとホシェマリは〝心配するなよ、おまえ〟。そう、遅かれ早かれ、いずれ警察が捕まえにくるんだから。

ジョキンといっしょにフランスに逃亡した。何か月か後に、ブルターニュのバルで偶然コルドに会った。

「おい、許せよな。あそこから、もう生きて出られると思わなくてさ」

「心配するなよ、おまえ。こっちも、やつらにおなじ薬をお見舞いしてやるから」

ジョキンの散弾銃では、おとりほど獲物は手に入らなかった。それでも銃はすばらしいオモチャ、ふたりで共有してさんざん楽しんだ。後年、武装集団に入って武器の講習をうけたとき、インストラクターが、あ然とした。すごいな、おまえたち、そんな射撃の腕、どこで磨いたんだ？　おれたちふたりの腕前はベテランの戦闘員も顔負け、ペラペラ偉そうに言うことは言っても、いざ撃つ段になると、どこに目をつけてるのかわからない連中もいるからだ。ジョキンは村祭りのあいだ、射撃ゲームの露店で、いちども的を外したことがない。バンバン、バンバン。しかも本人いわく、わざと銃の照準がずらしてあった。露店のおやじは、もう止めんかい、と不機嫌に銃をとりあげた。ジョキンに賞品をやらないために、素知らぬ顔をしている。このペテン師のまえに、おれたちガキ連中が集結した。おやじは、しぶしぶジョキンに賞品をやった。くそったれのぬいぐるみだ。

そのころホシェマリは人を撃つのがどんな感覚か、はじめての興奮を味わった。たまにネコに弾をぶちこむことがあった。でも人間はまた別だ。ジョキンに耳うちした。おまえ考えたことあるか？ジョキンはついぞ頭にうかべたこともない。猟銃は楽しむためだぜ、と相棒は言う。大人になったら、もっと大がかりな銃で狩猟に行くのを夢見た。もちろん小鳥だのネコだのじゃなく、イノシシとか、シカとか、そういう類いの動物を撃ちにだ。アフリカにサファリをしに行くのを夢見た。

ふたりで灌木の後ろに隠れてそんな話をしながら、ホシェマリは草刈りにいそしむ家の主(あるじ)に銃の照準をさだめた。相手は雨よけに袋を頭にかぶり、正面の丘の傾斜にいた。ホシェマリは引き金に指をそえて想像した。この男がいきなり前屈みにつんのめり、傷を負って丘のしたに転がっていく姿。ジョキンは小声で、銃は遊びの道具じゃないぜと言った。おれたちは、いくつぐらいだったろう？　十六歳とか、そんなもんだ。夜パトカーがサイレンを鳴らして自分を捕まえにくる夢を見た。警官を殺したというのだ。

それから長い年月が経ったいま、ホシェマリは自分の独房で天井をじっと見つめたまま、あの家主のシーンを思いうかべた。

35　炎の箱

色違いの貯金箱がカウンターに一列にならんでいる。服役中のETAの戦闘員の写真がもう一列と、魚介類料理(マリスカーダ)が当たるくじ引きの束、片側の壁ぎわには、キーホルダー、ライター、旗、スカーフのショーケースがあった。

ホシェマリとジョキンのふたりは、フアン・デ・ビルバオ通りのタベルナで薄暗い奥に席をとり、アルコールを飲まずに待っていた。前髪を短く切りそろえた女の子が、カウンターで音楽にあわせて頭を軽くゆらしている。喉が渇いて、ジョキンが水道水を頼むと、カウンターの彼女が水をもってきた。

　ホシェマリは時計をチラチラ見つづけた。コルドが来ない。ジョキンは〝エギン〟紙に目をおとして時間をつぶしている。店も、外の通りも人気がない。午後八時をまわり、ふだんなら雑談をしたり一杯ひっかけたりする時間。〝アベルツァレ〟の若者たちはデモ行進でスローガンを口々に叫んでいる。ETAのテロ部隊（コマンド）のメンバーが最近逮捕されたことへの抗議デモだ。彼ら村の一味も戦地に行くみたいにサンセバスティアンに移動していた。いずれにしても、これは戦争だ。あるいは紛争、どうでも好きに呼べばいい。仲間にコルドも入っていた。並木通りにデモ隊の先頭が到着し次第、ふたりの友人と合流せよとの指示だった。その並木通りで、いつもの儀式が行われることになっている。人民連合党（エリ・バタスナ）全国委員会の一党員が野外音楽堂（キオスク）のステージで声明文を読み、どこかの時点で、覆面の二人組が舞台にあがってスペインの国旗に火をつける。同時に、そう遠くない市内の別の場所で、村の六人組が行動をおこすという筋書きだ。前日からそのために準備してきた。

　ホシェマリとジョキンは、ジリジリしながらコルドを待った。アルコールは一滴も飲まない。ほかの連中は度胸をつけるのに酒を飲んでいるが、ふたりには信念と規律があった。本人たちに言わせれば、完璧に物事を運ぶのが好きだから。その場しのぎはバスク人にふさわしくない、とホシェマリ。怖れはそれが必要なやつのためだと、ジョキン。

　コルド、コルドくん、必要なら走ってこい、しくじるんじゃないぜ。なんで、そんなに急いでるかって？　レンテリーアの社会主義独立派青年組織〝ハライ〟のメンバーに先を越されたくないからだ。むこうのほうが素早くて、ほうびをさらわれたことが過去一度あった。どういうこと？　連中は二千万ペセタ以上の新車メルセデスのシャトルバスに火を放ち、市の公庫に大打撃をくわえた。こちらはといえば、古くてガタの来た〝ペガスス〟で満足するしかなく、燃えぐあいも最悪で、ライバルの半分も痛手をあたえられず、かえって市役所に、おんぼろバスの解体費を節約させてやるはめになった。

コルドが入ってきた。チェックのシャツ、突きでた下あご。彼がショートグラス（スリート）のビールを注文する。だめだ、やめとけ。

「叫んで喉がカラカラなんだぜ、ちくしょう」

口論している場合じゃない。コルドをカウンターに行かせた。店の女の子、なんてイカす娘（こ）、彼女が三人を元気づける。

「さあ、やっつけてきなよ、英雄のみなさん」

ガチャガチャとボトルの音がしないように、ホシェマリはナップザックを体にぎゅっと押しつけていた。ジョキンとふたり、ナリカ通りを早足で進む。コルドが走って追いついた。

「待ってくれよ、ちくしょう」

並木通りのいちばん先で、群衆がスローガンをいっせいに叫ぶ声がする。コルドは友人ふたりに一歩後れをとり、息切れしながら様子を報告していった。すげえ人、バスが道順をかえたぜ。ふたりはコルドに目もやらなければ返事もしない。それでも後から相手をした。ホシェマリが帽子店のショーウインドーのそばで一瞬足をとめた。

「警察の犬ども（チャクラス）、ごっそりいるか？」

「ぜんぜん。自治警察のクソ巡査（ベルツァ）がパラパラだな」

デモ行進に合流しない通行人は目立たないように、怖々とこの一画から離れていく。青い空、心地いい午後、ベビーカーがちらほら。空気に緊張感がただよっている、奇妙な透明さ、騒動の前奏曲（プレリュード）。

コルドがレンテリーアの一味を見たかどうか、ジョキンは知りたがった。

「いや」

「よし、じゃあ行くぞ」

三人はぴったり縦一列になって行った。ホシェマリ、いちばん長身で体格のいい彼が、火炎びんの詰まったナップザックをもって仲間ふたりに前後をはさまれている。ゆっくりでも、急ぐでもなく、スローガンを叫ぶ若者たちの人波に、三人組はもぐりこんだ。

〃服役囚を解放せよ（プレソアク・カレラ）。全員大赦（アムニスティア・オソア）〃

三人とも無言。デモ行進者が離れた。三人組になにかを見たか、なにかを感じたか、道をあけたほうがいいと、彼らの顔が言っている。

打ち合わせどおり、ギプスコア広場のベンチで三人は残りの仲間と合流した。彼らのまえには平穏な風景、鳩とスズメ、孫といる祖父母たち、犬をつれた婦人たち、恋人同士の若い男の子と女の子、まあ、そんなふうに並木のしたで砂利道を行ったり来たり、散歩をしている人たちだ。

あいさつは余分。六人の若者は自由大通り（ラ・アベニーダ）にむかった。片側の歩道に三人、もう片側に三人。通りに着く直前に、ファサードの上まで組んである足場の脇に集まった。その場所で口もとをバンダナでおおい、上着のフードを頭からかぶった。ジョキンは覆面にした。ホシェマリはナップザックを身から離さないように、口のバンダナをコルドに結んでもらった。

こんどは注目されているのがわかる。見て、見て。いまは多くの視線をあびている。彼らを見て歩道を移り、ひそひそ話をしながら向こう側にたたずむ人たちもいる。だが、誰も一味の意図に反対しない。異議をとなえたり、警察を呼んだりする者はひとりもいない。この若者たちが騒動をおこすのに誰もが気づいている。

まもなく市街バスが目についた。エチャイデ通りが始発で、自由大通りを進みながら彼らのほうにやってくる。通常のルートなら、バスはまっすぐ並木通りまで行くところだが、いまはデモ隊が占領していた。見ると、五番のバスだ。乗客がいるにはいるが、数えるほど。アンラッキー、新しい車体じゃない。でも顔を隠した以上は、やるっきゃない。ジョキンが迷わず言った。〃あれだ〃。全員であれにむかった。

車数台をやりすごし、バスのまえを走る一台を止めさせた。仲間のひとりがボンネットをバン！とたたき、もうひとりが運転席のドアをあけて、ハンドルをにぎる女性に〝降りろ〟と命じた。三十歳すぎの女性。さっそく四人で車を横にむけて道路を遮断した。女性がヒステリックに声をあげた。

「うちの娘が！　うちの娘が！」

コルドが乱暴に女性をつき放した。

「どけよ、ちくしょう」

彼女をなぐり倒しかけた。女性は靴を片方なくしたまま、必死で車にもどろうとする。通りの反対側から男性が叫んだ。

「彼女を困らせるんじゃない、悪党め」

バスは行く道をふさがれて、停車せざるをえなかった。若者たちが車から気をそらしたすきに、女性は後部座席から二、三歳の女の子を救いだした。

いったい何事だ？と、バスの運転手。挑発？　怖くて動けなかったのか？　ジョキンがドアをあけろと言っても、運転手の男はわかっていない。若者たちはパチンコで鋼球を放った。フロントガラスに当たって跡はできたが、ガラスは割れなかった。もし自分の顔に当たったら……、運転手は覆面の男がどうしろと言っているのかようやく理解したらしい、バスのドアをあけた。十人ほどの乗客が怖れおののいて駆けおりた。車内で一本目の火炎びんが破裂した。ホシェマリが指示をした。

「座席をねらえ、座席だ」

運転手は飛びおりた。自分の靴が片方燃えているのに数秒して気がついた。あわてて靴を脱ぎすてた。ズボンの折り返しにあがる煙を手ではたき、一目散に通りをわたった。

そのころ、バスはもう巨大な炎の箱と化していた。濃い黒煙が近くのファサードを這いあがる。野次馬が適度に距離をおいて集まっている。犯人のひとりがポケットからカメラを出して写真を数枚撮った。

行動が完了すると、ホシェマリはこぶしをふりあげ、炎に包まれたバスに目をすえて叫んだ。

「自由なバスク万歳（ゴラ・エウスカディ・アスカトウタ）！」

こぶしを高くふりあげて、仲間たちも加わった。

「万歳（ゴラ）！」

「ETA万歳」

「万歳！」

六人の若者は走りだした。何人かは一本の道に入り、残りは平行する道に入って、並木通りをめざした。ギプスコア広場で落ち合う約束になっている。あとの道のりは覆面をとって、平然としゃべりながら徒歩をつづけた。

「ごくろうさん。さあ、ハシゴしに行こうぜ」

市庁舎のカリヨンがそのとき、キンコンカンと、甘く心地のよい旋律を、紫色の午後に響きわたらせた。

36 AからBへ

成功を祝って背中をたたく手が、ひっきりなしにホシェマリを通りすぎていく。背幅がひろくて硬い背中、筋肉の壁に、ストライプのスウェットシャツ。どこそこの誰だの彼だの、誰々の兄弟だの従兄弟だのが、バルに入ってくるたびに、パンパンと彼の背をたたいていった。ホシェマリ、十九歳、彼がすわっているのは〝アラノ・タベルナ〟の店に入ってすぐのテーブル席。仲間は大声でしゃべり、ボリュームいっぱいで店に流れる音楽（バスクのハードロック）と音響上の主導権を争っている。策謀にはまずい場所だと、ジョキン。

「外の通りから、こっちの話きかれるぜ」

店に出入りする人間は、いやでもホシェマリの背のそばを通らなくてはいけない。彼は彼で自負心にかなう態度で賛辞に応える。有頂天にならないのは、事実なにもしていないから。言い訳半分に本人の言うとおり、自分のするべきことをしただけだ。午前中、村のハンドボールのチームは二十五対二十四で、エルゴイバルに勝った。そのうち七点のゴールはホシェマリが入れている。みんなが誉めそやした。

「おまえ、プロになるぞ」

「さあな」

テーブルのむこうでは、ジョキンが社会主義とバスク独立の桃源郷的パノラマを描いている。七領土を統合した社会階級のないバスク国（エウスカレリア）、雑草まで——おまえ、そこまで賭けるのかよ——バスク語をしゃべる地。スペイン人とも、フランス人とも、友好的にというのが彼の意見。だろ？ ただし、やつらは自分たちの家、こっちはこっちの家に、ってことだ。愛国社会主義者調整会ＫＡＳの定めた路線に沿う戦略的段階をジョキンは表示する。赤ワインのコーラ割り（カリモチョ）やビールを飲みながら、仲間一同、態度で承認した。

たまに気をそらして別のほうに目をやったり、テレビを見あげたりしているのはホシェマリひとり、店に入ってくるか、出ていこうとする三人に二人が、彼に言葉をかけていく。

ジョキンは、テーブルの台をこぶしでドンとたたいた。

「あいだに首つっこんで、バスク国としての、おれたちの目標達成をじゃまする連中はことごとく痛い目に遭う。たとえ、うちの親父(アイタ)でもだ、ちくしょう。AからBに行くようなもんだろ。おれたちはAにいて」と、テーブルに人差し指の腹をくっつけた。「Bはこっち、このコップのある場所だ。なにがあろうと、おれたちはBに行く」

彼をかこむ仲間は、態度と言葉で賛同した。ひとりが言う。

「一日一日、一人一人が自分の村や市でだな。そうやって前に推し進める」

「だけどキツイぜ。だろ？　スペイン国家はビクともしない」と別のひとり。

「国家なんかクソ食らえだ」

ジョキンは会話の主としての資格を要求する顔をしながら。

「大帝国だって、いくつも崩壊したじゃないか。ナポレオンを見ろよ。きょう、おまえは兵士を一人殺す。明日また一人殺す。最後は軍隊がスッカラカンだ」

冗談をとばしあい、全員が意見を一にして、KASの基本原理に乾杯した。ホシェマリは乾杯どころか気づきもしない。そばに立つ仕事先の若者と世間話をしていたからだ。仲間に意見をもとめられた。

「ご承知のとおり、おれ、政治は苦手だから。あいつが指揮をとろうが、こいつが指揮をとろうが関係ない。バスクが解放された国になるように戦うだけだ。そのあとは、おまえらの好きなようにすればいい。こいつが言ったとおり」とジョキンを指して「おれたちはAからBに行く。それでBに着いたら、おれのことは放っておいてくれ。こっちは山に行って、リンゴの木を植えて、鶏小屋をつくって、あとは野となれ山となれだ」

異議の声があがった。

「労働者階級のことも考えなきゃいけないだろ」

「それに、占領していやがるスペインの警察を追っぱらう必要もある。おまえの言うほど、事は簡単じゃない」

ホシェマリはカリモチョをひと口飲み、挑むような冷静さで仲間の一人一人を見つめて言った。

「事をややこしくするなよ。なあ、独立をはたしたら、あとはおれたちで解決すりゃいい話だろ。労働者の生活を改善する？　もちろん。改善される。外の人間が統治しないのに、誰に妨害されるんだ？　バスク語について。それだっておんなじだ。ここではみんなバスク語を学ぶんだから議論の余地なし。スペインの警察と軍隊？　おれたちが独立国とすれば、とっくに追っぱらってるだろ。おれたちは独自の警察と独自の軍隊をもって、おれは自分の鶏小屋とリンゴの木をもつ」

「じゃあ、ナバラはどうするんだよ？」

ホシェマリはいらついて、大きく息をしてから返事をした。

「ナバラがなければBに着いてないんだから、バスク国はない。フランスバスク（イパラルデ）の領土もおなじだ。おまえら、なんでもかんでも、ややこしくしてるのがわからないか？」

表の通りから合図があって、彼はそこで話をやめた。ジョスネ。前髪を短くして、まっすぐの髪が背中に垂れ、袖をまくった腕に皮革のブレスレットをしている。

体格のいいホシェマリが、キスをしに飛びついた。彼女はきびしい目で体を退いた。道端でキスなんかしないでよ、何度言ったらわかるの？

「どうした？」

「あたし見たんだ、あんたのお姉さん、広場にいたのよ、恋人っぽいやつと。抱きあって踊ってたから言うんだけどさ。アランチャったら、人前でキスされてんの。そういうのって、やだよね」

「そんな、くだらんうわさ話をしに来たのか？」

「ばったり鉢合わせしてやったのよ、紹介してもらおうと思って。あの男、村の人間じゃないよね」

「なあ、おまえ、姉貴はおれより年上だぜ。誰とつきあってるかぐらい、自分でわかるだろ。そこまで、こっちは首つっこまないよ」

「なんて名前か、知りたくないの？」

彼にはどうでもいい。

「ギジェルモっていうのよ」

ホシェマリはその名前がいいとも悪いとも思わない。ただ、名字となると話は別だ。

「なんて名字？」

「それは、きかなかったけど」

「うちの家族の一員になったら、あだ名をつけてやる。心配するな」

アランチャが男とつきあって、村に連れてきて、知り合いだの、ひょっとして家族に紹介しても、ホシェマリの心配の種にはならない。

「でも、よそ者だよ、あいつ。顔見ればわかるもん。バスク語だって、しゃべらないしさ」

「なんでわかるんだ？」

「きまってるじゃん。アランチャに紹介されて、あたしが話しかけたら、あの男まるでわかってないの。だからスペイン語で話をつづけなくちゃならなくて。あんたんちにスペイン人なんか入りこんだら大事だよ。もしかして警察かもしれないじゃん。あんたのお姉さんとつきあうのを口実にして、みんなをスパイしてまわってるとかさ、まずは、あんたから」

ホシェマリは眉をひそめた。

「バスク語をしゃべんないからって、べつに……」

「べつに、なにさ？」

大笑いと、ガヤガヤ声と、音楽がアラノ・タベルナからきこえてきた。ホシェマリは頭を掻いてから目をやった。すぐそこに酒を飲んで陽気になっている仲間がいて、目のまえにはジョスネの不機嫌な顔がある。

「よし、姉貴に会ったらきいてやる。店に入るか?」

「家族が待ってるから」

「いつキスさせてくれるんだよ?」

「ここじゃダメ」

「だったら、そこのポーチに行こうぜ」

ふたりでそちらに行って、五分ほども薄闇のなかで抱きあった。ドアと郵便受けの列のすきまにいたが、そのうち誰かが建物の階段を下りてくる足音が感じられ、さっと通りにもどった。

37 諍いのケーキ

ゴルカの鼻がちょっと——だいぶ——つぶれて、前歯も一本傷ついているのには理由(わけ)がある。九歳のときにライトバンに衝突されたのだ。下手すれば殺されていたところ。だとしても村で第一号ではない。まだ回復期に、あのやさしく響きのいい声——もう失われたが、大人のいまの声にも、たまにその片鱗(へんりん)がのぞく——で彼は両親にきいてみた。もしぼくが死んでたら、道路脇に十字架を立ててくれた？　朝バイクで仕事に行こうとして事故に遭ったイシドーロ・オタメンディみたいに？

いったん怯えから解放されると、ホシアンが冗談で口にした。

「そりゃそうさ。でも、もっとでかいやつだ。鉄の十字架だな。ずっと長年もつように」

ミレンには、その会話が、おもしろくもなんともない。

「あんたたち、ちょっと黙ったらどうなのよ、ねえ。神さまのバチがあたるわよ」

やせて、ひ弱な男の子。その後思春期に背がのびると、背丈か、顔にでたニキビが恥ずかしいのか、いつも前屈みで歩いた。立ち話で母親は人から〝このままだと、おたくの坊や、猫背になるわよ〟と言われた。ミレンは、それがまるで気にいらない。

「じゃあどうすればいいのよ？　成長がとまるように、お仕置きでもするの？」

十六歳にして一家でいちばん背が高くなった。頑丈でがっしりして柔軟性のない長男のほうなら、あの事故で生きていなかったよ。誰に言われたって？　母に、父に、みんなに。欠けた歯を見せずに笑う術をゴルカは身につけた。でも、つぶれた鼻は隠そうにも隠せない。〝ちょっと鼻ペチャなだけでしょうに、大げさな〟と母の意見。

「それとも、死んでたほうがよかったの？」

本人にとっては、すごくつぶれている、完全にペッチャンコだよ、お母さん（アマ）。ホシェマリもそう、コンプレックスを煽りたて、弟を〝ボクサー〟とか呼んで、試合に挑むような格好をする。からかおうとして弟のまえに立ち、怯えた様子を見せたりした。

「殴らないでくれよお、殴らないでくれよお」

事故直後の数週間、子どものゴルカは、つらい夜をすごした。夢のなかでも、不安な微睡（まどろみ）のときも、衝突のイメージが脳裡にくり返しやってくる。いつもおなじイメージだ。車が自分に突進してきて衝突する、車が自分に突進してきて衝突する、車が自分に突進してくるのに身を守れるのが枕しかない。

ゴルカとおなじ部屋のホシェマリは、台所で口をとがらせた。

「夜になると悲鳴で、こっちは寝られやしないぜ」

それで舌の先が乾かないうちに、ヒー、ヒーと弟の嘆き声を大げさに真似する。ホシェマリはこれでもかと、ゴルカをからかった。おい、おい、もういいだろう、とホシアンが父親らしくなだめに入っては、末っ子に憐憫の目をむけた。

ミレンは逆に、ずけずけ物を言う。

「ほら、夜、いいかげんに兄さんをわずらわせないの」

悪夢のなかでタイヤのきしむ音がする。ふりむくと金属製の猛獣の眼、ヘッドライトがさっと目に入る。ものすごいスピード、まともに直進してくる。もうすぐそこだ。三メートル、二メートル、一メートル。ぜったい避けられない。夢は、前の記憶にない細かい真実まで含んでいた。雨にぬれた道路、灰色の午後のおぼろな光、車のバンパーに錆びの斑点があり、自分を呑みこむ寸前の口に見えた。

そのあと人の脚がこちらに走ってくる。誰か、運転手？が大声でスペイン語の卑語を放った。なに？　覚えがない。自分を叱る卑語じゃないことだけはわかる。腹立ちの言葉、たぶんそう。あ然として。ガソリンくさくて、アスファルトがぬれて、ライトバンの下から救いだされたときは意識があった。暗い箱からひっぱりだされた感覚。誰がひっぱりだしてくれたか知らない。運転手だ、きっと。口と鼻から血がでていたけど、痛くなかった。全然？〝痛くない〟と首をふった。折れた腕も痛くなかった、すくなくとも最初のうちは。ただ、しびれるような感じ。ゴルカは地面にばったり倒れた。事故で死んでいたかもしれない。あんまり恥ずかしいので泣かなかった。

後日、ホシェマリが家で弟をおちょくった。

「おまえ、ぜったい泣いたよな」

「泣いてない」

「嘘つきめ。村じゅう泣き声がきこえたんだぜ」

そんなふうにヤイのヤイの言ううちに、最後には弟を泣かした。でもそれは家での話、ゴルカの顔がすさまじい血腫でゆがみ、三角巾で腕をつった回復期にあったときだ。道路でライトバンのそばにいたときは一滴も涙をこぼさなかった。だって恥ずかしかったから。歩道に野次馬がたむろし、窓に顔をのぞかせる人もいた。

「あれ、ホシアンちの末っ子じゃないか?」

服が汚れていた。自分の血とアスファルトの汚れだ。ヒエーッ、お母さん（アマ）に知られたら！　靴が片方なかった。当の運転手が自分のライトバンで彼を病院に連れていった。

腕は治った。鼻はダメ。子どものうちは、そんなに目立たなかった。でも、その後思春期に入って、顔が変わってくると、どうも鼻の格好がよくない。つぶれているというか、曲がっているというか、鼻中隔の場所がズレて気にいらない。ただ欠けた前歯なら誰にでもある。

母親が素気（すげ）なく慰めた。

「息できる?」

「うん」

「物が嚙める?」

「うん」

「じゃあ、いいでしょ。まだ文句あるの?」

ゴルカに衝突した男は、アンドアインの五十がらみの男性で、菓子製造工場の会社で働く配達人だった。事故の二週間後、自宅にいる子どもに会いにきた。温厚な男性で、ゴルカが回復したか、元気にしているか、日常生活に支障はないかと、それ以前にも電話で度々きいてきた。それで、ある朝、彼は家の呼び鈴を鳴らし、ミレンが玄関のドアをあけた。当のゴルカは腕にギプスをして学校（イカストラ）にいる時間。男性は子どもへの土産に、デコレーションケーキをおいていった。

「まあ、ご家族のみなさんで」

ベースはスポンジ、上にチョコレートと生クリームがたっぷりのって、サクランボ形のマジパンが飾ってある。

家族同士の諍いは、昼食まえにはじまった。いちばん頭にきていたのはミレン。前の晩、寝るまえに、たしか冷蔵庫のケーキは手つかずだった。なのに朝起きて見たら、四分の一以上なくなっている。唯一とは言わないが、まずホシェマリが怪しいと思った。この地域一の大食漢。だって、まさか父親のほうが。それともひょっとして？　ひとりは県内のどこかの村でハンドボールのチームといるし、もうひとりは自転車でどこかに走りに行っている。ふたりが帰ってきたら、どっちかまだわからないけど、思い知らせてやるわ。

アランチャは、母がひとり言をぶつくさ言っているのに気がついた。

「どうしたの、お母さん（アマ）？」

「べつに」

そこで会話は途切れた。父親が帰宅し、ほんの数分の差で、こんどは息子が帰宅した。何時だったかしら？　午後一時？　そのぐらい。ふたりとも腹ペコでくたくた。ホシアンは自転車用のスポーツウエアのまま〝昼飯はなんだ？〟ときいてきた。文句、非難、けんかが案の定はじまった。

ホシェマリは隠す気もない。だけど、いいかよ、朝食用に一切れもらったときは、もう手がついてたぜ。それで、みんなの分だと思ったんだ。

「もう手がついてたって、それ、どういうこと？」

「おれがもらったより、もっと大きい一切れ分がなかったからさ。ぜったいだよ、母さん（アマ）」

ミレンの目は怒りに燃え、奥歯をぎゅっと噛みしめて、夫のほうにむきなおり、相手に説明の間（ま）もあたえずに金切り声をあげだした。ホシアンは首を横にふりふり、否定した。あんたじゃなかったら、誰なのよ?とミレン。夫は認めた。家を出るちょっとまえ、マジパンのサクランボがどうしても食べたくなってな、だけど、それしか手つけてないよ。

　ホシエマリは信じない。

「よく言うぜ、父さん、そりゃないだろ」

「なにがないんだ?」

「だって、おれが起きたときは、でかい一切れがもうなかったぜ。父さんのほうが、おれより先に出かけたんじゃないか」

「嘘ならこの場で死んでもいい。何度言ったらわかるんだ、食ったのはマジパン三つだけだって。冷蔵庫をあけたときは、もう、一切れ分なかったんだよ」

　みんながゴルカに目をやった。

「ちがう、ぼくじゃない」

　ミレンは末っ子の肩をもった。

「この子に、からまないでよ。ケーキはこの子のなんだから。ひとりで食べたっていいぐらいなのに」

　お願いだから喧嘩しないでよと、当のゴルカ。ケーキは家族みんなのもんだよ。和解をうながす子どもの言葉、やさしい声色の意見は、かえって家族の感情の火に油を注ぐようなものだった。ミレンの怒りがついに爆発し、彼女はエプロンをとって家族に言った。

「あんたたちだけで、勝手に食べなさい」

　それで、やけっぱちの足どりで台所を出ていったが、一分もすると、ゆっくり、穏やかな顔でもどってきた。ダイニングですれちがったアランチャが〝どうしたの、お母さん、なんで怒鳴ってるの?〟そして、さりげなく娘は母に告げた。

「昨夜、お腹がすいて帰ってきて、ちょっと一切れ、いただいちゃった」

「あんたが最初に食べたの?」

「あら、いけなかった?」

五人は黙って食事をした。ホシェマリが皿を片づけてから、テーブルにケーキをおいて、引き出しから大きなナイフをだしてきた。

「ほら、つまんない顔してないで、ほしい人は?」

アランチャは首を横にふった。ミレンは返事をしない。食器を洗いに立った。

「弟に切ってやりなさい」とホシアン。

ゴルカは、ほんの少ししかほしがらない。ホシアンには小さすぎるように見えた。

「もうちょっと、やったらどうだ」

でもゴルカは〝もうお腹いっぱいだから〟と言う。ホシェマリは自分のまえにケーキの皿をよせて、残った分を堂々と平らげてやろうと思った。父親は驚愕の目で息子を見た。前菜と、ヒヨコ豆のスープと、ローストチキンのポテト添えを、家族全員あわせた分ぐらい食べたあとで、まだ腹にこれだけの量のデザートが入る場所がよくあるもんだ。

テーブルのしたで息子の脚を軽くつついた。こちらをむかせて〝父さんにもちょっとくれ〟と合図する。ホシェマリは母に気づかれないように、そっと父に一切れまわしてやった。ホシアンは大急ぎで平らげた。

お次はアランチャ、彼女は笑いを噛み殺し、〝わたしにも一切れちょうだい〟と、こっそりホシェマリに頼んだ。

38 本

急に身長が伸びる年ごろに、ゴルカは独りを好むようになった。姉も兄もめったに家で見かけない。ゴルカが外に出るのは学校（イカストラ）に行くときだけ。そのわけは？　本、父親がひたいに縦じわをよせて言うように〝くそいまいましい本〟だ。少年は読書熱に罹っていた。

両親の心に不安がひろがった。本が原因というわけではない。では？　息子が何時間も部屋にこもって過ごしていること、土曜日、日曜日もそう、ホシェマリが帰ってきて、いいかげんスタンドの電気消せよ、と言うまで読んでいることもめずらしくない。

変わった子だよ、と親たちはつぶやく。

「中身の見える小窓のひとつも、あの子の頭についてりゃいいのに」とホシアン。

夜、ベッドに入り、夫婦は声をひそめて会話した。

「きょうは外に出た？」

「まさか！　午後じゅう、本読んでたわよ」

「試験でもあるんだろ」

「それなら、もうきいたけど、ちがうってさ」

「くそいまいましい本か」

ある朝、台所で母親は息子のまえに立ちどまり、相手が朝食をとるあいだ、しばらく様子をながめていた。大きなカップのほうに背をまるめ、脂っぽい髪、骨ばった手、にきび。ミレンは言いたいことを呑みこんだが、最後は黙っていられなくなった。

「ちょっと、あんた、精神的な問題があるわけじゃないでしょ?」

十四歳。仲間が家に呼びにきても、出迎えようともしない。どうしたのか、体の具合が悪いのか、友だちのことが頭にきたのか。そのうち誰も来なくなった。

ホシアンは胸を痛めた。

「ちくしょう、どうしようもない息子だ」

父は息子に近寄った。親しげに息子の肩に手をおいた。二百ペセタ、三百ペセタを小遣いにやった。

「ほら、遊んできな」

「お父さん(アィタ)、だめなんだ」

「誰がだめって言ったんだ?」

「ぼく、いま本読んでるの、わかるでしょ?」

「まあそう言わないで、タバコを吸わしてやるから」

「だめったら、だめだよ、お父さん。しつこくしないで」

たまに、それでもホシアンは連帯感や好奇心に動かされて、息子にきいてみた。

「なに読んでるんだ?」

「ロシア人作家の本。斧で女のひとを二人殺した学生の話」

ホシアンは混乱し、気に病んで部屋をでた。十四歳、修道士みたいに朝から晩まで家にこもっている子。これでもふつうか? そんなことを考えながら、廊下で立ちどまり、そのへんの物にじっくり詮索的な目をすえた。聖イグナチオ・デ・ロヨラを描いた小さな聖札、作りつけの戸棚、ドアノブ、なんでもいい、ひと目でなにか理解できるもの。その物のなかに、自分でもなんだかよくわからないが、順序とか、答えとか、説明とかをしばし探してみたけれど、やっぱり理解できない。ホシアンはパゴエタに着くまで、ゴルカのイメージが頭から消えなかった。本、〝くそいまいましい本〟に身をかがめる息子。

夜、寝床でミレンに言った。

「すごく利口か、すごくバカか、どっちかだ。誰譲りか知らんがね」

「バカなら、あんたよ」

「まじめに言ってるんだぞ」

「あたしも」

問題は、その後学校でとる成績が並みだということ。ホシェマリの学生時代ほどは、もちろんひどくない。ホシェマリとスポーツ、オーケー。ホシェマリと手仕事、それもオーケー。だがホシェマリと勉強（後年、職業訓練をした冶金工業の会社の講義でもおなじだった）は水と油、それでも当の兄は、平気でゴルカをからかった。

「おい、冗談だろ。そんなに本ばっか読んで、数学と英語がまぐれで合格かよ？」

読書の趣味をゴルカに伝授したのはアランチャだった。どうやって？　彼女はたまに——誕生日、本人の聖人の祝日、クリスマス、それに、ただ気のむくときにも——弟に絵本を贈り、後年は本をプレゼントした。もちろんホシェマリにもおなじことをしてあげたのに、結果はゼロ。アランチャいわく、不毛な土地と肥えた土地の、あの有名な〝種〟のたとえ話がここでは当てはまる。ホシェマリは知性の育たない土地。ゴルカは適した土地で、読書への情熱が芽をだしたわけだ。

ほかにもある。ゴルカが幼くて、アランチャ自身もまだ九歳か十歳の少女のころ、ふたりで床にすわりこむか、弟がベッド、自分は横にいて、昔話の本を音読してやるのが彼女は好きだった。子どもの理解力にあわせたイラスト入りの聖書物語もだ。

少年のゴルカがライトバンの衝突から回復にむかう日々、アランチャは公立図書館に行って、弟の読む本をよく借りてきた。ゴルカは当時もう自分で本を読み、言葉をつぶやき、好みもわかってきた。ジュール・ヴェルヌ、サルガリ、ほどなくスヴェン・ハッセルの戦記物の小説に入った。スパイ物や探偵物、どれも安価なペーパーバックだ。

その後、両親には内緒で（なぜ？）アランチャは自分の本を順に弟に貸してあげた。洋服だんすの上の段ボール箱にしまってある三十冊。とくに恋愛物の小説、『戦争と平和』のダイジェスト版、ガルドスの『フォルトゥナータとハシンタ』や、アルバロ・デライグレシアの本が六、七冊。ゴルカは姉ほど楽しまなかったけれど、みんな心地よく読んだ。

外で友だちと遊ばないで、家で本ばかり読んでいるのを両親がとがめだすと、アランチャは弟と二人きりのときに、謎めいた声で言った。

「読めるだけの本を読みなさい。教養を自分のものにすること、広ければ広いほどいいの。このバスクの大勢の人が落ちている穴にゴルカは落ちないように」

穴があろうが、あるまいが、ゴルカは読書に情熱をかたむけた。ホシェマリは弟が本をもっているのを見てからかった。

「おい、ついでに、おれの手相も読んでもらえるかよ？」

ある晩、それぞれのベッドで寝ているときに、兄は弟に乱暴に言った。

「小説なんか読んでないで、バスク国解放のための戦いに参加しろ。あしたデモが午後七時にあるからな。ぜったい来いよ。友だちからきかれるんだよ、弟はどこに隠れてるのかって。おまえの仲間が危険に立ちむかってるのに、おまえの姿が見えないからな。おれは、なんて言えばいいんだ？　いや、弟はデリケートになって一日じゅう本読んでるって、そう言わせるのか？　あした七時、広場にぜったい来いよ」

　それでゴルカは行った。しかたがない。人前に姿をさらした。あっちにあいさつ、こっちにあいさつ、ホシェマリはデモ隊の先頭でプラカードを掲げるひとり、弟にウインクを送ってきた。ゴルカは若者の群衆にまぎれこんで、ほどほどの高揚感で標語を唱えた。おなじように他人といっしょに高くこぶしを掲げて、民衆歌『バスクの戦士たち（エウスコ・グダリアク）』を歌った。

　午後八時になると、彼は、もう家で本を読んでいた。

39　おれは斧、おまえは蛇

　兄弟は成長した。ゴルカは背が高くなり、ホシェマリは横幅が広くなった。名字がいっしょなだけで、あとはなにも似ていない。ホシアンは仲間にからかわれた。おまえさん、片方にだけ飯食わせて、もう片方には食わせなかったろ。息子たちについての冗談を家で口にするのは控えていた。ミレンが神経を逆立てるからだ。近所の婦人との喧嘩が、まあ、すさまじかったこと。ゴルカにサナダムシが寄生していやしないかと、暗に言われたのだ。

　ホシェマリが実家に住んでいたころ、兄弟のひとりは左、もうひとりは右に寝て、それぞれのベッドの頭部と片側が壁に寄り、二台のあいだに足用のマットが敷いてあった。

　ホシェマリの側には窓があり、ポスターにしても、スポーツ関係や愛国的な装飾にしても、この二人部屋は兄の好きに飾れる場所がない。それで、今日はポスター、明日は絵というぐあいにゴルカのスペースに侵略をつづけ、ETAのシンボルマーク〝斧と蛇〟に《ふたつの道を行く(ビエタン・ハライ)》の標語の入ったポスターが弟の机の真上に張られた。

ゴルカのポスターは一枚きり、かのアントニオ・マチャードの有名な写真、カフェ・デ・ラス・サレサスで撮影されたポートレートの大型版だ。

「いったい誰だ、こいつ？」

「なんだよ、知ってるくせに」

「いや、マジにさ。ターザンの祖父(じい)ちゃん？」

「詩人」

言わずと知れた諧謔(かいぎゃく)詩、ホシェマリは特有のバージョンを披露するのに、まさに弟のその答えを待っていた。

おお、詩人よ
美しい詩を書くきみよ
ぼくのチャックを下ろしたまえ
そしてこの陰茎にさわりたまえ

ゴルカのいないすきに、ホシェマリはアントニオ・マチャードの肖像に太いペンで落書きをした。口ひげを描き入れ、丸いサングラスをかけさせて、口から出るコミックふうの吹きだしには、こう読めた。

《ETA万歳(ゴラ・エタ)》

そして皮肉な顔で〝帽子のおやじは自分の言ってることが、ちゃんとわかってるんだぜ〟と、弟をからかった。あきらめのゴルカは、むしろどうでもいいという感じで、相手にバカにされるままにした。アランチャはそれが気にいらず、下の弟を度々たしなめた。

「なんで自分を守らないの？　どうして相手の好きにさせておくの？」

「怒ってほしくないから」

「ホシェマリが怖いの？」

「うん、ちょっと」

知的な話題になると、ゴルカは兄のはるか上を行っていた。ホシェマリは、しょっちゅう暗がりのベッドで、仲間とアラノ・タベルナで交わしてきた口論の続きをした。その日最後のタバコを神経質に吸いながら、顔を天井にむけて武装闘争と独立を援護し、おれはなんとしても戦うぞと言い放つ。友人の誰彼のご立派な理論に、ホシェマリは無性にいらだった。彼にとっては目標がすべて。ナバラを併合する、治安警察隊を追放する、そういうことだろうが、ちくしょうめ、くどくどと哲学の話なんかしないでも、わかることだぜ。詭弁上の不機嫌からいったん脱すると、こんどはゴルカのほうに顔をむけ、親しげに、兄らしく、気分を鎮めて〝寝てるか、おまえ？〟

それで、この手の頼み事をもちかける。

「おい〝マルクス・レーニン主義〟って、なんだか教えろよ。でも、わかりやすい言葉で、サラッとな、あしたは早起きなんだから」

弟はバスク語でも兄に勝(まさ)った。バスク語(エウスカルドゥン)を話す作家たちの文学作品を常々読んで、十六歳からバスク語で詩も書き、アランチャだけに見せていた。なので、大げさではなく、ホシェマリやその仲間の百倍も優秀だった。兄たちの言葉は話し言葉、つまり家と仲間うちでしゃべるバスク語が学校(イカストラ)でいくらか上達した程度だ。あちこちの家で集まっては手書きのポスターを作り、村の建物の壁に張っていった。ホシェマリが自分の部屋に仲間を呼び集めることもあり、ゴルカが綴りや文法上の誤りを指摘した。けっこう派手な間違いもあった。

ムッとしながらも無力な兄は、猜疑心をあらわにした。

「ほんとか、おまえ?」

「もちろん」

「まあいい、そのうちわかる」

それでも最後はゴルカの言うことをきいて、誤りを正した。作業にかかるまえに、あれはどうか、これはどうかと、直接書きかたを尋ねることまであった。そんな感じで、すこしずつ(ポリキ)ホシェマリは弟の手柄を認め、敬意をもちはじめた。いつかの夜などはアラノ・タベルナから帰ってくるなり、自分の寝床から弟の寝床にむかって、理由もなにも抜きで言い放った。

「おまえはバスク語を徹底的にやれ。それも戦いのうちだ」

つまり、ふたつの道(ビエタン・ハライ)を行く。わかるだろ、な? 論法は単純、唐突、基本的。おれは〝斧〟、おまえは〝蛇〟。いいコンビだろ。仲間の誰かがホシェマリの目をひらかせたらしい。なぜ? いや、というのも兄が手のひらを返したように、弟をからかわなくなったのだ。読書の趣味や、ほとんど外に出ないことやら、そういうことでだ。

しかも頼み事というか、お願いをしてきた。命令したり、無理強いしたりの以前とはちがう。なに? 三日後の土曜日に、村のペロタの球技場でカルブロの歓迎式典があるという。

「あれはマヌケ男だって、兄さん、言ってなかったっけ?」

「誰、カルブロか? ありゃ、マヌケに大がつくよ。あそこまでのマヌケはいないぜ。それでも、バスクの大義のために七年ムショにいたからな、歓迎(オンギ・エトリ)を受けて当然だ。それとこれとは別だし。準備万端だよ」

「で、ぼくが、なにすればいいの？」

「写真の撮影」

「カルブロの？」

「カルブロのも、誰も彼のも。おまえはカメラをもって球技場に行って、どこでもかしこでも写真をやたらに撮りまくる。結婚式のカメラマンになったつもりでな。できるかぎりだ。いいか？　よく撮れたやつがあれば、ポスターにするんだ、一組三百ペセタ。ジョキンのアイディアでさ。うちの弟が、すげえいいカメラもってるって教えてやったんだよ。あとの写真はアルバムにする。名前もついてるぜ。〝戦闘員（グダリ）のアルバム〟。費用はこっちもちだから、な？　おまえはそこまで心配しなくていい」

　土曜日が来て、日が暮れて、ゴルカは気が進まないまま首にカメラをさげて、ペロタの球技場に向かった。家を出ようとしたら、廊下でアランチャが非難の目をむけた。そんな行きたくなさそうな顔してるのに、なんで行くの？

　ミレンが台所から口をはさんだ。

「ちょっと、アランチャ、行かせなさいよ。たまに外ぐらい出なくっちゃ！」

　コートの中ほど、壁の側面を背に、演壇が設（しつら）えてあった。垂れ幕が堂々と掛かっている。

《歓迎（オンギ・エトリ）、カルブロ》

　あいさつ文の片側に、主役のモノクロ写真が一枚、いまより若くて、まだ髪があり、太鼓腹も二重あごもない。もう片側は、赤い星のうえに一文。

《きみの戦い（スレ・ボロカ）、われらの模範（グレ・エレドゥ）》

　警察？　影も形もない。どこかの警官が私服で群衆にまぎれこんでいれば話は別だが、身の危険は否めない、ここでは全員が顔見知りだから。うねる大波のようにバスクの旗が翻り、若い参集者が大半を占めている。ベレー帽をかぶった四十歳以上の顔もあれば、老輩の姿も見えた。タラン、トロン、

タラン、トロン、若い男女が演壇のそばで打楽器（チャラパルタ）を棒で打ち鳴らす。ペロタの試合時みたいに参集者が階段座席に着席しはじめた。誰かがゴルカにあいさつを送ってきた。

「おーい（アウパ）、カメラマン」

仲間同然に大声で呼びかけてくる。来てるの知ってたぜ、おまえの仕事わかってるよ、よく来たな。ゴルカはひたすら写真を撮った。チャラパルタ奏者の男女、参集者、まだ誰もいない演壇。ジャンパーのポケットにフィルムを何本か入れてきた。当時は〝アベルツァレ〟だったネレアが通りしなに笑顔を見せた。ゴルカは彼女にカメラをむけた。ネレアが止まって投げキッスのポーズをしたとき、ゴルカはシャッターを切った。わたしに一枚焼き増ししてよね、いい？　ゴルカは首を縦にふって、うなずいた。誰も彼もが、そのたびに写真をくれと言ってきた。

数メートル先で兄の彼女のジョスネと鉢合わせをした。ホシェマリはどこにいるか、ゴルカはきいてみた。

「ちょっとまえに、アラノ・タベルナにおいてきたとこ」

一分後、拍手喝采。カルブロがVサインをしながら球技場に入ってきた。人民連合党（エリ・バタスナ）の幹部二人と、信条をおなじくする市会議員数人が周囲をかためている。ゴルカは一行を撮りはじめた。じっさい演壇上には彼が一番乗り。カメラを手に上ったり下りたり、行きつ戻りつしても、人の目には入らない見えない男。マイクで演説する者たちを順に撮った。マイクは持たないが、そこにいる村長。敬意を表するバスクの民舞（アウレスク）の踊り手、小太鼓をたたきながら楽曲を奏でる縦笛奏者（チストラリ）。そしてカルブロ本人。感激し、感謝し、太った体にチェックのシャツを着て、こぶしを高くふりあげ、目に涙しながら、いまも服役中の同志たちについて想起した。スペイン国家による殲滅（せんめつ）の刑務所、と彼は言う。さらなる拍手、ETA万歳（ゴラ・エタ）、花束を民族衣装の少女が彼に贈呈した。

全員起立し、こぶしを高く掲げて、愛国主義の讃歌〝バスクの戦士たち（エウスコ・グダリアク）〟を合唱した。

歌がおわると、誰かが走ってきた。誰？　覆面姿の若者ふたりが壇上に跳びあがった。ひとりがスペインの国旗をひろげた。参集者の群衆から飛びかう口笛、お祭り騒ぎ。事前にガソリンをかけた国旗に、もうひとりがライターで火をつけた。ゴルカは、ほんの何メートルかの位置でシャッターを切った。

百人もの若者に護衛されて、カルブロはアラノ・タベルナに誘導された。拍手と〝ETA万歳〟の喝采のなかで、服役囚時代の本人の写真が壁から外された。つづいてバルのレストランで、祝賀のエスカルゴ料理が給仕された。

ゴルカは最後の一本のフィルムを使いきってから、家にむかった。

「夕食していかないのか？」

「家で待ってるから」

夜が更けるまで本を読んでいた。夜中の零時の教会の鐘が鳴ったとき、電灯を消した。そのうちホシェマリが帰ってきた。

「なあ、おれのこと見てくれたか？」

「みんなが兄さんたちのこと知ってるのに、なんで顔隠すのかわからないけど」

「おれたちの写真、撮ったのかよ？」

「兄さんたちが来たときに一枚。でも、よく写ってないと思うよ、だってメチャクチャ早く走ってくるんだもん。スペインの国旗に火をつけてるあいだのは十枚か十二枚、あと、帰っていくときのが何枚かだね」

「なるべく早く現像しなくちゃな」

「写真屋さんが警察に告げ口しなきゃいいけど」

ホシェマリは一瞬押し黙った。暗闇でタバコの燃えさしが赤くなった。

「殺してやるさ」

40　顔のない二年

最後に鏡を見たのがいつか覚えがない。カラ・ミジョールのホテルかしら。でなかったら、どこ？　なんとか記憶で部屋を再構成しようとする。ぴったり並んだツインベッド、実用的な家具、壁紙。いかにもエコノミーなホテルの部屋。ただ寝るだけの場所だ。海さえも見えない。それでもシャワーつきの小さなバスルームがあって、洗面台の上に枠のない鏡がついていた。娘のアイノアとパルマにむかうまえに、自分の顔を鏡で見たのか？　それ以外のことは考えられない。

　少女のころからアランチャは、おしゃれして出かけるのが習慣だった。そうしなさいと母にも言われていたが、それだけじゃない。人に好かれて、すてきな女の子に見られ、相手にそう感じさせるのが好きだったから。アランチャは、ほんとうにきれいな女の子だった。母親に言わせると、村いちばんの美人。父親にとっては世界一の美人。その顔と、その目と、その髪で、媚(こ)びの罪を犯すように運命づけられていた。

　ギジェルモは二十年以上まえ、つきあいだして間もないころ、彼女に言った。

「きみは、なんて美人なんだ！　どうしたら、そんなきれいな顔(ひと)になれるんだ？」

「この顔と、あとは口じゃ言わないけど、わたしを愛してくれる男性のもの」

「だったら、おれのもんだな。おれほど、きみを好きになれる男はいないから」

「それはどうかしら」

髪を丸刈りにされたパルマ・デ・マジョルカの病院でも、グットマン医療センターで治療をうけた数か月のあいだも、アランチャは鏡というものを見ていない。それは誰も知らないこと、医師も病院のスタッフも。知っているのはわたしだけ。車椅子にすわって、ガラス張りのドアのまえを通りかかると、急いで目をつぶる。自分の外見なんか、ぜったい知りたくない。なぜ？　なにがあろうと、がんばって回復するつもりでいたし、もし鏡に映る自分を見たら、落ちこむのがわかりきっていたから。

はじめは、まぶたが動かせただけだった。耳はきこえたし、みんな理解できたし、なにもかも覚えていたし、しゃべりたくて、返事をしたくて、文句を言いたくて、頼みたいのに、できなかった。くちびるを開くこともできなかった。ここ、お腹に穴をあけて栄養を摂らされた。アランチャ、アランチャ、ごらんなさいな、なにもできない体に囚われた脳になっちゃったのよ。夢のなかの自分は、中世の甲冑に閉じこめられて表現することも動きをとることもできず、ひさしをあげた面貌(めんぼう)から見えるだけ。残酷すぎる。よく見えた、でも自分を見たくない。すごく醜いにきまっている。よだれをたらし、顔が曲がり、そんなふうなら死んだほうがましだと何度思ったか知れない。

「なんで目つぶるの？」

家を改修する日々にミレンは姿見を買った。娘が自分をながめられるように、たまたま買っただけのこと。だが、そのときになって気がついた。

「なによ、あんた、鏡見たくないのね」

鏡に新聞紙をかぶせに来てよと、さっそくミレンは大声でホシアンを呼びつけた。

「あんたが考えをかえるまでよ。当たり前でしょ、せっかく高いの買ったんだから、捨てられるわけないじゃない」

ホシアンは胸を痛めて。

「心配しないでいい、アランチャ、紙をかぶせればすむことだ」

家のほかの鏡は、玄関やダイニングの装飾鏡みたいに、いまの彼女には高すぎる位置にあるか、でなければ両親の洋服だんすとか、どこかの引き出しにある手鏡みたいに、自分の手の届かない場所にあるかだ。散歩に連れていかれるときは、ショーウインドーのガラスは見ないようにした。ただ、二度だけ避けられないことがあった。理学療法士たちにかこまれて写真を撮られたとき。でも関係ないわ、写真なんか見なかったし。

村の人間はお世辞ばかり言ってくる。在俗司祭もそう。あの神父は人一倍だ。きょうはとっても美人だね、きみ。さよなら、美人さん。まあ、こういう罪のない上辺だけのフレーズに〝美人〟という言葉は大方つきものだ。でもアランチャには、そういうのがおぞましかった。母にiPadの画面に書いて見せた。

《わたしに〝美人〟って言うなって、人に言ってよ》

「ちょっと、人様に文句言わないの。あんたにそう言うんなら、むこうにだって一理あるんでしょ」

アランチャがバスルームの鏡で姿をながめたいと意思表示したのは、自分の足で立てた日の翌日だった。急発症に見舞われた不吉な朝以来、理学療法士ふたりの助けをかりて、はじめて足で立つことができたのだ。そのころはもう、自分で食べたり飲んだりもできた。といっても、ひとりでじゃない。それはない、まだ喉につかえる心配があるから。足だけでなく、右手の動きも回復していた（もう片方の手は硬直している。ただ当初ほどひどくはない）。それにすこしずつ、ほんのすこしずつ、発声もわずかに進歩した。

せめて家のなかで歩けること、いつの日かひとりで窓に近寄って、台所に行って、いまは手のとどかない物に手がとどく、そんな希望にすがりついた。人にはふつうの行動、でもわたしには至福。一瞬足で立ったという朗報をもって、治療から帰宅した午後のすごい喜びよう。セレステが泣きながら、自分の目撃したことをミレンのまえで確言した。

「ちょっと、なんで泣いてるの？」

「すみません、ミレン奥さま、このときが来てくれるようにって、さんざんお祈りしていましたのでね。ただもう、うれしくて、うれしくて」

翌日、いつものように、ふたりでアランチャを湯あみさせた。気をつけて、しっかりつかまえていて、放しちゃだめよ。毎度のこと。それでも体を拭くのは、ずっと楽になった。母の強い腕に支えられると、アランチャは立ったままでいられた。

「ミレンさん、泣いてらっしゃるんですか？」

「あたしが？　目に水が入ったんでしょ」

娘の体を一心に拭くのを口実に母は顔をそらした。アランチャは、そのあいだ「アー」と声を連発した。しゃべりたかった、言いたかった。かろうじて響きの帯をなす「アー」の連音、言葉を発音しようという死に物狂いの試み。

セレステが想像し理解した。

「鏡？」

アランチャはうなずいた。

「鏡、見たいの？」と母。

おなじ娘のしぐさ。ミレンはセレステに頼んだ。新聞紙をはぐってちょうだい。セレステは慌てて、テープで張ってある紙をビリビリと剝がした。自分の体を見ずにいた二年のすえに、母に支えられて、アランチャは裸のまま、勇気をだして鏡を見た。

片方の足と、もう片方の足の指で全身を支え、厳めしい顔でじっくり視線を這わせた。太っちゃった。そうそう、ものすごく。この太腿。なにもかも。乳房、ヒップ、下腹、みんな何センチかずつ垂れさがって見える。それに、この肌の青白さ！　左手は握りこぶしになって脇腹を押さえつけている。肩も好きじゃない。こんな撫で肩だったことなんか、いちどもないのに。

顔なんて、なおさらよ。わたしなのに、わたしじゃない。昔みたいな生気がない目、マヌケの目。片方の端が気持ち下がったくちびる、顔にも全体的に表情がない。白髪、こんなに白髪。ひたいのしわ。このしわに蓄積された幾晩もの眠れない夜、山ほどの心配、山ほどの悩み、急発症以前の問題と心痛、だけど、それを知るのはわたしだけ。

ミレンが背後にいて、満足？と、きいてきた。鏡から目を離さずに〝ううん〟と否定した。じゃあ悲しいの？　それも〝ううん〟と否定する。

「なによ、どっちなの？」

不協和音の、理解不可能な「アー」という帯がまた、アランチャの口をついて出た。

41　鏡のなかの人生

雨が降っている。

どうすればいいの？　ふだんの日曜日、セレステはアランチャの介助には来ない。来てもらうのは、ミレンがホシェマリとの面会で、アンダルシアに遠出するときだけだ。

「これじゃ、どこにも行けやしない」

午後四時。天気が悪くて、午前中いつもの散歩に出なかった。雨降りのせいだけじゃない。ものすごい強風だもの。こういうときのために買った特別な雨よけ、頭のフードに穴のあいた一種のカバーをアランチャと車椅子にかぶせて、ほんのすこし外の空気にあたるだけでも出かけられなくはないが、なんといっても、きょうのは嵐に近い。

「きのうミサに行っておいて、まだよかったけど」とミレン。

車椅子にすわり、バルコニーのガラス戸のまえで、アランチャは外の通りをながめていた。激しい雨粒の突風が、ガラスに当たっては砕け落ちる。灰色の午後、うなりをあげる強風、うんざりし、頭にきたアランチャ。iPadに書いた。

《バスルームに連れてって》

バスルームで鏡のまえに行くなり〝あっちに行って〟と母に指図した。

「まえは見るの嫌がってたくせに、こんどは一日じゅう見てたいの」

アランチャは怒りの指で文字を打った。

《説明する必要ないでしょ》

母は不機嫌にバスルームを出た。

「ちょっと、説明しろなんて言ってないけど」

バタン！と、激しくドアをしめられた。

アランチャはバスルームに閉じこもった。どうでもいい。なんてイヤな母親。それで娘を仕置きできると思ってるんなら、利口もいいところ。

アランチャの望みは〝孤独〟という名。最大の望み、人々の視野の外で、やっと独りでいられること。アドバイスしてくれる人、車椅子を押してくれる人、食事をつくってくれる人、保護役をしてくれる人、おおむね世話好きな人たちが四六時中、アランチャにたいして各自の分野で驚異的な（こちらは笑いがとまらない）忍耐の才能を発揮した。しんぼう強い情愛、しんぼう強い同情、しんぼう強い見え見えの怒り、しんぼう強い恨み、それもこれも、わたしが死んであげなかったから。冗談じゃない。不幸の午後から、彼女は自分の人生の主でなくなった。わたしはひとりになりたいのよ、ちくしょう、ひとりでいたいの。鏡を見るため？　さあ、だったら、どうなの？

自分の目を見つめた。張りつめた挑戦的な目で、思い出の映画がはじまるのを待っている。壊れた人生のお話のシーン。そうよ、壊れたの、床に落ちたボトルのガラスみたいに粉々に砕けてしまった。そして破片のひとつひとつが思い出、エピソード、散り散りバラバラになった過去の影や人物。

鏡よ、鏡よ、鏡さん、いまはいつ？　ここはどこ？　わたしは誰？

アランチャは、一九八五年のある土曜日を思いうかべた。まえにも何回か訪れた記憶。その若い男は美形でも醜くもなく、背が高くも低くもなかった。彼女みたいにイゲルドのディスコ〝KU〟の常連で、好むと好まざるとにかかわらず、視線をかわしあう仲になっていった。むこうは男友だちと、彼女は女友だちと行っていた。でも、ほんとうは彼女の興味のうちに入らなかった。着ている服のせい、知らないけど、それとも踊りかた？　ちょっとゴリラっぽくて、垢ぬけしてなくて、ずんどうで。品のかけらもない。それに、あの頭の揺らしかた、ちょっと勘弁してよ！　ひたいで釘を打ちつけてるみたいじゃない。まあ、若くて踊り好きな軍団のひとりでしかない。

そんなある午後、こちらをじっと見ている相手に気がついた。ほかの男の子たちも彼女に目をつけて、誰かとチークダンスを踊ることもあった。そういう場面で人を笑わせようとする男にはムカついた。すくなくとも、はじめはみんな滑稽な真似をしてみせる。だけど、彼のあの目には強烈な決意があった。略奪する動物が獲物に見入るような目、彼女はそれが好きだった。照明が変わって紫色のライトになり、スローな音楽が流れはじめたとたん、相手は彼女に突進した。カウンターに立つ彼女は

〝ノー〟と断った。

若者（二十三歳、アランチャは十九歳）は、それ以上迫らなかった。断られて不愉快な顔も見せなかった。なにも顔にださない、ただ、いい香りがした。紫の仄明かりのなかで彼女にじっくり目をすえていた。あの平然と自信にみちた目で、アランチャの気が変わるのを待っているかのように。

彼女は若者に背をむけた。つぎの瞬間ふりむいて、見ると、相手はダンスフロアの境のほうに離れていく。冷静に、高慢に、仲間のすわるソファのほうにもどっていった。心地いい香りが宙に残った。

一時間後に、また彼を感じた。クロークのまえで女友だちと列になっているときだ。香りの出所につられてふりむくと、すぐそこ、背後に本人がいた。

「こんどは、もうちょっと親切にしてもらいたいね」

彼女はいきなり頭にきた。よく言うわよ、このお調子者。しかも女友だちや人のいるまえで。アランチャは目をそらして、返事も無視した。相手は彼女のうなじに口をよせて、しゃべりつづけている。甘い文句でくすぐりながら、それでいて昔から知った仲みたいにずうずうしい。ようやくアランチャの番が来て、彼女はコートを受けとった。完全にムカついて相手にむきなおり、横柄な口ぶりで言ってやった。しつこくしないでよ、私、彼がいるんだから。

「嘘言うなよ」

「あなたに、なにがわかるの？」

「嘘だね、こっちはネレアにきいてるから」

この言葉はショックだった。

「わたしのこと探ってるわけ？」

相手は冷静沈着に、挑発的に〝そうだ〟と答え、きみは手強い女だが、ともあれ、そう簡単に引き下がるつもりはないからと言いそえた。ああ、わたしに挑もうってわけ？　この若造、自分を何様だと思ってるの？　アランチャは、この男を殴ってやりたい激しい衝動にかられた。

あれから長年たって、鏡のまえでシーンを思いだしながら笑いがでる。駐車場のエリアに女友だちが集まった。全員いる？　例によってネレアがいない。ディスコの入り口で、どこの誰が相手か知らないが、チュッチュとやっていた。ようやく彼女もグループに合流し、みんな満足で、おしゃべりしながらバス停にむかった。アランチャはネレアのとなりにすわった。きいてみたら、女友だちが答えてきた。

「ギジェルモっていうのよ、彼。レンテリーアに住んでるの。いくらか堅いけど、けっこうイイ男よ。ちょっぴり詩人っぽい気があって。チークしてるときなんか、すごくステキなこと言うの、本からとってきたみたいな。うん、あなたの名前きかれたわ、あと彼氏がいるのかって。たぶん、目つけたんじゃない？」

「そんなイイ男なら、あなたがつきあえばいいじゃない？」

「わたしのタイプじゃないもん。家族がサラマンカ県の村の出なんだって」

「それが、どう関係あるの？」

「べつに。でも言ったでしょ。いっしょに踊るぐらいならいいけど、それ以上はちょっとね」

彼女は、そう、ちょっぴり気があった。ただ正確には詩人ではない、民族優越主義、バスクの分離独立派〝アベルツァレ〟の気だ。それに、物事というのは思うような方向には行かず、ときには、まるで行くべきじゃない真反対の方向に行く。そうでしょ、鏡さん？

翌週の土曜日が来た。紫色のライト、スローな音楽。彼が来るのがわかった。またふられるのを承知してるくせに、なんでわざわざ来るのかしら？

それでね、愛しい鏡さん、その土曜日も、つぎの土曜日も、ふってやろうと思ってたのよ、わたしのところに来て、いっしょに踊ってくれって言われるたびにね。

アランチャは想像した。彼の問いかけ、目にうかべる期待の色、このシーンのフィナーレは、たぶん、こちらの非難のひと言か、むこうの失意のしぐさ、そして最後は立ち去っていくイイ男の敗北の後ろ姿。ただアランチャが予想しなかったのは、本人よりすこしまえに、彼の香りのほうが先にやってきたことだった。

「どう？　踊る？」

七か月後、彼女は両親に彼を紹介した。

42 ロンドンの出来事

バスルームの鏡のまえで、その日？　それとも別の日か？　無言で話していた。

覚えてる、覚えてるに決まってるじゃない。そういうことは忘れられない。ロンドンの出来事のあと、ふたりは合意した。そうねえ、まず彼女が彼の両親に会う、彼は一人っ子。それでもっと先に行ったら、彼が彼女の家族に。ギジェルモは不安と不信、なによりアランチャの戦略上の計算が感覚的につかめない。

「おれは毎日シャワー浴びて、ひげ剃って、きみを大事に思って、職だってあるだろ。なのに、なんで、きみの両親に気に入ってもらえないと思うんだよ？」

「うちの村はレンテリーアより小さいの。村じゅう顔見知りなのよ。新顔はヤワヤワと入れるほうがいいから」

「それときみの家族と、どう関係あるんだ？　家族の仲が悪いのか？」

「仲いいわよ」

「まだよくわからない」

「弟たちの部屋に入って壁見てくれたら、わかると思う」

　おい、ちょっと待てよ。父親と母親と、兄弟と、おじさんだの、おばさんだの、あと誰でもいいけど、両方の身内をみんな知る必要もないだろ。だったら？　それはアランチャの考えというか望みというか、ロンドンの出来事のあと、彼との関係にきちんとした基盤をもちたかったから。

　ギジェルモはできる範囲内で忠実だった。でも彼にはつきそってもらえず、そのためにアランチャがつらい思いをしたことはかわりない。そうよ、つらかった、だけど彼には仕事があった。その点以外は、まずまず。心が痛い。え？　わたしの問題ってわけ。無責任なやつだったら、さっさと追っぱらって、結婚生活で二十年もムダにしないですんだのよ。最後の何年かは、ほんとうに最悪だった。そう、でも、じゃなかったらエンディカとアイノアは生まれていなかったし。まあね、いずれにしても後戻りはできないんだから。

　アランチャが怯えているのを察知して、ギジェルモは〝いっしょに旅してくれる信用のおける人間を誰か探すよ〟と言った。

「ちょっと、あなたのじゃなくて、わたしが信用のおける人でしょ。だいいち誰が費用をもつの？　目玉が飛びでるほど高くつくわ」

　ネレアにうちあけた。じつは、これこれこうで。むこうは旅を考えるだけで躍りあがった。ワォー、ロンドンで週末。マイ・ネーム・イズ、アイ・カム・フロム。出費はもちろん問題のうちに入らない。敬愛するパパ（アイタ）は、なんといっても事業主、飛行機代、ホテルの宿泊代、お小遣い分の〝マネー〟はこっそり出してもらった。女友だちは有頂天で、早く飛行機に乗りたくてたまらない。アランチャは心配な表情で、お願いだから落ち着いてよと、相手に言った。

「ねえ、遠足にいくわけじゃないのよ」

「わかってる、わかってる。あなた、心配しないの。わたしがついていくんだから、ずっといっしょにいるからさ」

絵ハガキの聖女みたいに、ネレアは両手を重ねて自分の胸においた。

「ハロー、ロンドン。ずっとあなたのところに行きたかったの」

「観光してる時間だってないのよ」

「かまわないわよ。イギリスに行ってきた、ってことが大事なんだから」

あーあ、軽佻浮薄なネレアったら。それでもアランチャは相手に腹を立てては悪いと思った。だって、つきそってくれるだけでも大変なこと、しかも、旅費も滞在費も自分で（というか、いまは亡きチャトの懐から）出してもらうのだから。

ギジェルモはアランチャの費用分を負担した。いっさい？　最後の一ペニーケまでも。彼の名誉のために言う。こちらが説得するまでもなかった。ギジェルモはひとつも躊躇せずに、自分の貯金をバッサリおろした。ごぞんじのようにね、鏡さん、あの男には癖も欠点も山ほどあったけど、けっしてケチではなかった、それはない、わたしにたいしても、うちの子どもたちにも。そう、ほんとの話。当時彼はスペイン製紙会社（パペレラ・エスパニョーラ）で事務補佐の仕事をしていた。給料はそこそこ、でも、どうしろというの？　若いし、家庭生活の義務にしばられてるわけじゃない、両親の家に住んでいるので貯金はできる。子どものころみたいに――いつ大人になったのか知らないが――食べさせてもらっているのだ。

その年に定年になったギジェルモの父は、一九五〇年代のはじめから製紙会社の平（ひら）の労働者として勤めてきた。スーツに帽子姿の背の低いフランコが一九六五年に新設の工場の落成式に訪れたのを父親は覚えていた。所帯持ちの身でサラマンカ県の村から出てきた彼は、製紙会社で雇われて、そこで落ち着き、機械に張りついて定年を迎えた。ついでに言うと、勤務成績がよかったので、その後に息子も入社させてもらえた。

　ギジェルモとネレアのほかに、ロンドンの出来事を知る三人目の人物がいた。アランチャの母？　いや。ホシアン？　まさか、父はなにもわかっちゃいない。では？　ネレアの兄だ。アランチャは死にそうに怖くて、緊急の助けを要請した。これこれこうなの。そして相手に秘密厳守を頼むと、シャビエルは、もちろんだよと、約束を守った。一九八五年、シャビエルはまだパンプローナで医学の勉強中。連絡をつけて、あちこちにあたり、妊娠した妹の女友だちのために、ロンドンのクリニックがらみの手配を一切ひきうける人物を見つけてくれた。

　ほかには、ひとりも知らない。ギジェルモの家族も、アランチャのほかの友だちも。後々子どもたちにも話してきかせたくなかった。だいいち、なんのため？　あと自分の母親は？　ぜったいに口が裂けてもだ。とんでもない話。あんな頑強なカトリック信者になんか。

　ネレアは前日、定期便の飛行機で発った。時間をとってロンドンを歩き、観光スポットを見たり、ショッピングをしたり、写真を撮ったり、そんなこんなで過ごした。お金も時間もある強み。アランチャは一日遅れでチャーター便に乗った。おなじ目的でロンドンに行く、スペインじゅうから集まった女性が三、四十人。そう若くない（見た感じ三十過ぎの）女性もいれば、思春期真っ盛りの若い女性もいた。なかには十五歳ぐらいの娘がいて、父親なのか、深刻な顔の男性がつきそっていた。

　アランチャは預け荷物の受けとり場所で嫌な思いをした。スーツケースが順に出てきた。ひとつ、その次、またその次。でも彼女のが出てこない。ああ、お母さん。いっしょに飛行機で来た人たちが去っていき、ベルトコンベアが音を立てて動いてはいるが、どんどん不吉な音になり、彼女のスーツケースはあらわれない。なくなってしまったのか？　自分の気づかないうちに、ほかの乗客がもっていったのか？　そのうちやっと出てきて、安堵のため息をついたら、アランチャひとりになっていた。こうなると自分がどこにいるかわからない。結果。空港の出口を見つけるのに、ものすごく時間がかかった。またひとりぼっちになった感じ。しかも迷子になった。どうしよう？　息苦しくなって、タクシーに乗ることにした。ホテルの名前と住所を書いたノートのページを運転手に見せるとき、手がふるえた。車が走るあいだ、運転手が何度も話しかけてきた。でも彼女はダメと言ったらダメ、英語なんかまるでわからない。着くのにひどく時間がかかり、アランチャは思った。まさかこの黒人種の運転手に誘拐されたとか？　内心の声が言った。どうせ大回りしてタクシーのメーターをあげようとしてるんでしょ。ようやくホテル。玄関のまえにバスが一台とまり、おなじ飛行機で来た女性たちが何人か降りてくる。バカみたい。もっと機転がきけば、タクシー代を節約できたのに。

フロントでネレアが待っていて、ロンドンの市街や店をあちこちまわった冒険談をきかされて、頭がクラクラした。

「ネレア、わたしをひとりにしないで」

今晩は、おなじベッドで眠ろうという話になった。

「怖いの？」

ちくしょう、なんて質問するのよ？　怖いかって？　横になってすぐ、アランチャはこっちに寝返りをうち、あっちに寝返りをうち、いきなり吐きたくなって起きあがった。素足で擦り切れた古いマットのうえに立った。ぼそぼそ、嘆き？　バスルームで。体の芯まで恐怖心におそわれた。手術のせいもあるにはあるが、それだけじゃない。シャビエルに電話で安心できる説明をいくつかきいて、どんなふうか、だいたいの見当はついていた。問題は自分が英語をひとつもわからないこと。ひとりでロンドンを移動して、場所を見つけ、必要な場合に助けをもとめるなんて、できっこない。強烈な、いいや、もう耐えがたい心細さに悩まされつづけた。

いま鏡のまえで車椅子にすわったまま、あのとき頭にうかんだことを思いだす。もし迷子になったら、車に轢かれたら、クリニックが不潔で感染したら、あと知りやしないけど、階段をおりるときにくるぶしを捻挫して予定どおり家に帰れなくなったら、とか、けっきょく理由がどうあれ、両親も、ドン・セラピオも、村じゅうの人に知られるってことよね、ああ、考えただけでぞっとする。

その後に知ったのだが、当時はまだ仲の良かった彼女の母親とネレアの母親が、いつもどおり、土曜日にサンセバスティアンにお茶を飲みにいき、娘たちの話がでた。ふたりとも偶然に旅の最中、あら、ほんと？　アランチャは母親たちの言葉が手にとるように思いうかぶ。

「ネレアは木曜日にロンドンに行ったのよ、大学のお友だちと」

「まあ、そうなの？　うちのアランチャはビルバオ。きのうコンサートに行ったの。歌手の誰それって、でも、あたしにきいてもだめよ、最近の音楽のことなんかわかりゃしない」

ロンドンで、ふたりとも早起きをした。ネレアは朝食をとりに階下におりた。アランチャはとても食事が入らず、水をひと口ふた口飲んだだけ。どうにも神経が鎮まらない。きめられた時間に、ひとりはペラペラしゃべりながら颯爽と、もうひとりは胸をしめつけられる思いで、この件を請け負う団体の事務所がある通りにむかった。新しいビルの横に古い外観の建物が並ぶ通り、建物によっては、正直言って、ファサードが相当汚れている。支援団体が入っているのは、その手の建物だった。むかいの歩道から、ネレアが最初に目にとめた。

「それだわ、青い入り口の」

入ったとたんに、ふたりは顔をしかめ、そのあとは心底ぞっとした。マジメに。理由？　二階にあがる狭い階段にがらくたが散らばっている。ひっくりかえった便器、こんな階段に、なんだって便器なんかあるの？　おなじ疑問が当てはまる。ビニール袋、紙くず、ボトル、牛乳の残り。気持ち悪いったら。

「わたし帰るわ、ネレア。子どもを産むほうがいい」

「落ち着いてよ。せっかくここまで来たんだから、ちょっとのぞいて行こうよ。それから決めればいいじゃない」

ネレアは彼女の髪をなでた。頰に、やさしい、なぐさめのキス。要するに納得させられた。ふたりで手をつないで階段をあがり、待合室で順番を待った。椅子が数脚、四人掛けの革製のソファ、パーテーションにはポスターが張ってある。アランチャは前日おなじ飛行機で来た女性がいるのに気がついた。すぐあとに来たのが十五歳ぐらいの若い女の子、深刻な顔の父親らしき男性が同伴する彼女だ。ほかにも人がいた。居眠りしている薄汚れた男もいた。麻薬常習者っぽい感じ。ふたりが話しているのを耳にして、飛行機の女性がスペイン人かときいてきた。ネレアが〝バスクから来たの〟と言うと、相手はこちらが頼みもしないのに、自分の話をしはじめた。

やっと順番が来た。ネレアができるかぎり通訳した。アランチャはサインしろと言われる場所にサインした。つづいて医師にわたす書類をもらった。その医師が一時間後にロンドンの中心街のクリニックで診てくれるという。ゴミだらけの階段をふたりでおりた。アランチャは声をひそめて言った。

「オフィスの女の人と、なに笑ってたのか、きいてもいい？」

「べつに、彼女、わたしが当の本人だと思って……わかるでしょ」

通りに支援団体の専用車が待っていた。若い女性と同伴者で満席、まずクリニックめざして発車し、そこで適切な検査をしたあと、おなじ乗客で郊外の一軒家に連れていかれた。出窓、煙突、庭つきの平屋建てが並ぶ住宅地区だった。歩道の並木、清潔な通り、つまり不潔な場末ではない。ホッとした。せめてもの幸い。

あとは？　鏡さん、あなたは、なんて知りたがりやなのかしら。ふたりを迎えたのは、にこやかな女性看護師で、片言のスペイン語をしゃべった。アランチャはモダンな家具と観葉植物のあるサロンで待たされた。アジア系の顔だちの女性、インド系の女性、それに飛行機でいっしょだったスペイン人女性が何人か。

それだけ。四十五分ほど待ってから、名前の入ったプラスチックの腕輪と紙製の寝衣をわたされて、裸になるように言われた。医師が来た。感じのいい顔だちで、白髪まじりの口ひげ、礼儀正しい物腰から落ち着きが伝わってきた。ドクター・フィンクス、そういう名前。A・フィンクス。彼は自分の仕事をした。そつなくやった。

それでおしまいよ、鏡さん。ただひとつ、麻酔が切れて目がさめたとき、死にそうな吐き気がきたの。でも胃袋が空っぽだったから、もどさなかった。

日曜日、午後いちばん、それもわたしは覚えている、飛行機の機内は雰囲気がちがうのが感じられた。そこにいる女性全員が、もっとリラックスしていたし、行きよりも、ずっとよくしゃべっていた。

43　正式な恋人同士

ロンドンの出来事が、ふたりの絆（きずな）を強くした。その先は昔からよくある恋人同士、手をつないで街を歩きたがり、やがて夫婦になる。

花束を手に空港に駆けつけたギジェルモは、慰めと愛情、行儀のいい抱擁でアランチャを迎えた。ふだんとは言葉づかいも、どこか違い、やさしく誠実な響きがあった。ひたいを彼の胸に押しつけて、こと。

彼女は態度で伝えた。許してあげるわ、あなたが、わきまえなかったこと、うっかり射精しちゃった

ヒースロー空港の土産品のショップで出発直前に買った栓抜きを、アランチャは彼にプレゼントした。柄が赤い公衆電話ボックスのミニチュア版。いっしょに住んだ家の戸棚にあったその栓抜きが、後年になってあらわれた。アランチャはさっさと捨てた。小物は不快な思い出をつれてきた。ギジェルモだってそうだろう、こんなの、なくても平気だったはず（それとも、大事にしながら黙っていたのか）。

秘密を分かちあう者同士、ふたりのあいだに暗黙の合意があり、中絶の件はけっして口にしなかった。でもあの出来事はそこにあった。目には見えなくても、ふたりの会話のなか、まなざしのなかに、浮遊しながらいつも存在した。最悪なのは、すくなくともアランチャにとっては、子どもたちの陰に加わるひとつの影としてあったこと。

二十年の夫婦生活でアランチャとギジェルモは何度か海外に旅行した。パリは子どもたちと二回、ヴェネチア、モロッコ、ポルトガル。でもロンドンには行っていない。ふたりのどちらも提案しないし、考えもしなかった。たまに——そう、いつもではないが、たまに——道で偶然会った昔の女友だちと立ち話をしながら、あるいは役所の手続きをする最中に、お子さんは何人？と、きかれることがあった。ふとアランチャは考える。なんてことはない、一瞬にもならない刹那、それでも数をまちがえたりはしない。三人？　二人。

歳月とともにロンドンの出来事（生まれなかったあの子、今いたら、どうしているだろう？）は、すこしずつ彼女の思考の縁に退いた。それでも忘却の彼方に消えたわけでなく、急発症がもとで、ふいに思い出のなかにあらわれた。神さまの罰？　もし神さまがいるのなら。脳のマゾ的気まぐれ？　動けない体に閉じこめられた脳が、過去のエピソードでわたしのことを残酷に痛めつけて愉しんでい

る？　そもそもパルマの病院の集中治療室でそうだった。身動きのとれない管の入った体になってから、あのつらい出来事が頭から離れなかったし、いま両親の家にいて鏡のまえで車椅子にすわっていても、よみがえる記憶を避けようにも避けられない。

あの出来事で、彼との絆は強くなった。以来、ふたりはサンセバスティアンで毎日会った。天気のいい午後はベンチにすわり、三角の紙包みに入った焼き栗やピーナッツとか、箱入りのクッキーやチョコレートボンボンをいっしょに食べて、愛をささやきあった。雨の日はどこかのカフェか映画館で体を寄せあうしかない。ギジェルモは口がうまく、アランチャの耳もとで、すてきな言葉をささやいた。夜九時の鐘が打つと、それぞれのバスに乗り、そんなふうにキスと甘い言葉でいくつもの午後が過ぎていった。

「なあ、愛しいアランチャ、そろそろ考えなくちゃな、おれはきみの家族、きみはおれの家族に会うってこと」

「あなたの家族からにしましょうよ」

「きみの家に行ったら、問題になりそうな言いかただね」

「まさか。あなたの家族のほうが人数すくないから、それだけのこと。そのほうが楽でしょ。うちは、そのあいだに話をしておくし」

ギジェルモ（ギジェ）は、ある土曜日にレンテリーアの家に昼食に呼んでくれた。五階のピソ。玄関のドアがあいた。アンヘリータ、背が低くて横幅のあるポッチャリした女性、六十歳。彼女は歓迎のしるしに、息子の恋人の頬っぺたにブチュッ、ブチュッとキスをした。うちの母はこんなふうにキスしてくれたことなんかないわ。かくしてピソに入るなり、アランチャの不安は立ち消えた。

父親はもうすこし距離感があったけれど、おなじく物腰がおおらかだ。ラファエル・エルナンデス、素朴で控えめな男性、チェックの室内履きに、ウールの上着をはおっていた。アランチャは慎重に敬語を使った。そんな遠慮しないで！　敬語なんか使わないでと、夫妻は偉ぶらずに愛想よく言ってくれた。アンヘリータは招待客を喜ばせたくて、家のなかを見せてまわった。

「ここが夫とわたしの寝室なの」

アランチャは自分の家族にギジェルモを紹介するまえに、彼の家に何度か行った。泊まらせてもらってもよかった。では、なぜしなかったか？　だってね、ギジェルモのご両親は、ほんとにいい人たちだったけど、その手のことでは、ちょっと（というか、かなり）コチコチ頭だったから。彼女は言い返す。ねえ愛しいギジェ、でも、あなたとわたしが。でもロンドンのことがあったし。うんうん、と彼。だけど頼むからわかってくれよ。そんなわけで、時々日暮れごろにウルグル山に行き、さっそく仕事にとりかかった。コンドームをつけて、素早く、人に見られやしないかと思いながら、灌木の陰で無言で交わり、彼は束の間の快楽、彼女はあきらめの境地、お尻がチクチク、尖った石ころだの、草の湿り気だのを我慢するのはいつも彼女のほうだった。

バスルームの鏡がきいてくる。彼を愛していたの？　子どもたちほどじゃないわ、それは無理。だけど愛してるといえば、愛していた。とくに最初のころは。でなかったら、わざわざ家族になんか紹介しないわよ。家に男性を連れていったことはない。ギジェルモが最初。そして最後。

ある日、母が台所にいるときに彼のことを切りだした。レンテリーアに住んでいること、ギジェルモという名前だと言い足したとたん、それまで気もなさそうに聞いていた母が、ひたいに不信のしわをギュッとよせ、猜疑心をあらわにして、案の定きいてきた。〝まさか治安警察隊員じゃないでしょうね？〟ちがう、製紙会社で事務補佐をしてる人。お給料いいの？と、話はそこでおしまい。そりゃよかったわね、でもなく、いつ会えるの？でもない、まるでなにもない。

数時間後、おなじことを父にうちあけた。たぶんタイミングが悪かったのだろう。ホシアンはパゴエタに行くので家を出るところだった。急ぐ様子を隠そうとしない。ミレンが買物から帰ってこないうちに出かけたかったのかもしれない。男の子がどうの、女の子がどうの、愛だの婚約だのという話は、ホシアンにはどうでもいい。それでも一分だけ娘につきあってやった。これこれこうで、と話をしたら、そりゃよかった、と父は言う。

「お母さん(アマ)は知ってるのか?」と、つづけざまに父。

「もちろん」

「こんど連れてきなさい。美食同好会で夕食させてやろう。自転車は?」

「彼、自転車は乗らないの、お父さん(アイタ)」

ホシアンはムッとした感じで、それ以上なにを言えばいいかわからなかった。承諾を示すみたいに娘の背をポンとひとつたたき、ベレー帽をかぶって家を出ていった。

アランチャは下の弟のほうに信頼をおいていた。ゴルカは当時十五歳。まだ若すぎた。それでも協力者が必要で、家族では唯一心のとびらを開けられる相手。両親より、よほど聡(さと)い子に思えた。

ゴルカはまっさきに、彼の名前をきいてきた。

「ギジェルモ」

「ギジェルモ、なにさん?」

「ギジェルモ・エルナンデス・カリソ」

弟は本を読んでいたベッドから起きあがった。

「〝アベルツァレ〟?」

「彼、政治には興味ないの」

「だけど、せめてバスク語はしゃべるんでしょ?」

「ひと言も」

「じゃあ、ホシェマリが嫌がるだろうね」

アランチャはポスターだらけの壁に目をやった。大赦、独立（インデペンデンツィア）、ETA、服役中の村の戦闘員たちの写真、人民連合党（エリ・バタスナ）の選挙ポスター。

「なんで嫌がると思うの？」

「よく知ってるくせに」

ゴルカ、弱冠十五歳、ギジェルモとふたりで村を散歩したらどう？と、アイディアをくれたのは、この弟だった。彼と連れだって日曜日に広場でペアで踊ってみて、それから様子を見ればいいよ。そのとおりにした。いっしょにバルをはしごした。こっちで〝やあ（カイショ）〟、あっちでも〝やあ（カイショ）〟とあいさつする。手をつないで村の中心街を歩きまわった。広場の野外音楽堂で楽団が演奏し、その音楽の調べにのって、シナノキの豊かな枝葉のしたで踊った。アランチャがジョスネを見かけたのはその最中、相手の女は距離をおいてこちらを観察している。それに気づかぬふりをしてギジェルモの耳もとで告げた。

「すぐあそこに、上の弟とつきあってる娘（こ）がいるの。ふりむいちゃだめよ。あなたが何者で、バスク語をしゃべるかどうか、うまく探りにくるから、見てらっしゃい」

家で夕食のとき、ホシェマリはハンドボールの試合の話をした。当の彼も両親も、ゴルカはなおのこと、アランチャの彼についてこれっぽっちも話題にしない。ギジェルモが村に来て、その日の午後、広場で彼女と踊ったことは、いまごろまちがいなく村いちばんのうわさになっているはずなのだ。

二日たって、やっとホシェマリが、長いボサボサの髪を姉の部屋のドアと枠のあいだにのぞかせて言った。

「小鳥さんにきいたんだけど、彼ができたんだってな」

相手はにこやかな表情をうかべていた。アランチャは弟をじっと見て、顔のどこかに敵意の兆しを探そうとしたが見つからない。おなじ浮かれ調子で、むこうが言いそえた。

「さて、いつか、おれを叔父貴にしてくれるのかね」
数週間後、ホシェマリは家をでて、友だちと村のピソに住みだした。
それでようやくアランチャは、ギジェルモを両親の家に連れてきた。

44 用心

チャトというのは、そういう男だった。一本気で、とことん働き者で、頑固一徹。あの頑固さったら、それはもう彼と共生するのは、ちょっとや、そっとのことじゃない（逆らうですって？　とんでもない！）。ただ、その頑固さがあってこそ、ゼロから企業を立ちあげた。資本以上に夢をもち、村の下のほう、川のそば、キイチゴの藪（やぶ）だらけの敷地をはじめは借りて、そのあと買いとって、事業を維持し、推し進めていったんだろうが、ちくしょうめ。でも、その頑固さが、あなたの身の破滅のもとになったんでしょ、とビジョリ。

彼女は墓地で、しょっちゅう彼を責めた。

「いまごろあなたは生きていられたのよ。だけど石頭だったからね。お金を払っておけばよかったでしょ、でなければ、あんなトラックとかを、ほかの場所にもっていくことだってできたのよ、自分では口であれほど言ってても、けっきょくやらなかったじゃないの、しかも、わたしがちゃんとついていくって、わかってたくせに」

彼は家に帰っても仕事の話はしなかった。きょうはどうだった？と、ビジョリがきくたびに、そっけなく、無愛想な、おなじ返事がもどってきた。順調だよ。順調というのが〝悪い〟のか〝ぼちぼち〟なのか、それとも、ほんとうに〝順調〟なのか、彼女は確信をもてたことがない。彼の機嫌を推し量るのに、兆しをさがそうと顔を見る。チャトはムッとした。

「なに見てるんだ？」

しぐさ、目の輝き、ひたいのしわによって、ビジョリは夫の心が平静なのか、心配事があるのか知ろうとした。

「もうずいぶん長いこと、脅迫はしてこない？」

「かなりな」

「あなたのこと、忘れたと思う？」

「わからないし、どうでもいい」

ネレアがサラゴサにいる、それでチャトは怖れを克服したかに見えた。でもわからない。この夫は、とビジョリは言う。秘密という経帷子を着て埋葬されたんだもの。娘が勉強でバスクを離れてから、前ほど苦しげな感じがなくなったのはたしか。だったらシャビエルは？　まあ、息子は村に住んでいないから危険はないと思ったのだろう。

チャトは脅迫状のことを家で口にしなくなった。ビジョリが思いださせると、たしかにそう、すごく彼はいらついた。

「うるさいな、なにも言わないのは、特別なことがないからだろ」

チャト、チャトくん、ビジョリは口をついて出るままに言う。彼への愛おしさ以上に胸の締めつけられる思いで。それはほんとう。彼はまったく一人ぼっちになった。友だち？　自分から探さなかったし、むこうからも探しにこなかった。人が離れていって、彼自身も人から離れた。パゴエタにトランプゲームをしにも、美食同好会に土曜日の夕食をしにも行かなくなった。いちどホシアンと道でばったり遇った。ふたりは目を交わした。ホシアンはチラッと。チャトはしっかりと、期待をこめて、わからないが合図でもしぐさでもいいから待っていた。ホシアンは通りしなに、あいさつがわりに眉をあげた。こんなふうに言うみたいに。いや、ほんとなら立ちどまって話したいんだが、ちょっとな。

チャトは自転車をしまった。永久にしまいこんだ。ある日ガレージにもっていって、いまもそのまま、二つの鉤と二本のチェーンで天井から吊りさがっている。サイクリングクラブの会費を払わなくなった。誰も請求してこない。シーズンのおわりに会員には年会議の日程とプログラムの案内があるのに、招待状も送ってこなかった。証書だか免状だか知らないが、走ったコースと獲得した得点の入ったものが二つ折りで郵便受けにつっこんであった。誰がもってきたのか、呼び鈴さえも押してこない。チャトが五年間クラブの会長を務めたって、なんの足しにもならなかった。失礼にもほどがある。以前の日曜日、ビジョリは愚痴をこぼしていた。一週間に一度ぐらい二人でいようと思えばいられる日なのに、彼は友人とサイクルツーリングに出かけていたからだ。でも、こんどは朝から晩まで夫の不機嫌につきあわされた。

チャトはそれまで仕事場に歩いていくのが好きだった。雨が降ろうと、降るまいと。しょせん歩いて十五分の道のりだ。自転車ならもっと速い。落書きされた日曜日以来、乗り古した〝ルノー21〟で移動した。本人いわく、人に目をそらされたり、いきなり歩道を移られたりしないように。土曜日の午後、そう、これは以前なかったことだが、ビジョリにつきあってサンセバスティアンに行った。ふたりで教会のミサに出て、自由大通りのカフェ——まだミレンと仲の良かったころによく行った店——でティータイムをいっしょに楽しんだ。村ではあいさつのひとつもしない人たちが、サンセバスティアンだと声をかけてきて、〝いいお天気ね〟などと、立ちどまって話までした。

チャトは自分なりに用心していた。けっして抜けた人ではない。まっさきに、通りで定位置に車を停めなくなった。

「そんなことしちゃ、ぜったいだめよ」とビジョリ。

専用のガレージはあった。それでも乗るまえに、しゃがんで車の下を見た。その後、車の周囲に板を何枚か立てて、ひもで括ることを思いついた。ガレージに入ることがそもそも難しいし、仮に入られたところで、これなら板がわずかでも動いていれば自分で気づく。会社ではトラックの駐車場に自分用のスペースを確保し、オフィスの窓から見張っていられた。

ガレージは、ただし不都合があった。自宅のある通りの角を曲がったところ、つまり家の建物の玄関からガレージまで四、五十歩、歩かされる。この短い道のりで、ある雨の午後、彼は殺された。だけどね、と、ビジョリは墓石の縁にすわって夫に言う。

「たしかに、あなたはあそこで殺された。でも、ほかの場所だったかもしれないわ。だって、あの連中、誰かに狙いをつけたら、その獲物をしとめるまでやめないもの」

はじめガレージの金属製の戸板に書かれた落書きを、彼はペンキの刷毛で消していた。そのために白いペンキを一缶手に入れたが、むだだった。翌日またやられるからだ。〝チャト、ファシスト、抑圧者、ETA、やつを殺せ〟そんなぐあい。落書きを見ない習慣がついた。戸板に連中は放尿までしていって、強い尿の臭気がただよった。

生活習慣のきまった相手がいちばん狙われやすい犠牲者だと、新聞で読んだ。つまり、楽な標的。数か月のあいだ、二日続けておなじ時間に家を出ないようにした。ルートも変えた。昼食をとるのに、その日ごとに午後一時、一時半、二時と帰宅するか、ビジョリに用意してもらったものをオフィスで食べてすませることもあった。夕方もその時々で、八時、九時、九時半、十時に仕事をおえた。不規則な時間帯は、彼の神経を逆なでした。時計の正確さで働くのを自慢にしていたからだ。娘をサラゴサの安全な場所にやり、こちらの日常を妨げようとする悪者連中の嫌がらせが引くと、けっきょく従来の規則的な時間と習慣にもどっていった。ＥＴＡが誰かを殺害して、ビジョリに急き立てられるときだけ、しばらくまた用心に徹した。

　キッチンの窓にかかる薄いカーテンや、バルコニーのガラス戸のカーテンを細くあけて、表の通りをさりげなくチェックすることだけはやめなかった。ビジョリに見られないように、用心深い目で外をのぞいた。見つかると怒られる。なぜ？　夫の指でカーテンを汚される気がしたからだ。

　後年、墓地で。

「建物のまえで誰も足をとめたりしないわよ。近所の人がおなじように自宅のカーテンをあけて、あなたが出たり入ったりするのを見張って、そのあとテロリストに告げ口しにいくんだって思わなかった？　あなたみたいに食事前に手を洗わない不潔な人間かもしれないでしょ。まあ、食事前も食後もね。もちろん、顔見知りにきまってる、それどころか、うちに借りのある人間であっても、おかしくない」

45　ストライキの日

　夕食時、マドリードのホテルで、人民連合党（エリ・バタスナ）から選出された下院議員が殺害された。ジョス・ムグルサ、三十一歳。それでゼネストがはじまった。大きな都市では適度の参加。ところが村になると逃げ道はない。全面ストップ（店、バル、工場）、でなければ、あとで思い知れというわけだ。

チャトが坂の上から遠目に見ると、従業員がいて、そばのフェンスに以前とおなじ垂れ幕をさげている。三人組。アンドニ、耳にリングのピアスの男と、あと二人だ。残りの従業員は家。前日の晩に電話をしてきた者がひとりいた。こちらを参らせようとする脅迫電話――〝ファシストの搾取者〟〝この野郎〟〝さっさと遺言書きやがれ〟――に飽き飽きしているチャトは、そのとき出ようか出まいか躊躇したが、けっきょく受話器をあげた。もしかしてネレアがサラゴサから電話してこないともかぎらない。でもちがった。ある従業員が、礼儀にかなった口調で〝自分は仕事に出たいんですけど〟と言ってきた。

「仕事したいんなら、なんでそうしないんだ？」

「いえ、でも、ほかのみんなが……」

早朝、フェンスのまえで車をおりたとき、チャトは三人がなんのために、そこで張っているか承知していた。寒くて、草にすっかり霜がおり、川からあがる朝霧が窪地に何時間も浮遊している。彼は三人組に不信の目をむけた。

「なんだ？」

アンドニがすごい形相で、あごを突きだした。

「きょうは働きませんよ」

「働かなけりゃ、給料はない」

「損するのは誰か、そのうちわかるでしょ」

「みんなが損することになるぞ」

チャトはこの悪党をいちど首にしようとした。たいした取り得もない整備士で、しかもやる気がない。アンドニは解雇の通達文を読みもせずに、雇い主の目のまえでビリビリ破った。その数時間後、労働組合ＬＡＢのメンバーと名乗る男二人をつれて会社にあらわれた。さんざん脅しをかけられて、チャトはこの悪党を再雇用するしかなくなったが、相手がそこにいるだけで腸が煮えくりかえった。

三人のストライキ参加者はドラム缶のまわりで温まっていた。缶のなかで板切れや、枝や棒切れが燃えている。チャトは連中をとがめた。自分たちの物でもない缶を、きみたちは専用にしているのか？　板切れは言うまでもない。太陽はまだ山のむこう、その薄明かりのなかで、連中の顔が赤く染まっていた。チャトは思った。下劣な人間どもの顔だ、社会的なひがみをもつ者、飼い主の手に嚙みつく犬とかわらない。

「そうよ、でもあの人たちがいなかったら、誰があなたのトラックを運転するの？　誰が修理してくれるの？」とビジョリ。

フェンスをあけたいから、どいてくれと、チャトは三人に頼み命じた。アンドニは無愛想な顔で、きょうは働きませんよと、はっきりくり返す。ほかの二人は黙っていた。怖気づいているのか？　雇い主を通さないのは、ただごとではすまされない。リーダー役のアンドニの背後で、あとの二人が目をふせて缶を横に押しやった。

首領は怒りまくった。

「おまえら、なにしてる？」この男、いったい、どこに目をつけてるんだ？　それでも相手は痼癪か、憎悪？の言葉を呑みこんで言い足した。「まあいい、だけどトラックは一台だって、出たり入ったりしませんから」

チャトはオフィスにこもった。首をのばすと、窓からピケ隊の三人組が見えた。ピョンピョン跳んだり、手に息をあてたりして寒さと闘っている。白い息を吐き、会話し、タバコを吸っていた。ろくでなしめ。脳をスローガンだらけにされた連中。手なずけられやすい、人に追従したくて仕方ないサルども。雇ってやったとき、どんなに感謝の顔を見せたことか！　ビジョリいわく。

「会社で雇うんなら、土地の人にしなさいよ、給料が外に逃げていかないように」

くそいまいましいアンドニに仕事をやったのは、どこかの知り合いが、お世辞たらたらでビジョリに頼みこんできたからだ。どうか頼むわね、とかなんとか言って。こうなるのが最初からわかっていたら！

数人の顧客にさっそく電話して事情を伝えた。たいへん申しわけないが、どうか事情をくんでほしいと。その後すこし落ち着いて、でも怒りはまだおさまらずに、また何件か電話をして日程を調整した。日にちの変更をとりきめて、かなりの仕事の注文をキャンセルせざるをえず（ちくしょうめ！）、この日に帰ってくる予定の運転手たちにも電話で連絡をとり、それぞれのトラックを産業地区のどこか空いたスペースに駐車するように指示をした。

フェンスのそばに立つ三人のスト参加者に、さらに二人がくわわり、見れば、昨夜電話してきた行儀のいい従業員もそのひとり、このままではすませられないぞと、チャトは思った。なんとかしなくてはだめだ、この連中は、おれの意思を踏みにじろうとしている。

ストのせいで市内バスが動いていないことが電話一本で確認できた。午前九時半ごろ、タクシーを一台呼んだ。毛皮のジャケットを着こみ、電灯を消さずにオフィスにいると見せかけて、川に面した裏口から倉庫の外にでた。すこし先、橋につく手前で、道路にあがる小道がはじまる。タクシーは五分もしないで来た。十時まえに、サンセバスティアンのアマラ地区で車をおりた。

驚いた。ドアをあけたのは、ビジョリの気にくわない女性。この相手をただの（たーだーの、と音節を区切って）看護助手だと妻は言う。息子の友人／同僚／愛人の職業を口にするのに鼻じわをよせて、くちびるの端を軽くあげるのだ。

「医師は医師同士、看護師は看護師同士よ」

つづいて反対意見を言いまくった。着ているものにセンスがないし、気どっちゃって、香水プンプンじゃないの。アランサスを一目見たときから、ビジョリは相手に抱いた先入観を隠しきれなかった。

離婚経験者で、シャビエルより年上だと知ったとたん、反感は嫌悪感すれすれの限界まで達した。

「あのヒヨっ子くんは二人目の母親がほしいわけ？　お利口さんのお目当てが、こっちの社会的地位や給料だってことに、あの子、自分で気がつかないのかしら？」

チャトはどうでもよかった。息子が選んだ女性なら、それでいいだろ。

ただ、シャビエルのピソで、その彼女と出くわすとは思ってもみなかった。

「おじゃまかな？」

「いえ。どうぞ、どうぞ」

息子はいないか、きいてみた。〝いま来ます、シャワーを浴びているところですから〟。アランサスは素足で、ほとんど下着に近い姿。同棲してるのか？　チャトは、べつに気にしない。彼の持論。子どもたちが幸せならそれでいい、あとのことは二の次だ。

でもビジョリは。

「自分が解放されたいから、子どもに幸せになってほしい、つまり、あなたの望みはそういうことでしょ」

「だったら、どうなんだ？」

髪を乾かすドライヤーの音がした。女性は黒っぽい赤のペディキュアをつけ、壁にはサンセバスティアンのコンチャ湾を描いた油絵がある。〝アバロス〟とかサインがしてあった。シャビエルは一度ならず、アートに投資したらどうかと言ってきた。でも、こっちは、そういう目をもってないからなあ、おまえ。

病院でもストライキをしているか、チャトは彼女にきいてみた。

「ストライキ？　さあ、きいてませんけど」そのとき白いバスローブ姿のシャビエルが部屋に入ってきた。「ストライキのことって、なにかきいてる？」

「いや」

「お父さまの会社、きょう労働者が仕事に来てないんですって」

チャトは、そうなんだよと言った。父と息子はあいさつの抱擁をした。シャビエルはコロンの香りをさせて、皮肉っぽい口調で言った。

「きょうの午後、手術があるんだ。患者さんの健康のために、ストのピケ隊が手術中に侵入してこないといいけど」

その冗談に父は笑わない。逆に眉をひそめて、きびしい目をむけ、深刻な顔で口をつぐんだ。

「どうしたの、お父さん？」

「べつに」

アランサスは女の勘で、わたし、ちょっと行ってますから、お二人でどうぞと言った。五分もあれば着替えができますし。シャビエルは、よだれでも垂らすみたいに間の抜けた〝でも〟を思わず口にした。

「でも……」

チャトはシャビエルに提案し頼んだ。角のバルで待っているから、そこで二人で会えないか？　バルでは立ち入った話ができない、誰がきいているかわからないし、シャビエルはなにも注文したくなかった。それで、近くの通りをふたりで散歩した。街路樹と静けさを探しもとめるうちに、ゲルニカの木通りに着き、次から次へと話をしながらマリア・クリスティーナ橋までやってきて、そこから引き返した。

「おまえに会いに来たことは、お母さんには知られないようにな。言っとくが、肝心なことは話してあるから。ただ細かいことは言ってない。ひょっとしたら解決するかもしれない問題で、いちいち心配させたくないんでね。それで折り入って話がしたかったんだ。おまえは、ちゃんとした考えのもてる人間だから。いい助言をしてもらえると思ってな」

「もちろんだよ、お父さん。なんの話？」

「村じゃ、どうにもならなくてね」

「また侮辱の落書きがはじまったなんて言わないでくれよ」

「ここしばらく連中はおとなしいよ。むこうの考えるほど、こっちが大金持ちの企業家じゃないことに気づいたのかもしれない。それとも最近のやりとりで、あの悪党どもの気がおさまったのか」

「なんのやりとり？　そんなこと、なにもきいてないよ」

「どうしろって言うんだ？　新聞に公表するのか？　仲介者を通じて、フランスで面会をもとめたんだよ。こっちの懐事情を説明して、投資に金がかかったので、分割払いにしてもらえないかって頼もうと思って。ほかにもそういう人間がいて、払う意志さえ見せれば、連中が受け入れるって話をきいたもんでな」

「まえは反対だったじゃないか」

「認めてるわけないだろう、ちくしょう、でも、どうするんだ、誘拐してもらうのか？」

「やつら、なんて言ってきたの？」

「約束の場所に行ったよ。時間どおりに、わかるだろ。相手を待たせるのは好きじゃないからな。待ちぼうけをくわされたのはこっちのほうだ。一時間半以上。けっきょく誰も来なかった。例の反テロ解放グループGALの暗躍で、ETAの連中がすごく警戒してるって話はきいている。おれ自身が私服の警官につけられていても気づかないで、逆に相手のほうが知ってることだって、なきにしもあらずだ。それで再度面会を要請したんだよ。でも断られた。ちくしょうめ！　いまとなっては、こっちの好意的な意志が見えたもんで、当面おとなしくして、ほかの人間をわずらわせている気もするがね。だけど、なんとかしなくちゃいけないんだ、シャビエル。村ではまるで無防備だ。けさ、三人のバカ者に会社をストップされた。冗談じゃない。仕事のするしないを、こっちの雇ってやった従業員にきめられてるわけだ。あのなかの誰かが、おれの動向をETAに伝えてるのは、まずまちがいない。アンドニって覚えてるか？　ほら、ソテロの甥っ子の？　やつは最悪だよ。ものすごく腹ぎたない」

「首にすればいいじゃないか？」

「いつかな。状況がもうすこし落ち着いたら」

「ねえ、お父(アイタ)さん、事業主は従業員と混じっちゃだめだ。ぼくは階級主義者じゃないけど、しかたないだろ？　うまの合わない相手や、こっちを妬(ねた)む人間は、お父さんを痛めつけようとするだろう。むこうは努力する必要もない、お父さんがそこにいるんだからさ。毎日その人間の家のまえを通ってるかもしれないし。お母(アマ)さんと別の場所に住むんだな。村には通うだけ、仕事で行くだけにする。壁に落書きされたら？　やりたきゃ、やらせておけよ。村にいなければ、見なくてすむんだから……。落書きするようなやつは、ほかのどんな悪事もしかねない」

「おれはかまわないが、お母さんが……」

「そうなれば、お母さんも行くよ。何度かそういう口ぶりだったし。ぼくはきいてるけど。ふたりで話が通じてないんじゃないのか？」

「自転車やバルのトランプゲームをやめてから、こんな長くいっしょにいることはなかったからな。ほとんど家から出ないし。こっちは家から仕事、仕事から家の往復で、お母さんは村で買物もしなくなった」

「そんなの、まともな生活とはいえないよ」

「しかたない。それでも、まだいいほうだ。うちの親父は内戦でフランコの軍と戦った。片脚を完全にやられて、三年も牢獄に入れられてな」

「でも、ほんとうに、ちゃんと用心してるの？」

「その点は心配するな。おれをどうかしたけりゃ、村の外でやるんだな。村では用心に用心を重ねているから」

「どうなんだろう？　持ち札はラッキーなのか、悪いのか？」

「悪いね。できるなら、会社をもっと安心できる場所にもっていくよ。リオハとか、サラゴサとか。だけどそう簡単なことじゃない。うちの顧客はほとんどが地元だ。急な注文が毎週のように入るんだよ。しかも大至急だ。ちがう土地にいたら、先方の反応は知れている。ほかの運送業者をたのんで、あとはどこ吹く風だな」

「もうひとつの可能性は、支社をつくって、徐々に事業を移していくか」

「その場合はパートナーがいる。信頼のおける人間で、当地で人を雇ってもらうか、ここで会社を切りまわしてもらうか。おれの体ひとつで二か所にはいられない。もっと楽で、時間のかからない解決法があればいいんだが」

「会社をたたんで売却して、貯金で生活するのは？」

「ばか言うな。会社はお父さんの命だぞ」

「だったら、解決法はひとつだな。同意してくれたら、ピソを探すの手伝うよ。それでお母さんとサンセバスティアンで暮らすこと。都市ならもっと安全だ。だいいち、どうせ毎日車で通勤してるんなら、おなじことだろ」

「ピソは、かなりの金がかかる。お母さんがどう……」

「探してほしいの、どうなの？」

「わかった、探してくれ。話はそれからだ」

46　雨の日

チャトが殺された日は雨だった。平日、灰色、限りなく伸びていくような、すべてが緩慢で、雨に濡れて、朝でも夕方でも変わらない日。ふつうの日、村をかこむ山々の頂が雲にすっぽり隠れた日。チャトは朝早くオフィスに着いた。早く？　そう、六時ごろ、まだ真っ暗だ。机には日めくりカレンダー、一枚破って裏を読む。つづいて備忘録の一ページに、禁煙して以後の日数を書きこんだ。百十四日。数字の長い柱は忍耐強さだと思って得意顔。前みたいに家じゅう煙だらけにならず、ビジョリも喜んでいる。以前はカーテンが黄ばみ、壁から家具から、吸っている空気から、おぞましい臭いが染みついていた。

チャトは知らずにいた。どう知れというのだ？　そのへんの物を見て仕事を処理したり、考えをめぐらすのが、これで最後だということ。彼にとって最後の朝が明けた。日常の行為をするのも最後。人生最後の午前中に、チャトは物を手にとり、触り、目にとめた。

家から仕事場にむかうのに、いつもの習慣で用心した。車の周囲のベニヤ板とひもは見ればすぐわかり、ふだん自分でやるとおりになっている。きょうは車であちらのほうの道を行き、ちょっと進んではバックミラーに目をこらす。本人は知りもしないが、彼を標的にしたテロは、じつは未遂になりかけた。ベアサインの顧客とビジネスランチの予定があったのだ。ところが朝の十時に先方から電話が入り、急用ができたので別の日にしてくれないかと言ってきた。

「もちろんですよ、問題ありません」

チャトは内心ほっとした。こんなに天気が悪いし道路の状態もよくないのに遠出するなんて、まったく気乗りしない。それで不吉な決意をした。ふだんの習慣、暗殺命令を受けた者が周知の日課にもどったのだ。ビジョリに電話をして昼食は家ですることを告げ、言葉どおりに昼食をとって、それが最後の食事になった。

ガレージのなかでエンジンを切り、彼はハンドルのまえで一、二分すわったまま、ラジオから流れる好きな音楽を終わりまで聴いた。それから車をおりると、ベニヤ板を立てて、ひもをめぐらせ、これが最後とも知らずに、周囲のものに端から目をやった。棚に一列に並ぶペンキの缶、天井から吊りさがる自転車、ワインの入ったガラスの器、交換用のタイヤ、道具や多少のガラクタ、そんなものが壁ぎわに押しやられ、まんなかに車をおくスペースをつくっていた。

いま聴いた音楽を小声で口ずさみながら、チャトは通りにでた。金属製の戸板をしめた。雨が激しい。傘はないが、かまうもんか。家のまえまで四、五十歩も行けばすむことだ。

そのときだ。がっしりと肩幅のある男が、道の角に立っているのが目についた。悪天候の人っ子ひとりいない通りで、目に入るなというほうが無理な話。頭にフードをかぶっていても誰かすぐわかった。全体の雰囲気か、たくましい体か、まあなんでもいい。

チャトは向かいの歩道に移って、相手のほうに歩いていき、話しかけた。

「やあ、ホシェマリ。帰ってきたのか？　会えてうれしいよ」

あの日、固くむすんだ口、緊張した顔つき。わずかに視線が行きかった。ホシェマリの目には冷酷さと当惑、焦燥と呆然が入り混じっていた。ふたりのうえに雨が降り、歩道の敷石は灰色。石の欠けているところもある。穴の部分に濁った水が溜まり、建物のファサードに電線が這いあがっている。

ふたりの目が合ったとき、教会の鐘が午後一時を打った。一瞬むきあって、おたがい身じろぎせず口もひらかない。

チャトはホシェマリがなにか言うのを待ったが、むこうはジャンパーのポケットに両手をつっこんで、体が麻痺したように動かない。ふいにホシェマリは目をそらした。急になにか言いそうになったが、しゃべらずに、さっと踵をかえすと、早足で、ほとんど走るようにして、通りのむこうに立ち去った。残されたチャトは角でたたずんだ。しゃべりたかった、相手にきいてみたかった。

台所で靴を脱ぎながら、ビジョリに言った。

「なんで灯りをつけないんだ?」

「ちゃんと見えるのに、なんで?」

「そこの通りで誰と会ったか想像もつかないだろう。当てようとして、まる一か月かかっても、当たりっこない」

鍋の湯気がいちどに噴きあがり、フライパンではヒレ肉がジュージュー音を立てている。雨しずくに被われた窓ガラスごしに忍びこむ、灰色の薄明かりがあるだけだ。

ビジョリはエプロン姿で、コンロをまえに忙しく、チャトの言葉に耳をかたむけない。

「ピーマン、揚げてほしい?」

「ホシェマリと会ったよ」

背に針でもつき刺されたように、彼女はふりむき、目玉が飛びだしそうになった。

「あの人たちの息子?」

「ほかに誰がいる?」

「しゃべったの?」

「おれはな。むこうはひと言も声をかけてこないで行ったよ。ただこうやって」と、チャトは親指と人差し指の腹で粒子でもつまむようなしぐさを見せて「あいさつはしていったけどな。むこうの家族がうちと口をきかないのを、一瞬思いだせなかったんじゃないか。あいかわらず図体がでっかくて、間の抜けた顔をしていたよ」

ふたりはむかいあってすわり、ワインを飲みながら食事をした。チャトは音を立てて物を噛んでいた。こんな天気のときにベアサインになんか行かないでよかったよ、と言った。ビジョリは、それほどうれしくない。

「行ってくれたら、わたしは仕事が減ったわ。ひとりなら、お料理しないもの。冷凍庫にお肉があって助かったけど」

「なんだ、そういうことなら、レストランに行ってもよかったんだぞ」

「なんのために？　いやな目で見られるため？」

「村のレストランじゃなくてもいいだろう」

「そんな、お金がかかるじゃない」

ちょっとして、ビジョリはさっきの話にもどった。猜疑のしわが両目のあいだに刻まれている。

「だけど、ＥＴＡなんでしょ？」

「誰が？」

「きまってるじゃない。ＥＴＡの人間が村を悠々と歩きまわってるなんて変だと思わない？　ふつうなら警察に見つかりたくないときでしょうに。ひとつ教えてよ。むこうは傘もってた？」

「傘？　さて。いや。フードをかぶっていたな。でも話しかけたって言ったろう。つまり、相手は隠れもなにもしてないってことだよ。家族にでも会いにきたんだろう」

「あなたのこと、見張ってなんかいないでしょうね」

「なんだって見張ったりするんだよ！　言ったろう、こっちは面とむかったんだ、いまふたりでしているみたいに。それでも見張りになるのか？　だいいち人に危害をくわえたきゃ、おれにすぐ手がとどくのに、どうして、あっさり消えたんだ？」

「知らない。だけど、そういうの、なんかイヤだわ」

「おい、おい、不信の世界大会に出たら圧勝するぞ。あいつが子どものときに、パゴエタで、どれだけアイスをごちそうしてやったか！　まあ、そのまま行かせたのが残念といえば残念だ。ほんとうにETAの人間なら、ちくしょう、首領格とコンタクトをとってもらえる相手がいたってことだろ。そうすれば、こっちの懐具合を説明できたんだ」

ふたりで食事をおえた。それがチャトの人生最後の昼食になった。ビジョリは、さっさと食器を洗いにかかった。彼は〝ひと寝入りしてくるよ〟と言った。

服のままベッドカバーのうえで横になり、一時間たっぷり眠った。

それが最後の睡眠になった。

47　彼らはどうした？

三人でいちばん意気地のない子だからな。

「いちばんじゃないわよ。あの子が意気地なしなの」とミレンはムッとした。

コルド、子どものころから、なにをするにも二番手で、一生涯他人の影を踏んで歩く者。インチャウロンドの治安警察隊営舎で、あとの二人のことをコルドが密告した。

「でなかったら、うちの息子もジョキンも、いまごろここにいるわよ、きまってるでしょ、たまにゴミのコンテナに火をつけるぐらいならまだしも、武装闘争に足つっこんだりしない。さんざん殴られたですって？　ほかにだっているじゃないの、ねえ、だけど棒で殴られようが、水責めにされようが、ふつう、そんな口なんか、ひらくもんですか」

　ミレンは、あの子を思うと虫酸が走ってしかたない。名前が出るだけで息がハアハア荒くなる。

　ホシアンは逆に、子どもより父親のほうが我慢がならない。製錬所の同僚。長年、炉のもとで共に当番にあたり、溶融した金属の液体を型に流しこむ作業をさんざん分かちあった。エルミニオ、アンダルシアから移民してきて、バスクにとけこんだスペイン人、若いころ食い扶持（ぶち）をもとめて村に来て、天真爛漫で大柄なマノーリという小集落の女性をうまく射止め、それだけで自分が生粋のバスク人だと思いこんでいる。バスク語？　〝やあ（カイショ）〟〝おはよう（エグノン）〟が関の山。こういう連中はいくらでもいるし、あの男の軟弱息子コルドのせいで、うちの息子まで行方知れずだ。ホシェマリは命を危険にさらし、家族と別れて、仕事も未来も棒にふった。かわいそうなジョキンは、それどころじゃない。

　作業員がひとり定年になり、エルミニオが後釜として金属を磨いたり、不揃いのやすり掛けの作業をうけもった。以来ホシアンは前ほど顔も合わせなくなった。エルミニオは友人（やつに友人？）とバルにトランプゲームをしに行くわけでも、自転車に乗るわけでもないし、近所づきあいも、まずしない。ほこりまみれで製錬所にいるか、小遣い稼ぎに家で製本の内職をしているかだ。ともあれ、こちらの嫌悪感は表に出さないにかぎる。

　たまに作業の休憩中、製錬所の裏口からタバコを吸いに、ひとりが外に出て、もうひとりと出くわした。

「なにかきいてるか？」

「いや」

いつもおなじ問い、いつもおなじ返事。それ以上はふだん口にしないし、たったこれだけのやりとりでも、そばに同僚がいないときだ。サッカーのこと、ペロタの試合のこと、つまり政治と不在の息子以外の話題のみ、でなければ、ふたりで並んで腰をおろし、正面の山に目をすえてタバコの煙を吐きつづける。

エルミニオはETAが殺害テロをおこすたびに、テトラパックの安ワインを祝い酒にした時期があった。ある午後、ほかの同僚のまえで、ホシアンは注意を呼びかけた。

「おい、エルミニオ、ちくしょう、遊びじゃないんだぞ」

家でミレンが。

「救いようのないバカだわね」

「滑稽な真似してるつもりらしいが、おもしろくもなんともない」

ある日、タバコの時間に、たまたま門のまえで二人きりになった。どちらも垢まみれの作業服、赤い顔、黒ずんだ長靴。

「なにかわかったか?」

「いや」

「こっちは、わかったぞ」

見ると、エルミニオは目にうれしさをたたえ、しゃべりたくてしかたない。黄色い歯をして、奥歯に一本金がかぶっている。そっと打ちあけるように相手がささやいた。

「うちの息子、メキシコに逃避しててな」

「どうやってわかった?」

「コルドバに住んでるって、おれの姉貴宛てに手紙書いてきたんだ。それでわかった」

「ホシェマリのこと、なにか書いてあるか？」

「いや、おたくの息子のことはなにも。なんだったら、マノーリにきかせるよ。夏にむこうに行くからよ」

ホシアンは肩をすくめた。失望。夏まで五か月もある。そんなころになって、うちの息子のなにがわかるんだ？　相手は自分のことだけしゃべっている。

「旅はすげえ高くつくがな。とりあえず女房が行って、服とか入り用なもんを持っていく。遠くっちゃ遠くだが、すくなくとも危険はない。これでやっと安眠できるってもんさ」

うれしくて、フラメンコのブレリーアスでも踊りだす寸前だ。

ホシアンは仕事場から家に直行し、妻にニュースを伝えたはいいが、ちくしょう、いいかげんに黙らないか！　ミレンがこんなに悔しがって泣くのは長年見たことがない。なんて泣きかただよ、まったく。彼女はエプロンを壁のカレンダーにむかって投げつけた。嘆き、うめき、憤怒と懊悩、つらくて、つらくてしかたない。なんで、よりにもよって、うちがこんな思いしなくちゃいけないの？　ホシェマリはどこよ？　病気になったら誰が面倒みてあげるの？　そんな叫ぶなよ、ちくしょうめ、外まできこえるだろうが、とホシアン。

「ききたきゃ、きけばいいじゃない。コルドくんは、ずいぶんお利口だこと。泥を吐いた人間のほうが無事ですって。あんな子、メキシコにいる毒蛇にでも噛まれりゃいい」

「まあ、まあ、もういいだろう」

夜、ミレンは寝床の暗がりで。

「警察がホシェマリを捕まえて、いいかげん切りをつけてほしいわ。こっちは聖イグナチオにお祈りしっ放し。フランスの警察に捕まってくれたらね。スペインのじゃダメ、いい？　刑務所にしばらく入って、面倒事から解放されて、うちに帰してもらうってこと。あんた、どう思う？」

「おなじだよ。だけど、おれがいつかそう言ったら、怒ったろうに」

「母親の気持ちなんか、あんたに、わかるわけないでしょ」

「父親の気持ちもだろ、え？」

　翌日、すこしは冷静になり、ジョキンみたいな運命をたどるくらいなら、息子は亡命してくれたほうがいいという考えで、ふたりは一致した。

　ジョキンになにがあったのか？　あの子はどうかしてしまった。一九八七年、野辺にでて銃で自殺した。何週間かして、たまたま羊飼いが見つけた。ブルゴス県の荒れ地だった。腐敗が進み、害獣に半ば食われて、顔の見分けもつかなかった。持っていたのは偽りの身分証。治安警察隊は写真で身元をつきとめた。ＥＴＡは声明で公式見解を否定した。村の広場に人が押しよせて、バスクの旗(イクリニャ)に包まる柩を迎えた。雨が降っていた。こういうときは、かならず雨なんだ。

「ばか言いなさいよ」とミレン。

　ホシアンは、この手の行事があるたびに雨が降る気がした。教会は人であふれ、信者席にすわりきれずに立つ人々もいた。村以外の人間や政治家の顔が多く見られた。ドン・セラピオは説教の最中に、見るからに情動を抑えきれない様子で、例の言葉を言った。

〝わたしたちの愛するジョキンの悲劇的な死について、いつの日か、真実が明るみに出ますように〟

　そのあと傘の長い列が墓地にあがっていった。〝バスクの戦士たち(エウスコ・グダリアク)〟が墓のまえで歌われて、ＥＴＡ万歳の三唱と、復讐への誓いが連発された。最後に参列者全員が出口にむかい、雨のなか、花輪と十字架の沈黙だけが後に残された。

　父親のホセチョは精肉店を何日も休業にした。息子を亡くして二度と立ち直れなかった。それから二、三か月後、悪性腫瘍が見つかった。命がもったのは一年きりだった。

「ジョキンが死んで病気になったんだろうな。あんなに頑丈で健康な男だったのに。でなきゃ、説明がつかない」とホシアン。

葬儀の一週間後、ミレンにけしかけられて、ホシアンは生前の彼に会いに、はじめて精肉店に足をはこんだ。抱擁、涙、すすり泣き。ホセチョのなんてデカい図体。精肉店主の気が鎮まってから、店の奥でさしで話をした。ホシアンは単刀直入に〝いったいなにがあったんだ？〟と相手にきいた。

「みんな嘘ついてやがる。警察も嘘っぱち、左派〝アベルツァレ〟も嘘っぱち。みんな嘘っぱちだよ、ホシアン、誓ってもいい。息子のことで、ほんとのことなんか誰も言いやしない」

彼は打ちのめされていた。妻のフアニも同様、ただ彼女のほうは、祈りで心をなぐさめた。

その午後ホシアンが精肉店でホセチョからきいた話を、数年後に、ピカセントの刑務所の面会でホシェマリが裏づけることになる。〝要は、だ〟とホシェマリ。フランスの警察がアングレの家でベッドのしたに隠れていたETAの幹部サンティ・ポトロスを逮捕した。トランクが押収されて、中に十五キロ以上の書類があり、現役のETA戦闘員の何百人にのぼる名前とデータの入ったリストが見つかった。くそったれのリーダーがきいてあきれるぜ！　サンティめ、捕まりやがって。漏えいのまた漏えい、数時間後にラジオ放送局SERがニュースでそれを公表した。当然ながら総崩れ、一斉逮捕につながったわけだ。ジョキンは取り憑かれたようになったという。

ホセチョはあの日、父親なりの言いかたをした。

「自分を捕まえにくると息子は思ったんだろう。あのときジョキンは隠れ家のピソに一人きりでいて、頭が真っ白になった。テロ部隊（コマンド）の同志連中にも行方がわからなくなった。しばらくして息子は見つかった。自殺したんだよ」

ホシェマリは刑務所の面会室で、バスク語でささやいて、その話を裏づけた。

「きいた話だと、しばらくまえから様子がおかしかったらしい。シャワールームにまで隠しマイクをつけられてると思いこんで。いちいち服も裏返して見てたって。誰のことも信用してなかったんだな。

いずれは、こうなるんだったろうけど、こんなこと誰も想像してなかったから。ずっしり来たぜ、父（アイタ）さん。さすがのおれも参った。正直に言ってほしけりゃ、あいつのことがあってから、武装闘争にかける夢が、ちょっとばかし消えた」

48　午後番の仕事

まったく朝からよく降ってくれる、しかも、こっちは午後が仕事ときた。

製錬所に出かけしな、ホシアンは窓から外をのぞいてみた。空はどんより、通りは雨にぬれ、車の往来はほとんどなく、空いっぱいに広がる一枚雲は、あまりに低く垂れこめて、しばし教会の避雷針にまでとどいた。

車は持ったことがないし、運転免許も持っていない。仕事は歩いていくか、自転車かのどちらかだ。いいほうの自転車では、もちろんない。平日に使うのは古いほう、後ろにかごがあって、フェンダーがついていて、丁寧に拭いてやる必要はない。ミレンに、遅れるわよと、どやされた。はっと時計に目をやった。なに言ってやがるんだ、まだ三十分もあるじゃないか。慌てる乞食はもらいが少ないぞ、と言ってやった。出がけのキス？　うちの夫婦にそんな習慣はない。玄関で、彼は作りつけの洋服だんすのまえにたたずんだ。ジレンマ。フードつきのレインコートか、それとも傘か？　前者なら自転車、後者なら十分の歩き、製錬所まで下り坂だ。傘にした。

歩く通りに人影はなかった。タイムカードを押して、いつものように作業着に長靴を履き、手袋をしてヘルメットをかぶり、暗い大倉庫の熱気に入りこんだ。企業にとってバラ色の日々ではない。自分の勤め先だけでなく、この冶金業界全体だ。ビジネスの難しさに通じていなくても肌で感じる。昔はもっと生産が盛んだったし、注文が多く、従業員の数も多かった。定年まであと何年もない。溶鉱炉の作業員としての長い経験のおかげで、ほとんど必要不可欠な存在になっている、すくなくとも彼自身はそう信じていた。周知のとおり、事業主が企業を閉鎖したら、若者たちを待つ未来は暗い。いずれにせよ、彼は子どもたちがもう成人しているし、自分の年金も確保されている。

午後の半ばにトラックの運転手がニュースをもってきた。より正確に言えばニュースの断片、運転しながらラジオできいたという。事件、時間、場所。具体的なことは？　不詳で曖昧。ひとつだけはっきりしていること。午後四時ごろ、村の中心街で人がひとり銃で撃たれた。犠牲者が死亡したかどうかは定かでない。

ホシアンはタバコを吸いに出たときに話をきかされた。

「警官か？」ときいてみた。

「さあ」

「まあ、そのうちわかるだろう」

就業時間がおわり、ホシアンは帰途についた。日毎に疲れがひどくなる。年月はただじゃ過ぎない。人のいない通りで、そんなありきたりの言葉を口に、考え考え行った。朝番の日は、そのあとの自由時間が楽しみで仕事場から出られた。〝ムス〟のゲーム、仲間たち、就寝まえにテレビで見るペロタの試合という励みがある。ところがいまは、食べたくもない毎晩の魚の夕食という選択肢がすべて。あの女房ときたら魚しか頭にない。それで、棒で一発打たれて追われる家畜みたいに寝床に入り、翌日は朝食抜きで、午前中いっぱい過ごすまでだ。

夜の帳がおりて、雨は降りつづき、いつも見ているもの、ふだんと変わらない見慣れたもの以外は目にとまらない。灯りのついた窓のあるファサード、数えるほどの街灯にぼんやり照らされた広場の木々、濡れたアスファルトを行くタイヤのシューシューという音。警察はいないし、サイレン音や青いライトもない。家への道すがら、午後四時のテロは跡形もない。ここでは家が燃えもせず、廃墟になるわけでもない。いつもどおりだ。暗いポーチ、街灯、バルの入り口からは会話のざわめきや、たまに大笑いの声がきこえた。一日の仕事をおえたほうびに、店に入ってタバコの一本も吸いながら、オリーブやトウガラシの酢漬けをつまみに、ワイン二杯ぐらい軽くやりたい気になった。だが、おいおい、こんな時間で、こんなにくたびれて、膨れっ面の女房のおまけつきだから、やめとけや。

彼が浴槽に傘をおきにいくのも待たずに、ミレンがいきなり口にした。

「チャトが死んだの」

昔の友人のあだ名を、この家で長いこと妻は口にしていなかった。

「嘘だろ」

ホシアンは一瞬動けなかった。電信柱みたいに。まばたきもしない。妻のほうに顔もむけずにきいた。なにがどうしたんだ？

「起こるべくして起こったこと。そんな驚くことでもないけどさ。まえから落書きで予告されてたんだから」

「午後撃たれたのがそうだったのか？　バカ言うんじゃないぞ」

「バカ言うわよ。チャトはご愁傷さま。戦争だもの、死ぬ人間だっているでしょうに」

冗談じゃない！　こんちくしょうめ！　ホシアンは胸がつぶれて、首を横にふりふり、ひたすら卑語を放ちつづけた。夕食をとろうとした。口に入らない。ブルブル手がふるえてスプーンがもてず、ミレンがむっとした。

「ちょっと、あんた、悲しんだりしないでよね」

ちくしょうめ！　云々。そして言った。

「バスク人だろ。村の人間じゃないか。おまえや、おれといっしょだ。くそっ！　警官ならともかく、チャトだろうが！　殺されるほど悪いやつだなんて、おれは思わない」

「いい人だの悪い人だの、言ってる場合じゃないでしょ。バスクの国の命がかかってるのよ。あたしたち愛国主義者（アベルツァレ）じゃなかったの？　しかも自分の息子が戦ってるのを忘れちゃ困るわ」

ミレンは憤慨して席を立った。黙って夕食の食器を洗い、ホシアンはその場から動かない。しばらくしてミレンが台所に来て、テレビで午後のことやってるわよと言っても動かない。見たけりゃ見ればと、彼女が言うと、彼は返事がわりに首を横にふった。

「じゃあ、あたし寝るわよ」

ホシアンは台所から動かない。シンクの下にしまってある大きなガラス容器のワインをコップに注いだ。一杯、また一杯。飲んでタバコを吸ううちに夜中の零時になり、一時になり、二時になった。ワインを飲みつくしてから寝床に入った。

ミレンは灯りを消したまま、きっぱりした声で夫に言った。

「あの男のために泣くんなら、あたし、別の部屋で寝るから」

「おれは泣きたいやつのために泣くんだよ」

夜の最後に残った黒の断片がすぎていく。ホシアンは服のまま横になっていた。眠ったのか？　三十秒も寝ていない。ブラインドのすきまが薄明かりに満ちると、彼は起きあがった。どこに行くつもり？　応えはない。バスルームからきこえる放尿の音が家の静寂を破った。

ベッドにもどらずに、ホシアンは朝食をとらないで表にでた。こんな時間に？　午後番なのに？　自転車で出かけた。雨が降っていても雨合羽は着ないで、こちらの道路、あちらの道路を行く。方角なんかどうでもいい。なにもかもどうでもいい。オリオの坂の途中にある小さな頂上で、昔チャトとよく競走した。チャトがいくら精いっぱいペダルを踏んでも、自転車走者の脚ではホシアンにかなわず、むこうがいつも負けていた。

誰も見ていない道路脇でホシアンは自転車をとめて、思いきり気持ちを吐きだした。

ちくしょうめ！

午後一時すこしまえ、全身ずぶぬれで帰宅した。シャワーをあびて、きれいな服に着がえた。食卓にレンズ豆と、ニンニクフライを添えたフィレ肉のステーキが残っていた。バナナを一本製錬所にもっていき、不機嫌な眉をして、きょうは誰とも口をきくまいと心にきめた。午後も遅くなるまで誓いを守った。タバコの休憩時間にエルミニオがやってきて、あのバカ者のエルミニオめ、こんなことを言ってきた。

「きのう、ホシェマリを村で見かけたよ、誓ってもいい」

「おまえは、やたらに誓いやがる」

「いや、マジだよ。ここに来る途中で。車のなかにいたんだ」

「メガネでも買って、人をわずらわせるな。うちの息子は遠くにいるんだよ。おまえんちの息子ほどじゃないが、遠いってば遠いんだ」

「だってよ、あの顔形を見て、おれはすっかり……」

「勘違いしたんだろ」

ホシアンは地面にタバコを投げつけた。半分も吸っていなかった。そのタバコを踏みつけながら、意味不明の言葉をつぶやいた。それから大倉庫にもどっていった。

49　ちゃんと顔をむけなさい

前日、ファニにウサギを売ってきた。秋も半ばになると毎年恒例だ。全部で十七匹、上等なやつばかり。友人相手のサービス価格だが、ほんとうは金をもらうのも引け目を感じた。理由は？　ミレンが精肉店に入り、ファニに〝牛肉のフィレ肉二枚ちょうだい〟と言うと、相手は気をきかせて二枚余分におまけをしたり、細い腸詰（チストーラ）二輪とか、血詰ソーセージ（モルシージャ）を一本とか、手当たり次第に、黙って袋に入れてくれるからだ。

かごが空き、そこに子ウサギを入れようと思いながら、ホシアンはかごを片づけていた。ウサギを育てるのが大きな楽しみのひとつ、朝の十時だ。陽光、平穏、鳥のさえずり、たまに川のむこうから、アリサバラガ兄弟の作業場の機械音がチャカチャカときこえてくる。錆びついた網を新しいのに替えて、かごを小屋から一個ずつ出し、空気にさらしているときに、彼女が目に入った。ハンドバッグを手に、やつれた顔で畑の入り口にたたずんでいる。

相手を見たのは一瞬だけ。驚いた？　いや、そうでもない。ホシアンは遅かれ早かれ、彼女と道で出くわすだろうと思っていた。ここのところ、あれだけ村を歩きまわっているのだから。ただ、自分に会いにくるとは予想していなかった。ミレンの言うことが正しいのかどうか。〝あの頭のネジがとんだ女、武装闘争が終わったのをいいことに、あたしたちに嫌がらせするつもりなのよ〟

彼は相手に背をむけて、かごの作業に専念した。そのうち行くさ。冷たい視線、純粋な毒、彼女の目をうなじに感じた。自分の畑という小天国にいても、こうなると悦びもどこかに飛んでいく。アリサバラガ兄弟の機械音が消えていた。単に忙しいふりをするために、ホシアンは、かごの位置を変えた。この状況に切りをつける手立てが見つからず、腹立たしくてしかたない。

長年経って――どれくらいになる？　すくなくとも二十年か――彼女が声をかけてきた。

「ホシアン、話があって来たの」

「だったら話せばいい」

そいつは醜いぞ、ホシアン、それじゃ、つっけんどんだ。自分で気がついたのか、羞恥の熱っぽさが、いきなり顔の隅々にまでひろがった。ちくしょう、さっきまで、あんなに平和だったのに！　しかたなく相手のほうに頭をむけた。

「なかに入れてくれないの？」と彼女。

「入りなさいよ」

ビジョリは軽い下りの小道を入ってきた。片側に長ネギ、もう片側にエンダイブとレタスが植えてある。なにを目にしても無表情。彼女は覚えているのか、わかるだろうか？　ホシアンから二歩離れたところでビジョリは立ちどまり、畑を誉めた。まあすてき、ほんとによく手入れされていて。それから段になった畑を指さして、あそこのが、うちの夫（ひと）があげたナバラの土？と、きいてきた。ホシアンは頭を垂れてうなずいた。

ふたりの目が合った。敵意？　いや。むしろ好奇心、おたがい相手の顔を思いだせないみたいに、じろじろ探りあっている。ホシアンは力なく守備にまわった。

「なにしに来たんだ？」

「話をしによ」

「話って、なんのだ？　こっちは、なにも言うことなんかない」

「きのう、ポジョエの墓地に行ってきたの。よく行くのよ、知ってる？　お墓の縁に腰かけて、彼と話をするの　あなたによろしくって、言われてきたわ」

なにがしたいんだ？　こっちの神経を掻きまわすつもりか？　ホシアンは返事をしなかった。畑仕事で汚れた手、ほこりだらけのベレー帽、ハンカチで頭の汗をぬぐおうと、帽子をとった。それに製錬所の作業で履いた長靴。ホシアンは年とった。髪の生えぎわが白くなり、頭のうえが禿げあがっている。ビジョリも年齢には勝てない。

「口論をしに来たんじゃないの。あなたは、わたしになにもしてないし、わたしもあなたに、なにも悪いことはしてないと思うから。それとも、なにかしたのかしら？　わたしが、まちがってるのかもしれないけど。もしそうなら、謝るのは全然かまわないわ」

「そっちに謝られることは、なにもない。起こったことは起こったことだ。あんたも、おれも、変えられることじゃない」

「なにが起こったの？　わたしは一部しか知らない。ずっと考えてきたのよ、ひょっとしてホシアンなら、この物語を完全にしてくれるかしらって。あなたの畑に来たのは、その希望があったから。ただ知りたいだけなの、それがかなったら帰ります。約束するわ」

「つまり、毎日村に来るのは、過去のことを人にききたいからってことか」

「ここは、あなたの村だし、わたしの村でもあるのよ」

「それはそうだ」

「だけど、わたしをよそ者みたいに見ているでしょ、外から来た人間みたいに。それがちがうのよ。わたし、また昔からの自分の家に住んでいるの。あなたも知ってる家。昔よく来てくれたでしょ」

「どこに住もうと、こっちには関係ない」

この畑に来て、はじめてビジョリの口もとに、アーチ形のかすかな笑みがうかんだ。眉の悲しげな色が薄らいだ。片方の靴の先に泥がすこしついている。彼女はそちら、彼はこちら、小道の短い距離で隔てられている。

「あなたは、うちの夫の、レタス踏んでないわよと、ビジョリは、はっきり示してみせた。

ペロタの球技場にいたり、バルでトランプゲームをやったりしている姿が目にうかぶもの。ミレンがいつか言ってたのを思いだすわ。『ビジョリ、うちの夫は、おたくのダンナと結婚したのよ。斧があったって、あの男たち、引き離せやしない』って」

「そんなこと言ってたのか？」

「きいてごらんなさい、ほんとだから」

ホシアン、気をつけろよ。この女は、人をたぶらかそうとしてるんだから。なんで畑になんか入れたんだ？　まぶたの裏に、若いころの自分がどうしてもうかんでくる。オリオの頂上で後ろにいるチャトを残して自転車のペダルを踏んでいるところ、村のペロタの球技場でチャトと二百ペセタ賭けているところ、美食同好会でいっしょに夕食を温めているところ、パゴエタで言い争いをしているところ、おまえ、アホにもほどがあるぞ！　あんなつまらんカードに有り金みんな賭けやがって……。

相手にすえる目は、もうきつくない、なつかしさで和らいだまなざしを、彼はビジョリの冷めた目にむけた。

「ずっと友だちだったよ」

「だけど、あいさつをしなくなったし、家にも来なくなったでしょ」

「それとこれと、どう関係あるんだ？」

「お葬式にも来てくれなかった。あなたの友だちが殺されたお葬式だったのに」

「こっちのなにを責めようって言うんだ？　あいつに話しかけなくたって、友だちは友だちじゃないか。話しかけなかったのは、したくてもできなかったからだ。あんたたちの、やりかたが良くなかった。村から離れなくちゃいけなかったんだ。一年でも、二年でも、いくらでもいいが。そうしたら、あいつは今ごろ生きてたよ。おたくら全員で村にもどれたんだ。それに、ほかの土地にいてくれたら、おれたちだって、みんなで手貸してやれたのに」

「ほかの人たちは知らない。でも、あなたはまだ、わたしを助けてくれることができるのよ」

「どうやれって言うんだ。時間をもどすわけにいかないだろ」

「あなたの言うとおり、チャトはもう生きかえらない。ただ、わたしのお願いできる相手は、あなただから。とっても簡単なこと。おたくの息子さんに、わたしからだと言って、きいてもらえばいいだけなの」

「いまさら掻きまわさないでくれないか、ビジョリ。うちだって苦しんだし、いまでも、つらい思いをしてるんだから。そっちは好きに生活をすればいいし、こっちは、こっちで放っておいてくれ。それぞれが自分の家に、ってことだ。こうして平和になったろ。おたがい、もう忘れたほうがいい」

「つらい思いをしているんなら、どうして忘れられるの?」

「あんたがそうやって言ってることを、ミレンが知ったら、おもしろくないと思うがね」

「彼女が知る必要もないでしょ」

ホシアンは一瞬迷ってから、そそくさと小屋に入り、あくまで沈黙をきめることで、もう会話はおしまいだと相手にわからせようとした。むこうは自分の視界に入らない。

「ホシェマリに、なにをききたいのか、あなたは知りたいと思わないの?」

返事を待っても無駄な話。ビジョリは、しゃべりつづけた。

「チャトの殺された日の午後、ホシェマリを村で見かけた人がいるの」

「勝手なうわさだろ」と小屋の中から彼。

「そこから出てらっしゃい。ちゃんと顔をむけなさい」

ホシアンは出てきた。下くちびるが軽くふるえている。あのうるんだような目の光、あれは涙？

「裁判で、そんなこと立証されなかったがね」

「わたしからだと言って息子さんにきいて、ホシアン。つぎにホシェマリに面会に行ったら、銃を撃ったのが彼かどうか、きいてちょうだい。早く知っておきたいの、わたしはもうそんなに長く生きられないから。恨む気持ちはないのよ、信じて。訴えたりもしない。ただ、テロの実情をすっかり知らないまま、この世を去りたくない、それだけなのよ。ホシェマリが謝罪してくれたら、わたしが許すとも伝えて。だけど、まず彼が謝らなくてはだめ」

「ビジョリ、頼むよ、いまさら搔きまわすのはやめてくれ」

頼んでも甲斐がない、もう搔きまわされたのだ。

ビジョリは周囲に視線をむけた。段々畑、セメントの塀、イチジクの木。

ホシアンはベレー帽を手にもったまま、彼女が軽い上りの小道を行くのを見送った。

50　警官の脚

〝いらっしゃい〟のあいさつのキスもそこそこに、アランチャがきいてきた。国営テレビのニュース見た？　ゴルカはうなずいて言った。不愉快で気が重い。恥ずかしい、すごく恥ずかしく思ったよ。

「当然だわ。家族に殺人者がいて喜ぶ人なんかいる？」

ゴルカの目に哀願の閃光が走った。その目がこんなふうに言っている。姉さんの言葉、キツすぎるよ、お願いだから、そんな言いかたしないで。ホシェマリのテロ部隊（コマンド）に容疑がかけられた犯罪を思うだけで鳥肌が立った。

よかったわね、ホシェマリとおなじ道をたどらないで、と、アランチャは弟の曲がりぎみの長い背をポンとたたいた。そしてアナウンサーの声を真似て〝危険なテロリスト〟と言いそえた。指名手配の出ているＥＴＡ戦闘員は三人。画面に写真。長髪で耳にピアスをした若いホシェマリの写真がまんなかだ。

たしかに有名人。アランチャのところにも村から電話が入った。誰？　昔の女ともだち。〝おめでとう〟と言ってきた。

「怒鳴りつけてやりたくなったわよ。だけど我慢した。だって、なんの得になる？　敵意をもたれて批判されて、みんなに背をむけられるだけでしょ」

いまや指名手配中のホシェマリの行く末について、彼女は悪い予言をする。爆弾を運んだり、いじったりするあいだに炸裂して葬式になり、柩がバスクの旗（イクリニャ）で包まれて、敬意を表する伝統舞踊があって、見世物みたいな行事がつづくのか。でなければ、いましも国家の警察につかまるか。そのほうが、みんなにとっていいわね。潜在的犠牲者は命拾いをする。身内にとってもそう、ホシェマリがどこかに監禁されれば人に害はあたえないし、身の危険がないのがわかるから。そして、本人にとっても。ホシェマリ自身が孤独を学ぶでしょう。人間にとって孤独は助けになるわ、心を鎮めて自省をうながしてくれるもの。

ゴルカは憂いのある悲しげな顔で、またうなずいた。姉の誕生日なので気をきかせて、それに彼女の妊娠を電話で両親にきいたので訪ねてきた。プレゼント？　ふたつ。ささやかな本を子どもたちに。

『海賊の青い船（ピラテン・イッツアソンツィ・ウルディナ）』、バスク語で書いたゴルカ自身のデビュー作だ。ステキ、ほんとうよ、すごいステキ。もうひとつは花。

〝これ以上、ホシェマリの話をするのはよそうね〟と姉弟はきめた。もうたくさん。人生に、もっとたいせつなことはないの？　アランチャは花びんを探しにいった。ギジェルモと結婚して、レンテリーアのカプチーノス地区のピソに住んでいる。でも、ホシェマリはいまや村の若い子たちのヒーロー、もちろんだ、その彼の写真が姉弟双方の脳裡にこれでもかと居すわり、忘れようにも忘れられない。ガラスの花びんに花が活けられ、当たり障りのない話題にかえてみたが、けっきょくは避けられずに、またホシェマリの話にもどってしまう。

「わたし、すぐ実家に電話したのよ」とアランチャ。

「ふたりは、なんて言ってた？」

「お母さんは戦闘意欲満々。政治のことなんか、ひとつもわからないし、いままで本の一冊も読んだことないくせに、やたらにスローガンをまくしたててるわよ、爆竹を鳴らすみたいに。デモのプラカードに書いてあることを空で覚えて、村じゅう歩いてるんじゃないかな。なにがなんでも息子をかばう気で。わからないけど」と、お腹に両手をあてた。「わたしがその立場なら、どうするだろう？お父さんは、あいかわらず無口。まあ、ホシェマリが家にいないすきに〝バスク日報（エル・ディアリオ・バスコ）〟を買ってるのはたしかだけど」

「ホシェマリが親父に食ってかかったの、覚えてるよ。スペインびいきの新聞買ってるって言ってさ。新聞ったって、親父はスポーツ欄しか読まないのにさ」

「あと死亡広告と」

「まあ、そうだね、それにクロスワード」

「お父さんが政治に興味でもあるみたいによ、まったく。なんで自分の好きなもの読んじゃいけないの？」

「ホシェマリにプレッシャーかけられて〝エギン〟に変えたけどね。それでパゴエタに行っては、昔から読みなれた〝バスク日報〟読んでるんだもん、世話ないよ」

「それにお母さんだって、きいてよ、会いにくるたびに、わたしがもう読んだゴシップ誌の〝オラ〟とか、その手の雑誌をみんな持っていくんだから。うちの家族はどうかしてるわよ、冗談じゃない。ゴルカは、まだずっと小っちゃいころで覚えていないだろうけど、一九七五年にフランコが死んだとき、お母さん泣いてたのよ。ほんと、家で白黒テレビのまえで、悲嘆にくれたスペイン女の涙をポロポロこぼしてたんだから。だけど、そんなことお母さんに言っちゃだめよ。最近来たとき、子どもの名前をどうするかってきかれてさ。こっちが応えるまえに、もうひたいにしわ寄せて、じっと見てるの。だから冗談で〝ファン・カルロスにする〟って言ってやったわよ、スペイン国王の名前。お母さん、ほとんど失神しそうだったよね」

姉と弟はクッキーを食べながらコーヒーを飲んだ。気の合うふたり。アランチャとゴルカはいつも気心が通じていた。子どものころも、いまも変わらない。

このあたりは住宅街、窓から集合住宅の一ブロックのファサードが見える。物干しに掛かる洗濯物。むかいのバルコニーにあるブタンガスのボンベ。手すりにひじをついてタバコを吸っているTシャツ姿の男性。ギジェルモにきいた話だと、昔はここからハイスキベル山が見えたらしいが、あんな醜い建物ができて、景色はさようなら。

アランチャは、ホシェマリといっしょに部屋を使っていたときのことをゴルカにきいた。

「デモで気合をいれろとか、説得されなかった？」

「そんなの、しょっちゅうだよ。ぼくが子どもだったから助かっただけ。あと三、四年したら、最前列に立たせるって。だけど、あとから言うことがちがうんだよな。いちど警察と街頭で騒ぎがあったとき鉢合わせたら、ものすごい怒ってさ。おまえは、あっち行ってろ、こんなとこにいたら、ゴム弾にやられるのが見えないのか？って、大声あげられた」

「でも、なんで、そんな暴動になんか行ったのよ？」

「しょうがないだろ、みんな行くんだから！」

ゴルカに言わせると、ホシェマリもおなじ、すくなくとも最初はだ。仲間同士のお遊び、ほんのスポーツ。行って、危ない思いをして、たまには警棒で殴られたりもして、充実感を味わう。そのあとはバルで飲み食いして、仲間でコメントしあって、くすぐったいような心地よさを感じる、興奮が伝染して、みんなで熱狂して、ひとつの大義にたいする熱い心のもとで結束する。夜になるとベッドに転がって、ホシェマリは自慢しまくった。自治警察のクソ巡査（ベルッァ）のヘルメットに石を一発お見舞いしてやったら、カーンって音がしたぜ、とか、ＡＴＭに火をつけてやったよ、今月で五台目だ、とか。弟のほうをむいて、思春期の目にうかぶ敬意に酔った。ハンドボールのチームの勝利を話してきかせるときに見せる誇らしさとまったくおなじ。言ったとおりだよ、スポーツ、気晴らし、そのうち不意に深い淵があらわれる。

ゴルカはいまにして思えば、ホシェマリが強烈な憎悪と、あれほど過激な狂信行為の領域に入りこんだのは、ビダソア川で死体が見つかったときのような気がした。あのドノスティアのバスの運転手が手錠姿で見つかったときだ。

「サバルサ？」

「それだよ」

ゴルカが覚えているのは、兄がひどく興奮して帰ってきたこと。ホシェマリも仲間も、あのバスの運転手がインチャウロンドの治安警察隊営舎で拷問に遭って死んだことを信じて疑わなかった。殺したのか、死なせたのか、なにがあったにせよ、乳のみ子でも騙されないような逃亡譚を、あとから警察が演出した。ショックをうけて、部屋を行ったり来たりする兄をゴルカは見ていた。こんちくしょう。ホシェマリのなかに、いつにない怒り、ふだんよりずっと強烈で、炎症をおびたような怒りが煮えたぎっていた。そして兄の言葉、卑語のなかに、破壊し、復讐し、打撃をくらわせたい、さんざん痛めつけてやりたいという激しい思いが感じられた。誰を？　誰だろうが、どこだろうが、ともかく痛めつけられれば。

「そのころだよ、火炎びんの作りかた教わったの。いつかの土曜日に石切り場に連れてかれてさ。本なんか読んでるなって。ホシェマリに言われるとおりに、火炎びんを五、六本も作って、バン、バンって岩にむかって投げてさ」

その後、ドノスティアの並木通りで、火炎びんの一本が自治警察官の脚に命中した。兄貴にとってはバスクの自治警察（シパジョス）でも、スペインの治安警察隊（ピコレトス）でもおなじこと。警官は片方の脚に火がついた。焼死するところだった。幸い同僚が素早く駆けつけて惨事は免れた。

「ホシェマリは制服姿のなかにいる人間を見ないんだよ、この人にも生活があるんだとか、奥さんや子どもがいるんだとかさ。ぼくは、とても言う気にならなかったけどね。だけど誓ってもいいよ、警察の制服を着てるからって、その相手の人間性を否定するのはひどすぎる。いずれにしても、ホシェマリは翌日、頭にきてたっけ、警官野郎の脚のことが、ひとつも新聞に載ってないって」

その晩、仲間はホシェマリに夕食をおごった。警察官に火をつけたやつは賞金ものだという決め事があったからだ。

51　石切り場

映画みたいだった。ほんとに。

ゴルカは午前の半ばに家を出て、図書館にむかった。土曜日。なんとも穏やかな気分。青空、雲はほとんどなく、気温もちょうどいい。彼女が目についた。大柄のぽってりした体で向かいの歩道に立っている。ジョスネだ。〝イエパ〟とあいさつしたのに、相手は応えるかわりに人差し指をくちびるにあて、〝シーッ〟と黙れの合図をする。くちびると言っても、薄すぎるのか、口の内側に入っているのか。

彼女はゴルカより一歩下がってついてきた。

「後ろ向かないで。歩いて、歩いて」

なので、彼は後ろを向かずに歩きつづけた。角を曲がると、彼女は声をひそめて頼むというか命じてきた。〝教会で待ってて〟

ゴルカは聖堂内の最後列の長椅子に腰をおろした。教会には誰もいない。明かりといえば、壁の高いところにあるステンドグラスの薄明かりだけ。神父さんが出てきたら、なんて言おう？　いきなり宗教心に目覚めたとか？

ジョスネに二十分以上も待たされた。ゴルカは落ち着かない。なにか深刻なことがおこった予感がする。読みおえて図書館に返すつもりの本に目を落とした。時計に目をやり、祭壇飾りに、彫刻群に、列柱に目をやった。もういちど本に目をもどした。

蝶番(ちょうつがい)の軽くきしむ音、背中にさす明かりをやっと感じた。彼女がドアをあけたのだ。〝聖歌隊席にあがる階段の下にいるから、すぐ来て〟とジョスネが合図を送ってきた。

「もし誰か入ってきたら、知ってる人でも、あたしたちは反対の方向に行くこと。言っとくけど、あたし尾行されてるかもしれないからさ」

「誰が尾行なんかするの？」

「きまってるじゃん、警察(チャクラダ)の連中だよ。安心できないからね、いい？　誰かしょっぴくのに、あたしが使われたって知れたもんじゃない。ホシェマリが、あんたに来てほしいって」

暗いすきまで、ひそひそ声で話をした。ゴルカはうろたえて、階段の下に頭がぶつからないように前屈みになった。ジョスネは、中央の通路や信者席から目を離さず、誰かが突然あらわれやしないか見ている。

「あんたの兄さんとジョキンが石切り場で待ってるの。行けば説明してくれるよ。あたし、面倒事はイヤだからね。あんたに伝言するだけだって大変だったんだから」

「ちょっと、ぼくも危険なことになるの？」

「あんたは誰かにつけられてないか注意してりゃいいの。あとは、あのふたりが話したいこと話してくれるよ」

彼女が先に教会を出ることで話がついた。〝ゴルカ、約束だよ、あと二十分、教会のなかで待ってて。長いに越したことはないからさ〟

「忘れずに兄さんにきいといてよね、あたしに言うことはないのかって」

彼はまっさきに図書館に行こうと思った。なぜ？　本が邪魔っけだし、疑いを呼ばないためでもある。ジョスネと会った以上、自分だって見張られているかもしれない。

「警察は知ってるからね、逃げてる人間が、もしかして家族や友だちの手をかりるとか、お金でもなんでも頼むだろうって。だから気をつけな。伝えることは、もうぜんぶ伝えたよ」とジョスネ。

それで行ってしまった。デンとした体で、くちびるのない口で。兄貴はあの女の子の、どこがいいんだろう？　ぼくにはわかんないや。ゴルカは怖くなってきた。怖いって、なにが？　誰が？　知るもんか。念のため教会に三十分いた。本を読もうとした。でも、それどころじゃない。

広場にでた。立ちどまって目をやった。左に右に、むこうのほうに、家屋の窓に。ブタンガスのボンベを運んでまわるトラック、知っている顔、残飯をさがす鳩たち。全身に不安を感じる。なんてこった。あんな平穏な気持ちだったのに。ホセチョの精肉店のまえを通った。ここの息子と、うちの兄貴が窮地にいるのを、この家族は知ってるのかな？　図書館からの帰り道、借りるつもりだった本もあきらめて、路地に面した横門からでた。左右に視線をやった。誰もいない。きょうから月曜日まで、なにを読もう？

まわり道をして石切り場に登った。眼下で、村の人家の屋根に教会の正午の鐘が響きわたる。野辺のにおい。のんびりと点在する牛たち。ゴルカは、ちょいちょい首を後ろにむけた。誰もいない。作戦だ。道をはずれて、樹木のない山の一区画を抜けた。まだ朝露の湿り気がある。背後に広々と草地がひろがり、追跡者が仮にいても隠れようがない。

兄と相棒は廃墟の小屋にいた。ゴルカを見つけて、ひとりが強烈な口笛を吹いた。まったく、こっちがあれだけ用心してきたのにさ。跡をつけられてないか？ときかれた。だいじょうぶだと思うけど。

「ここで、なにしてるの？」

「なにも。警察の犬どもだよ。きのうコルドが、まんまと捕まりやがって、夕食の時間におれたちも狙われたんだ。ほんの偶然で助かったけど」

ふたりは着の身着のままで逃げてきた。倉庫だか貯蔵庫だか、ここの隅っこで体をまるくして夜を過ごしたという。戸も窓もなく、しかも屋根の一部がへこんでいる。冬じゃなくてまだしもだ、とジョキン。ふたりの頭にはひとつしか考えの余地がない。一刻も早くフランスとの国境を越えること。でもこの状態じゃ無理だ。ジョキンは室内履き。ホシェマリはワイシャツ姿、ともかく眠いし、腹もへっている。ジョキンはタバコがほしかった。

「おまえ、吸わないんだろ？」

ホシェマリが弟より先に言った。

「こいつは本を読むことしか知らないよ」

ふたりは、ちょっとしか金がないと言う。ちょっと？　そう。でも、どのくらい？　ほんのちょっとだよ、マジで。ポケットに小銭が何枚か。ホシェマリはそこから公衆電話でジョスネに電話する分を出していた。

治安警察隊のミスで、ふたりは逃げられたという。

「あの、まるでオメデタイ連中、ピソをまちがえやがってさ」

まちがえた？　まあ、ある程度まで。これに先立つエピソード。数日まえ、この借家人の若者たちは三階のピソの配管に欠陥があるのに気がついた。ホシェマリとジョキン、それにコルドは二階に住んでいた。天井にすごい大きさの湿気のしみと、黒い斑点（カビ？）。最近の故障ではないらしい。それまで誰も気づいていなかった。やむなく工事がはじまった。家主の提案で、修理がつづくあいだ三人は一階右のピソに移ることになった。迷惑をかけるので、その期間の家賃は払わなくていいと家主は言う。だったら金も節約できるというものだ。若者たちは承知した。

治安警察隊は二階のドアを壊してなだれこんだ。コルドからひきだした情報がもとだった。ふたりが後から知ったのは、コルドは浴槽の水責めに遭い、意識を失うまでさんざん殴られたこと。その午後コルドは街頭で捕まって、インチャウロンドの営舎に連行された。偶然はひとつもない。警察は三人を捜索していたが、捕まえたのはひとりだけ。コルドはしゃべった。当然だ、そんな目に遭えば吐かざるをえない。ただピソを臨時に移ったという細部は黙っていた（か、そのまえに気絶して白状できなかったか？）。

夜の九時ごろ、コルドがピソにいないので相棒ふたりは不審に思った。あのバカ、どこに雲隠れしたんだ？　夕食の当番のくせに。パンもない。そのときドカドカと駆けこむ深靴の足音が響いた。どこだ？　ドアの外、ここの階段だ。おまえ、きこえたか？　ジョキンはトイレの小窓からそっとのぞいた。見ると、治安警察隊の車が何台もある。

「おれたちが目当てだ」

ふたりは台所の窓から裏庭に飛びだした。ホシェマリはテレビを消す余裕もなかった。ふたりで素早く宵闇にうずくまって身を隠し、そのあと山めざして、ひた走った。月が道のりを照らしてくれた。息切れしながらたどりつき、ひどい睡眠不足。それが仮にも睡眠と呼べるならだ。ベッドも毛布もなければ、慰めのタバコもない。最悪だぜ、シーッ、黙れ。これこそ戦いだろうが。

「ゴルカ、いまこそ、おれたちにたいする腕の見せどころだぜ」

「なにすればいいの？」

「まずアラノ・タベルナに言って、パチと話せ。やつがいなかったら、誰とも話すな。わかったか？誰ともだ。フランスバスク（イパラルデ）にどう行ったらいいか、おれたちへの指示をおまえが代わりにもらうこと、あと、ボカディージョと飲み物もだ。でも気をつけろ。頭にトレイをのっけて食べ物もってくるなよ。村に警察（チャクラス）の犬どもが私服で隠れていやがるからな。パチがおまえに何某かの金をわたしてくれるはずだ。おれたち用にだよ。みんなしっかり隠して、ここにもってこい」

ゴルカはうなずいた。

「親父やお袋に、ひと言でも言おうなんて思うなよ。書けるときに手紙書くから」

「うちの精肉店にも行くんじゃないぞ。おれの家族の誰かに道で会っても、おまえは黙ってろ、いいな？」

みんなわかったから、だいじょうぶ、とゴルカは言った。兄が言う。

「ここからが、いちばん大事なことだ。家の裏におれたちの自転車があるだろ。小さい屋根のしたの壁に寄せかけてさ。その南京錠をはずして」と、鍵を二つ弟にわたした。「ここに一台と、パチにもらったもんを持ってこい。コルドの自転車はどれか、すぐわかる。やつの南京錠の鍵はないから。それで、おれたちが食ってるあいだに、もう一台自転車持ってきな。どんなに遅くても午後四時には出発したいんだよ。早けりゃ、それに越したことはない。みんな、おまえにかかってるからな」

ゴルカは村におりて、兄の指示にきちんと従い、自転車に乗って山にもどった。店でパチにもらった封筒は持っていったが、ボカディージョも飲み物もない。ホシェマリとジョキンには維持費として、それなりの金額の入った封筒をわたされた。

ゴルカが石切り場の小屋に着くと、ふたりが激しく口論していた。

「遠くでも、兄さんたちの大声きこえたよ」

ゴルカにピソに行かせて靴を持ってこさせろと、ジョキンは主張した。室内履きでなんかフランスに行きたくないと言う。だいいち、こんなおかしな格好で自転車漕いでたら、目立ってしかたないだろ。ホシェマリは相手に譲った。

「ほら、おれたちのピソの鍵だ。誰にも見張られてなかったら家に入りな。入ったら、こいつの靴と、おれにはドアの裏にかかってるジャンパーを持ってこい」と弟に言う。

「あとタバコもだ」

「だけど、ヤバイもんが目につかない場合だけだぞ。おれたちのせいで、おまえが捕まっちゃ困るからな」

ゴルカは二台目の自転車に乗って、しばらくしてもどった。ピソには入らなかったよ、見たら妙な人間がポーチの近くにいたからと話した。真っ赤な嘘。よけいな姿を人前でさらしたくなかったのだ。

「まあ、いいさ」とホシェマリ。

「足のサイズ、いくつだ？」とジョキン。

それで自分の室内履きをゴルカの靴と交換した。

「どうせ、おまえはここから家に帰るだけだろ？」とジョキン。

抱きあい、肩や背をポンポンたたいて別れのあいさつをした。ホシェマリはゴルカの頬に兄らしくブチュッとキスをした。

「おまえはいいやつだよ、ずっとそうだったよな、ちくしょうめ」

別れぎわに、ゴルカはジョスネの伝言を思いだした。

「彼女になにか言っておくことがあれば」

ホシェマリは、もう自転車を漕ぎだしていた。

「自分の好きに生きな、って言ってやれ」

二人組は立ち去り、自転車で道路のほうに離れていく彼らを、当時十六歳のゴルカは見送った。ホシェマリは弟に借りたウールのジャケットを着て、ジョキンは彼の靴を履いて。

ゴルカは、そのとき不意に、悪い予感のようなものに襲われた。

52　大きな夢

「そのとき、なんで話してくれなかったの？　信頼されてると思ってたのに」

「ぼく十六歳だったんだよ、すごく怖かったんだから。だって考えてよ、あの何日かあとに実家の家宅捜索があったとき、ホシェマリじゃなくて、完全にぼくを捕まえにきたんだって思ったんだから。だいいちホシェマリなんか、もう逃げたあとだしさ。あのせいで毎晩、眠れたもんじゃなかったよ！」

「お父さんやお母さんにも、話さなかったの？」

「誰にも言ってない」

　アランチャは納得しつつも、きびしい顔で弟をとがめた。自転車をとりにいったときに、いくら気づかなくても、テロリスト候補たちの共犯になっていたわけだ。姉は憤慨した。ゴルカはホシェマリに使われたのよ、アラノ・タベルナとの連絡係に（そう言いながら、顔がひきつり、歯噛みをし、トラみたいに目を吊りあげた）、それがどれほど危険か、当の兄は承知していながらだ。いくら十代の男の子だって、治安警察隊に捕まったが最後。

「いやっていうほど殴られてたわよ」

　彼女は目つきを和らげた。なんてお人よし、お人よしもいいところ。でも、それもこれも昔の話。

にっこりして、弟にコーヒーのお替わりをあげた。

「あのふたりが道路のほうに自転車で下りてってさ、あのとき思ったんだ、なんで兄さんたち、あんなうれしそうなんだろう？って。もういつ会えるかわかんないって気がした」

「ジョキンはお墓参りができるけどね。ホシェマリは、きょうテレビのニュースで写真が見られたし。この何年か、ホシェマリと会ったことある？」

「ぼくが？　どこにいたかも知らないよ」

村に住んでるうちは〝アベルツァレ〟の環境の外にいつもいるなんて無理だと、ゴルカは認めた。あの小さな村じゃ、ああいうのを避けて通るわけにいかない。デモ行進とか、記念行事とか、街頭の騒乱とか、その手のことが頻繁にあって、いちいち出席をとられるわけじゃないけど、いつもチェックの目が光ってるし。誰がいて誰がいないかってさ。

アラノ・タベルナには時々行くけどね、と姉に語った。店に入ってスリートを注文して、十五分ぐらい顔を見せておいてから帰る。あんなとこ嫌いにきまってるだろ、店のにおいもイヤだった。タバコなんか吸ったことないし、アルコールだって好きじゃない。スポーツは率直に言って全然興味がわかない。ゴルカの読書好きは誰もが知っていた。どんちゃん騒ぎも、夜遊びもしない人間だと、みんなに思われていた。家か、公立図書館にこもっているのがふつうだった。〝おまえはカルトゥジオ修道士だ〟と、よく人にからかわれた。それでも、彼のバスク語の能力はひそかに敬意をもたれていた。

別の理由もある。ぼくを守ってくれる周辺環境があったからと、ゴルカは認めた。

「ホシェマリの弟だってことが、ぼくの肩書きになったんだ。ＥＴＡに兄貴がいるってことがさ。たいした身分だろ！　変わり者で、内向的で、人づきあいの悪い男と思われたって、ぼくの政治信条を疑うやつはいなかったよね」

「え？　政治信条なんてあったの？」

ゴルカは思わず笑みがこぼれた。冗談やめてよ！　それでも自己弁護した。

「五か月ごとに新しい信条に出合ったけど、すぐ、どっかに行くんだよな」

この件で諍いがあった。誰と？

「お母さんとね。いつかの午後部屋に入ってきて小言を言われてさ、兄さんがバスク国のために身を犠牲にして、村の人間が――なんのだか覚えもないけど――抗議のために街頭に出ているときに、あんたは家で本ばっかり読んでるって。ホシェマリが知ったら、すごい怒るだろうって、頭ごなしに責められた」

「ゴルカ、それでどうしたの？」

「どうしようもないだろ。傘もって、デモ行進に行って、二言三言叫んできたよ」

まだ十七歳にもなってなかったと思うけど、とゴルカは言う。そういう服従から解放されるには環境を変えて（ドノスティアでも、ビルバオでも、バスクの外でも）勉強するしかない。大学の課程を学ぶのが大きな夢でさ。バスク語学とか心理学とか、その方向。あと、どんな課程でもいいからパリやロンドンの大学に行くんだ、わかる？　このことは、友だちの誰にも、ひと言も明かさなかった。

「でも、わたしには話してくれたよね」

「お父(アイタ)さんから順に相談したんだ」

日曜日の午後。父は畑にいるだろうと思った。それで行ってみたら、木の枝や葉っぱを集めて火を焚いていた。ほこりだらけのベレー帽をかぶり、長年製錬所で鍛えた手をして、暇さえあれば畑仕事をしているこの父が、ゴルカの関心事に最終的な決断をくだしてくれるとは思わなかった。当時、まだ自分の給料で家計を支えていたにしてもだ。それでもゴルカは、意見を探ってみたかった。

勉強？　そりゃ、すばらしい考えじゃないかと、ホシアンは評価した。ありもしないことを夢見る男が、ここにもひとり。チャトのところみたいな医者の息子、企業を率いる才のある男、洋服だんすにネクタイが山ほどある紳士。

勉強するのにお金がかかるんだけど（授業料、本代、あと旅費とか下宿用のピソの分とかも、ひょっとしたら）、とゴルカは念をおした。はじめ父は、その点を考慮していなかった。

「ああ、なんだ。だったら、母さんにききなさい」

ミレンは即答した。とんでもない！

「あんたが自分で働いて、授業料払うんならいいけどね。お父さんの安月給で毎日やってくのが精いっぱいなんだから。そんなお金、どこから出るのよ。ものすごく倹約すれば、いくらか出してあげられるかもしれないけど。まあ、無理。全額なんて、とてもじゃない」

その舌の根も乾かないうちに愚痴がはじまり、嘆きの連鎖になった。ホシェマリがフランスにいるっていうのに、月末までやっとやっと暮らしているっていうのに。

「お金借りられるか、ぼくが自分で頼んだら？」

「誰に？」

「チャト。まえはお父さんたち、仲良しだったでしょ？」

「あんた、バカじゃない？　こっちは口もきかないのに！」

それまでの愚痴や嘆きが、こんどは軽蔑と非難からくる批判や訴えにかわり、いらだちが昂じて、母の怒りもいよいよ極限に達した。ゴルカは以後、実家で二度と勉強の件は口にしなかった。

「わたしに相談にきたの、そのときでしょ？　でも無理だったのよ。ほんとうに。靴店の店員なんて給料は、たかが知れていたもの。ギジェともう結婚をきめてたし、最後の一ペセタまで入り用だったから」

「完璧に理解してるよ。いやな思いなんかしてないしさ。この先二、三年あれば大学に行く分ぐらいカバーできるかもしれないけど、そのチャンスは、もうぼくの手から去ったと思うよ。ビルバオは居心地がいいしね。ラジオ放送局で多少は稼いでいる。たいした金じゃないけど、そのかわり自分の好きなことしていられるから。物を書くってこと。ほら、自分の本だって出せたろう。来年、また一冊出せるかもしれない。あちこちの学校で朗読会の招待もあるし。わりと手当がよくてね、すごくいいこともある。バスク語の普及に貢献してるんだ。なんとか、がんばってるよ。姉さんは？」

アランチャは両手でお腹をつかんだ。

「わたしも、がんばってるところ。何事もなければ四か月後ね」

「甥っ子に、もう名前はついてるの？」

「もちろん。レスティトゥート。スペイン人っぽく」

「なあ、マジメにだよ」

「エンディカ、じゃなかったら、アイトール。そんな感じ。どっちが好き？」

「エンディカのほうがいいな」

53 家のなかの敵

口々に流れるあのスローガンが、ネレアはとても好きだった。どこにいても目にする標語〝陽気で闘争的な若者世代〟。それで、若くて陽気で闘争的な彼女は人民連合党（エリ・バタスナ）に票を投じた。ほかの選択肢は考えられない。ほんとうは闘争的よりも陽気というアイディアのほうが気に入っていた。石を投げて、火をつけて、車を遮断するの？　それは男の子の仕事。彼女も仲間の女の子たちもそう思っていた。つまり騒ぎがはじまったら、もう行きましょう、じゃまになるから。それで現場をあとにした。

そう、集会やデモ行進は参加した。だって、村では大体の若者が行くんだもの。バスク出身じゃないスペイン人も参加するし、村長の息子たちもそう、村長はバスク民族主義党ＰＮＶだ。息子のひとりはネレアの同級生で、彼やほかの学生たちといっしょにプラカードを掲げたり、ポスターを張ったり、パンフレットをくばったり、大学の建物の壁に落書きしたりした。

ネレアはアラサーテに遠出した（ビジョリはスペイン語の〝モンドラゴン〟の地名で呼んでいる）。一九八七年の三月のこと。アラノ・タベルナでニュースをきいたのだ。

「あの人たち、なんだって？」

「チョミン・イトゥルベが死んだんですって」

「どうして？」

「アルジェリアで交通事故だって」

「ほんと？」

「ほんとかどうか、わかるわけないでしょ」

スペイン国家の秘密諜報員か、ＧＡＬの殺人者が、車のブレーキを操作しても不思議じゃないわよ。そんな憶測に、何人もが同意の顔をした。店主のパチは故人の額入りの写真を壁からはずすと、ふきんで拭ってカウンターにおき、店に入ってきた人間が誰でも見えるようにした。

その後数日して、新聞各紙は公式見解を裏づけた。車に同乗していたアルジェリア人の警察官も死亡。おなじ事故に遭ったＥＴＡの女性戦闘員が腕にギプスをしていたのが何よりの証拠という。嘘ばっかり。でも――と、アランチャはひとり悲しい小声で言う。フランスにいる弟が人殺しの訓練中。すでに戦闘活動に入っていなければだ――このわたしたちの国では、真実はとっくに死んだのよ。

「行くの?」

ビジョリは娘の考えが当然おもしろくない。

「そりゃそうよ、ママ。村の若い子たち、みんな行くんだもの」

みんな? アランチャは行かなかった。前日、土曜日、気分が悪いと言いだした。熱、寒気、きっと風邪ひいたんだと思う。女友だち四人組は、それなら、なるべく早く寝たほうがいいよと、考えが一致した。蜂蜜入りの温かいミルクを飲んで、ほら、毛布に包(くる)まって汗をかいて。そうすれば朝起きたときにはもう回復して、アラサーテの記念葬儀にみんなして行けるかもしれないでしょ。それで、アランチャはすぐ退散した。あとの三人はディスコへの道々、翌日の旅の相談をした。

午前の半ばに村の広場からバスが二台出ると連絡があった(費用は村役場が負担する)。でも、それはやめ。彼女たちは自家用車で別に行くほうがよかった。ネレアの車、いや、チャトの車をネレアが使わせてもらう、パパは貸してくれるにきまっている、日曜日には車を使わないし、娘のわたしの言うことなら、なんでもきいてくれるから。

「それはよくないわ」

「なによ、ママったら。女の子の友だちで行くのよ。すっかり相談したあとで電話してすっぽかしたら、わたしがどう思われる? アランチャだって、きょうは気分が悪いから早く家に帰って休んで、あした元気になって起きてくるのよ」

「その男がETAの幹部で、その人間の命令で人が大勢殺されたことぐらい、あなただって知ってるでしょ」

ネレアは白目を剝いて、堪忍袋の緒を切らした。

「チョミンは何年も、わたしたちバスク民族の戦いの指揮をとったんだからね。みんな犠牲にしたのよ、自分の家も仕事も家族もバスク国(エウスカレリア)のために。何度もテロの標的にされて。彼はバスクの若者の鑑よ。英雄なの。いや英雄どころじゃない、神さまだわ。だからお願いよ。ママが外の通りでも、どこかのお店に入ったときでも、彼のこと悪く言わないで、我慢して黙っててくれない？ ママ自身が問題になるんだし、ついでに、わたしまで気まずいことになるから。それに政治のことなんかわかるの？ ママは教会の御ミサに行ってればいいの。お祈りして、聖体拝領して、あとのことは、わたしたちにまかせてよ」

夜の十時。チャトはまだ美食同好会から帰ってきていない。いま時分はそろそろ夕食がおわるころ。帰りはそう遅くならないはずだ。あしたはサイクルツーリングの日曜コースで早起きすることになっている。チャトが帰宅したとき、ネレアはもう寝ていた。当時チャトはまだ落書きされていなかった。まだバルに毎日通い、土曜日は仲間と夕食をともにしていた。でもＥＴＡからすでに複数の手紙を受けとっていた。ネレアはそれを知らない。シャビエルも知らない。夫婦は寝床で長いこと、ひそひそ話をした。

「理解してやれよ、まだ若いんだから」

「自分がよくないことをしているって、もうわかっていい年ごろよ」

「でも冷静に考えたら、モンドラゴンに行くほうがいいと思うがね」

「自分の父親を脅迫している極悪人の集団を支援しに？」

「この件をネレアはなにも知らない。知らないでいてほしいね。そのほうが怖がらないですむ。友だちと行かせなさい。楽しんでくれればいい」

「それでＥＴＡに〝万歳（ゴラ）〟って叫ぶわけね。あなた、飲んできたの？」

「ひと口だよ。ネレアがＥＴＡシンパの〝アベルツァレ〟でいるあいだは、うちの娘に手出ししないだろう」

「わたしにすれば、敵を家に入れるようなもんだわ」

「手紙のことは、子どもたちに心配させるまえに、片づくかもしれないし」

「娘のことになると、あなたがなんでもハイハイ言うのが問題なのよ。ETAの幹部のお葬式に、脅迫されている人間の車で行くんだから、ごらんなさいよ！　まったく、そんなバカなことがあるもんですか！」

わかってやれよ、まだ若いんだから。そんなふうにさらに二十分、小声でぼそぼそ口論したすえに、ふたりは背をむけあい、それぞれ眠りに身をまかせた。

いつもの日曜日のようにチャトは早起きした。雨が降っていないか、カーテンを軽くよけて、家のまえの街灯の明かりでたしかめた。台所でサイクリング用のスポーツウエアを着て、朝食はミルクも砂糖も入れないコーヒーだけ。途中で食べるのに、洋ナシとリンゴを一個ずつもって、水筒に水道水を口までいっぱいにして、夜が明けるころガレージに自転車を出しに行った。

朝も遅くなってから、ビジョリはやさしく、なだめるように、ネレアを説得にかかった。娘はもう支度をすませて出かけるばかりだった。

「行かないでって、お願いしたら？」

「だめよ、ママ（アマ）」

「自分の母親のためだと思って」

「わたしが友だちに悪く思われてもいいの？」

ビジョリは奥歯を噛みしめた。怒って？　いや、うっかり言葉がとびださないように。あと一分も口論がつづいたら、脅迫状のことを娘に言っていた。危ない危ない！　チャトになんて言われるか！

母娘は冷たいあいさつをした。さっと、キスもせずに。娘が父親の車をとりに立ち去るのを、ビジョリは窓からのぞいて見ていた。ネレア、すらっと細身で、跳ぶように歩いていく。女性というより、まだ女の子だ。

カーテンのこちら側で、ビジョリは愛想をつかしたように首をふった。
「ほんとに、どうしようもない子！」

54　発熱の嘘

十一時をまわった。どのくらい？　十五分、いや、もうすこしかも。注目すべきこと。村役場のバルコニーに半旗のバスクの旗（イクリニャ）が掲げられている。むこうの山のほうに雲が見えた（朝早くから雨がしとしと降っている）。川と、サンセバスティアン方面の道路も雲、それでも晴れ間がある。バスは乗客で満席、ほとんどが若者で、いま出発したところだ。

陽気なクラクションを連発しながら、ネレアは車で広場に入った。友だち二人が柱廊で待ち、棒に巻いたバスクの旗をそれぞれ手にもっている。アランチャは？　ネレアは車を降りて彼女たちにきいた。向こうは向こうでネレアが連れてくると思っていたらしい。まだ調子悪いのかな？　アランチャはこの近くの通り、教会の裏手に住んでいる。すぐもどってくるわ、とネレア。そのあいだ友だち二人は車のなかで体を温めた。外でも寒くないけど、ちょっとさ、風けっこう冷たいし。

ネレアは急ぎ足でアランチャの家にむかった。さんざん行った家、子どものころも何度泊まったか知れない。彼女はこのとき、行くのがこれで最後になるとは思ってもみなかった。

見慣れたドア、名字の入った真鍮（しんちゅう）の表札、この人生で押す最後の呼び鈴。

ミレンがドアをあけた。

「あそこにいるわよ。どうしたんだか知らないけど」

家に入れてもらい、ネレアはまっすぐ友だちの部屋に行った。アランチャはベッドのなか、服を着たままだ。ネレアが来るのを察して急に横になったのか？

「具合悪いの？」

すごく悪いわけじゃないけど、と相手が応えた。率直に言って、この顔色、声の元気さ、しっかりした目つきは病人という感じではない。はじめアランチャも、ビジョリとおなじ主張をした。ちがうのは語彙ぐらい。厳罰主義者、処刑人の首領、他人の生死をきめる男。枕を背にあてて、アランチャはETA戦闘員の声を真似た。

「こいつを殺せ、あいつを殺せ」

ビジョリとちがって、アランチャは苦しげな顔つきも、怯えた大きな目もしない。若い彼女の顔には気乗りしない色があった。気乗りしない？　それ以上に不愉快。ありありとした不愉快さのむこうに憤怒が顔をのぞかせる。本人の言葉がそれを裏づけした。

「わたし抜きで行ってよ。いっしょになって死のお祭り騒ぎのできる器じゃないから。まえなら、つきあったかもしれないけど。いまはもう無理」

「ホシェマリのことがあるから？」

「弟がETAに入ったあと、目からウロコが落ちたの。いきなり物事が違うふうに見えたわけじゃない。やっと見えたってこと」

「いやだ、しらけること言わないで。べつに最前列にいなくてもいいんだしさ」

「五列目でも、いちばん後ろでも無理」

「なによ、ちょっとのことじゃない。おわったら車で、四人でそのへんに行こうよ。サラウスとか考えてたんだ。でも、あそこじゃなくてもいいし。あなたがよかったら別の場所に行こう。遠足ぐらいに思ってさ」

ネレアの快活さがアランチャの冷たい視線とぶつかった。ふたりのあいだに突然の沈黙。おたがい探りあう。片方は驚き不思議に思い、もう片方はきびしく距離をおいて、相手を責めている？

「どうすればいい？　みんな待ってるけど」

「行くんなら、行きなさいよ」

この瞬間ふたりのあいだで、なにかが無言のうちに壊れた。なにが？　友情と信頼感のつながり、女友だち同士の長年の暗黙の協定。ある土曜の午後、ささいな理由でディスコ〝KU〟の用心棒が一人を入れさせてくれないことがあった。もうずいぶん昔の話。そのとき残りのメンバーも入らなかった。全員か、じゃなければ、みんなでやめるわ。頑として譲らない巨漢の用心棒の目のまえで、彼女たちは買ったばかりの入場チケットをビリビリと破り捨てた。ざまあ見なさい。

「お願いしてもいい？」

「もちろん」

「このことは、ほかの子たちに言わないで。熱があって調子悪いからって言っておいて」

思案顔で、がっかりして、もう二度ともどることのない部屋をネレアはあとにした。以来二度と通らないダイニングを抜けて、ミレンと話すのも、これが最後になった。早々と玄関のドアをあけて、ミレンがきいてきた。

「どうしたって？」

「ちょっと熱があるみたい」

「あの娘、レンテリーアの男とつきあいだして、だんだん妙になってきたのよ」

数分後、ネレアは車のなかで、アランチャの熱の嘘話をくり返した。三人でドライブだ。道路が乾いていて、それでも助かった。ベアサインまでかなりの渋滞、でもそのあとは順調に行った。わたしたち着くの、いちばん最後になっちゃうね。ひとりの子が言った。アランチャがいないと、やっぱりちがう、いつもみたいに楽しくないよ。

「ちょっと、あなた、お葬式に行くんだからね」

　この時代では珍しくない。治安警察隊のコントロールがあった。どこで？　アラサーテに着く八キロか十キロぐらい手前。一見渋滞かと思う列の後ろについた。そのうち違うのがわかった。あの先のほうに警察の犬ども（ピコレトス）がいて、車一台ずつチェックして、全員の身分証を呈示させられてるよ。車道の両脇に五、六台、治安警察隊の車が分かれて停まり、チェックポイントの始点と終点に、それぞれ一本ずつ有刺鎖を路上に敷いていた。土手の高みに隊員が何人も立ち、一人一人が短機関銃の引き金に指をかけている。下方の茂みに一人、おなじ体勢で隠れ、もう一人が木陰に立っていた。全員が武装して、引き金を引く寸前だ。

　高圧的な手の合図で車を止められた。ネレアは窓をあけた。〝身－分－証〟。おはようございます、でも、お願いしますでもない。治安警察隊員は三人の身分証をワゴンの警察車にもっていき、そこで言わずと知れた確認をした。前科なし、容疑なし。身分証を返してくるとき尋ねられた。ゆっくり、のんびり、こちらの時間を拘束するために、この車道の一区間、この山と、むこうの山のあいだをコントロールするのは誰か、知らしめようというわけだ。〝行き先は？〟と、わざとらしく相手がきいてきた。どうして答える必要があるの？　でも面倒事はおこさないにかぎる。成り行き上、運転手のネレアが代表で言った。

「モンドラゴンです」

　彼女たちは車から降りるように言われた。でも親切に〝みなさん降りてください〟ではない。言葉の斧をふり下ろすように、いきなりだ。

「三人、出て」

話し手の合図で、もう二人の隊員がそばに来た。男たちの手で体を検査された。すごい侮辱、と、ひとりの子。気色悪いったらありゃしない、と、もうひとりの子。それが翌日アラノ・タベルナでコメントしたときの彼女たちの言葉づかい。ネレアは、ほとんど泣きそうになって、トランクをあけさせられた。レインコートと、自転車のタイヤの空気入れと、父親の傘、それに棒に巻いたバスクの旗(イクリニャ)。

「このゴミは？」

「旗二枚です」

「ひろげなさい」

ネレアはひろげた。嗚咽を放つ寸前の下くちびるを噛んだ。言ったとおりです、スペイン憲法で認められた旗二枚です。相手の隊員はいきなり、嘲笑めいた友だち言葉になった。

「おい、きみたち、ＥＴＡのミサに行くのか？　野郎を神さまが迎えるとでも思ってるのか？」

ネレアはそれなりの沈黙を守った。もう急に泣いたりしない、そう思い、隊員の目を見てやった。相手の黒い瞳に自分の姿が映っている。え？　なによ、昨夜につづいて今朝また説教を放つ母、服のままベッドに入ったアランチャも。あのバスの一台で大勢のグループで行ったほうが、まちがいなく正解だった。それを思ったとたん、胸のまんなかに勇気の炎が燃えるのを感じた。

「答えを待ってるんだがね」

「わたしたち、ミサには行きません」

それをきくなり、治安警察隊員は非難の嵐を放ちだした。チョミンの殺し屋、テロリスト、どいつもこいつも死にやがれ云々。それから偉そうに頭をくいっと横にふり、若い三人組に、とっとと視界から消えろと命じた。

彼女たちはドライブをつづけ、ネレアがバックミラーを見ると、治安警察隊員はもう次の車を止めていた。

55　母たちみたいに

　ひとりが、もうひとりにきいた。なに？　ここって母親たちが土曜の午後、お茶しに来てた店じゃない？

　アランチャは〝チュロス店に行く〟と母にきいた気がしたが、自信はない。ただ母親のミレンはいまもチュロスが好物で、サンセバスティアンに出かけると五、六本買ってきては、家で冷めたのを食べているのはたしか。ネレアはぜったいの自信があった。母親同士が仲良しだったころ、このカフェで、トーストにジャムでお茶してたのよ。

　だけど娘ふたりは、ここでなにをしているのか？　おたがい連絡が絶えて久しかった。いまさっき、ばったり遇ったところ。自由大通り（ラ・アベニーダ）とチュルーカ通りの角で、ほとんどぶつかりかけた。避けようにも避けられない。偶然でも、ネレアのほうは身構えた。なんてことはない、一瞬の、しかも要らぬ不信。あいかわらず思いやりにあふれた笑顔のアランチャがそこにいて、躊躇ひとつせずに飛んできて、ネレアにキスのあいさつをしたからだ。相手の顔や姿をじっくり見あい、誉め言葉を浴びせあった。

　おたがいの近況を話そうよ、ということになった。時間ある？　どこで？　立ち話じゃなんだから。日が暮れはじめ、いやな風が吹いてきた。ネレアが近くのカフェを指さした。ふたりで腕を組んで歩いていった。

「どのくらい会ってなかったっけ？」

フーッ。アランチャがレンテリーアでギジェルモと住むようになってだから、一年半ぶりぐらい？

「村だと息が詰まるのよ。あんまり言いたくないけどね、だって、あそこで生まれて、あそこで育って、あそこに仲間のグループがいたんだもん。だけど、もう限界。村はみんなが政治のことで、どうかしちゃってる。きょうまで抱擁（ハグ）してた人たちが、翌日は言葉もかけてこないのよ。人になに言われてきたか知らないけど。わたしがバスク人じゃない男とつきあってるって非難されたしね。ほんとにそう。ホシェマリが知ったら、なんて言うだろうって」

「まさか。誰が言ったの、そんなこと？」

「ジョスネ。なにがいちばん傷ついたかって、それを言われたとき彼女と二人きりじゃなかったこと。陪審員裁判みたいにさ。わかる？　わたしは黙ってたけど。こういう国では黙ってるに越したことはない。それでも、このまえジョスネを道で見かけたから、止めて言ってやったわよ。わたしが誰を好きになろうと、あんたの知ったことじゃないでしょって、それで追っぱらってあげた」

「やったわね」

「彼のこと、よく思ってないのって、あの女だけじゃない。うちの母からしてそうだもの。おなじ偏見もってってさ。すこしは諦めてきてるみたいだけど打算よね。まあ、レンテリーアに会いにくるようにまでなったし。かわいそうなギジェ。あんなに人がいいのに。バスク語の講習まで申し込んだのよ、でも見てるとキツそう。あの夫（ひと）、言語はダメって気がする」

ウエイターがテーブルに来た。ご注文は？　アランチャは一瞬迷ってから、これ、お願いします。ネレアは迷わずに別のものを注文し、音楽のボリュームをすこし下げてくれないかと頼んだ。

「言ったけど、村のバルには入るの、やめたの。というか、アラノ・タベルナは壁に張ってある弟の写真見たくないから、長いこと行ってないしね。わたしの生活は別だもの、ギジェと、サンセバスティアンの仕事、なけなしの給料でも、食べていかなくちゃいけないから。村を出たくてしかたなかった。出たいっていうのは正確な言葉じゃないか、ああなると執念。あそこにいたんじゃ、わたしには未来がないって、そのことしか頭になかったもんね。ものすごく居心地が悪くってさ。いまもそう、場所の名前にしても、誰それの人の顔にしても、ああいうの思いだすと、嫌悪感で喉がつまって言葉も出てこない。興奮してごめん。いやな目つきもあるしね。ジョスネがわたしの悪口を言ってまわったんだと思う。でも彼女だけじゃない。だから移れるときに、ギジェとピソに移ったの。役所で籍入れて結婚してね。なんとかやってるわ。働いて、お金貯めて、できるだけ地味な生活してる」

「ご両親は、なんて?」

「母はわたしがパートナーと同棲するの、まるでよく思ってなかったわ。人様の声。うちの娘は尻軽女だって罵られたもん。まだフランコの時代に生きてるみたいによ。母もほかの人も、自分たちがスゴイ革命主義者だと思いこんで、デモに出かけて叫んでいるけど、じっさいは因襲にしがみついて生きてて、どうしようもなく無知な人たち。言ってやったのよ、〝ねえ、お母さん(アマ)、そんなこと、すぐ解決するから〟。それで結婚したの。一月の火曜日、ウエディングドレスも招待客も何もなし。大罪はおしまい。こうしてほしかったんでしょ?って。母にしてみれば、自分の娘の結婚式はドン・セラピオに挙げてもらって、教会の階段でチビッ子たちに砂糖漬けアーモンドをばらまいて、華やかなドレス姿を披露させるのが夢だったんだから、悲劇以外のなにものでもない。言われたわよ、そんなのとんでもない、母親にそんなことするもんじゃないって。一か月後にレストランでお披露目の式。ゴルカは逆立ちしてもネクタイをしたがらなかったけど、まあ弟と、うちの両親とギジェの両親とでね。あんなときにかぎって父が感傷的になっちゃって。体に合わない発泡ワイン(カバ)のせいか知らないけど。なんと、その場で急にホシェマリのこと思いだしてさ。家族がそろっていないことが頭にあって、子どもみたいに泣きだしたのよ。まあ父のために言えるのは、ギジェとうまが合うってことかな。結婚まえにもう気心が通じてたし。ギジェが畑を手伝ってからだと思う。ある日言ってあげたの。お父さん、彼のことよく思ってくれてうれしい、すくなくともお母さんよりね。そうしたら、こう返してきたわ。おまえの母さんは、まあ気が強いから！」

ウエイターが来て注文の品を給仕し、ネレアのそばにレシートの小皿をおいた。音楽のボリュームを下げてと言った見せしめか？　彼女はもういちど頼んだ。すると、ボリュームは下げた、これ以上は無理だと、返事はそれだけ。ほかのテーブルに行ってしまい、音楽は最初となにも変わらずガンガン鳴っている。

「アチッ、このハーブティー、火傷するほど熱いよ」

「お子さん、いるの？」

ティーバッグにかまけながら、アランチャは首を横にふった。ネレアはこちらを見ずに相手が応えるので不思議に思った。だから、またきいてみた。

「家族のプランには入ってないの？」

アランチャはやっと顔をあげた。

「ギジェとも誰とも話してないことがあるの。あなたなら話せる、ロンドンにいっしょに行ってくれたから。あのときのクリニックが、もしかして正しい処置をしなかったんじゃないかって思うようになって。産婦人科医はちがうって何度も言うけど、なんかおかしいの。だから、どう言ったらいいかな、幸せになりきれない」

「つまり、子どもはほしいのね」

「ずっと作ろうとしてるのよ。子どものできない体になっちゃったのかって、そう思うと怖くてしかたない、ほんとに。でも、それはともかく、あなたのこと教えて。あなたの生活や人生のプランとか。

わたしのほうは話したとおり、ごらんのように、とくに変わったこともない。勉強、続けてるの?」

ネレアはティースプーンをなめて一拍おいた。なんですぐ答えないのか? 一瞬、アランチャの栗色の目に映る自分の姿をながめようとしているふうにも見えた。

本心のままにネレアは言った。

「勉強、やめかけたの。でも、けっきょく父の言うとおりに、夏以後サラゴサで大学の課程を続けることにした」

「あんまりうれしそうじゃないね」

「家でけんかしちゃったのよ。言ってはいけないこと口にして。胸が痛んでる。まあ、父はなんでも許してくれるから。それは問題じゃないの。ただ、言い訳になっちゃうけど、なにが起こっているか、両親が話したがらないんだ。わたしを守るためなのよ。これはあとから知ったことで、はじめは理解できなくて。ねえ、パパ、わたしがなんで遠くに勉強しに行かなくちゃいけないの? この村がいいのよ、ここの環境も、仲良しもいるし。でも父は頑として譲らない、ほかの大学を探すことを考えろって、バスクで勉強は続けさせないって言うのね。母は父の味方。シャビエルは、わたしより先に話をきいてて、やっぱり両親に味方するの。こっちを子ども扱いするチームでも組んでるみたいに思えて、わたし家族に逆らったのよ。逆らっただけじゃない。すごく頭にきたの! そのとき自分で言った言葉が、いまでも思いだすたびにつらくなる」

「あなたのお父さんが脅迫されてるのは知ってるけど。そのこと?」

ネレアはうなずいた。

「わたし、くわしいことは知らないけど、うちでは、お宅のこと良く言わないからね。ホシェマリがフランスに逃げてから、母、どうかしちゃったのよ。チャトのことで、ものすごく醜いこと言ってたこともあるし。あれじゃ逆らうのも無理。家族同士、あんなに仲良かったのにさ! でも言っておくけど、わたしは変わらないよ。こうしてあなたと話してるし、それも、すごく楽しんでる。いい、たとえば、いま外にでて、ビジョリが向かいの歩道にいたら、わたし駆けよってキスのあいさつするわよ。だけど、もし正直に言ってほしければ、お父さんがネレアを村から出したがるのはわかる」

「父は知らないし、知る必要もないけど、父に言われて納得したわけじゃないのよ」

「ああ、ちがうの？」

「アラノ・タベルナで、ちょっとあって。そのこと、きいてない？」

「全然知らない。あそこには、めったに行かないもん」

「父についての良くない雰囲気が、あの店にきっと伝わってたんだと思う。わたしは気がつきもしなかったけど。ある日の午後、いつもみたいに店に入って、パチに飲み物を注文したの。せっせとコップを磨いてたから、わたしの言ったことがきこえなかったんだと思って。だから、もういちど頼んだの。でも、むこうは見てもくれない。変なの、そう思って三度目に言ったら、不機嫌な顔でこっちに来て、文字どおり、いまあなたに言う言葉のまま返されたのよ。〝きみは、ここにいなくてもいい、もう来ないでもらいたい〟って。わたし、体が凍っちゃった。なんで？って、きく勇気もなかった」

「そういうことって、自然にわかるもんだから」

「家にまっすぐ帰ったの。父が仕事から帰ってきたんで、抱きついて、シャツを涙で汚して言ったんだ、わかったわ、パパ、バスクを出て勉強するからって。そんなわけ、で、そろそろサラゴサでピソを探すつもり。まるで不案内な都市だけどね。ひとつ気づいたことがあるの。誰もが自分の人生に、意味とか、形とか、秩序をあたえようと努力するじゃない？　でも、けっきょく人生って、わたしたちを好きにふりまわしてるってこと」

「ほんとにね」

56　プラムの実

自分の心にきいてみる。やっただけのことがあったのか？

返事のかわりにあるのは、この四方の壁の沈黙、鏡を見るたびに老ける顔、空の断片しか見えない窓、その窓のむこうには、ほかの人間のための人生があり、鳥がいて、色彩があることを思いだす。なにが悪かったのかと問いかける。おれは悪いことはなにもしていない。バスク国（エウスカレリア）のために身を捧げたんだ。よしいいぞ、おまえ。もういちど問いかけると返事がくる。おれは利口じゃなかった、うまく操られたんだ。後悔してるのか？　モラルの低下する日もあるにはある。自分のした事によっては痛みもする。

そうやって一年、また一年、また一年と、いつか数さえわからなくなる。考えては、また考える。なにかしらで孤独を埋めなくちゃいけない。だろ？　まじめな話、日毎に刑務所内の同僚の存在が耐えがたい。祈るか？　いや、それはおれ向きじゃない。うちの母さんなら、それもいい。月に一回会いにきては、母親が言う。

「ホシェマリ、毎日聖イグナチオにお願いしてるからね、息子を刑務所から出してくださいって、せめて遠くに服役囚を分散するのはやめて、家の近くに連れてきてやってくださいって」

はじめは仲間をもとめた。中庭で一般受刑者とスポーツの雑談をした。ＥＴＡの服役囚の集団内では強硬派、忠誠的、正統派で通っていた。年月、沈黙の壁、面会室での母の目が、そういう自分を蝕み、老木の幹みたいに内部に空洞をつくっていく。最近は独りになれる機会をあるだけ利用する。そしていま、この刹那、思いだす予定もなかったのに、村の出口の電話ボックスにいる自分が見える。トラックが通って電話の声がきこえずに、ホシェマリは指を片方の耳につっこんでいた。ジョスネが神経質に言う。あたし面倒事はいやだからね。村ではコルドが連行されたの、みんな知ってるし、そのあと治安警察隊が、あんたたち二人を捕まえようとしたんだよ。石切り場に行きなって、ゴルカには知らせといたけど。

　こんなにも歳月の経ったいま、自分の独房でホシェマリは悟る。あのとき、もしジョスネの電話が警察に盗聴されていたら、彼女を深刻な窮地に追いやっていたし、ゴルカなんか、それどころの話じゃない。

「デブちゃん、なんて言ってた？」とジョキン。

「おれんちの弟呼びに行くって、あと、自分を面倒事に巻きこむなって」

「サイズが四十二の靴、ゴルカに頼むように言ってくれたか？」

「忘れてた」

「おまえの弟、足いくつ？」

「そんなの知るかよ」

　パチの封筒のことも脳裡にうかぶ。中身は悪くない。六千ペセタ。駆け出しは順調。メモの最後は励ましの言葉と〝自由なバスク万歳(ゴラ・エウスカディ・アスカトゥタ)〟。オヤルスンの住所と、ふたりを迎える人物のあだ名がメモ書きにあった。〈チャパスを訪ねろ〉と。手紙が途中で警察に押収されても、アラノ・タベルナの線が割れるような署名もなければ、レターヘッドもない。パチは利口なやつ。かわいそうなジョキンや、おれとは違う。やつらはジョキンの命を奪い、おれからは青春を奪っていった。

オヤルスンまでは、かなりの行程、あのときホシェマリは昼を食べていなかった。しかも自転車はレース向きというより散歩用。ジョキンも昼抜きだし、けさの朝食も昨夜の夕食もしていないが、そうは言っても訳がちがう、ジョキンは、ホシェマリほどの体格も胃袋もない。ふたりは取り決めをした。当然だ。道路で口論に明け暮れたり、アルコールに葉巻つきの昼メシで時間をくって、オヤルスンでの面会に遅刻する事態じゃない。途中で昼食休憩だな。オーケー。レンテリーアのバルに入り、カウンターに立ってボカディージョで空腹をなだめた。

「ドノスティアでバスに乗ってもよかったんだぜ。そうすりゃ、ペダルを漕ぐのも、汗をかくのも節約できたろ」

「節約するのは金だろうが。まさか初日で使い果たすつもりじゃないだろうな」

オヤルスンの男は四十代、知らせは受けていても、信頼していないのは目に見える。しかめ面だ。あとで、ふたりになってからの内輪話。

「チャパスって呼ばれるの、ひょっとして気に入らないんじゃないのか?」

「勝手にほざけってことだな」

相手がふたりにあいさつした。無愛想、バスク語。まばたきせずに人を見て、イエス、ノーで答えるだけの質問をしてきた。ここにいるのは会話のためじゃないと思い知らせたいのだろう。すこしずつ、それでも眉間のしわがとれてきた。その晩過ごすことになる地下室にふたりは連れていかれた。大工用の糊の強いにおい。ベッドもマットレスもない。クソ洗面台のひとつもだ。ジョキンが要求、不平の顔をすると、いやなら行ってもらってかまわないと、男はまくしたてた。

ふたりになってから、そう、これは戦いだろ。なにを期待するんだ? 贅沢? 居心地よさか? ホシェマリは部屋の隅で膀胱を空っぽにした。そのあとふたりで床に段ボールを敷いた。石切り場の廃墟小屋で一夜、こんどはこれだ。二晩続きで夕食抜き。疲労が睡眠の助けになる。しっかりは眠れないが、それでも睡眠は睡眠。翌朝早く、ホシェマリは嗅ぎまわりたい好奇心にかられた。廊下の奥にある低い戸口から、家の外の畑にでた。なんてことはない。塀、雑草、プラムの木が何本か。プラムの実、熟していない実、黄色くなりかけのも、いくつかはある。ホシェマリは十個か十二個、酸っぱくない部分だけ齧った。すこししてチャパスがあらわれた。鋭く命令調に言う。

「行くぞ」

説明？ ゼロ。どうでもいい。おれたちもきかない。自転車は？ 地下室に置きっ放し。二十年以上して、まだあそこにあるか知れやしない。錆びついて、タイヤがパンクして。

チャパスはふたりをライトバンで連れていった。着いたのは荒れ地、一キロほど先に大型スーパー〝マムット〟の駐車場が遠目に映った。下は朝霧でも、上を見ると空は澄みわたり、快晴の日になりそうだ。ライトバンは土の道のはじまるところで停まった。

「ここで降りろ」

エギン紙と〝ドゥカードス〟のタバコ一箱をそれぞれ手わたされた。

「あそこで待て。あのへんの木のそばだ」

新聞とタバコが見えるように、ちゃんと手でもっていろと指示された。合言葉を覚えさせられ、幸運を祈られた。二人組が車を降りると、相手はすぐに立ち去った。

「どっちかが走って、マムットで食いもんと水を買ってくるんだな。喉メチャクチャ渇いてるよ」とホシェマリ。

「冗談こくな。迎えのやつが来て、こっちがひとりだったら、どうするんだ？ ちょっと我慢しろ」

独房のベッドに横たわり、ホシェマリの口もとに笑みがうかぶ。なんてお人よしの二人組。せめてタバコはあった。ジョキンはエギン紙を見はじめた。ホシェマリは――こんなに長年経って、だから笑いがでるのだが――背後の小さな崖をおりていった。

「すぐ来る」

「どこ行くんだよ？」

返事はしない。草の茂みに入りこみ、隠れていたのは数分。エギン紙何枚分かで汚れをきれいに拭った。第一面ではない。表紙は自分たちの身元を示すためだろうから。そのあと木のそばにいるジョキンと合流した。

「どうした？」

「べつに」

数分後、ふたりのまえに車が停まった。

「〝レッカー車は何時に通る？〟」

「〝戸口の除雪をしなくちゃいけない〟」

短いあいさつ。この相手も口は重いが、チャパスよりよっぽど、なじみやすい。となりにすわって話すのはジョキンだけ。ホシェマリは後部座席で、いきなりつぶやき、自分に言った。

「クソったれのプラムめ」

ジョキンは意味がわからず彼を見た。

いま独房で、窓の青空の断片をながめながら、あの思い出がホシェマリには愉快だった。

57　待機

思い出から見える自分が、ほかの窓の外に顔をだしている。この独房の窓ではなく、ブルターニュの田舎家の窓。頭にさえ浮かべれば、サッと、ひとっ跳び、歳月の流れに関係なく自分はもうそこにいる。嗅覚の記憶、生き生きとした、精確な、木材のにおいの記憶のなかに。

乾いたにおい、たぶん何世紀分ものにおいが、梁や、板張りの傾いだ床から立ちのぼる。ジョキンとおれは十フラン硬貨を一個ずつ。それを床に転がした。すこしでも壁に近いところに行くほうが勝ち。でも壁に当たったら負けになる。たいていジョキンが勝っていた。あいつのほうが手が小さい。それに器用だしな、おまえ、認めろよ。ああ、だって、おれのはハンドボールの球に慣れてるから、指のすきまで滑るクソ硬貨には向いてない。だから、当然だろ、すぐそこで止まるか、壁の幅木にぶち当たるかだ。

新参の戦闘員二名はなんとか暇つぶししております。

「それ、どういう意味だ?」

「入ったばっか、って意味」

「おまえ頭いいな。うちの弟のゴルカ、やつだったら、妙な言葉知ってるけど」

緩慢、ブルターニュの田舎家での絶望的な待機時間。どの家? どこもかしこも。はじめに滞在した家から、ジョキンと最後にいっしょにいた家、そのあとテロ部隊（タルデ）の編成まえに別の同志と住んだ家にいたるまでだ。目をとじると、野辺の緑がうかんでくる。いつまでも降りつづく雨、退屈さ。日々の活動プログラムは待つこと。それに好むと好まざるとにかかわらず、バスク人にとって山がないのは致命的。自分たちの悦びを内側から蝕み、気分を落ちこませる。

　ジョキンの門出はホシェマリには痛かった。相棒、遊び友だち、話し相手だったのに、いきなりの別れ。永久に？

「きっと、また会えるよな」

「何年かしたら、おれたち歴史に残るＥＴＡ幹部だ。おまえとおれで、作戦の全責任をもつ。ほかの連中が仕事して命を懸けてるあいだに、おれたちはフランスバスク（イパラルデ）でゆったりしながら、標的をきめて命令をくだしてよ」

　マジな戦いはこれから、すくなくともジョキンにとってはだ。あいつ、ブルターニュでの隔離状態がおわるもんで、夜じゅう、はしゃいで（それとも幸福感と神経過敏のミックスか）、しゃべりやまない。麻薬でもやったみたいにだ。夜中の零時になり、一時になり、部屋じゅうタバコの煙、ホシェマリはいいかげん、おしゃべりにうんざりした。ともかく、しゃべりまくり。プラン、希望的予測、過去の思い出、村のエピソード。

「おまえ覚えてるか？　まえに……」

　それで挙句の果てに、あの野郎、しゃあしゃあと言いやがった。安心しろよ、五、六年もすれば、おまえのことも連れにくるから。

　じっさい（いま、独房のベッドで横になって考える）ふたりが想像したように事は運ばなかった。いっしょにいるあいだ、休眠状態の長い時間をユーモアで受けとめた。ジョキンはある日、野辺の散歩中に言った。

「おれたちが自由じゃないのに、どうやってバスク国(エウスカレリア)を自由にするってんだよ？　一歩進むにも指示待って、どこに行ったらいいか言われなくちゃいけないのによ」

「泣きごと言うな。武器さえもらえば、自由になるかどうか、わかるだろ」

「村の連中に、おれたちのこと自慢に思ってもらわなきゃな」

「それはまちがいない。村をいい位置においてやることだ」

車に乗るまえ、ジョキンは満足そのもの、窓のほうに視線をあげて、上階にいるホシェマリに最後の別れのポーズをした。高く掲げた握りこぶし。午前の半ば、またも雨。ホシェマリは返事がわりにジョキンをからかおうと、中指をつきあげて、もう片方の手で腕を打つ猥褻(わいせつ)な格好をしてみせた。ひとり残った。まったくひとりぼっち。ジョキンが舌をだすのが見えた。パーティーでも行くつもりかよ？　あの舌をだした友だちの姿が、脳裡に刻まれた最後のイメージだ。

車は急に方角を変えて土の道を離れていった。トラクターの持ち主が轍(わだち)を残しているからだ。雑草や、道端に列なるリンゴの木に雨が降りつづく。楢(なら)かなにか、あそこの木々にも雨、あの木立に隠れるようにして、むこうの村の教会の塔がある。そして、この家の主が飼う牛たちにも雨。家主は赤鼻のブルターニュ人で、毎晩女房と大声でけんかをしているが、ホシェマリもジョキンも、この男とは身ぶりだけで意思の疎通をはかっていた。

数か月まえ、エンダイヤで、ふたりは俗な受け入れをされた。つまらない新兵なみだとジョキンは言い、ホシェマリに言わせれば、いいかげん、ぼんくら扱い。歓迎のオーケストラがあるわけでも、ふたりをもてなす幹部メンバーがいるわけでもない。

「フランス語はしゃべるか？」

「ひと言も」

武装集団の受け入れ担当者は直接本題に入った。いいか、この先きみたちを待つのはこれと、これ

と、これ。男は疲れて見えた。知らないが目の隈のせいか。ここには安住できる聖地はない。完璧な地下活動、用心に用心を重ねること、訓練と犠牲。早く切りあげるために、こういうのを短い言葉に詰めこんでいる。さらに、われわれは、かごのサクランボとおなじだとも言った。ひとつかみされたら、五個も六個も絡んで出る。なんとしてもそれは避けること、いいな？　ひとりの不始末で、ほかのメンバーが落ちる事態は許されない。

「条件はきびしい。甘いことを言うつもりはない。これは遊びじゃないからな」

仮の住まい（と服とラジオと、その他の必需品）が提供された。アスカンに近い家禽飼育農場だ。ベルナルドという名の家主はフランスバスク人で、怒った眉をしていた。二人の迎えかたは冷たく不親切、こいつらか？とでも言うように首をのばした。別の客人を期待していたようだ。もっとベテランの？　武装集団のもっと高いレベルをか？　そのあと玄関ホールで、受け入れ担当者にむかって母国語で大声を浴びせた。ジョキンとホシェマリは、なんの口論か察知できない。新米ふたりの来訪が農場主にはうれしくなさそうなのが目に見えた。バスク語の方言だとわかり、すこし努力すれば、ある程度は理解できた。その後の数日、相手と話をしたら気心が通じた。ふたりは農場の手伝いを申しでた。男はスポーツが趣味で、ハンドボールも好きだった。結果、二日目からは顔つきも和らいだ。女房にたいしてもだ。ある朝など、家のなかで大笑いがきこえた。それに三日間こもるあいだ、もちろん無為にすごさずに、すこしばかり掃除や、物を持っていったり持ってきたりを手伝った。他人に姿を見られないように、農場からは離れずにだ。

小鳥のさえずる快晴の朝、〝ルノー5〟でふたりに迎えがきた。重要な面会。それだけ言われた。車が走りだしたとたん、サングラスをかけさせられた。カーブの道が一時間以上。ようやく靴の裏に紛いようのない砂利の音。見るなと言われた。ホシェマリは家のなかに入ってから、サングラスの下に赤っぽいタイルと段差が目についた。

「もう見ていいぞ」

握手の瞬間、サンティ・ポトロスは二人組に笑顔をむけた。〝やあ（カイショ）〟と相手。〝やあ（カイショ）〟と、おずおず、味気なくふたり。面接はしょっぱなから、いい雰囲気だった。サンティの友人が〝村〟にいたからだ。会話はそのへんからはじまった。村祭りがどうの、広場での踊りがどうのと話がつづく。ふたりについてサンティは情報を得ていた。ジョキンはあっけにとられた。

「では、きみが精肉店の息子か」

なんで逃亡してきたか、相手がきいてきた。ふたりは答えた。なぜ武装集団に入りたいかも。

ホシェマリが言った。

「バスやＡＴＭを燃やすぐらいじゃ足りない。決定的な行動に入りたいんです」

そう、その第一歩があたえられた。第一歩はすでに踏みだしていた。

五日間部屋にこもった。この独房よりそう大きくない。幅三歩、長さ五歩。もうすこしかもしれないが、そうは変わらない。外がのぞけないぐらい高い窓がひとつあったのを覚えている。しかも濃紺の分厚いカーテンがかかり、ほとんど光が入らない。外の雑音がきこえた。人の声、子どもたちの笑い声、タッタッタというトラクター音、それとも農機具か、そして風のぐあいで遠くにも近くにもきこえる、時を告げる教会の鐘音。たまに鶏の鳴く声も。

武器の講習？　おもしろい。講義はそうでもない。せいぜい気晴らし程度。受け持ちは覆面のインストラクター。はじめの二日は、バミューダにビーチっぽい格好でやってきた。爆弾のことはさすがに詳しいが、短機関銃の組み立て分解となると薄のろもいいところ。横で監視する男が後方部門の責任者で、ジョキンがひそかに相手のあだ名を〝耳（ベラリ）〟と言いかえた。耳のサイズが立派なのだ。この男と話すのに、ホシェマリはつい相手の耳に目が行ってしまう。覆面男がまるで的を射ないので、短機関銃の日はこの人物がひきうけた。

射撃の実習はもっと、ずっといい。7・65口径のピストルで撃ったときのことを思い出す。パン、パン。耳（ベラリ）の顔が、あ然となった。

「ひぇ、おまえら、いったいどこで、そんな腕前つけたんだ？」

ブローニング、ステン、ファイヤーバード、この最後のは消音装置つき。ズドン、ズドン、胸がすく。耳（ベラリ）は驚いて口もきけない。とくにジョキンを見て。あいつが一発も外さないからだ。

ホシエマリは考える。至急欠員を補充する必要の出たテロ部隊（タルデ）に、自分より先にジョキンが配置されたのは、彼の射撃の腕が評判だったからだろう。ジョキンとの別れはものすごくキツかった。

孤独を癒やすのに、当時近くに住んでいたコルドと会ってもよかった。だけど気乗りしなかった。いつかの午後ジョキンといっしょに、ブレストのバルで、コルドとばったり遇った。よう、よう、久しぶりじゃん。そう、話すには話したが、言葉も声の調子も態度も三人で村のピソに住んでいた時代とはちがった。

「なあ、許せよ。あそこから生きて出られないと思ってさ」

「おまえ、安心してな。おれたち、おなじ薬をお見舞いしてやるからよ」

冗談をかわし、また会おうと約束した。でもあいつとは二度と会わなかった。信頼できなかった。

58　朝メシまえ

「こんどのは朝メシまえだな」

「おれが銃もって入るから、おまえら外で待ってろよ。いつかは、やらなきゃいけないんだから」

きけば麻薬の密売をしている男。ETAが声明で肯定し、後日その声明がエギン紙に掲載されることになる。速攻で楽なテロ行為（エキンツァ）、派手じゃないが度胸を試すにはもってこいだぜ。そうパチョが言った。こちらの気持ちを鎮めるためか？　それは事実。

　ホシェマリは、このテロ行為をしょっちゅう思いだす。はじめての殺人だからだ。他人の血による洗礼。ほかのテロは記憶をたどる必要がある。はじめのころのは細部をかなり忘れている。単純でつまらないものばかり。爆弾テロが二回、襲撃が一回。ところが、あのバルのテロ行為は頭をついて離れない。殺した男のことじゃない。相手なんかどうでもいい。やつを処刑しろと命令があれば、誰であれ、処刑するまでだ。おれの使命は考えたり感じたりすることでなく、命令を遂行すること。あとで批判するやつらは、それが理解できていない。ジャーナリストは特にそうだ。しつこい蠅みたいに、質問できるチャンスをうかがっては、後悔しているかときいてくる。ただ、ひとりで独房にいるときに問われると別だ。落ちこむ日もあれば、しばらく続くこともある。しかもそれが頻繁になっている。くそっ。もう長年閉じこめられてるんだよ。

写真つきの情報がまわってきた。この鼻と口ひげでは、まちがえろと言うほうが無理。男は三十から三十五、小さなバルというよりパブを経営していた。本人がカウンターのむこうで客の応対をすることもあるし、かわりに女がいることもある。女は興味のうちに入らない。店のまえの道はめったに人が通らない。防犯態勢？　ゼロ。この地区なら問題なく立ち去れる。朝メシまえだとパチョが言うのも、もっともだ。

誰がこれ、誰がそれと、くじで決める場合があった。今回はなし。ホシェマリが自分にやらせろと主張した。おれしかないと。挑発したくて、チョポがジャンケンで決めようと言いだした。

「だめだって言ったろ、ちくしょう」

「いいよ、わかった」

ホシェマリが店に入り、パチョが歩道で待って彼の退去をカバーし、三人でいちばん名ドライバーのチョポが車の運転席にすわる。以上、朝メシまえ。

前日泊まったピソで、三人は小さなマットレスで寝た。ホシェマリはいま思えば、翌日のテロがらみの夢を見た記憶はない。テレビがあり、冷蔵庫にあるもので夕食をし、映画を観た。それだけだ。

翌朝、神経質にはならなかった。すくなくとも同志たちのまえで平然とした顔を見せられなくなるほどは。そう、同志だ。友だちじゃない。ふいに緊張感に掻きたてられた。ハンドボールチームでゲームをした日々、大きな試合がはじまるまえに、よく経験した緊張感。そういうときは口数が減り、話しかけられるのも嫌だった。単に集中力をなくさないため、リラックスしすぎないためにだ。

「行こう」

三人は出発した。トラブル？　悪条件？　ハプニング？　なにもなし。洒落をとばし、きわどいジョークが好きなホシェマリに同志たちは慣れていた。それで道々きいてきた。

「機嫌悪いのかよ？」

「じゃましないでくれないか？」
三人とも無言でいた。人気のない通り、車はほとんどなく、市街の端まで来た。駐車スペースは簡単に見つかった。情報に記された通常の時間より一、二分あとに標的が到着した。口ひげ、鼻、あいつだ。脇も見ないでシャッターをあげている。この男、あと一分しか命がないのに気づきもしない。男は店に入っていった。

ほんとうのこと。ホシェマリは助手席で激しく心臓が打っていた。道中、両手をひざにのせているふりをした。でもそうじゃない。震えを抑えるのに自分の両脚をつかんでいた。いまにしてわかる。最初の殺人のまえと後とではちがうのだ。ただ、と考える。こういうことは人それぞれ。そりゃそうだろう。例えばだ、テレビの中継器や、銀行の支店で爆竹を破裂させたら、たしかに破損も起こすだろうが、みんな修復がきく。人の命はそうはいかない。それを冷静に考える。すると別のことが心配になる。なんだよ？　緊張にはリスクがともなう。軟弱で自信がないのを同志のまえで見せること、自分のせいでテロ行為（エキンツァ）が未遂になるのが怖かった。

ともかく行動、考えてばかりいちゃだめだ。腹をきめて車をおりた。震えも鼓動も車のなかで止まったと確信する。ドアは完全には閉めなかった。後部座席のパチョもそう。言葉を交わすか？　目を交わすか？　なんのため？　すべては計画ずみ、太陽の強烈な光が突然顔にあたった。

ホシェマリは洗濯物のさがるバルコニーに目をやった。ここは金持ちの地区じゃない。変なの、だろ？　ジャンパーの内側にブローニングの重みを感じながら、あの瞬間そんなことを考えるなんて。通りの一方は山向き。下のほうは高速道路がとおっている。醜い場所。道のつきあたりで、子どもたちのグループが周囲に瓦礫や茂みのある敷地に散らばって遊んでいた。つきあたりって、どういう意味だ？　百メートルか百五十メートルほど先ってこと。ずいぶん距離があるし、子どもは遊びに熱中していて、ひとりの若者が先に立ち、もうひとりが後からバルに向かっていくのなんか目にも留めない。ホシェマリの心臓はもうそんな強く打っていない。ハンドボールのゲームでもおなじだった。審判が笛を吹いて試合がはじまると、緊張感は失わずとも落ち着いた。

歩道を進むあいだ、後ろのパチョの足音に耳をかたむけないことにした。ガラスのとびらと通りの番地のある玄関口のそばを通りすぎた。何番？　こんな年月が経って、そんなの覚えているかよ？だけどこれは覚えている。バルに入るのに二段、いや三段か？上がらされたこと。シャッターは完全には上がっていなかったが、頭を低くしてくぐるほどじゃない。まっさきに鼻についたのは古い煙のにおい、換気をしていないボロ屋のにおい。薄闇にすぐには目が慣れない。バルのなかに標的が見あたらず、うろたえた。店はこの独房よりそう大きくないが、奥行きがあって、つきあたりにドアの空間があり、そこからいきなり鼻と口ひげがあらわれた。

「ちょっと待ってもらっていいですか？　店をまだ開けてないもんで」

男は首にペンダントをさげていた。ひとつきりの灯りの弱い光が銀のチェーンに反射した。チェーンは、やや毛深い胸に下りてシャツのなかに消え、先にどんな飾りがついているのか、ホシェマリには知りようがない。彼がやったのは、チェーンの二本の線がつくるあの空間、つまり喉の真下に目を留めること。そこにブローニングの銃身を近づけてホシェマリは撃った。弾痕から一気に噴く血が見えた瞬間、男が片側にくずおれ、その激しい転倒でスツールが倒れた。

床で男はまだ動いていた。立ちあがろうとしながら、それでもなお途切れ途切れの声で物を言い、つぶやいている。

「撃たないでくれ。金をもっていけ」

標的が即死しないことで、ホシェマリは、よけい煽（あお）られた気になった。しかも強盗と勘違いされたのが癪だった。切々とした声色、起きようとする無駄な努力。人間味を見せて憐れみを誘おうとしているのだと納得した。その手にはのらないぜ。酒のボトルの列、客が立ってよく寄りかかるカウンターが目に映る。インストラクターの箴言を思いだした。

〝われわれは殺すんじゃない、処刑する。だから十分気をつけろ、しくじるな〟

ホシェマリは一歩進み、冷静さを失わず、男の頭に銃弾を撃ちこんで相手を破壊した。やっと静寂が訪れた。二歩向こうに開いたレジがある。金を頂戴してもよかった。しょせん誰が気づくって？　なにもとらなかった。水道の水一杯も。

これが（と、バルを出しなに心に言いきかせた）、おれたちの戦いの証しだ。

59　ガラスの糸

乱暴なタクシーの運転手なのか、ローマの通りではこういう運転がふつうなのか？　石畳のまんなかでガイドのまわりに固まり、歴史的建造物を見学する観光客が車のクラクションで跳びあがった。路地の迷路、曲がり道だらけ！　運転手が窓ガラスをおろして片腕をだし、レストランのテラス（日よけテントと、大きな植木鉢）で客に呼ばれて立つカッコいい若者にあいさつした。タクシーは石敷きの道を抜けていく。振動する後部座席でアランサスとシャビエルは手をつなぎ、見つめあっては目で言いあった。どうする？　笑おうか、それとも助けをもとめようか？

ホテル・アルベルゴ・デル・セナトの入り口で、ふたりは車を降りた。横はパンテオン、花崗岩の柱がならび、写真を撮る人が群がっている。近くに観光用の馬車が一台、退屈した馬と、うたた寝するロマンチックな御者。広場の中央の噴水のまわりには、黄色いネッカチーフを首に巻いて同色の帽子をかぶり、リュックサックを背負う十代の子たち、高校生？がいた。

アランサスはタクシー代を払った。財布は共通、彼女が札をだしていく。あっというまに云(うん)万リラ。タクシーの運転手は態度も言葉も、まあ、すばしっこい、ごきげんよう(ブォナ・ジョルナータ)と言って、来たとき同様、さっさと立ち去った。

スーツケースを手にホテルに入るまえに、正午の暖かな空気を深く吸いこんだ。アランサスはシャビエルに小声で言った。

「マジメな話、わたしタクシーの運転手に誘拐されたかと思った」

当時のシャビエルは、いまとは何という違いよう！　すくなくとも余暇の時間は冗談好きで、機知に富み、皮肉屋だった（病院にいるあいだは、そうでもない）。

彼の返事。

「想像の話じゃない。ほんとうに誘拐されたんだよ。あれだけボラれたのが、ぼくらの身代金ってこと」

四階の窓から見えるのは、ロトンダ広場？　よく言うよ！　あてがわれた部屋は旅行会社で見せてもらったパンフレットの部屋と似ても似つかない。広々とした？　まあ。清潔？　それもまあそう。だけど窓は暗い中庭に開いている。向かいはレンガ造りの黒ずんだ外壁に小窓。詩的なディテールもあるわ、とアランサス。窓台にネコが体をまるめていた。そのすこし上、軒のそばに、英雄的な小さな木が一本、外壁の亀裂に根をおろし、命にしがみついている。

「文句はなし、いい？」

「ないよ、ネコが好きだし」

「中庭むきだって悪くないわ。広場の見える部屋なんて、夜うるさくて眠れないでしょうし」

「かわいそうにな。だまされてさ。知らない客でも気の毒になってきたよ」

「わたしたちの旅の意味、思いだして」

「そのことしか頭にないよ。きみは、なんていい香り!」

シャビエルは彼女の服を脱がせにかかった。その場で、窓のそばで、アランサスは中庭から誰にも見られていないのを確かめてから、彼にすっかり身をまかせた。美しいくちびるに笑みをうかべて、好きにさせてあげ、脚をひらき、腕をあげて、服をそっと脱がせてもらうポーズをとった。

彼女は彼に言い頼んだ。心が通じないのはイヤよ。お願いだから、どうしてほしいか遠慮なく言って、体の望みでも、ほかのことでも。わたしもそうするから。同僚、友だち、愛人、一心同体。このローマでの三日で、ふたりの関係の深さがどこまでか探りましょう。

シャビエルは、さっと服を脱いだ。向きあって彼女のなかに押し入った。彼がどうしたいのか直感し、彼女は椅子の縁に片方の脚をかけた。そうやって脚をひらき、手を添えないでも完全に交わった。体を絡めたまま動かさず、中庭にふたりで目をやった。壁、ネコ、小さな木。じっとして、つながって、体は抱き寄せずに、彼女はうなじで両手を組み、彼は腰の位置で手を組んだ。彼と彼女の悦楽の習性。片方が、もう片方を所有しないでも、二人が一体になる感覚。彼女はじゃまするのを怖れるみたいに、そっとささやいた。

「もっと欲しい?」

夜にね、と彼は言った。そのままじっと動かず、無言で一分、二分、それぞれの夢想と思いに浸るうちに陰茎がすこしずつ萎えて、温かな穴ぐらから滑りおちた。

「食事に行こうか?」

外に出た。どこに? しばらく散歩した。こっちの道、あっちの道、あてもなく歩くうちにナヴォナ広場に出た。あんな彫像群の立つ噴水が、アランサスには恐ろしげに見えた。春の心地よい太陽、むこうの教会から列になって出てくる修道女たち、むかいはスペイン書店(スパニョーラ)、腹ごしらえをしたあとか、でなければ明日にでも、また来ようという話になった。

広場の角から出て、川のほうに向かい、一軒のレストランで足をとめた。美味しくても、まずくても、高くても安くても、ここに入ろう。もう空腹で体が悲鳴をあげている。サラダ、ニョッキ、彼は魚、悪くないが、椅子から転げ落ちるほどでもない。

「文句は言わないの、いい？　こんなにお天気がいいんだもの、ラッキーよ」

「このクロダイ、泉で釣ったんじゃないだろうね？　彫像の足の味がするからさ」

「シャビエル、お願いよ、きこえるじゃない」

「イタリア人だろ。わかりゃしないさ」

「みんなわかるわ。批判したければ、バスク語で話して」

赤のハウスワインで乾杯した。しめし合わせたように笑い、みだらな目をかわし、幸せにみちている。彼がバスク語で言った。いい香りだなあ、きみ。ローマには楽しみに来るって誓ったわよねと、彼女は念をおした。旅に出る数日前に約束をかわしていた。アランサスはガラスの糸を想像した。ふたりでそれぞれ両端をもっている。ローマでの三日、この糸が、いつ壊れてもおかしくない。それが彼女の怖れだった。シャビエルは冗談めかした。

「ぼくらのハネムーンを祝して」

「ちょっと、あなたったら。先走らないでね」

彼女の離婚が成立したのは、ほんの二か月すこしまえ。フーッ、結婚生活の過去を話すのが大変だったこと。かたや八年のつらい思い出を消すのも大変（不可能？）。眼科医の元夫とシャビエルは病院の廊下で、エレベーターで、駐車場で顔をあわせた。アノエタのスタジアムでもそう、ふたりともレアル・ソシエダードの会員で、観客席の位置が十メートルと離れていない。シャビエルはさりげなく相手を避けようとした。なぜ？　わずらわしいことがあるから。元夫がシャビエルとアランサスの関係を知り、病院のカフェテリアで言ってきた。彼女を大事にしてやってくれ、ひとりにするなよ。そしてこの時とばかりに〝あいつはかわいくて、か弱い女だから〟

「ほんとうに頼んだぞ」

このお節介はどこから来る？　でも、そういうことだ。こっちは揉め事はごめんだし、仕事場ではなおのこと、だから外交性と沈黙に徹することにした。それで、あいまいにうなずくしぐさをしてウエイトレスに目をむけ〝お勘定お願い〟と言った。ミルク少なめのコーヒーを飲みきらずに席を立つつもりで〝じゃあな〟と口の先に出かけたら、相手はもっと早かった。

「きみたちの幸せを心から祈ってるよ。ほんとうに。そう楽じゃないだろうけど。経験上わかってるから」

その日の午後、アランサスに話すと、彼女は涙をポロポロこぼした。元夫の言葉は呪いの文句にも等しいと、頭からきめてかかっている。

「わたしが大げさだと思ってるんでしょ」

彼女が泣くのをはじめて見た。美しく、控えめで、優雅な悲しみに浸っていた。感受性の強い女性、彼より三つ上だ。濡れた目に魅せられて彼女に見入った。彼女を抱きよせて、なぐさめ、ただよう温かな香りに恍惚となり、彼女の黒髪が頬にふれ、やさしい愛情をこめて、くちびるにキスをした。アイシャドーをくずさないように、ティッシュの端でぬぐうやりかたが、またステキだ。それに、もどかしげな媚びの気配、大きな怖れも。さあ、拡大解釈はぼくのほうか。怖れとは確かだし底深い。不明確だからこそ不安な、音のない痛みとして彼女に内在する。安定した真の恋愛関係に自分は不向きかもしれないという怖れ、これが最後の試みなのだ。ある土曜日の午後、プリンシパル劇場のコメディーを観るまえに時間つぶしをしているときに、彼女がそう言った。

「完全にあなたが最後。はっきり自分でわかっている。わたしたちの関係がうまくいかなければ、この不幸なレディーは二度と恋愛なんかしませんから。永遠に灯りを消すわ」

アランサスが旅のアイディアを思いついたのは、その会話の最中だった。

「何日か遠くに行きましょうよ、仕事とも知り合いとも離れたところ。三日か四日、一日二十四時間、ふたりでいっしょにいるの。どこまでふたりでやっていけるか、気心が通じるのか、セックス以上の関係を築きたいのか、おたがいわかるもの。どう？　もちろん割り勘でよ」

それで劇場に入った。終わって出て、港を散歩しているとき、彼女がそのガラスの糸のことを言った。自分の怖れをうちあけた。しおれた花のように彼女自身は感じている。あなたに、なにをあげられるかしら？　もちろん愛。それはぜったい。でもシャビエルがほかの望み（例えば、子どもを持つとか）を優先するなら、自分のそばで彼が幸せになるのはきびしい。その怖れが彼女を日々つらくさせ、ローマにもついてきて、また顔をのぞかせた。どこで？　テーヴェレ川沿いの散歩道。

ふたりはベンチ式の壁の出っ張りに腰かけていた。食事がすんだところ。日が当たっていた。川の流れは穏やかで濁りがある。ふと地面の石ころを見つけたシャビエルに、いまわしい、子どもっぽいアイディアがうかんだ。

「この石を投げて対岸に着いたら、なにも誰も、ぼくらを離れさせられないよ」

「お願いだからやめて。運命に挑んだりしないほうがいいわ」

「ぼくの力を信じない？」

「そうじゃないけど、川幅がけっこうあるもの」

「ほら、ほら」

彼はジャケットを脱いだ。胸も背も幅がある、だが若さはすでに去っていた。

自分で気づかなかったのか？　ほかのことではあれほど思慮深く、絵に描いたような医師で理性的な男が、石ころを手にとって川岸に駆けより、女を感動させたい男の心意気で力いっぱい放り投げた。石は午後いちばんの澄んだ空気をくぐり、すごい勢いで飛んでいった。ふたりは軌道のアーチを目で追った。石は早くも遠ざかる黒い点、だんだん下降して、ポチャンと水に落ちた。

「まあ、ただのゲームだから」

そこから、ふたりはシスティーナ礼拝堂を訪ねた。

60 医師は医師と

チャトは午睡（シエスタ）をしに、もう部屋に行っていた。〝彼女〟とはいま会ったばかり、まだ良し悪しの評価は早いだろうと主張したが、エプロン姿のビジョリはきびしい顔で、きっぱり言った。医師は医師と、看護師は看護師とよ。

そして口もとに蔑み（さげすみ）をうかべ、コミカルに首をふった。

「かわいいカップルだこと。だって、あちらは三つも年上なのよ。あのヒヨっ子、二人目の母親がほしいわけ？」

「まあ、まあ」

「わたしの言うこと正しい？　ちがうの？」

「息子がそれをきいたら、答えがくるよ」

「あなたに言ってるの。なにも、シャビエルが知ることないでしょ」

息子と彼女は数分まえに立ち去った。ふたりで手をつないでだ。あの年齢で！　幸せなカップルさん。村の人がさんざん笑うでしょうよ。日曜日、曇り空。レアル・ソシエダードの試合が五時にはじまる。試合がおわったら、彼女が彼を迎えに、というか釣りに行く。糸をひっぱり続けて魚を水から揚げたら、かごに入れようというわけだ。

ビジョリはバルコニーの戸をいっぱいにあけた。

「ああ、息もできない！　大げさだなんて言わないでよ。コンソメまで香水の味がしたわ」

「そうか、おれは気がつかなかったけどなあ。でも美人には違いないだろ」

「あなたに、なにがわかるの？　ほら、ベッドに行って、トラックの夢でも見てなさいよ」

四人でゆっくりレストランに行ってもよかったのに。チャトは、まずその提案をした。彼としては余計なことに介入したくなかった。すぐ後にシャビエルが電話でおなじ提案をしてきた。というか、正確にはアランサスに説得されて。彼女は〝ニュートラルな場所〟で顔合わせをしたい考えだった。父も息子も、費用は自分で持つつもりでいた。ところがビジョリは、ぜったいダメの一点張り。理由？　レストランだと、誰でも違った顔を見せるというのが彼女の意見、おたがいをよく知るのに、自宅ほど最適な場所はないという。

「午前中ずっと料理してすごしたいのか？」とチャト。

「だからなによ！　あなたの家族に会わせてもらいに、郊外のお家に連れて行ってくれたとき、お母さまだって食事を用意してくださったでしょ。ヒヨコ豆のスープとチキンフライ。いまでも覚えているわ。わたし、最後に片づけるのを手伝ったしね。だけど、さっきの気どったご婦人ったら〝お手伝いしましょうか？〟のひと言もないじゃない。とってもお上品で、お化粧たっぷりだけど、わたしがお皿片づけるのをよく見ているくせに、指の一本も動かしやしなかったわよ。なんて礼儀知らずなこと！」

　ふたりは午後一時半に来ることになっていた。その十五分まえに、ビジョリはチャトを監視に立たせた。むこうから見られないようにね、いい？　バルコニーの戸のそばで、厳密な指示のもとに。その一、カーテンは洗い立てなので、まちがっても手でさわらないこと。その二、ふたりが通りを歩いてくるのが見えたら、すぐ知らせること。エプロンをつけたまま〝女〟を迎える真似だけは、ぜったいしたくないの。

「女？　アランサスっていうんだけどね」

「名前なんか、どうでもいいわよ」

　それに、ビジョリは紹介まえに相手をじっくり観察したかった。ああ、その三、テーブルにあるものは、つまみ食いしないこと。アスパラガスのマヨネーズ添え、高級生ハム、鱈（たら）のコロッケ、亀の手（ペルセベス）、車エビ。

「数は、みんな数えてありますからね」

　見張り番のチャト、まったく、どれだけ忍耐がいるやら、日曜日で人通りのすくない道を監視していた。約束の時間ぴったりに、ふたりが手をつないで視界内にあらわれた。女性は手に花束をもっている。ずいぶん背が高い、だいいち美人じゃないか、なんてエレガントな。感動したチャトは彼女の姿にうっとり見惚れたあとで、ビジョリに知らせてやった。

　妻は慌ててエプロンをはずしながら、キッチンから神経質な足どりでやってきた。

「靴が服とマッチしてないわ」

「おれには、なかなかの女性に見えるがね」

「カーテンにさわらないでくれる？」

「ずいぶん背が高いなあ！　うちの息子と変わらない」

「あの髪の黒さ、天然じゃないわね。襟もとのブローチ、ここからだと大型ランプみたい。あのご婦人、あんまりセンスよくないわ」

　帰りぎわ、承認ずみの正式なカップルとして、ふたりが別れのあいさつをしたあとで、三人分飲み食いしたチャトは、午睡（シエスタ）をした？　まあ、仮にも眠ろうとした。ビジョリはキッチンで忙しく立ちまわりながら、どうにも気が鎮まらない。ひとり言の母親、傷ついた母親は、シンクの食器用洗剤の泡にむかって胸の思いを告白した。うちの息子が、あの女とよ！　ただの看護科の助手ですって！　こんどは汚れた食器がつくる聴衆にむかって反対意見を表明した。スポンジにはこう言い、水道の蛇口にはああ言い。でも返事はかえってこないし、こちらの望む理解も得られない。なんとしても近くに人間的な耳が必要だ。この時点で家にはチャトの耳しかない。そこで、夫の消化と休息に申しわけなく思いながらも、ビジョリは寝室に入った――これを〝入る〟と言う？――そう、急襲した。そして、しゃべったままベッドの縁に腰をかけ、夫を思いきり揺さぶった。

「よく、そんなスヤスヤ寝てられるわね」

　午睡（シエスタ）さん、さようなら。寝ぼけた舌で、しどろもどろにチャトが言う。なんだ、どうした？　ビジョリは返事をしない。会話がしたいわけでもなさそうだ。話し相手はもとめていない。聞き手がほしいだけ。

「シャビエルが、あのご婦人と幸せになれるなんて思わないわ。〝彼女〟は、あなた好みの長所があるんでしょうけど。でも正直に言わせてもらえば、いいとこなんか影もない。完璧な変わり者に見えたわよ。魚介類には手もつけないし、生ハムもそう。こっちは午前中かかって子豚をローストしてあげたのに、しかもパンプローナまでお肉を買いに行ったのよ、そしたら、ベジタリアンときたもんだわ。ごらんなさいな」

招待客の行動を、あのときビジョリは見逃さなかった。どんな？　誰にも見られていないと思ったのか、女は口紅べったりのくちびるを、わざとらしくシャビエルの耳もとに近づけて、コソッと彼の耳にささやいた。頼みごと、それとも命令？　で、あのおバカさんったら、女上司の言いなりになって、二、三秒、間をおいてから、いかにも自分の考えみたいな顔で〝お願い〟を言ってきた。

「お母さん、子豚の頭、片づけてもらってもいいかな？」

　全員の視線が耐熱皿に集まった。こんがり焼けた、ジューシーで穏やかな子豚が、テーブルのまんなかに登場したての大皿にのっている。パンプローナの精肉店で注文した子豚半身。ビジョリには痛い出費で、おまけにバスの往復代までかかっている。それもこれも、高級な食材で招待客を歓迎するためだ。以前はホセチョの店で子豚を買っていた。あそこでなんでも買っていた。信頼があったし、親交もあった。いまは〝こんにちは〟のひと言もない。

「どうして？」

「ううん、アランサスが慣れてなくってね」

　かばってるんだわ、そうでしょうよ。あちらさんは、うちの家族が原始的な肉食動物だと思ったにちがいない。ビジョリにしてみれば、シャビエルの仲介が、いやでも短剣のひと突きに感じられた。

「あなた想像できる？　うちの息子があんな人と住むなんて？　冗談じゃないわ！　この家では、ずっと肉と魚で来たんですからね。ああいうベジタリアンは変わり者で、しかも妙なクセだらけだもの。あのしゃべりかた！　教師ぶっちゃって、ベラベラ説明しっぱなし。ただの看護助手の分際でよ！　わたしは、だまされませんからね。あの女、おバカさんの医者にうめき声をきかせたんだわ。息子は外科手術には、そりゃ詳しいでしょうけど、女性と生活することなんか、ひとつもわかっちゃいない、それで〝この男性、わたしのもの〟ってわけよ。とってもお利口さんの離婚女性。セカンドハンドの女、男性経験なんか、いくらでもあるんでしょう。小鳥みたいにお食事して。スポンジケーキだって、手もつけやしない。いただきたいんですけど、けさは、もう炭水化物の一日分の摂取量をとってきちゃったもので。あの気どりよう！　わたしが〝支度するのに朝七時に起きたんですよ〟って言ったときの顔、あなた見てくれた？　興味なんか、これっぽっちもない。あちらは自分の利益が頭にあるだけ。持ち家があって高給取りの外科医をハントすることよ。ケーキを一切れ、タッパーウェアに入れて、お宅にいかが？って、わたしがきいたときの彼女見た？〝いいえ、けっこうです、ご心配なく〟。まったく、スポンジケーキを、あの顔にぶつけてやりたくなったわよ」

「その、うるさいお祈りがおわったら、知らせてくれないか？　もうちょっとぐらい眠れるかどうか」

「それにローマのこともそう。怪しいったらないわ！　ふたりで旅費を出しあったなんて思えない。シャビエルを知ってるもの。うちの息子が全額負担したにきまってるわよ」

何年も経って、墓地を訪れて、あの遠い日にベッドの縁に腰かけたみたいに墓の縁に腰をかけ、ビジョリはいまだに、あの一件を蒸しかえす。

「もちろん、シャビエルには奥さんがいてほしいわよ。だけど、いい結婚してくれなくっちゃ。計算ずくで、まっさきに言い寄ってきて誘惑するような女はダメ。あの看護助手みたいな、ほら、日曜日に家（うち）に連れてきたじゃないの、あなた覚えてる？　名前なんか忘れたけど。あのトカゲ女！　会ったとたんに下心が読めたわよ。わたしはこういうことに目が利くんですからね。だいいち、うちの息子が不幸になるくらいなら、独身でいてくれるほうが、よっぽどマシだわ」

61　ちっぽけな、心地よいこと

ゆがんだ顔、力をこめた足音。廊下からやってくる相手を見たとたん、これはけんかをふっかけられると予想した。病室に入った寡婦になりたての老婦人。きのうまで夫のベッドだった場所が、いまはガランと空いている。理由をきかれた看護師の女性は、たぶん然るべき配慮もしなかったのだろう、訃報を伝えた。

相手は、こんどは責任をもとめてきた。シャビエルが思うに、一般的に〝死〟という自然の事実にたいして、妻たちのほうが諦めが悪い。それで罪を犯した者——殺人者？——を探してまわる。ほら、あそこに〝白衣〟がいるわ。いちばん手近で侮辱や非難をぶつけて、当たりちらせる相手が、その時々の医師というわけだ。

おなじ状況にいても、夫たちのほうが事実を受け入れやすい。打ちのめされても、ほとんどが内に向かう。だが彼女たち（もっと若い女性はそうでもないが）は外に向かい、抑えのきかない情動をぶちまける。すくなくとも、この職業を二十年やってきたシャビエルの経験からするとそうだ。一定の時間的間隔をおいて、どこかの婦人が、かならず彼のまえで度を失う。年のいった女性で教養に欠けていても、言葉を爆発させる能力はすごいものがある。シャビエルはそういう場面を、事あるごとに体験し耐えてきた。冷静に甘んじた。

この八十代の婦人は、しかし、ひどすぎた。叫び、泣きわめき、攻撃的な言葉を口から吐きだして、シャビエルの心に大きな傷をあたえてくれた。彼女は、医師が——悪意か？手抜きか？——最善をつくさなかったと信じこみ、血相を変えて大声でわめきながら、敬語も抜きでシャビエルにむかって言った。

「うちの夫(ひと)のかわりに、おたくのお父さんだったら、死なせたりしなかったでしょうよ」

〝あんたを訴えてやる〟と相手は脅してきた。シャビエルは身がすくんだ。父親のことを言われたからだ。故人は亡き父とおなじぐらいの年齢か？　婦人は空中で両腕をふっている。口を大げさにあけている。奥歯が欠けていた。シャビエルが無表情でいるあいだ、相手はリオハ県のログローニョの病院で云々と言いだした。わたしはね、治ったのよ、ナントカの穿孔……と専門用語を探すが見つからず、最後に乱暴に、日常語で〝お腹〟

シャビエルは顔の筋肉ひとつ動かさずに、その無軌道で怒りのみなぎる涙目の奥を見つめた。すこし間をおいて、婦人がいくらか鎮まると、冷淡に相手を立てて尋ねた。

「うちの父を、あなたはごぞんじですか？」

「知りやしないし、知る必要もないわよ。だけど、病人がおたくのお父さんなら、もっと手をつくしたでしょうよ」

彼が知りたかったのはそれだけ。この人は父を知っていたのか、なにがあったか知っているのか。シャビエルは老婦人の言うことを、これ以上きく気にもなれない。悔やみの言葉もかけない。礼儀正しく相手に言う。申しわけありませんが、ほかの患者さんがいらっしゃいますので。

しばらくしてから、すっかり落ちこんだ気分で、自分の部屋の机にむかった。コニャックをプラコップに注いだ。一気飲みをする。父の写真から目を離さずに、もう一杯コップになみなみ注いだ。父のきびしい眉、父の耳——これは自分も妹も似なくてよかった。廊下にいる婦人の金切り声がシャビエルの耳奥で共鳴する。
〝お父さんだったら、死なせたりしなかったでしょうよ〟
お父（アイタ）さん、ぼくはお父さんを死なせたのか？　いずれにしても止めなかった。死ぬのを止めなかったろ、シャビエル。誰が言ってるんだ？　父の真剣な目が言っている。幸せのかけらを人生から引きだそうとするなんて、あのとき以来、自分にはできなかったし、後ろめたかったし、卑劣だと認識した。

二杯目のあと、上のほうにある蜘蛛の巣に視線をあげて、過去の楽しかった時を探した。そんな時もあった、そう、当然あった。期待や夢を抱きやすい子ども時代にかぎらない。いまは、だが歓びにたいして嫌悪感に似たものをおぼえる。

蜘蛛の巣をとったり壊したりしないでくださいと、清掃の女性職員に何度頼みたい気持ちに駆られただろう！　巣がなくなれば、あんなに多くの思い出がいちどに奪われてしまうのだ。三杯目のコニャックを飲みほしたいま、そう昔でもない思い出がよみがえる、アランサスのイメージも。いつ？　どこで？　その気になれば日付も言えなくはない。

自分の人生であったことはすべて、父の殺害から一定の時間的距離をおいて起こっていた。医学の課程をおえたのはあの七年まえ、ミュンヘンで心臓外科の会議に参加したのはあの九年後。イエス・キリストの誕生と史実を結びつけるのとおなじこと。アランサスは〝ゼロ地点〟のまえであり、その直後、ほんの直後、何時間か後でもあった。

場所と時間をおぼえている。自由大通りのカフェ〝ガビリア〟、夕暮れどき。夏だ。あの一年数か月まえ。でも、そのときは彼も彼女も知りようがない。外のテラスは満席で、ふたりは店内に席をとることにした。

コニャックをもう一杯飲む。このあと家に帰るにはタクシーに乗るしかない。一見あんなに些細なエピソードが、記憶にうかぶ理由がわからない。でも蜘蛛の巣に獲物をえらばせてくれとは言えない。巣に着地したものをつかむ——それをつかむと呼ぶなら——、この思い出みたいな、意味のない、ちっぽけな心地よい思い出、恋人になりたての二人の戯れでも。

彼はまだ医師の実習生、ここにすわっている。看護科の助手の彼女はテーブルの向かい側。はじめてのデートではなかった。彼女とはもう二度寝ていた。二度目は前夜。でもそれが、なにを意味するのか？　彼女をじっくり見る。見つめずにいられない。アランサスはさっきから、自分の私生活のエピソードを、いかにも熱心に語っている。なにを言っている？　なにか結婚しているときのこと。彼はほとんどきいていない。くちびるをうっとり観察し、一瞬、相手がそれに気づいてもかまわない。アランサスがしゃべり——媚びるように？——優雅にタバコをふかすときの、あのくちびる。女らしく、形のいい、濡れたくちびる、そのくちびるが自然な動きをして、「ウ」の発音をするとき、宙で、はかないキスをほのめかす。魅力的な、いまこの瞬間にも、ゆっくり舌を這わせたいくちびる。アランサスの愛らしい顔の、そのくちびるが彼を苦しめた。人の体を仕事にし、内臓や血管や筋肉組織や骨だけしか人体に見ない努力をしているこの自分が、エロチックな、抗えない衝動に引きずられている。


「なにを見てるの？」

「すごくステキだって、いつも言われてるんだろうと思って」

「つまり、わたしの話をきいてないのね」

「無理だね」

「昔のわたしじゃないのよ、もう、それなりの年齢なの」

「自然が、きみを磨きあげたんだな」

「いやねえ、シャビエル、恥ずかしくて赤くなるじゃない」

そのとき彼は、丸テーブルに右手のてのひらを上にしておいた。物を乞う人がするようなしぐさ。チンパンジーが仲間に和解をもとめるか、知らないが、歓迎や平和のしるし（いつか本で読んだ）で、ひろげた片手をのばす。アランサスが応えて、もっと小さな手をシャビエルの手にのせ、てのひら同士をあわせる。

蜘蛛の巣が、あの上のほうで、あの遠い記憶を鮮明に守っていた。アランサスの手に人間味の深い集約があることを、手の感触が彼に告げた。温かな、やわらかな手。挫折感と、まちがいなく苦しみを知った女の手。たくさん働いた手。物をとり、持って、上にあげてきた手、いまも過去も悦楽のすばらしい道具である手。

きめ細かな肌、細い自慢の指、赤いマニキュアの爪をした彼女を、シャビエルは見ていた。突然、自分のてのひらに全存在を感じ、その感触が、とてつもない情愛の力を告げていた。なんてことだ、この女性、すっかり恋におちているぞ。

62　家宅捜索

騒ぎがはじまったのは、家族四人の眠る夜更け。すくなくとも六人、なかには覆面もいて、なんだか知らないが大声をあげている。建物の玄関口にまだ何人もいた。ほかの連中が通りで非常線を張った。治安警察隊の一分隊。バン、バン、バン、開けなさい。

ミレンが寝床でホシアンに言う。

「あんたが行く？　それとも、あたし？」

「誰だか見てこいよ」

「きまってるじゃない？　警察でしょうに」

はじめは呼び鈴を押してきた。つづいてドアを激しくたたきだした。その時点で、もう建物じゅうの住人が目を覚ましているはずだ。ミレンはナイトテーブルの電灯をつけて、急いで室内履きに足をつっこみ、ネグリジェのうえにナイトガウンをはおった。

ホシアンにむかって言う。

「きっと、ホシェマリのことだわよ」

ドアを開けかけたら、相手が外から押してきた。ミレンの目に銃身が映る。ドアマットのうえに二個の黒い深靴。そこ、どきなさい。家宅捜索に来たのだ。あまりの勢いで警察の犬ども（チャクラス）が家じゅうに散らばり、いったい何人いたのか、ミレンにはわからない。

家族四人はダイニングに集まった。ゴルカはブリーフ一枚で裸足。アランチャはそれでも服をひっかける時間があったけれど、やっぱり素足。ホシアンはパジャマ姿で怯え、ズボンに漏らして大きなシミができている。

捜索令状？　請求するなんて思いうかびもしなかった。そんなの彼らにわかりっこない。ゴルカ以外、ホシェマリの近況も知らない。あとになって家族の知ったことで、そのとき少年はひと言も言う気はなかった。ともあれ、治安警察隊はたしかに捜索令状をもってきた。遅かれ早かれテロリストを捕まえてやる、ほんとうに思い知るのは、そのときだぞと、令状を携える隊員が言った。令状を床に投げつけたのはこの男、これで洟（はな）でも拭いてろと言い、ホシェマリの部屋はどこかときいてきた。

「息子は、ここに住んでませんけど」

「おたくの息子は住所がここで、武器を隠しているのは調べがついている」

「でも住んでませんからねえ」

テロリストの部屋はどこだ、それともこのピソじゅう、ひっくり返してやってもいいぞ。それからゴルカに、きみは誰だ？　何歳かときいてきた。ミレンは思う。あと二歳上なら連れていかれたところだわ。ゴルカは身元を告げた。まだずっと若かった。おずおずと、服を着ていいですか？ときいた。

「ここから誰も動くんじゃない」

しばらくして、別の隊員が四人に階段の踊り場に出ろと命じ、家族は従いながらも、言うことだけは言ってやった。ちょっと、よく気をつけてもらわないとね、どこかの引き出しを勝手にあけたりとか、物にさわったりとか、ぜったいしないでくださいよ。ゴルカは訳もなしにか、それともモタモタしていたせいか、ぐいぐい押されて外に出された。

四人がピソから出てすぐに、裁判所の秘書が眠たそうな顔つきで登場し、昔からの知人みたいにあいさつしてきた。武装の治安警察隊員が二名警備に立ち、ひとりは二階にあがる階段の途中、もうひとりは通りに出るドアに張りついている。

ミレンは厳しくきつい表情だ。怒った顔で、ゴルカにナイトガウンをわたした。あんた、風邪ひくわよ。だが少年は憂い顔で黙りこくり、母のガウンをもらわない。

階段室の電灯が、しょっちゅう自動的に消えた。ドアの横に立つ隊員の手のとどく場所にスイッチがあり、そのたびごとに押している。向かいの住人宅は、ドアの覗き窓に絶縁テープを張られていた。×印。近所の人間が見ていたかどうか、どのみち知ったことではない。それでも夫だか妻だかが、あるとき、そっとドアをすこしあけ、すきまからなんとか片手を出して、踊り場に毛布を二枚投げてくれた。

ホシアンがふるえていた。ゴルカがふるえていた。父と息子は毛布を分けあった。アランチャは掛けなくてもいいと言う。ミレンにはきくまでもない。怒りと憎悪でカッカしていたからだ。灯り、闇、灯り、闇。そうやって長々と時間がすぎた。ピソの内部でたまに不穏な音がした。ミレンは歯ぎしりした。

「家（うち）をメチャクチャにするつもりだわよ」

アランチャが隊員に、すわってもいいですか？ときくと、ひとりが肩をすくめ、あんたらが腰かけようが腰かけまいが、こっちは知りやしないと応えてきた。それで彼女は上の階段に腰をかけ、ご近所さんの毛布にくるまったゴルカが後から横にすわった。ホシアンは、しばらくして床にすわりこんだ。ひっきりなしに時計を見ている。六時には仕事に出ないといけない。ミレンだけは立ちっぱなし、頑として、誇り高く、見上げたものだ。

そのうち、表の通りから声がきこえてきた。ベッドから飛びおきた村の若者たちが、どこかの角にたむろして、真夜中に声をあわせてスローガンを叫んでいる。〝警察、殺人者め、犬ども（チャクラク・カンポラ）は出ていけ〟その他、いつものレパートリーだ。

家宅捜索は四時間近くつづいた。犬まで家に連れこんだ。ミレンいわく、うちの物によだれ垂らして歩いて、油断してれば、オシッコだって糞（フン）だって、していくでしょうよ。

暴風雨でも通りすぎたように、治安警察隊はピソを放置していった。なにもかもだ。ホシエマリが昔の部屋にほとんど所持品を残してないのに、なんで？　いちばんの被害はゴルカ。学校のブリーフケース、手書きの詩を綴ったノート、写真のアルバムだの小物など、そんなものを持っていかれた。アランチャは、映画のビデオテープが十本以上なくなっていた。

灰色の夜が明けた。ホシアンは自転車で製錬所に出かけた。朝食も、きちんとシャワーを浴びるのもあきらめたのに、それでも遅刻する時間だった。アランチャは仕事に出るまえに部屋を整頓する余裕があった。ギジェルモにプレゼントしてもらった香水ビンがひっくり返されたと、文句を言う。チエストの引き出しの取っ手がひとつ、ひっこ抜かれていた。もっと悲惨な光景はゴルカの部屋。こりゃひどいよ！　母が息子に言った。ほら、学校（イカストラ）に行きなよ。あとはお母さんが、やっとくから。

午前中ミレンは、ゴミに出すものを順にビニール袋に詰めていった。いろんなもの、なかには新品もあるにはあるが、ともかく床に散らばっていたもの、靴下、下着、つまり治安警察隊が手で触っていったか、犬が鼻づらをくっつけたとおぼしき衣服や品物なにもかもだ。いくら自分の持ち物や、夫や子どもたちの持ち物だって、触るのさえイヤだった。ほかに方法も思いうかばず、フォーク二本でつかんでいった。高級な衣類だけは洗濯機につっこむか、着る物でなければ台所のシンクに浸けておいた。自分の家なのに、息ひとつするにも吐き気がする。だから窓をあけて、風がたくさん入るようにした。漂白剤で床を磨き、濡れ雑巾を家具にかけ、ドアの取っ手を拭いて消毒した。しばらくしてから、いちどきれいにしたところを、もういちど掃除した。痕跡か、においか、なにか知らないが、警察（チャクラス）の犬どもの穢れた魂が、いまだに残っている感じがした。

朝十時ごろ、お向かいさんの呼び鈴を押した。覗き窓に二枚の絶縁テープが張ったままになっている。どなたですか？

「あたしよ」

ドアがあいた。ミレンはお礼を言って毛布を返した。入ってちょうだいと言われ、ミレンは家におじゃました。犯された家にひとりでいたくないのよ、と彼女は口にした。

「まあ、あんたったら、なんてこと言うの」

相手は相手で、自分たちの見聞きしたことを話してくれた。騒音、人の声、心底ビクッとしたこと。きけば、ひと晩じゅう眠れなかったと言う。お向かいさんはコーヒーを出してくれた。クッキーを箱ごともってきた。ミレンはミレンで、あったことを話してきかせた。ホシェマリのことで、こんな目に遭うなんて！　息子のことは、ひとつもわからない、村にいないのがわかってるだけなの。

十一時になると、もう行かなくっちゃと言って、ミレンは失礼した。でも家には、ちょっと入っただけ。ほんの五分もいなかった。そのあいだに髪をとかし、服を着がえた。

精肉店主のホセチョか、妻のファニと話をして、あちらでも家宅捜索があったかどうか、きいてみるつもりで家を出た。窓はみんな開けっ放し。盗みたけりゃ盗みなさいよ。

63　政治的証拠物

ファニをつかまえたタイミングが悪かった。ミレンが精肉店に行ったら、むこうは一人で接客している最中だった。

「ホセチョは?」

いくつもの客の頭ごしにきいてみた。

「お医者さん」

「よければ、あとでまた来るけど」

「だいじょうぶ、待っててよ」

そのうち、ファニと一分ほど話ができた。

「なにかわかった?」

「ぜんぜん」

「ゆうべ、家メチャメチャにされたの」

「村じゃ、その話で持ち切りよ。きょう、あたしん家に来てもおかしくないけど」

「ありうるね」

「で、なに捜しにきたって？」

「ホシェマリの持ち物。テロリストですってよ。武器でも見つかると思ったんじゃない？　でも、なんにもないから、手当たり次第にもってってたわ」

「ホセチョが神経質になっちゃって。うちの息子が武装闘争に足つっこんだと思いこんでさ。言うのよ、あの子たちには、もうしばらく会えないぞって」

「あんたん家のダンナ、なに考えてんのかしらね」

「きのうパチがここに来たのよ。で、うちの夫に〝ジョキンの書類がもし家にあったら、かならず処分しろ〟って。言うも愚かってこと。さてと、あたし店にもどるね」

「おたくと、うちの息子がどこ行ったか、パチ、言ってなかった？」

「こっちからきいてやったわよ、もちろん。でも口が重いったら。書類をすぐにでも処分しろって、それだけ言いたかったんだって」

「なにさ、家なんか、そんなこと言いにも来ないくせに」

そのあと道を歩きながら、ミレンはふと思いだし、関連づけ、推し量り、疑った。

ああ、そういうこと！

前日、たまたま子どもの部屋に入ると、ゴルカが、しかも靴のまま！　椅子に乗って、ホシェマリのポスターを壁から剝がしている現場に出くわした。床には新聞や雑誌の入ったビニール袋が二ついてある。以前ミレンは言ったことがあった。兄さんがもう家にいないのに、そういうクズみたいなのを、いいかげん壁から剝がしなさい。あのときゴルカは、お母さん、だって兄さんに知られたら殴られちゃうよ、と返したのだ。

「あんた、そんなとこに乗って、なにしてるのよ？」

「べつに。部屋の雰囲気、ちょっと変えようと思ってさ」

「椅子に新聞紙ぐらい敷けないの？」

帰り道、ミレンは独り言を言いながら歩いた。人にあいさつされても、顔をむけずに応えた。もし警察の連中があのポスターを見ていたら一巻の終わり。家族全員が手を縛られて治安警察隊の営舎行きだ。ある考えが疑念を呼んだ。ゴルカが家でやったことは、パチが精肉店の夫婦に〝急いでやれ〟と言ったことと、まさに一致する。なんて偶然！　でしょ？　これはハッキリさせてやらなくちゃ。

息子が玄関に入ってくると、靴を脱ぐ間もあたえずにミレンは駆けよった。なんでホシェマリのポスターを剝がしたのか、あんた説明してごらんなさい。だって、かわりに別のやつを張りたかったからさ。

「その別のポスター、どこにあるの？　いまは、まるハダカの壁しか見えないけど」

「いいじゃん、お母さん、ちょっとずつ集めていこうと思ってるんだから」

「兄さんのは、どうしたのよ？」

「捨てた」

「あんたのじゃないでしょ？」

「きたないし、ボロボロだったから」

「じゃあ、ホシェマリが家具にしまっていた雑誌や書類は？」

「場所ほしいし、兄さん、もういないもん」

そばでミレンは息子の目を見つめた。一秒、二秒、三秒、バシッ。平手打ちを食らわし、打たれた肉がきしみを立てた。

「これで思い知りなさいよ、ほんとのことも言わないで」

あのときジョキンと兄貴に頼まれて、ゴルカは村に下り、アラノ・タベルナで店主のパチに言うべきことを伝えた。パチは〝くそっ、くそっ、くそったれ〟と悪態をつき、即刻行動に移って、やることをやり、手筈をととのえた。ゴルカがジョキンと兄のために一台目の自転車をとりに行こうとしたら、その少年をいったん送りだしたパチが〝ちょっと来い〟と、最後にまた声をかけてきた。実家にホシェマリの証拠物、まだあるか？

証拠物？

「政治的証拠物だよ、わかるだろ」

意味を察するのに、ゴルカは数秒かかった。つまりポスターとか、宣伝用のビラとか、ＥＴＡ内部の会報〝スタベ〟とか。ああ、それならけっこうあるよ。だったら、すぐにでも破棄しろ。

「一刻も早くだ、いいな？」

なぜすぐ処分しなくてはいけないか、ゴルカには理解できないし、怖気づいて説明をもとめることも思いつかなかった。ただメッセージの本質は、もちろん理解した。ともかく急いでやるということ。

ゴルカは母親に。

「これでわかったろ？」

「あんたにきいたとき、なんで言わなかったのよ？」

「いまさら、いいじゃないか。警察のやつらが、なんにも見つけなかっただけで十分だろ？」

「そんな走りまわってるなら、兄さんがどこにいるか、わかってるの？」

「ぜんぜん」

「ほんと？」

「誓うよ、お母さん、でも想像ぐらいつくだろ？」

「どこなのよ、じゃあ?」

「ぼくより、わかってるはずだよ。頼むから、いいかげん、ぼくのことは放っておいてくれないか?」

ゴルカはさっさと部屋に行った。のっぽで、やせて、日毎に猫背になっていく。息子は鍵をかけて部屋にこもったきり、もう出てこなかった。せっかく料理したフダンソウが冷めちゃうじゃない、とミレン。午前中さんざん忙しい思いをしたのに、こんどは、あの子がまた問題を増やしてくれた。だんだんいらついてきて、彼女はついに大声をあげ、息子にああ言い、こんどはこう脅し。

そのとき〝降伏〟の鍵のまわる音がカシャッとした。

ゴルカは台所のテーブルについた。顔をふせて食事をはじめた。泣いたみたいな赤い目をして、顔はニキビだらけ。

これを食べ、あれを食べ。けっこうな食欲だわよ、たしかに。たまにミレンは息子に目をむけた。ちゃんと食べているか見るため? 泣いているか見るため? 最後に無言で果物入れをそばにやった。チキンの骨の皿をさげるとき手がふれた。ゴルカはさっと手をひっこめた。母に撫でられるのを避ける気だ。

少年はテーブルを立った。息子が台所から出るまえに、ミレンは〝おいしかった?〟ときいてみた。ゴルカは肩をすくめ、母はそれ以上きかなかった。

64　うちの息子はどこ？

いつもの時間に家族四人は台所で夕食をとった。メインの料理はいつもどおり。まったく、この女は魚しかない。フライだろうが、ソース煮だろうが、おなじこと。月曜日、火曜日、明けても暮れても魚ばっかり、死んで夕食から解放されるまでだ。魚が家族の好物といえばそうだし、大好きか適度にか、好みの度合はまちまち、ただ、ホシアンにすれば、たまには変えてもいいだろうという話。

「日曜日はコロッケだけど」

「鱈(たら)だろうが、ちくしょうめ」

この手の愚痴はミレンにとって壁とおなじ。前菜は、みじん切りのニンニクとオイルとビネガーで味つけしたエンダイブ。つぎに細かいパスタを入れた昨夜の残りのスープをだして、最後はカタクチイワシの衣揚げの皿を、防水布のテーブルクロスのまんなかにおいた。女性は水道水。男性はポロンのワインを分けあい、炭酸水を多めに入れて飲んだ。

アランチャが皮肉な調子で。

「今夜は警察の連中、来ないといいけどね」

ミレンは悪寒みたいにゾクッとした。

「ちょっと、やめてちょうだいよ。さんざんイヤな思いしたんだから、そのうえ思いだすのは、もうたくさん」

「わたしのビデオテープ返してくれるか、香水の新しいビンを買うお金、払いに来てくれるかも」

「ありっこないでしょ」

「きょうは服のまま寝ようっと。万が一のために」

黙んなさい、と母が言う。ホシアンは娘の味方にまわった。

「この家では、好きにしゃべっちゃいけないのかね」

好きにしゃべる？　子どもたちのまえで？　アランチャがふざけたことを言ってるときに？　ミレンは夕食の最中に、午後きいてきた内々の話を、つい明かしたくなった。でもこの件はホシアンにだけ、寝床に行ってからのほうがいい。

「パチと話してきたの」と、ベッドで前置きなしに言った。

「どこのパチだ？」

「タベルナの店主。ずいぶんいろいろ知っててさ」

午後半ば、ミレンはアラノ・タベルナに入った。店にいたのは若者が四人か五人？　それぐらい。音楽がガンガン鳴って、あれじゃ耳の聴こえない人だって聴こえるようになるわ。よく近所から苦情がでないと思うけど。それか、苦情を言うには言っても、自分の家のなかだけかもしれないし、だって若い子たちとは、うまくやるに越したことはない。

年ごろ三十すぎ、耳にリングのピアスをしたパチが、まるでミレンを待っていたみたいな顔をした。どうしてそう思う？　こっちが店に一歩入るのを見たとたん〝倉庫についてこい〟と合図してみせたから。

ホシアンは、いかにも不愉快そうに頭を横にふった。

「お呼びじゃないところに、どこのどいつが、首をつっこましたもんかね」

「あたしは息子のためなら、どこだって首つっこむわよ。話してほしいの、どうなの？」

倉庫は酸いたワインと、黴っぽい湿気のにおいがした。ここが廏舎だったころの梁や石壁がまだ残っていた。ミレンには覚えがあった。ずいぶん昔の話。少女のころ、よく家からここに搾りたての牛乳を買いによこされた。

パチはドアをしめた。ミレンが口をひらかないうちに〝安心しな〟と相手が言ってきた。あたしは平気よと、彼女は答えた。ほんとうに平気だったのか？　まさか。

「ホシェマリがどこに行ったか、あんた知ってるの？　だったら、すぐ言ってくれない？」

「まあ、ミレン、落ち着きなよ」

「うるさいわね、だいじょうぶだって言ったでしょ。あたしは息子の母親ですからね。どこに雲隠れしたのか知りたいと思うのが、ふつうだわよ」

「彼は地下活動をしててね」

「まあ、そうなの。で、それどこ？　息子は動かなくていいわよ。あたしが行くんだから」

それは無理だな。以前みたいなわけにいかなくてね。まえは家族が週末、南フランスまで出かけていって、現金でも衣類でもタバコでも運んでいた。ところが〝ＧＡＬ〟のせいで、戦闘員は用心を徹底せざるをえないと、パチが言った。

ホシアンが。

「つまり、会いにはいけないってことか」

「いま言ったでしょ、きいてないの？」

「すると、ホセチョの言うとおりだな。千年先になっても、こっちは息子たちに会えないわけだ」

「パチが言うには、可能性はふたつだって。息子がメキシコか、あのへんの国に行くか、それとも武装集団に入るか」

「なら、遠くに行ってくれるほうがいい」

「あんたがどうしてほしいかなんて、誰も知ったこっちゃないわ」

「おれの知ったことだよ。自分の言うことぐらい、自分でわかってる」

「あんたなんか、なんにもわかってないくせに」

夫には言わなかったけど――なんでわざわざ言うの？――パチが瞬間的にミレンの肩に手をおいた。思いやりというわけでなく、むしろ感謝とか敬意のしぐさ、〝おたくの息子を誇りに思いなよ〟とでも言われている感じ。そして両手をここ、彼女の両肩において安心させ、説明してきかせるように言った。戦闘員と家族が手紙をやりとりできるように内部の連絡網が存在するという。

「ああ、だったら、うちに手紙もらえるのか？」

「そうよ、あたしたちも手紙が書けるし」

「小包は送れるか？　もうすぐ息子の誕生日だから、プレゼントぐらいしてやりたいな」

寝床でホシアンは、クルッと向きをかえて妻を見た。

「おまえ、それ言ってくれたか？　ホシェマリが南米に行ったと思うのか？」

「あたしにきかないでよ。あたしの息子でしょうが。あの子を産んだのはあたし。それとも、あんたが産んだわけ？　生まれた翌日まで知りもしなかったくせに」

「まあ、そうガミガミ言うな。お産の話は、もううんざりだ」

「あたしは陣痛の苦しみ、あんたはバル、それで〝思いださせるな〟と来たもんだわ。あたしの息子なんだから、冬が来て寒い思いなんかさせたくないし、プレゼントのひとつもない誕生日で淋しい思いもしてほしくないわよ」

あのとき、パチはミレンの肩から手を離した。小包は当面忘れてくれ、でも安心して家に帰ってていい、武装集団は戦闘員を見捨てたりしないから。そして〝誇りをもちな〟と、くり返し、バスク国（エウスカレリア）にホシェマリみたいな人間がたくさんいれば、いまごろとっくにバスクは自由になっていただろうとも言った。倉庫を出るまえにパチは請けあった。なにか音信（手紙でも、メモでもなんでも）があったら、自分が直接、お宅にもっていくからと。そして目のまえにあるドアを指して、ミレンに言った。

「ここから外に出たら、いっさい話はしないこと」

それで店にもどると、パチは五、六人の若者のまえで、ミレンの頬にキスのあいさつをして彼女を見送った。

「報告はおしまい」と、ミレンは夫に言う。

「なにが報告だ？　けっきょく息子がどこにいるかも、なにしてるのかも、わからないじゃないか。だいいち想像しなくたって知れてる。庭いじりするためにETAに入るやつなんかいない」

「ETAに入ったかどうか、わからないでしょ。いまごろメキシコに向かってるかもしれないじゃない。それに武装集団に入ったとすれば、バスクの国を解放するためだわよ」

「人を殺すためだろ」

「居場所がわかっても、あんたには言わないでおく」

「おれは、自分の息子を〝人殺し〟にするために教育したんじゃない」

「教育？　誰を教育したの？　あんたが子どもたちのために、なんかしてるの見たことないけど。人生の半分はバルにいて、あとの半分は自転車じゃないのさ」

「おまけに毎日、製錬所で休暇ときたもんだ、ちくしょうめ」

ふたりの目が一瞬かちあった。相手をバカにした目？　よそよそしい目？　いずれにしても真心はない。ミレンはナイトランプを消してガバッと寝返り、横向きになって夫に背をむけた。

暗闇で夫が言った。

「おれが、あと二十歳若けりゃ、あしたにでも息子を探しに行く。それで思いっきり二発ぶん殴ってやって、家に連れ帰る」
ミレンは応えず、ふたりは、それ以上話をしなかった。

65 祝福

ふたりは、まだ話をする仲だった。秘密をまだ共有し、土曜の午後にはサンセバスティアンでお茶をした。村の女性も仲間にできなくはない。ファニはとても仲が良く、マノーリだって当たり障りがないけれど、それはそれ。土曜の儀式はふたり以外の余地がないし、夫たちなど話のほかだ。頼むわよ！　ほら、トランプゲームでも自転車乗りでもしてらっしゃい、わたしたちのことは放っておいて。

ふたりは教会のミサにもいっしょに出かけ、並んで腰かけた。

ミレンはチュロスをホットチョコレートに沈めた。サックリ噛みつく。口のなかでよく噛んで、紙ナプキンで指の腹をきれいに拭いながら言った。家宅捜索の晩以来、家は居心地が悪いのよ。

「どうして？」

「うまく説明できないけど。汚れたっきり、もどらない感じ。汚れが見えないのに、まだ感じるの。雑巾で何度こすっても残ってて、気持ち悪いったらありゃしない。外で治安警察隊の車を見かけると、ほんとにゾッとするわ！」

「よくわかる」

「家族同士もどこか変わったし。ホシェマリがフランスに逃げるまえは、こんなんじゃなかったもの。チビはひと言もしゃべらない。なにがあったか知らないけど。〝あんた、トラウマになったの？〟って、きいてみたわよ。でも答えやしない。アランチャはアランチャで、あたしのことを鼻で笑うのよ。父親のことも村の人のことも、みんな。娘がバカなのは今々じゃないけど、あのレンテリーアの若造のせいで、もっとひどくなったみたい。ホシアンとは、まあねえ、ずっと気持ちが通じなくて。明けても暮れても口げんか」

「ホシェマリのことで、ご主人、ショックだったんでしょ」

「ショック？　完全に落ちこんでるのよ。話にもならない。昔はお葬式でも泣いた顔見せなかった人が、いまなんか思いもよらないときに目赤くして、むっつりしてさ。それで顔見られないようにトイレに走るんだから」

「で、あなたは、どうなの？」

「ああ、なにがあっても、あたしは息子の味方よ。人がどう言おうと全然平気。そりゃ近くにいてくれて、働いて家庭もってほしいわよ。でも、そうじゃなければ、いくら大変でもやっていくしかないでしょ。あんたにだけ言うから、いい？　ほんとはね、ホシアンのせいで、ものすごく不安」と、ミレンは近くのテーブルに目をやり、誰にもきかれていないのをたしかめてから、ビジョリの耳もとに口をよせてささやいた。「うちの夫（ひと）、ホシェマリが武器をもったら、息子の顔を一生見ないって言うの。メキシコとか、あのへんに逃げてもらいたいって。だけど行かなかったらどうなる？　あたし、ドン・セラピオに話してみようかと思って」

「あの神父と？　だってあんな人、なに言えるの？」

「ひょっとしてアドバイスしてくれるかもしれないし。ファニが懺悔しにいって、気持ちが治まったって言うから」

「じゃあ、話してみるんだわね。時間以外、むだにするものもないから」

日曜日、女同士腕をくんで教会のミサに出かけた。ミレンは聖イグナチオ・デ・ロヨラ像に何度も目をやり、くちびるに軽い震えをうかべてささやいた。なにを？　息子を見張って、あたしができない分、守ってやってちょうだい、だって考えられないわよ、と内心言う。あんな寛大で気高い子が、スペインの新聞の言う〝犯罪集団〟に足つっこむなんて。あの子の心は、大きすぎて胸に収まりきらない。なにもかも人様のため、ハンドボールのチームでも、仕事でも、誰が相手でも。だからバスクのために尽くしたって不思議なもんですか。あなただってバスク人でしょ、ね？　イグナチオさん？

「なに？」とビジョリ。

「べつに。お祈りしてたの」

聖体拝領をした。行きも帰りもいっしょ。ひとりが前、ひとりが後ろについて、頭をさげ、両手を組んで身廊を進む。修道女なみの信心ぶり。もっと正確には修道女の一歩手前。覚えてる？　娘のころ、もうちょっとで修道院に入ってたわよね。あれから長年経っても、冗談半分、本気半分で考えが一致する。片方が夫とけんかをするたびに〝わたしたちバカだったわよ、修道女服を着るかわりに結婚なんか選んじゃって〟と後悔した。

「子どもがいるから、それだけよね、シスター・ビジョリ」

「後もどりもできないし、ミレン尼」

聖体拝領で口をあけ、聖餅（ホスチア）を舌にのせてもらうまえに、ミレンはドン・セラピオにささやいた。あとで来ますけど、いいかしら？　神父は目立たぬように、ゆっくりうなずいた。

ミサがおわり、参列者がぞろぞろと聖堂の出口にむかった。ドン・セラピオは祭壇のろうそくを吹き消した。侍者の少年が先に立ってドアをあけ、神父が香部屋に入っていく。相手と話すのに、ミレンはこのときを待っていた。

「いっしょに来る？」

「あなたひとりのほうがいいでしょ。とっても個人的なことだから。広場で待ってるわよ、それで、もし話きかせてくれれば」

ミレンが香部屋に入ったとき、ドン・セラピオは上祭服（カズラ）を脱いでいる最中だった。彼女を見ると、ひたいに汗をうかべた厳しい表情で侍者の少年に〝部屋から出なさい〟と指図した。少年は、やるべき仕事がおわらず、言われてもまだモタついていた。

「おい、行きなさいと、言っただろ」

侍者は大急ぎで、やっと香部屋から出ていったが、ドアをあけっ放しにしていった。なんてことだ！　神父はぶつくさ言い、ずかずか歩いていってドアをしめた。

ミレンとふたりきりになると、さっそく、表情をやわらげて彼女に椅子を勧めてきた。自分でも腰かけながら〝フアニとホセチョと、おなじ理由で来ましたか？〟ときくので、ミレンはうなずいた。

神父はテーブルのうえで彼女の手をとって、青白い自分の手で包みこんだ。ホシアンみたいに荒っぽい労働で鍛えた手ではない。夫のはザラザラして焦げた石みたい。なんでわたしの手をにぎるのかしら？　さあ、知るもんですか。

神父は、彼女の手の甲を撫でながら言った。

「迷いや呵責は頭から掃いなさい。われわれのこの戦い、教区教会でのわたしの戦いも、お宅での家族に捧げるあなたの戦いも、そして、どこにいようがホシェマリの戦いも、一民族の公正な戦いです。おのれの命運をきめたいという正当な願いをかけた戦い、あなた方にミサで何度も話した、あの〝ダビデとゴリアテ〟の戦いですよ。自分本位の個人的な戦いではない、なによりも集団的犠牲であって、ホシェマリは、ジョキンやほかの大勢同様、いっさいのリスクを負って自分の領分をひきうけたわけだ。わかるかな？」

ミレンは頭をふって、うなずいた。ドン・セラピオは思いやり深く、情愛をこめて、てのひらで彼女の手の甲をはさみこんだ。そして言葉をつづけた。

「バスク人が御前にいるのは望まないと、いったい神が表明されたのだろうか？　神はご自分のそばに善きバスク人をお望みだ。そして、いいですか、善きスペイン人もフランス人もポーランド人もお望みなんだ。神はバスク人を、あるがままのわたしたちにつくられた。目的にたいして不屈であり、働き者で、主権国家の構想において揺るがぬ信念をもつ民族にね。だからこそ、あえて強調したい。バスク人としてのアイデンティティ、すなわちバスクの文化、そしてなにより母国語を守るというキリスト教的使命が、われわれに帰するわけだ。この言語がもし消滅したら、ミレンよ、率直に言ってごらんなさい、誰がバスク語で神に祈り、誰がバスク語で神のために歌うのか？　答えをあげましょうか？　誰もいない。頭に三角帽をかぶり、営舎の地下に拷問者をもつ〝ゴリアテ〟のごとき治安警察隊が、バスクのアイデンティティのために指一本でも動かすと思うかね？　このあいだ真夜中に、お宅が捜索されたでしょう。あなたは屈辱感を覚えなかっただろうか？」

「ああ、ドン・セラピオ、思いださせないでちょうだい、息が詰まるわ」

「ほらね？　あなたとご家族が忍んだ屈辱を、バスクの何千という人たちが日々味わわされているんだよ。わたしたちを虐げる、まさにその連中がよりにもよって民主主義を口にする。彼らの民主主義ですよ、それこそが民族としてのバスク人を抑圧しているわけだ。だから、あなたに心から言いましょう、われわれの戦いは公正なだけではない。いまこそ、なお必要なんです。不可欠なんだ。この戦いは自衛のためであり、平和を目的とするものだから。わが司教区の司教の言葉をきいたことがないかね？　だったら安心して、お宅に帰りなさい。そしていつか、この先何か月後か、それがいつであれホシェマリに会ったら、わたしから、そう、彼の村の教区教会の司祭からだと伝えてほしい、わたしが彼に祝福をあたえ、彼のためにさんざん祈っていると」

ミレンは香部屋を出て、聖堂の側廊を通りぬけた。あの神父ったら、まあ驚いた。あの人の話をきくうちに、わたしまでホシェマリの後に続きたくなったじゃないの。足は止めずに、聖イグナチオの像にまたチラッと目をやった。あなたも、ああいうふうに人を元気にさせるのを学ぶことね。

広場に出た。青い日曜日、鳩たち、シナノキの木陰で駆けっこをしたり、はしゃぎまわる子どもたち。ビジョリは？　ああ、いたわ。ベンチにすわっている。

ミレンは彼女のほうにまっすぐ歩いていった。

「行きましょ。道々話すから」

「あなた、リラックスした顔してるわ」

「こんどホシアンが嘆いたり怖がったりしたら、思い知らせてやるわよ。これで、やっと考えがはっきりしたから」

（下巻に続く）

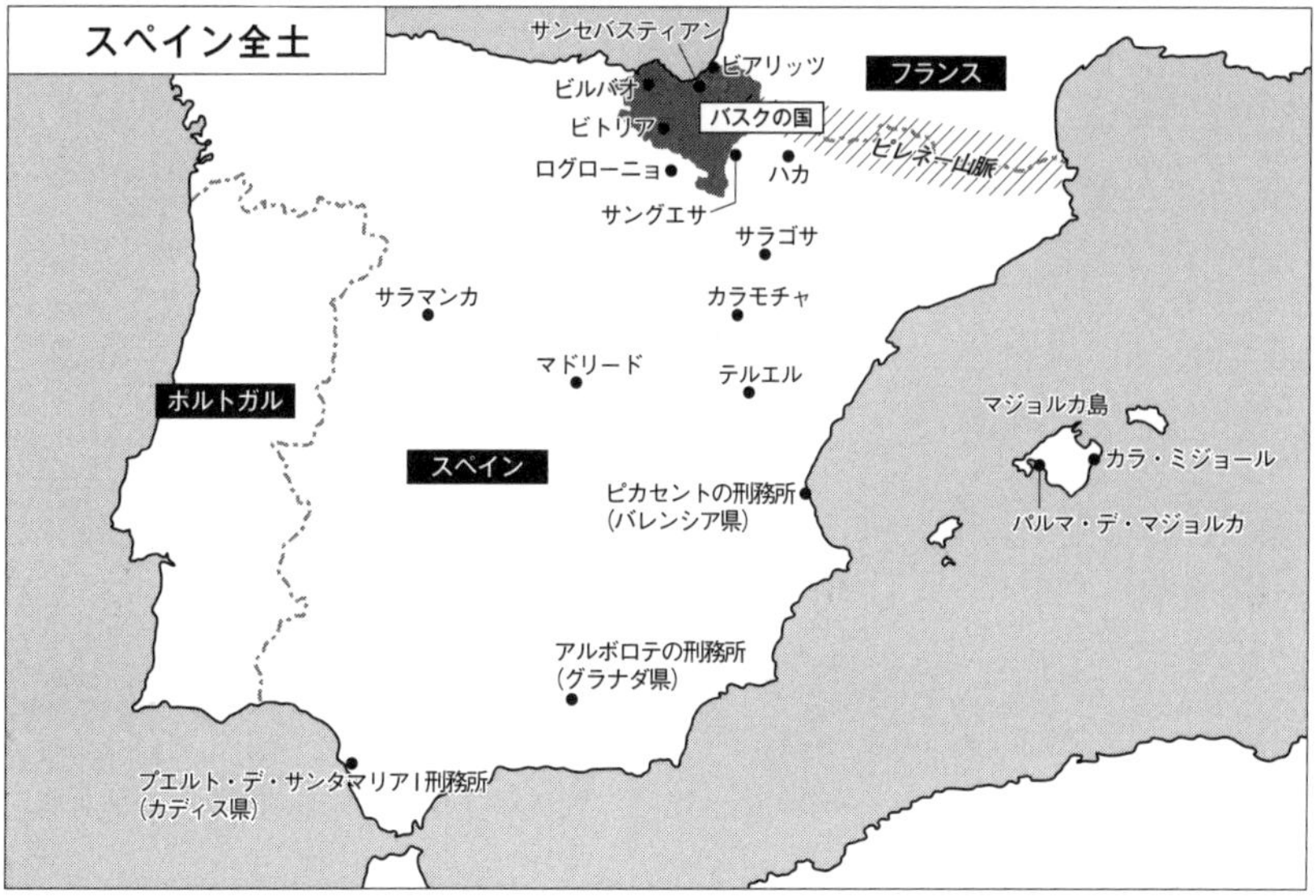
スペイン全土
サンセバスティアン
ビアリッツ
フランス
ビルバオ
バスクの国
ビトリア
ピレネー山脈
ログローニョ
ハカ
サングエサ
サラゴサ
サラマンカ
カラモチャ
マドリード
テルエル
ポルトガル
マジョルカ島
スペイン
カラ・ミジョール
ピカセントの刑務所
（バレンシア県）
パルマ・デ・マジョルカ
アルボロテの刑務所
（グラナダ県）
プエルト・デ・サンタマリアⅠ刑務所
（カディス県）

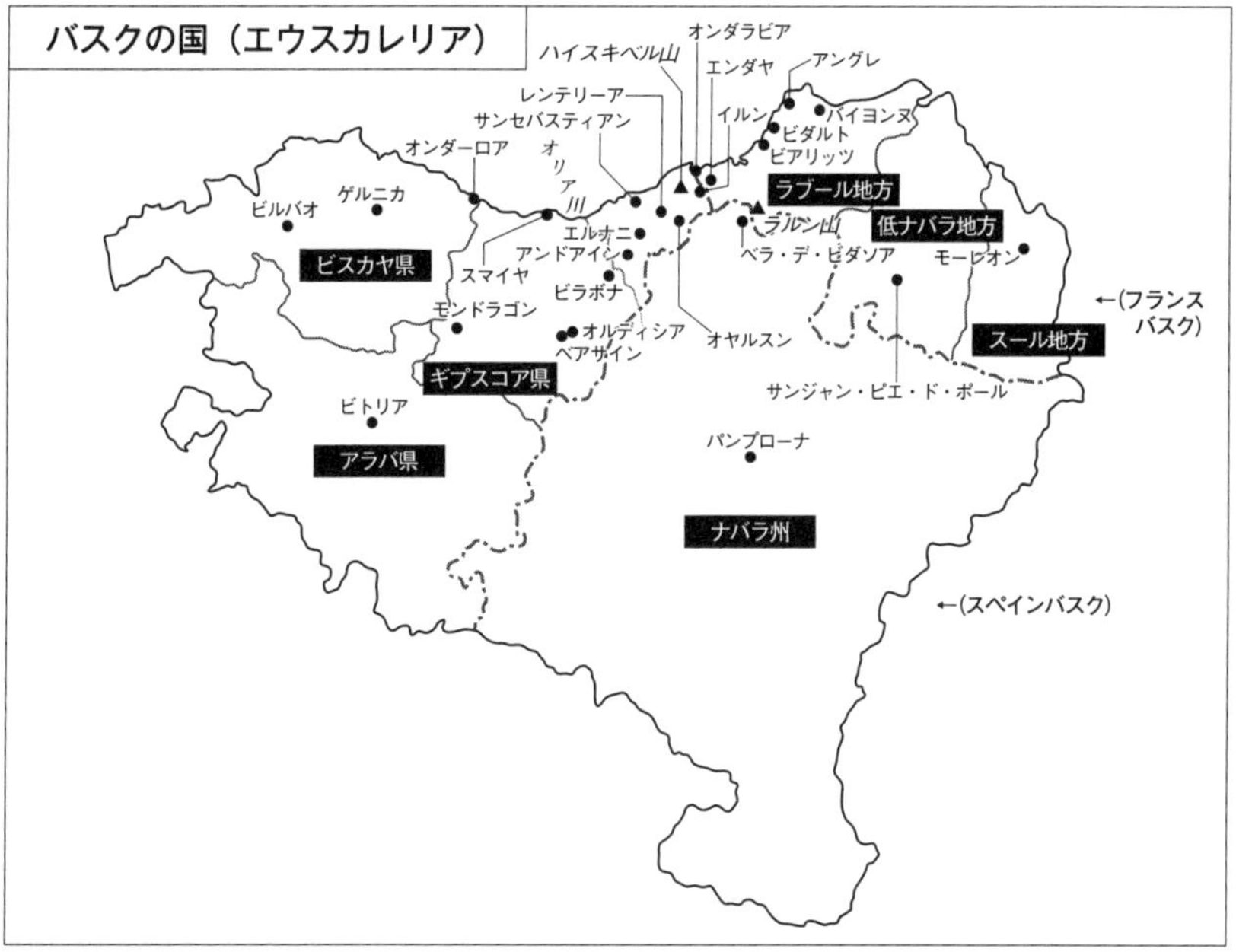
バスクの国（エウスカレリア）
オンダラビア
ハイスキベル山
エンダヤ
アングレ
レンテリーア
バイヨンヌ
イルン
サンセバスティアン
ビダルト
オンダーロア
オリア川
ビアリッツ
ゲルニカ
ラブール地方
ビルバオ
ラルン山
エルナニ
低ナバラ地方
アンドアイン
ベラ・デ・ビダソア
モーレオン
ビスカヤ県
スマイヤ
ビラボナ
←（フランスバスク）
モンドラゴン
オルディシア
オヤルスン
ベアサイン
スール地方
ギプスコア県
サンジャン・ピエ・ド・ポール
ビトリア
パンプローナ
アラバ県
ナバラ州
←（スペインバスク）

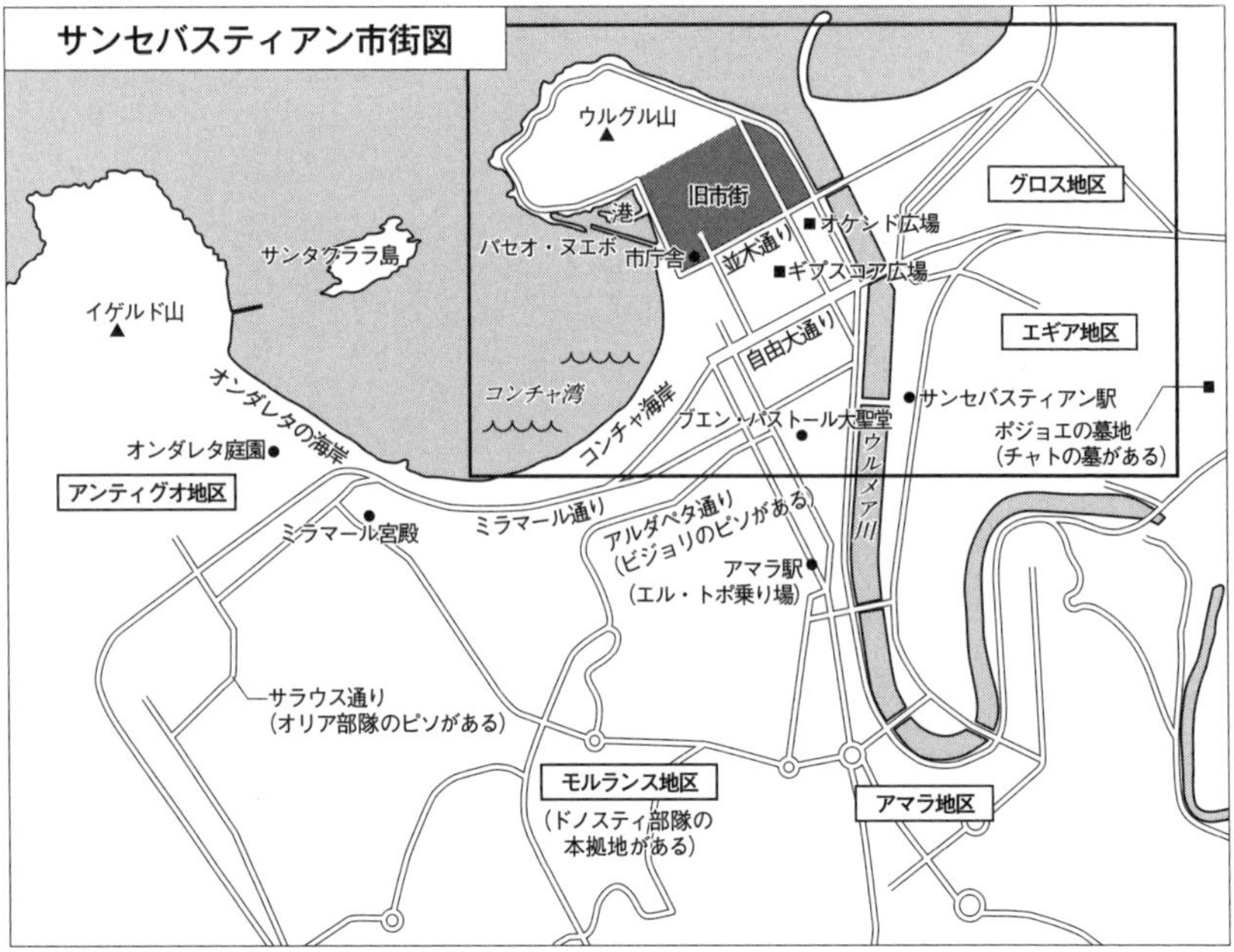
サンセバスティアン市街図
ウルグル山
旧市街
港
パセオ・ヌエボ
市庁舎
並木通り
オケシド広場
ギプスコア広場
グロス地区
サンタクララ島
イゲルド山
エギア地区
自由大通り
コンチャ湾
サンセバスティアン駅
コンチャ海岸
ブエン・パストール大聖堂
ポジョエの墓地
（チャトの墓がある）
オンダレタの海岸
オンダレタ庭園
アンティグオ地区
ウルメア川
ミラマール宮殿
ミラマール通り
アルダペタ通り
（ビジョリのピソがある）
アマラ駅
（エル・トポ乗り場）
サラウス通り
（オリア部隊のピソがある）
モルランス地区
（ドノスティ部隊の
本拠地がある）
アマラ地区

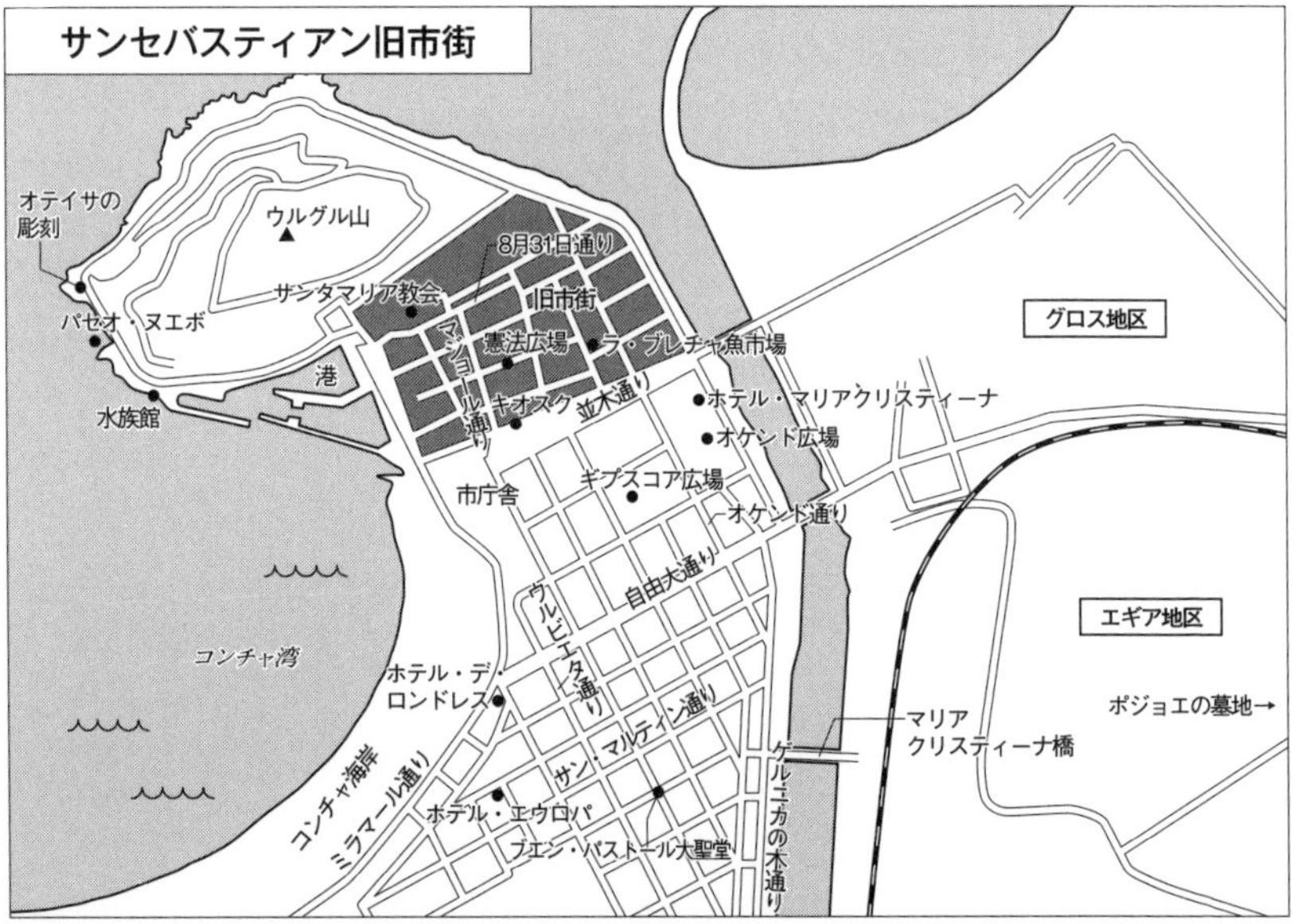
サンセバスティアン旧市街
オテイサの
彫刻
ウルグル山
8月31日通り
サンタマリア教会
旧市街
パセオ・ヌエボ
マジョール通り
憲法広場
ラ・ブレチャ魚市場
グロス地区
港
キオスク
並木通り
ホテル・マリアクリスティーナ
水族館
オケシド広場
市庁舎
ギプスコア広場
オケンド通り
自由大通り
ウルビエタ通り
エギア地区
コンチャ湾
ホテル・デ・
ロンドレス
サン・マルティン通り
ポジョエの墓地→
マリア
クリスティーナ橋
コンチャ海岸
ミラマール通り
ホテル・エウロパ
ゲルニカの木通り
ブエン・パストール大聖堂

本作品は、スペイン政府文化スポーツ省の
助成を受けて翻訳出版されました。

GOBIERNO DE ESPAÑA
MINISTERIO DE CULTURA Y DEPORTE
DIRECCIÓN GENERAL DEL LIBRO Y FOMENTO DE LA LECTURA

祖国　（上）

2021年4月20日　初版印刷
2021年4月30日　初版発行

著　者　フェルナンド・アラムブル
訳　者　木村裕美
装　丁　田中久子
装　画　荻原美里
発行者　小野寺優
発行所　株式会社河出書房新社
〒151-0051　東京都渋谷区千駄ヶ谷2-32-2
電話　03-3404-1201（営業）　03-3404-8611（編集）
https://www.kawade.co.jp/
印　刷　株式会社亨有堂印刷所
製　本　小泉製本株式会社

ISBN978-4-309-20824-4